# 황제와 여기사

황제와 여기사
IV
안경원숭이 장편소설
D&C BOOKS

차 례

# 20. 사고 치면 수습해 줄게

# 20. 사고 치면 수습해 줄게

폴리아나와 룩소스 1세는 여관에서 방을 뺐다.

시간이 어정쩡했다. 이웃한 마을로 가자니 거기엔 숙박할 만한 장소가 없었다. 여관이 있는 다른 마을까진 거리가 어정쩡했다. 해가 지기 전에 도착하려면 서둘러야 했다.

산촌의 밤은 빨랐다. 위험한 야생동물이 많아 작은 규모의 마을은 짐승을 막기 위한 목책을 둘렀다. 당연한 얘기지만 목책으로 막는 건 짐승만이 아니었다. 부랑자, 외지인은 때로 밤에 마주치는 엄니 튀어나온 짐승보다 위험했으니까.

귀족 신분을 증명하면 밤에 문이 닫혀도 마을로 들어갈 수 있다. 그렇지만 번거로워진다.

주종은 조용히 말을 몰았다. 갈 길이 급해서가 아니라 대화를 나눌 상태가 못 되어서였다. 굳이 보지 않아도 폴리아나의 상심한 기운이 피부로 전해졌다.

폴리아나가 언제 저렇게 무기력하게 군 적 있던가. 룩소스 1세가 본 바로는 없었다.

이에 룩소스 1세는 야파로 돌아가자마자 할 일을 정했다.

피의 보복!

그녀가 내린 처벌은 너무 관대했다. 룩소스 1세의 성에 차려면 한참 모자랐다. 그러나 룩소스 1세는 돼지뱀을 직접 처벌한 폴리아나의 의사를 존중했다. 후에 황제가 치죄하면 폴리아나가 내린 처벌을 마땅찮아하는 것처럼 보일 테니 여기서 만족해야 했다. 따라서 처벌을 추가하지는 않을 것이다.

프라우에게는.

다행히 죄를 지은 자가 야파에 남아(정확하겐 붙잡혀) 있었다. 폴리아나와 프라우 사이에 혼담이 오가는 걸 알면서 방치한 스네크 가문이 말이다.

정상적인 귀족이라면 상도덕과 혼인시장의 예의를 알아 가문에서 떨어져 나간 띨띨이의 사연을 언질해 줬을 것이다. 그런데 스네크 백작가는 그러지 않았다. 스네크 백작가의 사람이 한 마디라도 알려 줬으면 이런 일이 벌어졌을까.

크게 어려운 일도 아니었다. 그냥 가볍게 한 마디 해 주면 되는데.

'두고 봐라.'

룩소스 1세가 작게 이를 갈았다. 주군의 앞이라 상심을 숨기는 기사를 보니 가슴이 많이 아팠다.

피의 보복을 결의하는 룩소스 1세의 얼굴은 선왕의 장례 이후 유지를 잇겠노라 다짐하던 때와 비슷했다.

화났다가, 슬펐다가, 다시 화를 내면서 룩소스 1세의 얼굴이 천

번은 변하는 동안 폴리아나의 표정은 바뀌지 않았다. 룩소스 1세는 그녀에 대한 걱정에 가슴이 옥죄였다.

폴리아나 윈터는 언제나 당당했다. 적군에게 윤간당할 위기 앞에서도 그녀는 기운을 잃지 않았다. 지금처럼 실의에 빠진 모습은 정말 보기 힘들었다.

'얼마나 상심이 크면…….'

지금 폴리아나의 심정을 누가 이해할 수 있을까? 상상하는 것만으로도 눈물이 나고 안쓰러웠다. 룩소스 1세는 폴리아나를 끌어안고 싶은 걸 참느라 애썼다.

껴안아도 될까? 안 될까?

룩소스 1세는 거리감 재는 데 재주가 없었다. 백 가지 재주 중에 밥 빌어먹는 재주가 없다더니, 딱 그 짝이었다.

아름다운 얼굴과 고귀한 신분, 위대한 업적. 룩소스 1세는 다 잘났는데 연애운은 별로인 것 같았다. 그러니 부인 셋을 한 큐에 잃지.

룩소스 1세가 어떻게 해야 상처받은 기사의 마음을 보듬어 줄까 고민하던 때.

폴리아나도 그에 못지않은 심각한 고민을 하고 있었다.

'시이발. 죽고 싶어.'

폴리아나는 귀한 목숨을 초개처럼 버리고 싶은 충동에 휩싸였다.

세상에서 가장 잘 보이고 싶은 주군께 그런 꼴을 보였다. 자살 충동이 이는 건 당연했다. 도대체 왜, 다른 사람도 아니고 주군이었을까.

사람이 언제나 완벽할 순 없지만 가능한 좋은 모습만 보여 주고 싶은 상대가 있는 법이다. 혹자에겐 부모님이요, 혹자에겐 사랑하는 사람이요, 혹자에겐 스승님일 것이고 폴리아나에겐 룩소스 1세였다.

그녀를 거둬 그녀의 인생을 바꿔 주신 경애하는 주군께 폴리아나는 언제나 훌륭한 기사이고 싶었다. 그것은 주위사람들에게 칭찬받고 싶어 하는 어린아이의 마음처럼 집요하고 순수했다.

'아 진짜. 콱 죽을까.'

폴리아나는 그냥 콱 죽고 싶었다. 접시 물에 코를 박든, 문 손잡이에 목을 매든 어떻게든 죽고 싶었다. 그러지 않으면 이 쪽팔림을 견딜 수가 없었다.

결혼 준비를 하면서 흥흥 웃던 것이 엊그제였다. 그녀는 새로이 누렸던 소소한 기쁨과 행복들이 모두 부끄러워졌다.

어울리지 않는 걸 탐했기 때문에 하늘이 벌을 내린 것일까?

폴리아나는 스스로의 뺨을 쳤다. 빽! 강한 힘에 '짝' 아닌 '빽' 소리가 났다. 표정을 바꿔 가며 폴리아나만 주시하던 룩소스 1세가 깜짝 놀랐다.

"뭐, 뭐, 뭐냐."

"송구합니다, 폐하. 잠깐 졸렸습니다."

"경은 자면서도 말을 몰 수 있는 기사다. 그러지 마라."

"넵!"

폴리아나가 힘차게 대답했다. 뺨을 때리니 정신이 조금 들었다.

'벌은 무슨 벌이야. 시벌탱. 그 새끼가 사기 친 게 무슨 벌이야.'

폴리아나가 아드득 빠드득 이를 갈았다. 그러자 황제는 치아를 소중히 하라며 말렸다.

맞는 말씀이었다. 폴리아나는 어금니가 하나 부족하기 때문에 남은 치아를 더욱 소중히 관리함이 옳았다. 하지만 그녀는 속에서 열불이 차올라 주군의 만류에도 불구하고 다시 아드득 빠드득 이를 갈았다.

하늘이 내린 벌은 무슨. 정의는 폴리아나의 편이었다.

일단 폴리아나는 세상의 정의인 룩소스 1세를 따르고 있다. 또한 그녀는 힘을 쥔 귀족이다. 힘이 곧 정의요, 귀족이 곧 법인 세상이었다.

폴리아나는 잘못한 게 없었다. 없는 걸 정당한 대가를 지불하고 탐하겠다는 게 잘못이라면 세상 인간 다 죽어야 했다.

폴리아나는 쪽팔렸다. 세상에 이렇게 부끄러울 수가 없었다. 차라리 알몸으로 훈련장을 돌았다면 이렇게 부끄럽진 않았을 텐데.

'폐하도 그때 이런 마음이셨을까.'

폴리아나는 주군에게 거부당한 날을 떠올렸다.

당시 룩소스 1세는 폴리아나를 거부했다. 그땐 이해하지 못했다. 아이노 경이 말한 '보여 주기 싫은 모습'도 와 닿지 않았다.

그런데 지금. 바로 지금!

폴리아니는 룩소스 1세를 거부하고 싶었다.

솔직한 심정으로 그녀가 근위대장만 아니었다면, 호위 기사가 한 명이라도 더 있었다면 도망쳤을 것이다.

다른 사람이면 모른다. 하지만 황제 폐하 앞에선 보여 주기 싫었다. 다른 사람이 아닌 룩소스 1세이기 때문에. 바로 그녀의 주군이신 룩소스 1세이기에.

룩소스 1세는 폴리아나의 주인이며 주군. 기사의 검과 함께 생명을 바친 이. 폴리아나는 그의 명령을 따르기 위해 불구덩이에 뛰어들 것이고 명령이 없어도 주군을 위해서 호랑이 이빨을 뽑을 수 있다.

그녀를 처음으로 알아봐 줬고 인정해 줬고 대우해 줬다. 그렇기에 바치는 충절은 불변. 그러하기에 모시는 마음 또한 불변.

폴리아나에게 룩소스 1세는 전설 속 영웅이나 살아 있는 신이었다.

종교의 영역에 들어선 충심은 황제와 같이 대륙의 끝을 밟은 기사라면 모두 갖고 있었다. 그러니 폴리아나는 자신이 유별난 것은 아니라고 생각했다.

주위에서 보면 아주 개소리였다. 아이노 경과 함께 황제바라기 넘버 원, 넘버 투를 다투는 윈터 후작이었으니까.

어쨌든 폴리아나는 그때 황제의 마음을 이해할 수 있을 것 같았다. 지금 심경으론 충분히 그랬다.

소중한 사람이고, 믿고 등을 맡길 수 있는 사람이어도 모든 모습을 보여 주고 싶진 않다. 그 사람이기에 가능한 모습이 있었다. 그 사람이라서 불가능한 모습이 있었다.

폴리아나는 레베카와 절친했다. 날것의 모습으로 날것의 대화를 나눴다. 김이 모락모락 나고 피가 떨어지는 생생한 대화.

그게 가능했던 이유는 둘의 우정이 깊어서가 아니다. 그렇게 시작된 관계였기 때문이다.

폴리아나는 룩소스 1세를 경외하기에 가능한 좋은 모습만 보이고 싶었다. 그가 거둔 보람이 느껴지도록 완벽하게. 누구보다 완벽하고 철저한 신하로 있고 싶었다.

가끔 보이는 술주정은 인간미를 부여하는 애교가 아닌가(하고 폴리아나 혼자 생각했다).

'이런 게 아니야.'

이건 인간미가 아니라 보는 눈 없고 남자에 굶주렸다는 인상만 남기잖아!

혼자 있고 싶습니다. 모두 나가 주시죠. 혼자 있고 싶습니다. 다들 코 막고 죽어 주세요.

혼자 있는 게 불가능하다면 세상에 단 한 사람, 룩소스 1세만이라도 배제하고 싶었다.

황제를 거부하는 것이 아니다. 황제와 사이가 멀어지고 싶은 것이 아니다. 마음은 변함없이 가깝다.

그저 이런 모습을 보이기 싫었다. 창피하고 부끄러우며 수치 가득한 광경을 보이기 싫었다.

생각하면 할수록 죄스럽고 부끄럽다.

폴리아나는 룩소스 1세 보기 어려웠다. 룩소스 1세가 폴리아나를 거부한 그 날, 실망하지만 않았어도 이런 일은…….

거기까지 생각한 폴리아나가 다시 뺨을 쳤다.

뻑!

'내 속이 옹졸하고 심계 얕은 걸 폐하께 떠넘기려 하다니. 난 정말 속물이야.'

룩소스 1세는 또 뺨을 후려치는 폴리아나 때문에 깜짝 놀랐다. 식물 폭행, 건물 폭행의 최종 종착점은 자해란 말인가! 셀프 폭행은 아니 될 일!

"그러지 마라!"

"죄송합니다, 폐하."

폴리아나의 뺨이 조금씩 붉어졌다. 내일이 되면 멍이 들거나 부어오를 것이다.

"어떻게…… 아셨습니까?"

풀이 죽은 목소리였다.

룩소스 1세는 갈등했다. 그녀의 의동생들이 남부에서 쉬지 않고 달려왔다고 말해 줄까. 아니면 조사하다가 우연히 알아챘다고 할까.

전자는 의동생들의 마음씀씀이에 고마워하면서도 폴리아나가 자책할 확률이 높다. 후자는 룩소스 1세가 적당히 거짓말을 해 아는 이가 적다고 속일 수 있었다.

결국 황제는 후자를 택했다.

"다른 사람도 아니고 네 결혼이지 않느냐. 짐이 조사를 했다."

"소신도 했사온데……."

'정보부 대단하네.'

이렇게 폴리아나의 내부에서 정보부에 대한 평가가 상향됐다. 평가치는 매일매일 상향되는 중이다. 폴리아나가 생각하는 황제의 정보력은 대륙을 뒤덮은 천라지망 뺨쳤다.

"스네크 가문에서 작정하고 덮으려 했던 일 아니냐. 젊은이들보단 나이든 이들이 기억하고 있었지."

"……."

"너무 심려치 말거라. 아는 이는 몇 없다. 파혼을 해도 이상한 소문은 나지 않을 것이야."

"소문이 두려운 게 아닙니다."

소문은 늘 폴리아나와 함께했다. 별거 없는 평기사 시절부터 후작이 된 지금에 이르기까지. 소문은 항상 폴리아나에게 달라붙었다.

차이가 있다면 폴리아나의 앞에서 대놓고 말하느냐 감히 말하지 못하느냐다. 폴리아나 자신만 떳떳하다면 소문이 어떻든 신경 쓰지 않는다. 중요한 건 황제가 직접 나섰다는 점이었다.

룩소스 1세는 무슨 생각으로 이 일에 직접 개입한 것일까?

일단 이 일은 오늘까지 폴리아나의 귀에 닿지 않았다. 룩소스 1세는 일부러 소문과 정보를 은폐했다. 그리고 폴리아나가 직접 처벌할 수 있도록 했다.

그 마음씀씀이가 폴리아나는 너무 고맙고 또 송구스러웠다.

그리 생각하니 다시 후회가 남았다.

"소신이 너무 관대했습니까?"

사지를 찢고 광장에 매달았어야 했나? 폴리아나는 풀이 죽어 변명하듯 말했다.

"아이가 있어서 사지를 찢지 못했습니다."

"아니야. 잘했어."

"아이가 없는 데서 찢었어야 했을까요?"

"경이 너그럽긴 했지."

당초 폴리아나는 자비롭게 목을 치려고 했다. 평생을 피와 함께 한 그녀다. 손에 피를 묻히는 일과 사람 목숨을 끊는 일을 주저하지 않았다.

모든 살인자는 기사가 아니나 모든 기사는 살인자다. 늙은 비카가 한 말은 폴리아나의 정체성 중 일부였다.

폴리아나 윈터는 살인자다. 그녀는 직업적으로 살인 기술을 갈고닦으며 사람을 죽여 주인에게 봉사한다. 그렇기에 명예에 타격을 받았을 땐 목숨으로 그 값을 받았다.

폴리아나가 프라우를 죽이지 않은 건 아이가 있었기 때문이다. 아이가 보는 앞에서 아비를 죽이는 건 과하다 싶었기 때문이다. 룩소스 1세는 관대한 처벌이었다고 재차 강조했다.

"너는 네 명예를 지키기 위해 관대한 처벌을 내렸다. 짐이 보증하마."

폴리아나가 자조했다. 어쩐지 웃음이 나왔다.

"또 악명을 하나 더했습니다. 고자 만들기 전문가."

자조하던 폴리아나가 입술을 깨물었다. 그녀의 이가 아랫입술을 질겅거릴 때마다 룩소스 1세의 심장도 같이 씹혔다.

"이런 신하라 죄송합니다……."

"뭐라, 폴. 짐은 말이다. 네가 너라 좋다."

사랑하는 여자가 고자 만들기의 프로페셔널이면 어떠한가. 다른 남자가 무서워하여 접근하지 않을 것이니 경쟁자가 줄어 좋다.

사랑하는 여자가 기사이면 어떠한가. 남정네들에게 둘러싸여도 구출할 때까지 잘 버틸 걸 생각하니 좋다.

사랑하는 여자가 못생겼으면 어떠한가. 이 또한 언감생심 넘보는 자가 없어서 좋다.

이번처럼 얕보고 접근하는 건 다른 문제였으나.

룩소스 1세가 인자하게 웃었다. 젊어선 아름답더니 나이 들수록 중후한 매력이 풍겼다.

폐하의 멋진 미소에 폴리아나의 두 볼이 붉어졌다. 때려서가 아닌 감정에 따른 혈액의 움직임이었다.

'내가 다시는 결혼하나 봐라.'

폴리아나는 굳게 다짐했다. 주군께서 들으시면 참 슬퍼할 다짐이었다.

둘은 결국 해가 진 뒤에야 마을에 도착했다. 아슬아슬하게 목책을 통과해 여관으로 이동했다. 여관에 손님이 없어서 다행이었다. 장사 공치나 싶다가 들어온 손님에 반색한 여관 주인은 천으로 얼굴을 감싼 남자와 부잣집 마나님 조합에 당황했다.

'제비가 마나님 꼬셔서 도망가나?'

그렇게 생각하기엔 마나님 생김새가 너무 흉흉했다. 못생긴 거야 타고 나니 어쩔 수 없다 치자. 얼굴의 저 흉터와 손의 생채기는 어쩐담.

여관 주인은 폴리아나를 여장한 흉악범으로 추리했다가 정정했다. 가슴이 있다. 같은 여자로서 확신하는데, 자연산이었다.

'가출한 아들 잡아 가나?'

이 추리가 상당히 그럴싸했다. 여관 주인은 멋대로 추리를 끝냈다.

마나님은 차림새대로 여유가 있는지 여관을 전세 냈다. 방이 두 개인 여관인데 방을 두 개 빌렸으니 전세였다.

여관을 빌린 폴리아나가 직업 정신을 발휘했다. 사기꾼의 거시기를 자른 당일에도 그녀의 기사도 정신은 빛을 발했다. 폴리아나는 두 방의 보안과 1층에서 2층으로 가는 통로 등을 점검했다.

여관 주인은 가출한 아들을 잡아 온 어머니라고 확신했다. 아들이 키가 크긴 한데, 엄마도 키가 크니 그러려니 했다.

여관 주인이 속으로 무슨 생각을 하든 폴리아나에겐 중요하지 않았다. 룩소스 1세를 먼저 방으로 올려 보낸 뒤, 폴리아나는 여관 주인을 돌아봤다.

"여기 술도 파나?"

"아무렴요."

"좀 많이 필요한데."

"얼마나 필요하십니까?"

"많이. 아주 많이."

술 마시고 개가 될 정도로!

폴리아나의 눈이 투지로 불타올랐다.

아크레아 제국의 제2근위대장 윈터 후작은 룩소스 1세에게 많은 특권을 하사받았다. 양이 너무 방대해 기록관들이 받아 적기를 포기했다.

폴리아나는 전시가 아닐 경우에도 황제 앞에서 무장할 수 있다. 황제 앞에서 발검할 수 있다. 드러누울 수 있다. 아플 때나 아프지 않을 때나 드러눕고 데굴데굴 멍멍 하는 게 가능하다.

폴리아나는 룩소스 1세의 허락을 받지 않고 알현할 수 있다. 황제가 다른 이와 대화 중일 때 중간에 난입하는 것도 가능하다. 그녀는 황제의 개인적 공간에 침입할 수 있고 황제와 대작도 할 수 있었다.

본래 룩소스 1세는 신하들과 음주가무를 즐겼다. 원정 중에도 때로 기사들을 초대해 함께 술잔을 기울였다.

지고한 존재와 함께하는 즐겁고도 괴로운 강제 회식은 야파 성으로 천도한 후 뜸해졌다. 룩소스 1세가 분주해졌기 때문이다.

가장 친하고 하는 일 없는(룩소스 1세의 관점에서) 아이노 경이 때때로 황제와 잔을 부딪쳤다. 그 정도가 전부였다. 귀찮은 연회가 이어지니 따로 회식을 할 필요가 없기도 했다.

어쩌다 회식이 있을 때, 황제는 폴리아나를 찾지 않았다. 고의였다.

황제와 기사가 알몸으로 한 침상을 쓰는 시대는 종막을 맞이했다. 그는 술 마시고 인내할 자신이 없었다. 폴리아나에 한해 룩소스 1세는 위험한 늑대였다.

"……."

그런 이유로.

룩소스 1세는 폴리아나를 선뜻 방으로 들이지 못했다.

그의 앞에 폴리아나가 있었다. 맨몸도 아니고 뭔가를 가져왔다. 그녀의 몸 절반 크기 되는 술통이었다.

'어떻게 갖고 올라왔지?'

통의 크기로 짐작했을 때 폴리아나 혼자 들고 올 무게가 아니다. 황제는 궁금증을 못 이기고 질문했다.

"이건 무어냐."

"술입니다."

폴리아나가 자랑스럽게 답변했다. 술인 건 룩소스 1세도 알았다. 생긴 것 자체가 "나 술통이요" 말하고 있었다.

"그러니까 이걸 어떻게."

"마을에서 축제용으로 보관해 둔 걸 사왔습니다."

"아니, 짐, 내가 궁금한 건 이걸 어떻게 가져왔냐는 것이다."

폴리아나가 두 주먹을 불끈 쥐었다.

"굴려서 가져왔습니다."

무거워 들지는 못하고, 데굴데굴 굴려서 가져왔단다.

창고에서 여관까지는 주민이 배달해 줬다 치고, 1층에서 2층까지 굴려 가져온 정성이 갸륵했다.

'무게 장난 아니었을 텐데.'

그걸 또 남 시키지 않고 스스로 꾸역꾸역 가져온 것이 폴리아나다웠다. 부하가 있었으면 부하를 시켰을 것인데 마을 주민들은 믿지 못해서 혼자 가져온 것이다.

"음…… 폴 경. 피곤할 텐데 술은 조금."

거기까지 말하던 룩소스 1세가 아차 싶었다. 차려진 밥상을 밀어냈다가 너무 밀어서 그 사달이 난지 얼마나 되었다고!

꽃뱀 새끼 주리를 튼 게 오늘이었다. 그는 한 번 실패를 맛봤다. 그러면 그 실패에서 배우는 것이 있어야 한다. 그것이 사람이 만물의 영장인 이유 아닌가.

룩소스 1세는 주저하면서 폴리아나를 방에 들였다. 폴리아나가 술통을 데굴데굴 굴려 진입하다 막혔다. 눕힌 술통 너비보다 문의 폭이 좁았다.

룩소스 1세는 폴리아나가 행동하기에 앞서 술통을 세웠다. 황제가 술통을 잡았다. 팔에 힘줄이 섰다. 그는 수월하게 술통을 방에 들였다.

폴리아나가 힘겹게 들고 온 술통을 황제는 수월하게 옮겼다. 이

것이 그녀가 평생 기억해야 할 차이였다.

"이걸 다 마시자는 게냐."

"신이 다 마시고 죽겠습니다."

"마시는 거야 짐도 좋지. 그런데 경 상처가 덧나지 않겠느냐."

"술은 위대하여 상처 소독에 좋습니다."

여기 주님을 모욕하는 자가 있었다. 매우 불경하나 주군이라 참았다.

"마실 때가 아니라 부을 때 얘기 아니냐."

룩소스 1세가 투덜거리든 말든, 폴리아나는 부지런히 판을 벌였다.

술통 뚜껑을 땄다. 술잔으로 쓸 국그릇도 두 개 가지런히 놓았다. 안주는 술과 함께 구입한 사슴 육포다.

"음…… 폴."

"네, 폐하. 소신은 준비되었습니다."

폴리아나가 의자에 앉았다. 술을 퍼 담는 모습이 사뭇 비장했다. 룩소스 1세는 난감했다.

'이걸 어쩐다.'

실패에서 배운 것이 있어 들이긴 했다. 들이긴 했는데 이후의 안전을 보장할 수 없었다. 현재 그는 위험한 짐승이었다. 폴리아나에게만 해당됐다.

그가 그녀에게 위험한 짐승이 된 지 꽤 되었다. 석양이 내리쬔 바닷가 절벽 이후로 룩소스 1세는 내내 위험한 짐승이었다.

그는 더 이상 폴리아나를 끌어안고 숙면을 취할 수 없었다. 그녀의 알몸은 위험했다. 그녀에게나 룩소스 1세에게나 공평하게 위험했다.

둘을 뿌듯하게 만들었던 군신관계는 일방적으로 무너졌다. 룩소스 1세의 배신이나 마찬가지였다. 룩소스 1세는 일방적으로 계약을 철회했다. 그런데 폴리아나는 그걸 몰랐다.

무지는 죄가 아니다. 룩소스 1세가 일방적으로 감춰 온 감정이니 폴리아나는 결백했다. 그러니 지금은 룩소스 1세가 아크레아 북녘의 바다처럼 냉철한 이성을 유지할 때다.

'짐은 시방 위험한 짐승이다.'

짐승도 짐승 나름이다. '어멋, 이 짐승!'은 괜찮으나 사람을 해치는 짐승은 잡아서 가죽을 벗겨야 한다.

'조금만 마시고 내보내야지.'

따지고 보면 그랬다. 룩소스 1세 홀로 품은 연심이었다.

폴리아나는 여전히 청명한 주종관계를 유지했다. 마치 유니콘이 반기는 순수한 처녀와 같았다.

룩소스 1세 혼자 애가 닳아 욕심내고 있었다.

'나만 정신 차리면 돼.'

폴리아나가 만취해서 떡이 됐든 개가 됐든 그만 정신을 차리고 있으면 된다.

이런저런 생각을 하고 있으니 술은 입 주변으로 흘렀다. 룩소스 1세는 주님에게 집중하지 못했다. 주님을 영접하는 자세가 불경하기 짝이 없었다.

'적당히 상대해 주자.'

다행히 폴리아나의 주량은 여느 기사들 못지않다. 적당히 상대해 주다 보면 술에 취해서가 아니라 피곤해서 방을 나갈 것이다.

그런데 이게 웬걸. 룩소스 1세의 예측이 빗나갔다.

폴리아나가 딱 두 대접을 비우더니 멍한 표정을 지었다.

"술이 꽤 독하…… 폴? 왜 그러느냐."

"이익."

폴리아나의 얼굴이 일그러졌다.

룩소스 1세는 긴장했다. 설마 두 잔(대접) 마시고 토하는 건 아니겠지? 전적이 꽤 있다 보니 그런 쪽으로만 머리가 돌아갔다.

룩소스 1세는 폴리아나가 토하길 기대했다. 그럼 못난 음란마귀를 싹 떨쳐 버리고 순수한 마음으로 그녀를 돌볼 수 있을 것이다. 또한 토한 폴리아나는 죄책감으로 인해 고분고분해져서 자러 가라는 명령에 따를 터.

방금 전엔 룩소스 1세의 예측이 빗나가더니 이번엔 기대가 엇나갔다. 폴리아나는 끝내 토사물보다 더 끔찍한 걸 내보였다.

폴리아나의 눈에서 눈물이 후두둑 떨어졌다.

룩소스 1세는 대경해 술을 뿜을 뻔했다. 그에 한해 토사물이 눈물보다 나았다.

폴리아나 윈터가 누군가. 그녀는 룩소스 1세가 아는 한 누구보다 눈물의 가치를 아는 자였다. 또한 눈물에 박한 자였다.

모두가 울 때 그녀는 울지 않았다. 모두가 울지 않을 때 그녀는 울지 않았다. 그녀는 눈물을 쉬이 보이지 않았다.

웃으면 욕, 울어도 욕. 무감각하게 말라비틀어지던 시기는 지났다. 이제는 마음껏 웃고 울 수 있음에도 쉬이 웃는 대신 울지 않던 사람이다.

강간의 위험에서도, 조국을 배신할 때에도, 음담패설과 욕설에 시달려도, 마녀 소리를 들어도, 그 어느 때에도 울지 않던 '피도 눈물도 없는' 폴리아나 윈터였다.

그런 폴리아나가 눈물을 사골육수 뽑듯 죽죽 뽑으며 울었다. 얼마나 서러운지 소리도 못 냈다. 아랫입술을 세게 깨문 것이 아파 보였다.

"그으…… 울지 말고."

이걸 어떡하나.

룩소스 1세가 꺼낸 어설픈 위로가 소리를 키웠다. 폴리아나는 달래 줄 사람의 존재를 확인하고 꽉 다문 입을 벌렸다.

"으허허허허허허허헝."

"폴? 폴 경? 폴리아나?"

"으허허허허허허허헝."

"경, 울지 마라. 경이 왜 우느냐. 그 새끼가 잘못하지 않았느냐. 경은 잘했어. 다 잘했어. 울지 마라."

룩소스 1세는 당황하면서도 폴리아나의 말에 꼬박꼬박 대답했다.

달래 줄 사람이 계속 달래 줄 의사를 보였다. 폴리아나는 작정한 것처럼 엉엉 울었다.

"으허허허헝, 겨론하려고 해눈데에."

"그래, 그래. 결혼하려고 했지. 안다. 짐이 다 알아."

"미더눈데에."

"세상에 믿을 놈 하나도 없다. 짐만 믿어라, 나만 믿어. 아니, 나도 믿지 마라."

폴리아나는 들떠 있었다. 그녀의 들뜬 꿈은 일장춘몽이 되었다. 유종의 미를 거두지 못한 꿈의 끝엔 비참함만 남았다.

폴리아나가 잘못한 게 없었다. 그녀의 잘못이라면 외로웠다는 것이다. 외로워서 조금 성급하게 상대를 잡았다. 안 해도 될 결혼을 하기로 마음먹었다.

그게 이렇게 비참해져야 할 이유인가? 폴리아나는 납득할 수 없었다.

차라리 노력해도 어쩔 수 없는 일이 나았다. 그건 원래 그런 거니까. 남들에게도 똑같으니까.

폴리아나가 평생 노력해도 술통을 들어 올릴 수 없듯 어쩔 수 없는 것이니.

폴리아나는 체념과 포기를 일찌감치 배웠다. 그것은 그녀의 인생이라는 나무 기둥뿌리에 자리 잡았다. 이제 와 치운다고 치워질 놈들이 아니었다.

혹자는 그녀더러 무욕하다 말했다. 혹자는 그녀더러 천성이 무던하다고 말했다.

사실은 그게 아닌 것을 폴리아나 스스로가 제일 잘 알았다. 그것이 학습으로 배운 포기인 것을 알았다. 룩소스 1세에게 기사로 거두어져 깨달았다.

이미 그런 성격이 되어 버린 걸 어쩌랴. 폴리아나는 스스로를 동정하지 않았다. 그녀는 치열하게 노력해 기회를 거머쥐었다.

이후의 앞길에 영광의 빛이 함께했다. 꽃길은 아니지만 가시밭길도 아니었다.

사람의 길. 기사의 길. 그녀가 직접 만든 길이었다.

폴리아나는 결코 과하거나 불가능한 것을 바라지 않았다. 남들이 다 갖고 있는 걸 소망했다.

그녀가 집에 가면 그녀를 반겨 줄 가족. 혈연으로 묶이지 않은 대신 같은 성을 공유하는 법적인 가족. 사랑은 없어도 괜찮았다. 서로를 인격적으로 대우하고 존중하는 부부라면 만족했다.

그녀의 부하, 동료, 상관, 주군 모두 가졌다. 폴리아나는 그래서 그걸 욕심내는 게 과욕이라고 생각한 적 없다.

가정과 가족. 노력하면 누구나 가질 수 있었다. 재수 좋은 인간은 태어날 때부터 갖고 태어났다. 재수 없는 인간이라도 살며 노력하면 가질 수 있었다. 기사가 되는 것처럼 과도한 노력은 필요 없었다.

그래서 폴리아나는 더 억울하고 더 서러웠다.

"나눙 잘모탄게 엄눈데에."

"당연하지. 경이 뭘 잘못했느냐. 그런 놈 있으면 짐이 다 죽여 주겠다."

룩소스 1세가 평소 극혐하던 폭군 같은 말을 했다. 지금 심정 같아선 진짜 죽일 수 있었다.

"가족 가꼬 싶었눙데! 나눙 잘모탄게 엄눈뎅!"

"맞아 맞아. 너는 잘못한 게 없다."

폴리아나가 국그릇에 술을 퍼 담아 입으로 가져갔다. 룩소스 1세는 말리려다 말았다. 여기서 말리면 더 서럽게 울 것 같았다.

'얼른 마시고 쓰러져 자거라.'

폴리아나가 쓰러지는 편이 좋을 것 같았다.

룩소스 1세는 그렇게 폴리아나의 술주정과 하소연을 받아 줬다.

"애도 갖고 싶었는데에에!"

"그렇지, 결혼하면 당연히 애도 갖고 싶지."

룩소스 1세는 울고 싶었다. 그는 여전히 폴리아나가 불임이라고 생각했다. 그래서 폴리아나가 프라우와 자식 볼 생각까지 하고 있던 걸 몰랐다.

폴리아나는 애가 생겨도 그만 안 생겨도 그만이지만 생기면 좋겠다고 생각하면서 흥흥 웃었다. 그렇게 웃은 과거가 역겨웠다.

룩소스 1세는 폴리아나가 아이를 꿈꿀 정도로 프라우를 좋아했다고 착각했다.

"좋아했는데에에엥."

"젠장."

황제가 기어이 욕을 했다. 이번 하소연은 받아 줄 수 없었다.

'좋아했구나!'

룩소스 1세는 좌절했다. 그 마음이 룩소스 1세처럼 깊지 않았을 수도 있다. 하지만 호감이 있었으니 배신에 더 괴로웠을 터.

그걸 상상하니 룩소스 1세의 마음이 찢어질 듯 아팠다.

'역시 찢어 죽여야 해!'

폭군 소리 들어도 좋다. 사사로운 감정으로 프라우를 처벌하는 건 룩소스 1세의 평소 행보와 어울리지 않았지만 프라우가 먼저 황제의 기사를 우롱했다.

프라우가 윈터 후작을 우습게 본 순간 황제 또한 얕보였다. 황제의 측근에게 사기를 치려 했으니 뒤따르는 황제의 분노도 각오했겠지.

그 정도 각오도 없이 폴리아나를 건드렸다면, 그걸로 이미 죄목이 충분했다.

그의 폴리아나였다. 지랄염병이 깊어 차마 고백도 못 해 본 소중한 사람이었다. 그런 사람을 이렇게 엉엉 울게 만들다니.

황제의 병이 깊어 사모하는 여인을 아끼기만 했다. 어느 미친 새끼가 폴리아나를 모욕했다.

그는 아까워 바람에 날아갈까, 먼지가 앉을까 애지중지하는 보물을 누가 채갔다가 진흙탕에 버린 꼴이었다.

"나아쁜 쉐끼이이."

폴리아나는 눈물을 그치지 않았다. 그녀는 술로 수분을 보충하고 안주를 씹어 기력을 보충했다. 그리고 계속 울었다.

"나아쁜 새끼이."

"그래그래."

"나쁜 새끼야."

"그래그래."

한 대접, 두 대접, 세 대접 주정뱅이. 네 대접, 다섯 대접, 여섯 대집 주정뱅이. 폴리아나가 열 대접 채운 주정뱅이가 되기 전 룩소스 1세가 막았다.

"폴, 마음은 알지만 술이 좀 과하지 않느……."

눈물과 원망이 범벅된 눈이 룩소스 1세에게 향했다.

여기서 잘못하면 나쁜 새끼가 그가 될 판이다. 진짜 나쁜 새끼는 프라우지만 술주정뱅이에겐 그런 걸 따질 이성이 부재했다.

폴리아나가 룩소스 1세를 향해 검지를 들었다.

"나아쁜……."

"마시거라. 자, 술 여기 있다."

룩소스 1세가 술을 퍼 폴리아나에게 건넸다. 마음을 내줬는데 까짓 술이야 못 주겠나 싶었다.

"크흥!"

폴리아나가 콧물을 들이마셨다. 그녀는 기분이 좋은지 헤헤 웃었다. 울다가 웃으면 어디에 털이 난다는데.

폴리아나가 룩소스 1세의 대접을 가져가 술을 퍼담아 건넸다.

룩소스 1세는 직감했다. 왕족으로 태어나 고귀하게 자라 황제가 된 그의 인생. 일생 찾아오지 않을 술지옥을 오늘 경험하게 될 것이다.

'짐이 정신을 차려야.'

"나아쁜……."

"마시자! 마셔!"

폴리아나가 다시 룩소스 1세를 삿대질하려 했다. 술 안 주는 나쁜 새끼에서 술 같이 안 마셔 주는 나쁜 새끼가 될 판이었다.

룩소스 1세는 다급하게 대접을 받았다.

"마시자! 짐이 누차 얘기했지만 경이 술 마시고 치는 사고는 모두 수습해 주마. 근심걱정일랑 덜어 놓고 마시거라."

"으흐흐흐."

폴리아나가 술에 젖은 손으로 얼굴을 닦았다. 술과 눈물이 범벅된 손이라 닦아도 닦아도 얼굴이 미끄러웠다. 주정뱅이는 의미 없는 짓을 그만뒀다.

"황제 폐하 최고오오오오."

"짐이 정신 차려야, 짐이라도 정신 차려야…… 읍!"

작정하고 퍼마시고 퍼 먹이는데 당해 낼 장사 없었다. 룩소스 1세의 표정도 멍해졌다.

술통의 절반이 비었다. 룩소스 1세와 폴리아나 둘 다 눈에 힘이 풀렸다.

두 주정뱅이는 관성적으로 술을 퍼서 마셨다. 손길이 무성의해 버리는 술이 절반을 넘겼다.

그럴 수밖에 없는 것이, 둘이 마시는 술은 아크레아의 전형적인 독주였다. 곡물이 귀한 아크레아에서 물에 희석해 마시는 술을 둘은 그냥 마셨다. 어지간한 주당이라도 취해 쓰러지지 않곤 못 배길 양이다.

그것을 폴리아나는 서러움으로 이기고 룩소스 1세는 의지로 견뎠다.

철썩! 폴리아나의 젖은 손이 룩소스 1세의 가슴을 쳤다.

이상하게 술을 펐는데 대접에 술이 없었다. 취한 머리는 술 푸는 손이 무성의해 술이 바닥으로 쏟아진 걸 고려하지 못했다.

폴리아나는 룩소스 1세에게 안겨 엉엉 울었다. 나쁜 새끼를 수십 번 쯤 찾다가 지친 그녀가 온기를 찾아 황제의 품에 얼굴을 박았다.

룩소스 1세는 그걸 밀어내지 않고 끌어안고 토닥였다. 술 푸는 손보단 성의 있었다.

"느하픈 새키."

토닥토닥.

"으흐흐, 폐하 님 조아여."

토닥토닥.

"나푼 세키!"

토닥토닥.

"흐흐흐, 폐하가 채고야."

폴리아나의 감정은 희노를 반복했다. 치매 걸린 노인처럼 눈빛이 휙휙 바뀌었다.

그녀는 프라우를 욕했다가 황제를 찬양했다. 황제를 찬양하다 다시 프라우를 욕했다.

룩소스 1세는 폴리아나가 무슨 말을 하든 그녀를 꼭 끌어안고 토닥였다. 손길은 자상했으나…….

"폴리아나! 사랑한다!"

황제도 제정신은 아니었다. 그는 술김에 해선 안 될 고백을 줄줄 뱉었다.

청혼하기로 마음먹었으니 고백쯤이야 싶지만 마음은 그게 아니다. 룩소스 1세의 계획대로라면 수백, 수천 송이 꽃이 만개한 온실이나 정원에서 누구보다 멋있게 청혼해야 했다.

"엉엉, 나아쁜 놈!"

"폴리아나, 사랑한다. 사랑한다. 사랑한다아아!"

발음이 꼬인 폴리아나와 달리 룩소스 1세의 발음은 정확했다. 겉으로 보기에도 심하게 취한 것 같진 않았다.

사실은 룩소스 1세도 폴리아나 못지않게 만취했다. 그는 제 입에서 나오는 말이 무엇인지 자각하지 못했다.

룩소스 1세의 이성은 술바다에 빠져 가라앉아 자취를 감췄다. 그는 하고 싶은 말을 줄줄 퍼부었다.

지랄염병이 깊어 하지 못했던 고백이 술술 나오니, 이 모두 주님(酒님)의 은총이셨다.

"사랑한다, 폴리아나."

"폐하가 채고야!"

"사랑한다, 사모한다, 연모한다. 짐이 경을 사모해. 오랫동안 사모해 왔어. 청사진이고 바람직한 황후고 집어 치우라고 해라! 짐이 그대를 사랑한다는데 뭐가 문제냐! 짐이! 짐이 폴을 사랑해!"

술에 취해 고백하는 비겁한 태도를 비난할 사람은 없었다. 당장 고백을 받는 당사자가 하나도 듣지 않고 있으니.

만일 듣고 있었어도 하나도 못 알아 들었을 것이다. 과음으로 룩소스 1세의 혀마저 꼬이고 있었기 때문이다.

이하의 대화는 옹알이를 번역한 것임을 밝힌다.

"으흐흐, 폐하는 세계 제일 미남."

예쁜 게 최고야!

룩소스 1세의 품에 안긴 폴리아나가 눈을 빛냈다. 그녀의 주군께선 품에 안긴 채 올려다보아도 너무너무 잘생기셨다.

아름답기로는 세계 제일이요, 잘생기기로도 세계 제일이요, 모시는 입장에서 어쩜 이리도 보람찬지.

"짐은 잘생겼다! 잘생겼잖느냐! 그런데 왜 짐을 남자로 안 봐 줘. 너무 잘생겨서 재수가 없느냐? 경보다 예뻐서 남자로 안 보여? 짐이 얼굴에 칼빵이라도 놓으면 멋있을까? 응? 물론 짐은 얼굴에 칼빵이 있어도 아름다워. 그건 경이 이해해야 한다!

짐은 왜 이렇게 잘생겼을까. 경을 사랑하고 난 후 더 분위기 있는 미남이 되었구나. 이게 다 경 때문이니 경이 책임져야 한다. 제발 책임져 다오."

"으흐흐흐, 잘생겼어. 폐하 너무너무 좋아요. 제가 평생 따라다닐 거야."

"짐을 사랑해 줘. 짐이 잘못했다. 고백 안 한 짐의 죄가 크다. 반한 순간 인정했어야 하는데 짐이 겁을 먹었다. 짐은 경에게 뒤를 따르라고 권하면 안 되었다. 옆자리를, 짐의 옆을 채워 달라 부탁해야 했어."

룩소스 1세의 절절한 고백은 응애응애 아기 옹알이처럼 웅얼거렸다.

아기 옹알이를 하든 말든 그는 제국의 룩소스 1세였다. 술을 마셔 평소보다 더 아름다워 보이는 화제의 미모. 폴리아나는 감탄하다 못해 침을 질질 흘렸다.

'아 씨, 폐하 진짜 잘생겼어.'

이러니 처음 포로로 잡혔을 때에 눈호강 한다고 생각했지.

과유불급이란 말이 있지만 룩소스 1세의 미모엔 해당되지 않았다. 처음 만났을 땐 그저 아름답더니 나이가 들면서 남자다워진다.

보면서 질릴 리 없는 완벽한 미남이었다. 매일 봐도 좋았다. 오랜만에 보면 시간에 따른 변화에 적응하지 못하고 눈이 부실걸?

그런 룩소스 1세의 미모를 품에 안겨 본다니. 지상 최고의 호사였다.

"폐하 정말 잘생겼어요."

"폴리아나, 날 남자로 봐 줘."

폴리아나는 룩소스 1세의 미모에 감탄했다. 룩소스 1세는 남자로 봐 달라고 애걸했다. 각자 자신의 얘기만 하지 남의 얘기를 귀담아 듣지 않았다.

그들이 하는 말은 상대에게 닿지 않았다. 건성으로 푼 술처럼 줄줄 흘렀다.

"폴 제발! 날 사랑해 줘! 남자로 봐 줘! 내게 입을 맞춰 줘!"

룩소스 1세가 울면서 입맞춤을 구걸했다.

평소 꿈꾸던 게 많아서일까. 입을 맞추라는 말은 옹알이를 벗어났다. 그리고 기적을 불렀다.

폴리아나는 황제의 명령에 따랐다.

"읍!"

폴리아나가 룩소스 1세의 입술에 그녀 입술을 맞추고 비볐다. 내내 징징거리면서 옹알이하던 룩소스 1세의 몸이 굳었다.

그의 손이 폴리아나의 어깨 위로 올라갔다.

'확실히 손등에 부비는 거랑 느낌이 달라.'

기념비적인 입술 비비기가 끝나고 폴리아나가 입술을 핥았다.

그녀의 입술이 황제의 옥체에 닿은 게 이번이 처음은 아니다. 영광스럽게도 폴리아나는 여러 번, 남들이 부러워할 만큼 많이 룩소스 1세의 손등에 입술을 맞췄다.

입술에 직접적으로 닿는 타인의 피부 감촉이 낯선 게 아니다. 그런데 입술과 입술은 느낌이 달랐다.

더.

룩소스 1세가 더 많은 입맞춤을 구걸했다. 작게 벌린 입술은 조형적으로나 예술적으로 백 점 만점에 백 점! 키스를 불렀다.

폴리아나는 자진해서 입술을 가져가 대었다. 룩소스 1세가 입술을 벌렸기에 그녀도 입술을 벌린 채.

남자의 손이 그녀를 강하게 끌어안았다. 벌린 입술 사이로 혀가 들어왔다.

숨이 막힐 때까지 서로의 호흡을 탐하던 남녀는 잠시 떨어졌다. 누가 먼저랄 것도 없이 옷을 벗었다. 폴리아나는 오랜 군 경력으로, 룩소스 1세는 원정의 경험으로 탈의가 빨랐다.

"하아."

둘의 욕정에 불이 붙었다. 음란마귀가 이성을 먼 곳에 감금했다. 술에서 깨기 전까지 이성은 돌아오지 못할 것이다.

폴리아나가 룩소스 1세에게 다시 입을 맞췄다. 룩소스 1세가 그녀를 강렬하게 끌어안았다.

서로에게 호감 있는 만취한 성인 남녀가 한 방에서 끌어안고 있을 경우 일정 확률로 발생하는 이벤트가 시작됐다.

경험 많은 룩소스 1세이나 입맞춤은 서툴렀다. 룩소스 1세가 처음으로 단 것을 맛본 아이처럼 폴리아나를 탐했다.

남자의 입술과 호흡이 폴리아나의 목덜미에 닿았다. 폴리아나는 룩소스 1세를 끌어안았다.

이상한 일이다. 상대를 밀치고 싶지 않았다.

에하스의 평기사로 복무하던 시절, 폴리아나는 강간의 위험에 시달렸다.

성폭행 위협을 얼마나 받는지는 외모와는 상관없었다. 위협하는 사람의 성욕과도 무관했다. 오히려 일종의 권력다짐이 아닌가, 폴리아나는 그렇게 받아들이고 이해했다.

폴리아나는 기사로서 병사들 위에 섰다. 그녀가 귀족이기에 쉽게 받아들이는 이가 있었다. 귀족이지만 여자라서 받아들이지 못하는 이가 있었다.

군이 부하가 아니라 동료들도. 그들은 폴리아나의 외모와 행동거지를 두고 성별을 비웃었다. 그들이 비웃어 봤자 폴리아나가 전장의 여성이라는 점은 바뀌지 않았다.

술에 취해서 습관적으로, 혹은 얼굴이야 어찌됐든 여자니까. 각자의 이유를 대고 손을 뻗은 게 좀 많았던가.

사람들은 폴리아나에게 어떻게 남자들 사이에서 편히 잘 수 있냐고 물었다. 편히 잔 적 없다. 감을 믿었다.

폴리아나는 자는데 누군가 몸을 만지면 바로 잠에서 깼다. 예외는 없었다.

아이노 경이 그녀를 질질 끌어 밖으로 던질 때에도. 도나우 경이 그녀를 업고 막사로 이동할 때에도. 다 상대를 확인하고 눈을 감았다.

엉켜 잘 때 역시 마찬가지. 엄마나 동생, 애완견으로 착각하여 끌어안으려는 자는 팔꿈치로 명치를 찍었다. 그러면 다들 돌아누웠다.

지금도 마찬가지. 명치를 무릎으로 찍어야 한다.

그런데 느낌이 달랐다. 입술을 부딪치고 혀를 섞고 옷을 먼저 벗었다고 다른 게 아닌데. 이성을 상실해 보인 행동일 텐데 이상하게 심장이 뛰었다.

부어서 부연 눈으로 상대와 눈을 마주쳤다. 녹음을 닮은 눈동자엔 애정이 듬뿍 담겨 있었다. 폴리아나의 안에서 애정이 차올랐다.

이 얼마나 사랑스러운 사람일까.

남자는 그녀에게 사랑을 애걸했다. 자신의 사랑을 받아 달라 부탁했다.

몸이 닿았으면서 선을 지키는 모습이 사랑을 증명했다. 그건 분명 상대를 존중하고 허락을 구하며 거절하면 울며 물러날 아름다운 감정이었다.

이렇게 사랑스러운 사람이기에. 이렇게 사랑스러운 감정이기에.

사랑에 빠져 죽어도 좋다.

폴리아나는 배신당해 흩어졌던 작은 연심을 끌어 모았다.

이 사람은 절대 그녀를 배신하지 않을 것이다.

그녀는 애정에 굶주렸다. 누군가의 사랑을 원한다. 누군가가 아무나는 될 수 없다.

백마 탄 왕자님의 사랑은 필요 없었다. 폴리아나가 바라는 것은 그녀 자체를 받아들이고 존중해 주는 남자였다.

폴리아나에게 제발 사랑을 받아 달라 애원하는 남자는 그녀의 깊은 이해자였다.

사랑스러운 마음을 참을 길 없어, 폴리아나는 룩소스 1세를 끌어안았다. 무언의 허락에 룩소스 1세는 긴 사랑 고백을 이어 갔다.

밤이 깊도록.

술주정과 육체적 환락이 공존한 다음날 아침 해가 밝았다.

폴리아나는 습관대로 새벽에 기상했다. 일어나자마자 그녀의 손이 입으로 향했다. 손으로 입을 틀어막고 하는 소리가.

"우엑."

정신을 차리자 반사적으로 헛구역질이 일어났다. 퍼마신 양에 비하면 약과였다.

폴리아나는 몸을 절반쯤 일으켰다. 빙글, 빙글, 머리가 작은 원을 그리며 뱅뱅 돌고 그에 따라 상체가 흔들렸다. 끝날 줄 모르고 돌던 머리가 어느 기점에서 멈췄다.

"우엑."

머리가 망치에 맞은 이틀날처럼 띵하다. 귀와 두개골 안에서 모기와 파리가 쌍으로 앵앵거렸다. 이명이 극심해 두통과 함께 폴리아나를 괴롭혔다.

이명이 심해 몰려오는 두통인지, 두통이 심해서 생긴 이명인지. 무엇이 선이고 후인지.

분명한 건 괴롭다는 것이다.

밤새 몇 번 토했나 보다. 위장이 걸레 쥐어짜듯 꼬였다. 입안이 텁텁하고 목이 까칠까칠했다. 입술을 핥았는데 젖지 않았다. 입술이고 혀고 입안이고 모두 바싹 말라 건조했다.

전형적인 과음 다음날이었다.

폴리아나는 주위를 두리번거렸다. 잠과 술에서 덜 깬 눈이라 시야가 평소의 절반도 안 됐다.

방구석에 토사물의 흔적과 던진 옷가지가 뒤엉켜 있었다. 술통은 멀쩡했지만 안의 내용물은 절반 이상 비워져 있었다.

'내가 저걸 다 마셨…….'

"우엑."

'작작 마실걸.'

두통이 몰려왔다. 그녀는 어제의 기억이 없었다. 술통을 신나게 굴려서 방에 들어온 것까지만 기억났다. 그 이후는 가물가물했다.

기억이 끊겼지만 딱히 걱정하지 않았다. 밖에 나가지 않고 방에서만 깽판을 친 것 같았기 때문이다.

'맞다, 폐하.'

자신의 안전만 생각할 때가 아니었다. 폴리아나가 술에 떡이 된 사이 주군께 무슨 일이 생겼다면 큰일이었다. 폴리아나의 반쯤 감긴 눈이 번쩍 뜨였다.

다행히 룩소스 1세는 폴리아나 옆에 얌전히 누워 있었다. 폴리아나는 수면 중인 그를 발견하고 안심했다.

다른 사람으로 오해할 수 없는 반짝거리는 금발이 창문 덮개 틈새로 들어온 아침 햇살을 받아 자체발광하고 있었다. 순도 높은 금괴를 골라 장인이 금사를 뽑아내도 이렇게 반짝거릴 수는 없을 터.

폴리아나의 입꼬리가 올라갔다. 자고 일어나니 남자와 같은 침대를 쓰고 있었지만 놀라지 않았다. 처음 있는 일이 아니었다.

그리고 둘 사이라면 분명 아무 일도 없었을 것이다. 기억나지 않지만 폴리아나는 확신했다.

"끄으응."

폴리아나는 두 팔을 벌리고 기지개를 켰다. 조금 더 정신이 맑아졌다. 그러고 보니 룩소스 1세와 폴리아나 둘 다 알몸이었다. 여기에서 놀란다면 폴리아나는 성을 바꿔야 했다. 둘이 같이 술 퍼마시다 알몸으로 같이 잔 게 한두 번이어야지.

폴리아나고 룩소스 1세고 과하게 취하면 옷을 벗는 주사가 있기 때문에 가끔 알몸으로 끌어안고 있을 때가 있었다. 그럴 때마다 아이노 경은 질색했다. 조심들 하라는 얘기다.

그래 봐야 아무 일도 안 생긴다. 생길 리 없다. 그녀와 룩소스 1세는 성별에 구애받지 않는 사이좋은 주종이었다.

폴리아나는 침대 밑에 가지런히 놓아 둔 검을 챙기려고 일어났다. 순간 기묘한 감각이 그녀의 등골을 스치고 지나갔다.

뭔가 달랐다. 평소의 음주 다음날과 뭔가 달랐다.

이상하게 허리와 등이 아프고 가랑이 사이가 수상했다. 몸도 이곳저곳이 울긋불긋했다.

'벼룩이나 빈대가 있나.'

산촌의 여관. 주 고객은 사냥꾼. 어쩔 수 없는 일이었다.

벌레라기엔 기분이 영 찝찝해서 폴리아나가 이불을 들췄다.

'설마 생리 터진 건 아니겠지.'

만약 그렇다면 어제에 이어 주군 앞에서 개쪽도 그런 개쪽이 없었다.

알몸이야 어쩔 수 없다 친다. 꽃뱀도 어쩔 수 없다 친다. 그렇지만 생리현상은!

폴리아나의 안중에 방구석에 있는 토사물은 없었다. 사실 토사물과 생리혈의 영역이 다르기도 했다.

다행히 피는 없었다. 휴.

작게 안도하는 것도 잠시. 대신 다른 게 말라붙어 있었다. 폴리아나가 아는 물체였다.

"……."

폴리아나는 잠시 명상의 시간을 가졌다. 머리가 새하얗게 변해 무념무상의 경지에 올랐으나 의도치 않은 경지다. 그래서 인세로 다시 돌아왔다.

'잠깐만.'

폴리아나가 기도하듯 두 손을 모았다. 쓰읍 후우. 크게 숨을 들이 마시고 내뱉었다. 이명과 두통이 조금 덜어졌다.

'잠깐만, 잠깐만. 아 시발 잠깐만.'

쓰읍 후우. 쓰읍 후우. 쓰읍 후우.

세 번 복식 호흡을 마친 폴리아나가 간절하게 고개를 돌렸다. 옆에 누운 사람을 확인했다.

종족 인간. 성별 남성. 연령 삼십 대 중반. 특징 미남.

"이런 시……."

욕하는 폴리아나의 목소리가 떨렸다. 그렇게 빌었는데 그녀 옆에 누운 남자는 룩소스 1세가 맞았다.

폴리아나의 손이 무엄하게도 황제가 덮고 있는 이불을 걷었다. 알몸인데 이불을 뺏기자 룩소스 1세가 이마를 찡그리며 잠투정했다. 산촌이라 새벽 공기가 쌀쌀했다.

"끄응."

"이런 씨이발……."

폴리아나의 눈이 더 커질 수 없을 정도로 확장되었다. 그녀의 전신이 부들부들 떨렸다.

폴리아나는 일단 침대에서 빠져나왔다. 앉아 있을 땐 몰랐는데 전신이 무거웠다. 물에 적신 솜 같았다. 사지가 말을 듣지 않아 두 다리를 휘적거리다 발이 이불에 걸렸다.

그녀는 이불과 함께 바닥으로 추락했다. 소리는 크지 않았다. 자세가 안 좋아 아팠지만 통증을 느낄 상황이 아니었다.

폴리아나는 일단 바닥에 놓인 검을 집어 들었다. 그리고 검집으로 머리를 쳤다.

룩소스 1세가 걱정한 대로 식물 폭행, 건물 폭행의 최종 진화 버전은 셀프 폭행. 즉 자해였다.

빡!

숙취에 시달리는 머리가 외부 충격으로 더 울렸다. 머릿속에서 종이 울리는 고통에 폴리아나가 바닥을 굴렀다. 그녀의 몸 위로 이불이 엉켰다.

두개골을 부술 각오로 힘을 줬기에 고통이 어마어마했다. 그녀가 입을 벌리고 소리 없는 비명을 질렀다.

이건 그러니까, 꿈이 아니었다. 이 모든 정황 증거는 한 가지 결과를 내놓았다. 확실했다. 인정하고 싶지 않은데 분명했다.

술 취한 싱인남녀. 뻐근한 허리와 옆구리, 다리의 근육. 말라붙은 체액에 성기의 느낌까지.

'잤구나!'

잤다. 눈을 감고 의식을 잃는 행위를 말하는 게 아니다. 다른 뜻이 더 있었다.

'잤구나!'

"끄으으으."

폴리아나가 머리를 쥐어짰다. 아픈 머리를 쥐어짜 봐야 더 아팠다. 그래도 그녀는 노력했다.

어제 일을 떠올려야 했다. 어제 무슨 일이 있었는지. 어쩌다 이렇게 되었는지. 왜 이런 일이 벌어졌는지. 확실하게 떠올려야 했다.

온 세상이 알듯, 세상엔 노력으로 가능한 일과 불가능한 일이 있다. 이번 일은 후자였다.

폴리아나의 노력에도 불구하고, 그녀는 아무것도 떠올리지 못했다. 부분 부분 떠오르는 기억은 쓸모가 없었다.

폴리아나는 프라우와의 일을 잊고 싶었다. 그래서 술통을 굴려 주군을 찾았다. 코가 삐뚤어지도록 마시고 털어 낼 작정이었다.

그 결과는 참담했다. 잊으라는 일은 안 잊고 중요한 어젯밤 사건이 오리무중이다.

빡. 빡.

폴리아나는 재차 자해했다. 골이 울리도록 머리를 학대한 결과 일부를 떠올릴 수 있었다.

그녀가 떠올린 내역들이 이러하다.

룩소스 1세의 가슴에 얼굴을 박고 에헤헤 웃었다. 무엄하게도 룩소스 1세의 가슴을 손으로 찰싹찰싹 쳤다. 소리가 '찰싹찰싹'인 것은 황제가 알몸이었기 때문이다.

아주 무엄하게도 알몸의 룩소스 1세에게 안겨 에헤헤 웃고, 찰싹찰싹 가슴을 친 것이다. 그때 폴리아나는 이유는 몰라도 아주 신나 있었다.

맨살에 닿은 타인의 체온은 따뜻해서 기분이 좋았다. 룩소스 1세에게선 좋은 냄새가 났고 살결도 부드러웠다. 부드러운 피부 아래에 자리 잡은 단단한 근육은 익숙한 촉감이라 마음이 놓였다.

특히 가슴은 속살이라 그런지 살결이 곱고 근육도 마음에 들어 열심히 찰싹찰싹…….

'아냐, 이런 거 말고!'

폴리아나의 얼굴에 핏기가 가셨다. 도대체 이 일을 어찌하면 좋단 말인가. 이런 쓸데없는 기억 말고 다른 건 없나?

폴리아나는 아픈 머리를 쥐어짰다. 마른 걸레 쥐어짜면 손목만 아프지만 그래도 쥐어짜니 무언가 나왔다.

뒤로 빠지는 룩소스 1세의 허리를 두 다리로 감아 잡아당기고 신나서 웃…….

더 이상은 기억해 내기 싫었다. 폴리아나가 머리를 사방으로 흔들었다.

머릿속 종이 울리면서 떠올린 기억이 흩어졌다. 그녀는 정신을 차리지 못했다.

다른 사람의 일이었다면 대박 사건이라고 좋아했을 것이다. 히죽히죽 웃으면서 미혼 남녀라면 결혼을 하게 될지, 기혼자가 있으면 일을 어떻게 수습할지 상상의 나래를 펼쳤겠지. 물론 가장 먼저 룩소스 1세에게 달려가 쫑알거렸을 것이다.

그런데 당사자가 되고 보니 웃을 수 없었다.

대박 사건이 아니다.

대형사고였다.

"폐, 켁. 폐하! 기침하십시오!"

목마른 목은 목소리를 잘 내지 못했다. 목이 잠겨 평소보다 목소리가 더 낮았다.

폴리아나는 엉금엉금 기어 물을 찾았다. 다행히 물병에 물이 남아 있었다.

"폐하! 기침하십시오!"

폴리아나가 다급하게 황제를 깨웠다. 무례고 나발이고 찾을 때가 아니었다.

"폐하!"
"으음, 체일, 5분만……."
룩소스 1세가 잠투정을 계속했다. 그는 시종장이 자신을 깨운다고 생각했는지 시종장의 이름을 불렀다.
"폐하, 큰일났습니다!"
"체일…… 짐이 몸이 허하고 허리가 쑤신다…… 몸살 같으니 좀 더 자련다……."
"폐하!"
쿨럭. 폴리나아의 입에서 잔기침이 터졌다. 폴리아나는 물로 목을 축였다. 다시 룩소스 1세를 깨웠다.
"폐하, 여긴 황성이 아닙니다! 접니다, 폴리아나!"
"무어……."
깨어나세요 황제여!
폴리아나의 간절한 외침에 룩소스 1세가 눈을 떴다.
폴리아나가 부스스한 만큼 그도 부스스했다. 잠기운을 쫓아내지 못한 황제가 눈을 여러 번 깜빡였다.
유독 버석버석한 눈으로 룩소스 1세가 괴로워했다. 폴리아나가 물을 손에 적셔 황제의 얼굴에 찍어 발랐다. 특히 눈가에 집중적으로 발랐다.
"폐하, 큰일났습니다. 폐하, 기침하소서."
"으으, 폴? 무슨 일이냐. 짐은 좀 더 자고 싶다."
"폐하, 신이 죄를 지은 것 같습니다."
"경, 밤사이 돌아가서 뱀 새끼 사지를 찢고 왔는가?"
자다가 일어나 룩소스 1세는 정신이 혼미했다. 황제는 그의 기사를 믿었다. 폴리아나는 정의롭진 않지만 막나가는 악덕 기사가 아니다. 죄를 지었다고 말해도 짚이는 것이 없었다.

으윽. 룩소스 1세가 미간을 좁혔다. 폴리아나에게 찾아왔던 두통이 공평하게 황제를 덮쳤다.

'어제 얼마나 마셨지…….'

룩소스 1세가 폴리아나가 잠에서 깬 뒤에 했던 행위를 반복했다. 눈을 비비고 주위를 둘러봤다. 술통의 술이 절반 이상 비었는데 기억나는 게 없었다.

기운이 조금 없고 잠을 잤는데도 피곤했다. 피로가 가시지 않은 건 과한 음주 후의 전형적인 증상이다.

룩소스 1세는 근심하지 않았다. 오히려 피곤한 것치고 기분이 좋았다. 일어나기 싫다고 잠투정 부린 것은 그만큼 기분 좋게 자고 있었다는 뜻이다.

나름 꿀잠을 자고 있었다. 이대로 깨고 싶지 않을 정도였…….

룩소스 1세의 멍한 표정이 돌변했다. 황제의 눈이 천천히 커졌다.

룩소스 1세는 폴리아나의 몸에 있는 흔적과 방 안의 모습, 자신의 모습을 차례로 살폈다.

"……."

룩소스 1세가 마른세수를 했다. 피로의 원인이 밝혀졌다. 황제는 머리를 쥐어짰다. 기억나는 게 없었다. 그렇지만 한 가지는 분명했다.

'잤구나.'

룩소스 1세는 죽고 싶어졌다.

룩소스 1세는 폴리아나를 사랑한다. 몇 년째 이어 온 짝사랑 상대와 이런 식으로 사고를 치다니?

심지어 잤는데 기억이 없다. 어떻게 잤는지, 어쩌다 잤는지, 잘(?)했는지, 그녀가 만족(?)은 했는지, 그런 중요한(?) 일들이 하나도 기억나지 않았다.

무엇보다 황제를 근심케 하는 것은.

'설마 내가 강제로……?'

룩소스 1세의 기억은 우는 폴리아나를 달래 준 부분에서 끊겼다.

분명 그보다 폴리아나가 더 취한 상태였다. 몸을 가누지 못하는 상태에서 룩소스 1세가 덮쳤다면 저항하지 못했을 확률이 높다. 혹은 술에 취해 잠든 폴리아나에게 수작을 걸었거나.

룩소스 1세의 등골이 서늘해졌다.

'그거 인간쓰레기 아니냐.'

술에 취해 제 몸을 가누지 못하는 레이디와 관계를 갖다니. 룩소스 1세 사전엔 있을 수 없는 일이었다.

잠든 폴리아나를 덮치지 않았다고 해도 여전히 인간쓰레기였다.

사랑하는 여자에게 고백도 안 하고 덮치다니! 쓰레기! 구제불능 쓰레기! 인간쓰레기! 인간폐기물! 파렴치한!

옹알이하듯 외친 사랑 고백은 그의 기억에서 완벽 소거된 상태였다.

룩소스 1세는 죽고 싶어졌다.

"설마 짐이 경을……."

룩소스 1세가 차마 말을 잇지 못하는데 폴리아나가 먼저 무릎 꿇었다.

폴리아나의 이마가 바닥에 닿았다. 나무로 만든 바닥이 쿵 울렸다. 아래층에서 무슨 일이냐고 올라올 파괴력이었다.

"소신을 죽여 주시옵소서! 소신이 그만……!"

"그만?"

"술기운에 폐하를 덮쳤습니다!"

"응?"

폴리아나의 충격 고백에 룩소스 1세는 당황했다. 보통 이럴 땐 남자가 덮쳤다고 생각하지 않나?

여성에게도 성욕이 있으니 덮칠 수야 있다. 그래도 남자 쪽에서 덮치는 게 상식선에 가깝다.

룩소스 1세는 설마 하면서도 폴리아나의 자백을 추궁하지 않았다. 룩소스 1세는 기억이 없다. 그런데 폴리아나는 기억이 있다면 그녀의 말이 옳은 것이다.

"그…… 경? 짐이 술이 과해 간밤의 기억이 혼미하구나. 경은 기억나는 게 있는 것이냐?"

"지도 기억 안 납니다. 하나도 안 납니다."

폴리아나가 잽싸게 대답했다. 어투는 아주 공격적이었다. 기억나는 게 황제의 가슴을 치고 허리를 다리로 안은 등의 파렴치한 것밖에 없었다.

세상에, 가슴이야 그렇다 쳐도 다리를 막…….

폴리아나는 표정 수습에 나섰다. 그런 말을 하느니 아예 기억 안 나는 척 하기로 결심했다.

"경도 기억 안 나는데 왜 그런 말을……."

"확신합니다. 제가 덮쳤습니다."

'자랑은 아니지 않느냐.'

룩소스 1세는 그저 당황했다. 계속 당황했다. 그것 말고 할 게 없었다.

폴리아나의 확신엔 근거가 있었다.

잠시 가출한 이성을 데려와 논리적으로 따져 보자.

첫 번째 근거를 위해선 둘이 처음 만났던 날까지 거슬러 올라가야 했다. 폴리아나가 기사의 맹세를 했던 추운 겨울날.

룩소스 1세가 폴리아나를 보고 이렇게 말했다.

"너랑 자느니 길거리 논다니랑 잔다."

그 말씀!

폴리아나는 한 번도 잊은 적이 없었다. 룩소스 1세의 환상적인 미모와 어우러져 크리티컬 데미지를 입었기 때문이다.

두 번째 근거는 경험이다. 폴리아나와 룩소스 1세는 둘이서 고주망태가 되도록 퍼마시다 종종 같이 잠들었다. 그동안 한 번도 이런 대형사고가 터진 적 없다.

두 가지 근거를 이유로 폴리아나는 확신했다.

룩소스 1세는 그녀를 여자로 보지 않는다.

세상 인간이 다 죽어 폴리아나와 룩소스 1세만 남으면 그때, 인류의 번식을 위해 그녀를 이성으로 대할 것이다.

그런데 사고가 터졌다! 범인은 누구일까! 범인은 이 안에 있는데 사람이 둘이고 한 명은 결백하다!

이런 경우 별문제가 없었던 황제보다 정신적 충격을 받은 자신에게서 원인을 찾는 게 옳은 수순이었다.

기껏 떠올린 기억이란 것이 황제의 근육을 희롱한 것뿐이니…….

폴리아나의 얼굴 근육이 굳었다. 폴리아나는 더 생각하기를 포기했다. 아무리 생각해도 그녀가 덮쳤다.

죄스러움과 부끄러움에 폴리아나의 얼굴이 붉어졌다.

수분이 부족해 눈물이 나오지 않았지만 우는 것이나 마찬가지였다. 눈가가 새빨개졌으니까.

그녀가 못나고 모자라 꽃뱀에게 사기당한 것도 부끄러운데 술에 취해 황제를 덮쳤다. 있을 수 없는 일이었다. 주군께 믿음직스럽고 완벽한 모습만 보여 드려도 모자랄 판에 또 사고를 치다니.

폴리아나는 죽고 싶었다.

남녀가 나란히 자살 충동에 시달리는 새벽. 룩소스 1세는 그의 기사를 강간범(?)의 누명에서 벗겨 줘야 한다고 생각했다.

"짐이 덮쳤지 경이 덮쳤겠느냐! 누가 보아도 짐이 덮쳤지!"

"아닙니다! 제가 덮쳤습니다!"

"경은 여인이고 짐은 남자 아니냐!"

"여자도 덮칠 수 있습니다! 가능합니다!"

"그렇지, 가능이야 하지."

룩소스 1세가 꼬리를 말았다. 부정했다간 폴리아나가 행동에 옮겨 가능한 걸 증명해 보일 것 같아서 무서웠다.

자기가 덮쳤다고 말한 주제에 성질부리던 폴리아나가 바닥에 다시 머리를 박았다.

"죽을죄를 지었습니다."

"아냐, 아냐, 일어나거라. 다시 생각해도 그건 아니구나. 짐이 덮친 것이지 경이 덮쳤겠느냐. 경이 그런 사람이 아닌 걸 짐이 제일 잘 알아."

룩소스 1세는 폴리아나를 사랑한다. 폴리아나는 룩소스 1세를 사랑하나 그 마음은 기사의 충심이다.

남자가 좋아하는 여자를 덮칠 확률과 기사가 주군을 덮칠 확률.

둘 중 어느 쪽이 높은지 명약관화했다.

실상은 둘이 합의하에 떡쳤다. 술주정뱅이 둘이서 '안녕, 물고기는 고마웠어요' 인사하듯 끼룩끼룩 끼에에에 초음파를 내지르다 떡방아 질에 돌입했다.

누가 먼저 덮쳤다고 볼 수 없는 화간이었지만 둘의 기억에선 사라진 일.

"도대체 이 죄를 어찌……."

폴리아나의 표정이 비장해졌다. 수틀리면 검을 뽑아 자결이라도 할 기세였다. 자살충동에 시달리고 있으니 당연한 일이었다.

룩소스 1세는 폴리아나를 말리는 데 정신을 집중했다.

"경에게 무슨 죄가 있겠느냐. 분명 짐이 잘못을."

"아닙니다! 모두 제 탓입니다. 제가 어제 술을 가져와 퍼마시지만 않았어도 감히 폐하를 덮치는 불상사는 벌어지지 않았을 것입니다."

"그러니까, 경이 덮쳤다는 보장이 없고 오히려 짐이 덮쳤지 않겠느냐."

"차라리 논다니를 안으면 안았지 신 같은 박색을 안을 리 없다는 폐하의 진심, 언제나 가슴 깊이 새겨 두고 있었습니다. 그걸 제가…… 제가 폐하의 신뢰를 깨는 짓을 저지르다니."

룩소스 1세가 입을 다물었다.

때린 놈은 기억 못 해도 맞은 놈은 기억한다는 말이 맞았다.

'아 그거. 마음에 담아 두고 있었느냐. 10년 전인데 잊지 좀.'

과거로 돌아갈 수 있다면 그 말을 한 자신을 쥐어 패고 입을 찢고 싶었다.

그런 막말을 한 여자가 나중에 누가 되는데!

10년 뒤에 그녀를 사랑하게 되는데 왜 그랬을까. 인간은 정말 1초 뒤의 미래를 모르면서 100년 뒤를 상상하는 자만의 동물이었다.

황제는 무치無恥. 그런데 유독 폴리아나에겐 사과할 일이 많았다. 이것도 나름의 인연인가 싶다.

룩소스 1세는 등골이 싸늘하게 식는 걸 실감했다. 이미 그런 말을 해 버렸으니 이제 와서 무슨 말을 해도 폴리아나는 예쁘다는 말을 믿지 않을 터.

"세상 모든 여자가 죽지 않는 한 소신을 여자로 볼 리 없는 폐하의 마음! 청순가련 레이디를 좋아하는 폐하의 취향! 신이 제일 잘 압니다. 그런데 신이! 신이 미쳤는지 그만……!"

폴리아나는 구구절절 땅을 팠다. 룩소스 1세가 말려도 소용없었다.

룩소스 1세는 순간적으로 지금 마음을 고백하고 청혼하면 어떻게 될지 상상해 봤다.

글렀다. 이미 꽃뱀 사건으로 자존감이 떨어진 폴리아나는 고백을 믿지 않을 것이다. 이 대형사고를 책임지려는 줄 알고 거부할 게 틀림없었다. 동정으로 생각하지 않으면 다행이었다.

"그때는 짐이 말이다. 어렸어. 어렸단 말이다. 경 정도면 귀엽고 예쁘지. 얼마나 보기 좋으냐, 짐이 봤을 땐 정말 사랑스러운데."

절레절레. 폴리아나가 고개를 저었다. 폴리아나는 귓구멍이 꽉 막힌 것처럼 룩소스 1세의 말을 듣지 않았다. 이미 본인이 덮쳤다고 믿고 있었다.

"군법에서 상관 강간은 극형으로 다스리고 기사가 모시는 레이디와 관계를 가졌을 경우 기사 작위을 빼앗고 외국으로 추방을……."

"폴리아나, 정신 차리거라! 제국에 외국이 어디 있으며 지금은 전시도 아니야! 그래!"

룩소스 1세가 이 상황을 타개할 묘책을 떠올렸다. 대단한 건 아니었다.

"짐이 누차 말했지! 경이 술 먹고 사고 치면 짐이 수습해 준다고! 짐이! 짐이 이 사고를 수습해 주마!"

폴리아나는 납득하지 못했다. 가해자와 피해자가 명백하다. 그런데 책임을 피해자가 진다니? 어느 똥 같은 나라의 법인가. 하늘 같으신 룩소스 1세가 통치하는 제국에선 있을 수 없고 있어선 안 되는 일이었다.

"천부당만부당한 말씀이십니다!"

"폴 경! 진정하자! 우리는 지금 진정해야 해."

맞는 말이다. 폴리아나가 그 말을 듣고 침을 꿀꺽 삼켜 평정을 찾으려 애썼다. 심장이 엉망으로 뛰어 호흡도 엉망이었다. 그걸 정돈하기 위해 숨을 참았다 마시길 반복했다. 그러자 더 감정이 격해졌다.

"폐하, 도저히 용서받을 수 없을 것 같습니다!"

"짐이 용서하는데 왜 경이 멋대로 그러는가!"

"폐하께 용서받는 걸론 저의 죄를 씻을 수가 없습니다!"

"그러니까 짐이 용서한다니까 그래!"

자고 일어나니 옆구리에 칼이 박혀 있어도 지금보다는 진정할 수 있을 것 같았다. 룩소스 1세는 이치에 맞지 않는 온갖 말을 주워섬겼다.

폴리아나도 그렇지만 그도 제정신은 아니었다. 그 와중 진실이 튀어나왔다.

"괜찮아! 괜찮다니까! 아마 짐은 좋았을 거다! 즐겼을 거야!"

"그럴 리 없습니다! 제가 폐하를 강제로……!"

"남자는 다 즐겨!"

"도나우가 그러는데 무조건 좋은 거 아니랬습니다!"

바른생활 청년을 의동생으로 둔 폴리아나는 남자라고 다 성욕의 노예가 아님을 믿었다. 성욕을 해소하지 못하면 죽는다고 난리치는 놈들이 더 많았지만 예외는 존재한다. 그리고 중간부터 좋아졌다 한들 덮친 게 정당화되는 게 아니다.

폴리아나가 그런 주장을 펼치자 룩소스 1세는 할 말이 없어졌다. 여기서 남자는 다 좋아한다고 말했다간 남자는 다 성욕의 노예라고 주장하는 꼴이었다.

대륙의 지배자이자 인류의 대표로서 그런 말을 할 수야 없지.

룩소스 1세는 그 하나로 축소했다.

"짐은 그래!"

가해자(?)는 아니라고 우기고 피해자(?)는 즐겼다고 우기는 촌극이 벌어졌다. 촌극 끝에 룩소스 1세가 경험자다운 주장을 펼쳤다.

"짐과 경의 모습을 보아라. 이게 한 번만 한 모습이냐?"

폴리아나는 곰곰이 생각했다. 그녀와 룩소스 1세의 모습을 관찰해 보건데 논리적으로 한 번은 아니었다.

"……."

"여러 번 하지 않았겠느냐. 최소 세 번……."

부끄러운 대화다.

룩소스 1세의 얼굴이 붉게 달아올랐다. 폴리아나도 덩달아 더워져 손부채로 얼굴에 오른 열을 식혔다. 부끄러운 대화 덕분에 그녀는 막무가내로 땅 파던 걸 그만뒀다.

'좋았던 거 같은데…….'

싫은데 끌어안진 않았겠지. 그런 생각을 하니 얼굴은 물론이고 아래에도 열이 오르는 것 같아 폴리아나는 고개를 숙였다.

룩소스 1세는 기회를 놓치지 않고 그녀를 설득해 극적 타협을 이끌어냈다.

"사고다."

진실로 사고로 여기고 싶은 마음뿐이다. 사랑하는 여자와의 기념비적인 첫날밤이 술주정으로 시작해 버렸다. 룩소스 1세는 울고 싶었다.

기억나지 않아 더 억울했다. 뭐라도 기억하면 책임지겠다고 강조할 수 있는데 기억나는 게 없으니 폴리아나를 설득하는 게 불가능했다.

여기서 책임을 운운하면 폴리아나는 자결할 태세였다. 시일이 지난 뒤 얘기를 꺼내는 게 나아 보였다.

"우리는 술 먹고 사고 친 거다. 우리는 쌍방으로 사고를 친 걸세, 경."

"쌍방이 아니라 소신이."

"어허!"

룩소스 1세가 호통을 쳐 폴리아나의 말을 끊었다. 쌍방으로 합의를 보지 않으면 이후에 책임 운운하기가 힘들었다.

"사고일세, 경."

"예……."

폴리아나가 못마땅해 말끝을 흐렸다.

귀족 남녀가 이런 대형사고를 치는 경우 결과는 둘로 갈렸다. 결혼하거나 묻어 버리거나. 룩소스 1세는 전자를 원했다. 그렇지만 지금 전자를 꺼내면 폴리아나가 목매달고 죽을 걸 알기에 후자로 연막작전을 시작했다.

"사고다."

"알겠습니다, 폐하."

황제의 거듭된 강조에 폴리아나가 단호하게 고개를 끄덕였다. 그녀를 위해 이렇게 얼버무리는 것임에도 룩소스 1세의 가슴이 조였다.

"이번 일은 없었던 걸로 하고 깨끗하게 잊는 거야."

"알겠습니다, 폐하. 소신을 이렇게 배려해 주시다니…… 이 은혜 평생 갚겠습니다."

이번 말은 룩소스 1세의 마음에 쏙 들었다.

그래. 결혼해서 평생 갚으면 된다.

아주 마음에 들어서 룩소스 1세 듣기에 흐뭇했다.

'아이고.'

사건이 일단락되자 그는 속으로 한숨을 쉬었다.

사랑하는 여자와 술주정 끝에 자다니. 그의 가치관과 맞지 않았다. 신방은 무리더라도 낭만의 'ㄴ'이라도 있어야 하는 것 아닌가.

룩소스 1세는 폴리아나와 하고 싶은 게 많았다. 정말 많았다. 엽색이라고 질색했던 것들 중 몇 개는 폴리아나와 함께하고 싶었다.

그런 걸 떠올리니 욕망이 치밀어 올랐다. 룩소스 1세는 이불로 슬쩍 욕망을 감췄다.

합의가 끝났다. 룩소스 1세는 불쑥 치솟은 욕망 때문에 곤란해져 몸을 반대쪽으로 틀었다.

폴리아나는 그럭저럭 이성을 되찾았다. 혼란스러웠던 눈에 총기가 조금씩 돌았다.

'이런 젠장!'

폴리아나를 흘깃흘깃 보던 룩소스 1세가 이를 악물었다. 그는 차마 그녀를 마주보지 못하고 말했다.

"그럼 폴."

"네, 하명하십시오."

"옷 좀 입게."

극적 합의를 보는 내내, 둘은 알몸이었다. 룩소스 1세는 침대 위에 앉아 이불로 하반신이라도 가리고 있었지. 폴리아나는 실오라기 하나 걸치지 않은 알몸으로 바닥에 무릎 꿇은 채였다.

오래된 흉터, 새로 생긴 상처. 검거나 파랗게, 혹은 피멍처럼 착색된 피부.

결혼식을 앞두고 관리를 받아서일까, 아니면 룩소스 1세의 눈에만 그런 것일까. 흉터와 멍, 착색과 관계없이 폴리아나의 알몸은 매력적이었다.

"네넵."

폴리아나가 널브러진 옷가지를 끌어 모아 옷을 입기 시작했다. 룩소스 1세는 부끄러워 고개를 돌렸다. 그래서 그는 보지 못했다.

그녀가, 한 번도 룩소스 1세의 앞에서 나신인 걸 부끄러워하지 않던 그녀가.

그녀의 귀와 목덜미가 새빨개졌음을.

폴리아나는 서둘러 옷을 입었다. 그녀의 시선은 틈틈이 황제에게 향했다.

아름다운 미모와 그를 받쳐 주는 조각 같은 몸매. 새하얀 나신에 그녀가 남긴 흔적.

'끄아아아.'

폴리아나의 안에서 무언가가 후끈 달아올랐다.

이 미친년아 진정해. 폴리아나는 아랫입술을 깨물다가 혀로 바꿨다.

그녀의 주군께선 잊자, 묻자 하셨다. 그녀는 자연스럽게 깨달았다. 정말 잊고 묻어도 다시는 둘의 관계가 전과 같을 수 없음을.

그걸 깨닫자 불끈 동하던 것이 가라앉았다. 하지만 완벽하게 사라지지 않았다.

꺼진 불도 다시 보자. 표어처럼 잔열이 폴리아나의 안에 남았다.

누군가 들쑤시면 금방이라도 큰불로 퍼지리라.

대형사고를 친 주종은 아침 식사를 거르고 여관을 나왔다.

여관 주인은 밤의 소란으로 전날의 추리를 정정했다. 가출한 아들과 잡으러 온 어머니가 아니다. 제비와 마님이었다. 그것도 역할극을 즐기는 제비와 마님.

끌끌. 멀어져 가는 손님을 배웅하며 여관 주인이 혀를 찼다. 밤새 그렇게 해 대고 바로 떠나니 체력들은 참 좋다고 생각하며.

야파로 돌아가는 길은 어색함이 가득했다.

첫 어색함은 폴리아나가 능숙하게 말 위에 오를 때 시작했다. 폴리아나는 숨 쉬듯 익숙하게 말 위에 올라탔다가 잊힌 기억의 조각 하나를 찾았다.

'으아아아아, 역시 죽어야 했어.'

떠오른 기억의 조각 내용은 충격적이었다. 룩소스 1세가 그녀의 아래에 깔려 있었다. 이 기억이야말로 그녀가 덮쳤다는 확실한 증거였다.

말을 하진 못했다. 잊고 묻기로 합의 봐 놓고 다시 얘길 꺼내면 긁어 부스럼 같았다. 무엇보다 길바닥에서 꺼낼 얘기가 아니었다.

'끼에에에에.'

폴리아나는 사색이 되어 비명을 내질렀다. 인간의 가청주파수를 넘어선 초음파였던지라 룩소스 1세의 귀엔 들리지 않았다.

기억을 떠올리고 나니 어젯밤 혹사당한 신체 부위가 평소보다 신경 쓰였다. 폴리아나는 움찔했으나 곧 의연하게 말을 몰았다.

치질이 극심했을 때에도 말을 몰았다. 피를 보지 않았고 어디 다치지도 않았다. 말을 못 탈 리 있나. 다만 떠오르는 기억이란 것이 참으로 곤란해서 주군 뵙기 민망했다.

그래서 폴리아나는 일부러 시선을 정면으로 고정했다. 그녀가 앞서고 룩소스 1세가 약간 뒤에서 말을 몰았다.

침묵이 답답한 사이도 아니건만 그저 머쓱하다. 룩소스 1세는 자연물에 시선을 꽂았다. 하늘, 새, 땅, 바람, 그리고 앞서가는 폴리아나의 엉덩이.

인간도 자연물이다. 룩소스 1세는 사람과 자연이 별개가 아닌 함께 사는 세상임을 믿어 의심치 않았다.

'기억이 안 나.'

노려봐도 소용없었다.

'이렇게 아까울 수가.'

노오력!

룩소스 1세가 그 좋아하는 노력을 해 봐도 떠오르는 게 없었다. 명확한 기억 없이 당시의 기분만 떠올랐다.

'좋았어. 좋았던 게 분명해! 엄청 좋았을 것이다!'

부인이 셋 있었고 그전에도 침실로 들어오는 여자를 거부하지 않았다. 그런 경험들과 비교해 보아도 확실하게 좋았을 것이다. 왜냐하면 좋아하는 여자니까.

남들에게 폴리아나는 결혼하기 싫은 여성일지 모른다. 하지만 룩소스 1세에겐 세상 누구보다 소중하고 아껴 주고 싶은 사람이었다.

제국의 황제를 지랄염병 앓게 한 여자.

좋았다. 분명히 좋았다는 기분이 남아 있었다. 그녀를 안고 그녀의 옆에서 잠들었을 때 룩소스 1세는 구름에 감싸인 듯한 평온함을 느꼈다.

'가슴 감촉은 기억하는 것 같기도 하고?'

룩소스 1세의 손이 고삐가 아닌 허공을 쥐었다.

폴리아나는 많이 말랐다. 가녀리고 날씬한 여성을 선호하는 중부에서조차 살 좀 찌우라는 권유를 듣는다. 체지방이 적은 것치고 가슴이 있는 편이지만 옷을 입고 있을 땐 티가 나지 않았다.

'제법…….'

룩소스 1세가 아무것도 없는 허공을 움켜쥐었다. 잼잼 연습을 하던 황제는 이게 무슨 짓인가 싶어 한숨을 쉬었다.

로망스나 연애소설 속 기사들은 이런 대형사고가 터지면 책임을 진다. 바로 책임질 수 없는 경우엔 약속의 증표라도 나눠 가졌다.

그의 기사도 음유시인들이 선호하는 기사님인데 맹세 같은 건 없었다. 책임을 지긴 지는데 방향성이 달랐다.

"저와 결혼해 주시겠습니까?"가 아니었다. "자수해서 광명 찾겠습니다." 쪽이었다.

어색한 분위기는 야파로 돌아가는 내내 이어졌다. 몇 번 여관에 묵었다. 돌아가는 내내 둘은 술 한 모금 입에 대지 않았다.

야파로 복귀한 폴리아나를 반긴 건 동료들이었다. 그녀를 각별히 아끼는 전우 무리가 성문 밖에서부터 그녀를 기다리고 있었다.

폴리아나는 성문에서 죽치고 있는 전우들을 확인하고 황당해했다.

"설마 다……."

"음…… 경의 혼사는 남의 일이 아니잖느냐."

저 새끼들이 다 꽃뱀 사건을 알고 있다니!

폴리아나는 뒷골이 띵했다. 그녀는 나름 건강에 자신 있었고, 살면서 나무와 건물, 인간을 폭행할망정 혈압이 치솟아 뒷목을 잡은 적이 없다. 그런데 지금은 손이 저절로 뒷목으로 향했다. 첫 경험이었다.

동료들은 폴리아나를 발견하고 그녀를 둘러쌌다. 그들은 돌아온 탕아를 반기듯 폴리아나를 대했다.

"폴 경! 어서 오시오!"

"큰일 치르셨소."

"후작님, 저희가 다 준비해 뒀습니다."

뭘 준비했는데? 그리고 다 안다는 그 표정은 뭐지?

폴리아나는 꽃뱀 사건이 황제와 그녀만의 비밀이 아니라는 사실에 이를 악물었다. 이 쪽팔림을 어떻게 극복해야 하나.

그녀가 진지하게 곱씹는 동안 동료들이 웅성거렸다. 그러다가 아직 솜털이 보송보송한 소년 하나가 그녀 앞에 들이밀어졌다.

"안녕하십니까!"

소년이 군기가 바짝 든 채 경례했다. 폴리아나는 친절하게 인사를 받았다. 그녀는 소년이 누군가의 종자려니 생각했다.

어리고 철없는 놈들은 종종 기사 경력 20년의 근위대장을 우습게 봤다. 그래서 기사들은 대가리에 피 안 마른 새끼들에게 정신이 확 깨이는 훈육을 시행했다.

별거 없다. 폴리아나가 도나우를 어떻게 길들였는지 생각하면 답이 나온다. 그런 사랑의 교육을 받은 종자와 기사들은 폴리아나 대하기를 가위 들고 고환 자르러 쫓아오는 마녀 보듯 했다.

"내 조카라오."

"그러시오?"

거기서 끝나면 좋았는데. 친애하는 전우는 폴리아나에게 14살짜리 조카와 결혼하라며 들이밀었다.

폴리아나는 상냥하게 웃으며 선빵을 날렸다. 한 대 맞은 동료가 억울해했다.

"왜 때리시오!"

"할 짓이 없어서 조카를 팔아먹소."

"이상한 꽃뱀보다 조카 파는 게 낫지!"

그렇지 않아도 찔리던 구석이다. 폴리아나가 한 대 더 때리려고 하자 전우는 황제를 팔았다.

"폐하 앞에서 이게 무슨 짓이오!"

룩소스 1세가 고개를 저었다.

"아니다, 폴. 더 패라."

주군께서 허락하시니 손속에 자비가 없더라.

폴리아나는 이를 제2차 개쪽 사건이라 명명했다. 일평생 새벽에 잠에서 깨면 떠올라서 이불을 걷어찰 최악의 날이었다.

그들은 황제를 가운데에 두고 우르르 성으로 몰려갔다. 동료들이 호언장담한 대로 준비는 끝나 있었다. 온갖 술과 안주가 즐비한 가운데 기사들이 외쳤다.

"마시고 죽자!"

"나 휴가 냈소!"

"나도!"

"나도 냈소이다!"

야파 인근의 장군, 대장, 부관이란 새끼들이 다 휴가 내면 나라는 누가 지키나.

룩소스 1세가 환히 웃었다. 폴리아나 핑계로 자기들끼리 즐기는 게 뻔히 보였다.

폴리아나는 펑펑 울 정도로 괴로워했다. 그걸 지켜본 룩소스 1세의 마음이 찢어졌다. 그런데 전우라는 놈들은 위로해 준답시고 술이나 권한다.

참으로 술 권하는 사회였다.

룩소스 1세가 끙끙 앓건 말건 폴리아나는 준비된 자리를 고맙게 받아들였다. 그녀는 자리의 주인공답게 선창을 외쳤다.

"내가 또 결혼한다 헛소리를 하거든 내 입을 꿰매시오!"

"꿰매겠소!"

폴리아나가 술잔을 치켜들고 외쳤다. 기사들이 환호했다.

룩소스 1세는 환호할 수 없었다. 그는 결혼할 생각 만만인데 폴리아나의 철벽이 야파 성벽보다 튼튼했다.

며칠 전 술 마시고 사고 친 전적이 있다. 룩소스 1세는 호쾌하게 잔을 비우는 폴리아나를 보고 안절부절못했다. 야파까지 오는 내내 둘은 어색한 거리감을 유지했다.

황제가 먼저 다가갔다.

"폴, 이젠 술 마시려느냐?"

"물입니다."

폴리아나가 굳은 의지를 담아 강조했다. 룩소스 1세는 술잔을 보았다.

과연, 그녀의 말대로 술잔엔 술 대신 냉수가 찰랑였다. 이런 자리의 주인공이면 술을 피하기 어려울 텐데 대단한 의지였다.

"저들이 물 마시게 두더냐?"

"술 마시면 울 것 같다고 하니까 물 주던데요."

"……."

폴리아나를 위한 위로 모임이지만 우는 그녀를 달래 주긴 싫다는 동료들의 마음씀씀이가 금주에 도움이 됐다. 그 마음이 참 갸륵했다.

"냉수 마시고 정신 차리겠습니다. 앞으로 제가 술을 마시면 그땐 제가 성을 갑니다."

그 성 룩소스 1세가 줬다. 폴리아나가 가장 귀하게 여기는 것이 황제에게 직접 받은 성 '윈터'였다. 목숨만큼 아끼는 성을 걸었으니 각오가 대단했다.

처음엔 폴리아나를 각별히 아끼는 동료들의 모임이었지만 시간이 지나면서 사람이 늘었다.

중간에 합류한 아이노 경은 가장 먼저 룩소스 1세의 건강부터 챙겼다. 룩소스 1세의 안색이 안 좋자 아이노 경은 당연히 시비부터 걸었다.

"풉."

정정한다. 걸려 했다.

꽃뱀에게 털릴 뻔한 폴리아나 윈터. 그녀의 얼굴을 보자마자 아이노 경이 허파에 바람 든 사람처럼 웃었다. 이전엔 이유를 몰랐으나 오늘은 이유를 알기에 폴리아나의 얼굴이 굳었다.

"꽃뱀은, 풉. 잘, 풉. 잡으셨소?"

"다시는 꽃뱀질 못 하게 했소."

"푸하하하하."

아이노 경이 폭소했다. 늘 심드렁한 얼굴의 뚱한 그가 폴리아나의 불행을 두고 폭소하니 기사들이 작게 뇌까렸다. 폴리아나의 귀에 들리지 않았지만 아마 그녀의 생각과 동일할 것이다.

'재수 없는 새끼.'

지는 연애전선 무탈하다 이거다. 아이노 경의 연애는 순조롭게 진행 중이었다. 시켈은 더 이상 그를 보고 도망가지 않았고 때로 대화를 나눴다.

황비 둘이 사라졌다. 기사와 병사들은 바빴지만 시녀들은 비교적 한가했다. 아이노 경은 남들 다 바쁜 이런 때 시간을 쪼개 시켈에게 투자하고 있었다.

대화 주제는 대부분 폴리아나와 꽃뱀이었다. 프라우의 정체를 알게 된 시켈은 황제가 직접 나섰다는 이야기에 안도했다. 그렇게 폴리아나를 미끼로 사용한 결과 아이노 경은 시켈의 경계심을 누그러뜨리는데 성공했다.

어떤 의미에서 보자면 폴리아나가 둘을 이어 준 일등공신이다. 아이노 경은 그 공을 높이 사 폴리아나에게 시비 걸지 않았다.

아이노 경의 관심이 황제에게로 이동했다. 좋아하는 여자에게 사기 치려는 꽃뱀을 잡고 폴리아나의 결혼을 막았으니 기분이 좋아야 할 룩소스 1세의 안색이 어두웠다.

아이노 경이 작은 목소리로 이유를 물었다. 룩소스 1세가 고개를 저었다. 대답하고 싶지 않다는 뜻이다. 아이노 경은 더 캐묻지 않았다.

'나중에 물어봐야겠군.'

룩소스 1세가 저런 반응을 보일 이유야 폴리아나 말고 더 있나. 폴리아나가 살아 있고 룩소스 1세가 살아 있으니 어떻게든 될 것이다.

"내가 더럽고 치사해서 혼자 산다! 개도 키울 거다!"

폴리아나는 냉수만 마셨는데 취한 것처럼 잘 놀았다. 사람은 분위기에도 취할 수 있다더니 그 말이 딱 맞았다.

룩소스 1세는 언제 청혼해야 하나 날짜를 떠올리며 근심했다. 그것도 모르고 폴리아나는 다짐, 또 다짐했다.

'내가 두 번 다시 남자랑 엮이면 사람이 아니라 개다.'

술을 끊고, 만약에 술 마실 일이 생겨도 남자와 단둘이서 마시지 않을 것이다. 그녀의 술버릇 중 술 마시다 아무데서나 자는 악습이 있으니 이 또한 고쳐야지.

사람이 사회생활을 하다 보면 어쩔 수 없이 술을 마셔야 할 때가 있었다. 오늘은 운이 좋아 냉수로 넘어갔지만 다음이 되면 이 기사들은 신고식 때처럼 깔때기를 가져와 그녀의 입에 꽂을 것이다.

억울하진 않았다. 폴리아나도 남들에게 그렇게 했기 때문이다.

"평생 혼자 산다!"

과거 기사로 남고 싶다면 결혼하지 말라던 바우팔로 경의 조언이 있었다. 폴리아나는 그때에도 사랑을 하지 않을 것이란 확언을 하지 않았다. 사람의 인생은 어떻게 될지 모르고, 사랑 한 번 안 해 보고 죽는 건 억울했기 때문이다.

10년이 더 지난 지금, 폴리아나는 그때의 다짐을 잊고 책임지지 못할 공수표를 날렸다.

그녀가 솔로천국 불신지옥을 외칠 때마다 룩소스 1세의 얼굴에 드리운 그늘이 깊어졌다.

윈터 후작 결혼 취소!

소문은 쫙 퍼졌다. 결혼한다는 소문보다 퍼지는 속도가 빨랐다. 소문을 접한 대다수의 사람들은 결혼한다는 이야기를 들었을 때와 대조적인 반응을 보였다.

폴리아나가 결혼한다고 했을 때, 사람들은 신랑이 누구냐고 물었다. 프라우라는 얘기를 들은 뒤엔 소문의 진위부터 살폈다. 사람들은 대부분 부정했고 의심했다.

결혼 취소 소문에 대한 반응은 정반대였다. 대부분의 사람들이 얘기를 듣자마자 고개를 끄덕였다. 말을 하지 않는 대신 행동으로 표현했다.

내 그럴 줄 알았지.

신랑 신부의 격차가 워낙 컸다. 폴리아나는 아쉬울 게 하나도 없고 프라우는 잘난 게 하나도 없었다.

사람은 반드시 결혼을 해 가정을 꾸려야 한다고 잔소리를 할 노인들은 다른 일로 바빴다. 친인척이나 친구, 과거의 직장동료가 감옥에 갇혔기 때문이다.

야파는 여전히 토리의 원로원 고발로 들썩였다. 내부고발에 이은 황제의 숙청으로, 제정신 박힌 자라면 숙청에 연루되지 않도록 조심했다. 그런 와중 크게 재밌지 않은 노처녀 후작의 파혼은 별다른 이목을 끌지 못하고 묻혔다.

프라우가 야파로 돌아오지 못하는 것을 사람들은 파혼과 연관 지었다.

사람들은 프라우가 윈터 후작의 심기를 거슬렀다고 추측했다. 그래서 윈터 후작이 파혼을 했다고. 권력자인 후작이 프라우를 야파에서 내쫓아 돌아오지 못한다는 이야기가 사람들 사이에 떠도는 정설이었다.

후작쯤 되는 대귀족이라면 눈엣가시 같은 준귀족 하나 내치는 건 일도 아니다. 준귀족의 뒷배가 되어 줄 만한 가문이 건재하면 윈터 후작을 견제하기 위한 트집 잡기 용으로 사용하기에 좋은 사건이었으나, 시간은 폴리아나의 편을 들었다.

스네크 백작 가문은 토리의 폭로에 연루된 가문이다. 때문에 멸문하도록 예정되어 있다. 절연하긴 했으나 스네크의 성을 사용하는 프라우가 잡혀가지 않은 것은 폴리아나가 힘을 썼기 때문이다.

또한 윈터 후작을 견제할 세력이 없었다. 폴리아나와 힘 싸움을 하는 사람이라고 해 봐야 황제의 총애를 다투는 아이노 세키가 고작이었다. 결과적으로 이 사건에 대해 사람들은 크게 신경 쓰지 않았다.

파혼의 이유를 궁금해할 정도로 폴리아나에게 관심을 쏟는 사람은 대부분 속사정을 알았다. 그래서 입을 열지 않았다.

폴리아나가 적극적으로 잊으려 노력하고 룩소스 1세는 묻으려 노력하니, 모두의 뇌리에서 프라우의 존재가 삭제되는 데엔 그리 오랜 시간이 걸리지 않았다.

룩소스 1세가 정보원 중에 비카 부인이 있다고 귀띔했기 때문에 폴리아나는 비카 부인에게 감사의 편지와 함께 선물을 보냈다. 비카 부인의 기억력이 아니었다면 폴리아나는 은혜도 모르는 돼지뱀 새끼와 결혼했을지도 모른다.

'수를 쓴다라…….'

수가 무엇이든 사기꾼이 예비 살인자가 아니었기를 희망했다. 그 정도로 사람 보는 눈이 형편없다는 걸 인정하기 싫었다.

폴리아나는 시켈에게도 고맙다는 의사를 전했다.

"시켈 양의 말을 들으면 좋았을걸."

폴리아나가 한숨을 쉬었다. 느는 건 한숨과 옆구리 살밖에 없었다.

먹는 양은 이전과 같고 훈련도 이전과 비슷한데 중부지방이 늘었다. 옛날에 바우팔로 경이 우울해하던 걸 이해 못 했는데 지금은 그녀의 일이 되었다.

"그런 말씀 말아 주세요."

시켈이 자신에게 고개를 숙이는 폴리아나를 말렸다. 그녀야말로 좀 더 확신을 갖고 폴리아나를 만류할 걸하고 후회했다.

아니면 디크 경이 좀 더 자세한 정보를 원하냐고 물었을 때 파헤칠걸 그랬지.

폴리아나는 제2근위대장으로서 황족을 수호한다. 시켈은 후궁 소속의 시녀로서 황족들의 시중을 들었다.

현재 후궁의 주인은 황제의 장녀이자 제국의 1황녀 루미네였다. 루미네 황녀는 아직 젖먹이로 거동이 불편하기 때문에 근위대장이 근접 경호를 할 필요가 없었다.

시종도 마찬가지다. 시녀보단 보모와 유모가 필요한 나이이기 때문에 황녀의 시녀는 모두 유부녀로 채워졌다. 미혼녀인 시켈은 할 일이 없었다.

그건 다른 시녀들도 마찬가지였다. 시녀들의 대다수가 가문이 축출당하면서 직업을 잃었다. 그렇지만 남는 손이 많은 건 여전해서 시켈은 다른 의미로 시달리고 있었다. 다들 시켈을 보면 결혼 준비가 잘되어 가느냐 물었다.

그에 비하면 폴리아나는 상대하기 편했다.

"결혼 준비는 많이 했어?"

"……설마 후작께서 그런 질문을 하실 줄 몰랐습니다."

"아니, 많이 안 했으면 내가 준비한 물품을 주려고 했네. 기분 나쁘게 생각하진 마. 모두 최상품이고 황비마마와 함께 준비한 것도 있으니까."

"예?"

"좀 재수 없게 느껴질 수도 있지만 신랑이 아이노 경이니 괜찮을 거야. 그 새…… 아이노 경이라면 소소한 액운은 접근도 못 할 거야."

"그런…… 감사히 받겠습니다."

공작가와 자작가. 잉그레터 가문의 부흥은 이제 시작이다.

세키 공작가에선 과한 물품을 요구하지 않았다. 하지만 공작가와 수준을 맞추려면 잉그레터 가문에선 무리해야 한다. 시켈의 결혼 준비는 집안 기둥이 휘청하는 일이었다.

폴리아나가 준비했던 물품들을 받는다면 부모님과 형제들의 걱정을 덜 수 있었다. 아이노 경은 몸만 와도 된다고 했지만 시켈은 그렇게 얼굴이 두껍지 않았다.

부끄럽지만 가문의 경제력을 무시할 수 없는 노릇. 시켈은 폴리아나의 선물을 고맙게 받았다. 폴리아나는 고개를 끄덕인 뒤 본론을 말했다.

"나중에 정 못살겠으면 말하게. 이혼을 도와주지."

"후작님도 참."

시켈이 쓴웃음을 지었다. 다른 사람도 아닌 윈터 후작이 하는 말이라 현실적으로 다가왔다.

현재 야파에서 제일 바쁜 건 문관들이었다. 황제의 근위대가 원로원들의 죄를 증명할 수 있는 증거물을 가져오면서 문관들에게 퍼 넘겼다.

범인은 잡는 건 기사의 몫, 범인을 벌주고 증거를 처리하는 건 문관의 몫.

일 끝낸 기사들은 룰루랄라 휴가에 들어갔다. 문관들만 많았던 일에 산더미 같은 일이 더 쌓이자 비명을 질렀다.

행정 관료들의 수장인 재상은 아직 구금된 상태. 비공식적으로 업무를 보고 있지만 공식적으로 풀려나지 않아서 한계가 있었다.

루조 대공은 결국 나나바로 돌아가지 못하고 붙잡혔다. 대공이 서럽게 울었다.

"결혼하면 풀어 준다며!"

룩소스 1세는 그런 말을 한 적 없다. 일이 해결되면 풀어 준다고 했을 뿐.

사촌 형을 신뢰했던 죄로, 루조 대공에게 재상과 황제의 일거리가 떠넘겨졌다.

룩소스 1세가 야파로 돌아온 뒤 루조 대공이 분통을 터트렸다. 참았던 화가 폭발한 것이다.

"어떻게 꽃뱀을 잡으려고 제게 이러십니까! 정말 너무하십니다."

"대공. 그냥 꽃뱀이 아니다."

"못생긴 꽃뱀이라 이겁니까?"

"봐 다오. 윈터 후작은 짐에게 각별하다."

"저는 안 각별하시구요!"

"들어봐, 시이."

룩소스 1세가 말투를 바꿔 진지한 음성으로 말했다. 루조 대공이 놀라 눈을 껌뻑였다. 황제가 사촌 아우의 아명을 부를 땐 보통 두 가지 이유가 있었다.

1. 부려먹으려고.
2. 가족끼리 할 얘기가 있어서.

'이번엔 어느 쪽이지?'

루조 대공의 사라진 모발은 먼 곳으로 떠났다. 돌아오지 않을 것이다. 가발로 가리긴 했지만 남의 털과 자기 털이 같을 수 없는 노릇.

루조 대공은 남은 머리카락 한 가닥 한 가닥이 소중했다. 여기서 더 빠지면 그냥 가발 벗고 다니련다!

룩소스 1세가 심호흡했다. 그의 죽마고우와 전 부인 말곤 아무도 모르는 황제의 비밀. 이제 비밀을 아는 이가 한 명 더 늘어나는 것이다.

"난 윈터 후작에게 청혼할 생각이야."

"어…… 음. 나쁘지 않은 결단이십니다. 황후의 자리를 제국의 공신인 윈터 후작에게 넘기고 후계자는 다른 황비에게 봐 황권이 분산되는 걸 막으시려는 의도시군요. 역시나 황제 폐하."

루조 대공의 얼굴에 존경심이 깃들었다. 피 섞였단 이유로 가혹하게 부려 먹히지만 그래도 사촌 형은 믿고 따를 만한 군주였다.

정답은 1번이랑 2번 둘 다요!

루조 대공은 정답이 복수라고 생각했다.

결혼은 개인사지만 황제의 결혼은 국가의 일이다. 루조 대공은 룩소스 1세의 말을 국정의 연장선으로 이해했다.

대륙의 북부, 중부, 남부에서 한 명씩 선별한 황비와 사별, 혼인 무효화, 이혼한 상황. 황제에게 후계자가 없으니 황비와 황후를 새로 들여야 한다.

황비 셋의 끝이 안 좋았으니만큼 아예 완벽한 후보를 골라 황후로 삼자는 얘기가 나올 가능성이 있었다.

윈터 후작의 가문은 윈터 후작 한 명밖에 없다. 황후가 되어도 그녀를 앞세워 작당을 벌일 사람들이 없었다.

윈터 후작은 룩소스 1세의 측근이다. 무슨 일이 있어도 황제의 편에 서며 황제에게 유리한 쪽으로 움직일 것이다. 후계자 문제에 있어서도 황제의 의향에 따라 움직일 사람이었다.

"그런 뜻이 아니야."

"다른 저의가 있으시옵니까?"

루조 대공이 의아해했다. 긍정적인 반응을 보였는데 황제의 심기가 불편해 보였다.

룩소스 1세는 크게 한숨을 쉬었다.

남자가 여자와 결혼하겠다는 말을 하는데 보인다는 반응이 이것이다. 빈말이라도 좋아하냐고 물을 수 없는 관계. 그것이 남들이 보는 폴리아나와 룩소스 1세였다.

"난 순수한 마음으로 폴에게 청혼하려는 거야."

"아~."

루조 공작이 이제 알았다는 듯이 고개를 끄덕였다.

"꽃뱀 사건으로 많이 상심했습니까? 아무리 그래도 동정으로 거두시는 건…… 후작은 안 받아들일 것이옵니다."

"그게 아니야, 시이. 난 그녀를 사랑한다."

"일부러 말씀 안 하셔도 다 압니다."

룩소스 1세의 입이 쩍 벌어졌다. 그의 마음이 이렇게 티가 났다니. 그 혼자 비밀로 여겼지 사실은 모두가 알고 있는 사실이었단 말인가?

"후작과 같은 충신이 어디 있겠습니까. 능력과 별개로 충직한 마음은 제국 제일일 겁니다. 저도 그런 충신을 갖고 싶습니다."

룩소스 1세가 가슴을 쓸어내렸다. 그렇다. 폴리아나와 그의 사이는 사랑을 입에 담아도 의심받지 않는 관계였다.

"그게 아니다, 시이. 난 진심이야. 진심으로 후작을 사모하고 있다. 군신이 아닌 사람과 사람, 남녀의 관계로서."

"뭐라구요?"

루조 대공이 손바닥으로 귀를 막았다가 떼어 냈다. 황제가 힘주어 말했다.

"폴리아나 윈터를 사랑한다."

"……폐하, 이게 몇 개로 보이십니까?"

루조 대공이 한참을 망설인 끝에 손가락을 펼쳤다. 그는 신중을 기하려는 듯 일부러 양손을 썼다. 오른손에 중지 하나, 왼손에 중지 하나.

루조 대공이 힘차게 들어 보인 두 개의 손가락이 황제를 웃겼다. 룩소스 1세는 웃음을 참고 진중하게 선언했다.

"짐은 눈이 삐지 않았노라. 얼른 내려라. 손가락 부러트리기 전에. 그런 저속한 표현은 어디서 배웠느냐."

"아이노 경이 가르쳐 줬습니다."

'이 새끼를…….'

룩소스 1세야 전장에서 기사들과 혼숙하며 10년을 보냈으니 시중의 욕과 저속한 손짓을 안다. 하지만 루조 대공은 황제와 함께 자라 교육받고, 왕성 나나바를 지키며 군주를 대리하던 자였다.

내내 성에서만 살던 이가 어디서 배웠나 했더니 범인은 가까운 곳에 있었다.

좀 더 자세히 설명하자면 자이노 경이 원인이다. 루조 대공은 소년 시절 자이노 경이 종종 형의 등에 대고 날리는 쌍엿을 목격했다. 루조 대공은 자세한 설명을 하지 않았다. 말을 조금 다르게 했다 뿐이지 아이노 경 덕분에 배운 게 맞으니까.

룩소스 1세는 루조 대공에게 고백했다. 두 번째라 처음보다 수월했다.

내내 신하로만 생각했던 사람에게 느낀 연심. 묻으려 해도 싹이 트는 마음. 결국엔 뿌리내려 뽑히지 않는 사랑과 고백하지 못한 이유까지.

말하는 내내 황제의 목소리는 감정적이었고 얼굴은 아름다워 고백의 호소력을 증가시켰다.

"흠. 마음고생이 심하셨겠습니다."

루조 대공은 아이노 경과 달랐다. 여기엔 황제의 태도가 크게 작용했다.

아이노 경에게 마음을 고백할 때, 룩소스 1세는 폴리아나를 사랑하면서도 그녀에게 청혼할 생각을 하지 않았다. 폴리아나는 룩소스 1세가 그린 청사진 속 부인을 닮지 않았기 때문이다. 과거 황제는 그 점이 슬프고 웃겨서 웃다 울었다.

지금의 황제는 다르다. 청사진 속 그녀고 나발이고 룩소스 1세는 폴리아나에게 청혼할 것이다. 그렇게 결심을 굳혔다.

후계자도 필요 없다. 그녀가 불임이라는 이유로 사랑을 외면하는 건 너무 잔혹하다.

인내한 결과가 무엇인가? 시이제 후작을 예뻐 보이게 만드는 가증스러운 꽃뱀이었다.

폴리아나의 행복을 기원하다가 더한 불행의 구렁텅이로 걸어가는 걸 지켜볼 뻔했다.

"지금은 폴이 상심해서 마음에 여유가 없으니 국상 기간이 끝날 때까지 기다렸다 청혼을 할 생각이다."

"좋은 생각이십니다. 거래는 상대가 배부를 때 해야죠. 폐하의 마음이 이리 확고하시니 황비는 한 명이나 두 명 정도 들이는 게 좋겠습니다."

"아, 그것 말인데. 짐의 부인은 폴이 유일할 것이다."

이 형님이 뭐래.

루조 대공이 순간적으로 그런 표정을 지었다. 황제만큼은 아니어도 어느 정도 표정 관리에 노련한 대공이 얼른 표정을 바꿨다.

룩소스 1세는 그냥 봐줬다. 그의 결혼 계획에서 루조 대공은 남이 아니기 때문이다. 루조 대공이야말로 계획이 성공하기 위한 필수요소였다.

정확하겐 그의 아들이.

“폴은 불임이지. 그녀에게선 후계자를 바랄 수 없다. 그래서 말인데…….”

“폐하, 하면 황태자는 어찌하시려…… 왜 절 보십니까.”

루조 대공이 질색했다. 그는 몸을 부르르 떨며 룩소스 1세와 거리를 뒀다.

룩소스 1세가 도망가는 루조 대공에게 은근한 눈짓을 보냈다. 뜨뜻미시근했다.

‘설마 나를 후계자 삼으려고? 사람이 양심이 있으면 그러지 말아야지.’

루조 대공이 제위에 야망을 품었다면 룩소스 1세가 신나게 대륙 종단하는 동안 보급을 끊었을 것이다. 같이 자란 사촌형을 위해 원로원들과 룩소스 1세 사이를 조율하며 필사적으로 버틴 10년의 세월과 사라진 머리카락.

루조 대공은 그의 황제 폐하를 위해 충실히 봉사했다.

루조 대공의 의심에 룩소스 1세가 고개를 저었다. 사촌형제는 나이차가 크게 나지 않았다.

“너와 내 나이가 한 살 차이밖에 나지 않지.”

“그, 그렇다면 설마!”

룩소스 1세가 노리는 건 루조 대공이 아닌 루조 대공자였다.

세상에, 불임인 마누라랑 결혼하려고 당질을 뺏어 가겠다니. 보통 도둑놈 심보가 아니었다. 아주 날강도였다. 머리카락은 바쳐도 자식은 뺏길 수 없는 루조 대공이 단호하게 외쳤다.

"반대!"

"너무 그러지 말거라. 네 아들이 제국의 황제가 되는 것이다."

"반대! 반대! 반대! 소신의 아들은 소신을 닮아 아주 착하고 순합니다! 그런 자리에 올랐다간 위장이 상해 구멍이 나고 대머리가 될 것이온즉!"

루조 대공의 친외가와 대공비의 친외가, 네 개의 가문을 통틀어 대머리의 피가 없는데 부자가 대머리면 사람들은 어떻게 생각할까? 루조 대공이 대머리 유전자의 시작이라 의심할 것이다.

특히 바닷가 해초처럼 풍성한 루조 대공비의 머리를 보면 루조 대공의 피가 틀림없이 문제라 단정하리라.

그것은 가문의 수치요, 혈통의 수치요, 자자손손 대대로 전해질 치욕이었다.

"황비를 따로 안 들이실 거면 전 반대입니다! 황가의 일원이자 제국의 대공, 황위 계승 순위 1위로서 반대!"

착하고 순해서 말 잘 듣던 사촌동생의 반항에 황제는 충격받았다. 어지간해선 잘 따르더니 자식이 생겨 아버지가 되자 자립심이 강해져 전처럼 복종하지 않았다.

"시이, 그러지 말고."

루조 대공이 귀를 틀어막았다.

"안 듣겠습니다. 분명히 애는 또 낳으면 되지, 이런 말씀 하시려는 거 압니다."

"그러지 말고, 짐의 딸과 대공자가 결혼하면 정통성에 문제없는 후계자가 되는 것이다."

귀를 막아 봐야 소리는 다 들렸다. 루조 대공이 경악해 되물었다.

"폐하…… 사랑에 눈이 멀어 자식을 파십니까?"

너무 충격적인 견해라 룩소스 1세는 마음 상했다. 황제는 딸을 사랑하고 조카도 아껴 둘이 결혼하면 좋으리라고만 생각했지 저렇게는 생각하지 않았다.

지나치게 황제의 입장에서만 내린 결론임을 깨닫기 위해 시간이 조금 필요했다. 룩소스 1세는 약간 반성했다.

"짐이 너무 성급했다. 아직 젓먹이들을 두고 생각이 앞섰구나."

"너무하셨습니다."

루조 대공이 원망을 담아 사촌형을 책했다. 룩소스 1세가 반성의 의미에서 고개를 주억거렸다.

'뭔가 기분이 이상한데.'

대화를 하는 내내 루조 대공은 기분이 이상했다. 사고의 어딘가에 장애물이 생겨 계속 생각하는 걸 방해받는 기분이 들었다. 황제가 엉뚱한 얘기를 하지 않았다면 금방 찾아냈을 장애물이었다.

루조 대공은 간신히 걸리적거리던 부분을 찾아냈다.

'윈터 후작…… 달거리를 시작하지 않았던가?'

부상자가 하혈하는 바람에 의사들이 뒤집어져서 루조 대공은 생생히 기억하고 있었다. 윈터 후작의 불임 여부는 루조 대공에게 중요한 정보가 아니었기에 건성으로 듣고 넘겼지만.

루조 대공은 룩소스 1세에게 그 얘길 해 주려다 말고 입을 다물었다.

윈터 후작은 루조 대공과 나이가 같다. 전장에서 반평생을 보내고 생리불순이 심했던 여성이 이제와 달거리를 시작했다 한들 불임이 아니라고 확신할 수 있을까?

서른 넘어서 아이를 출산하는 여성이 있긴 해도 대부분 이전에도 아이를 낳아 본 경험이 있다. 서른 넘어 초산이라니. 초산과 노산이 겹친 최악의 하모니다.

만에 하나 폴리아나가 아이를 낳다 죽는다면?

무서운 상상에 루조 대공의 전신에 오한이 들었다.

룩소스 1세는 이미 아이와 부인을 맞바꾼 경험이 있다. 같은 일이 또 벌어지면, 그것도 사랑하는 여인을 잃게 된다면 황제는 크게 상심할 것이다.

괜히 그런 위험 부담을 지느니 폴리아나의 불임을 이유로 결혼을 반대하는 쪽이 현명했다.

"전 반대입니다. 이것만 알아주십시오, 폐하."

루조 대공은 황제에게서 등을 돌렸다. 이게 다 사촌 형님을 아끼는 충심이다. 인젠기는 룩소스 1세가 알아줄 날이 오리라.

룩소스 1세는 반대 선언을 외치고 떠나는 사촌 동생의 등을 묵묵히 지켜봤다. 그의 앞에서 물러날 때엔 결례를 범하지 않기 위해 늘 세 발 뒷걸음질 친 뒤 돌아서던 사촌아우였다.

'화가 많이 났나 본데.'

하기야. 루조 대공으로서도 후계자가 걸린 일이다. 선왕과 선대 루조 대공이 척지게 된 원인도 후계자 문제였다. 룩소스 1세는 사촌동생과 나나바성에서 형제처럼 자랐다. 선대 루조 대공 입장에선 아이를 형님에게 뺏긴 격이었고.

그렇게 틀어진 형제는 한쪽이 죽는 날까지 풀리지 않았다. 룩소스 1세는 그런 슬픈 반목을 반복하기 싫었다.

'하지만 파크를 후계자로 둬야 한다.'

그는 사랑을 손에 넣기 위해 조금 뻔뻔해지기로 마음먹었다. 어차피 룩소스 1세가 후계자 없이 사망하면 제위는 대공에게 넘어간다. 아이를 후계자로 키우든, 키우지 않든 결과는 같았다.

문제가 있다면 황제의 큰 그림이 무너진다는 점이다.

'노세 노세 늙어서 노세 계획이…….'

사후의 제국을 유지하기 위해 처리해야 할 안건들을 짚어 보던 황제가 한숨을 쉬었다.

그는 대륙의 지배자이기에 고독했다. 옆에 서 줄 사람으로 사랑하는 여자를 원하는 게 그렇게 큰 잘못일까. 그녀의 행복은 어째서 그의 행복과 병행할 수 없는 것일까.

루조 대공이 처음 말했던 대로 폴리아나에게 그녀가 황후가 될 경우 황제가 얻는 이득을 알려 주면 그녀는 흔쾌히 청혼을 받아들일 것이다. 그리고 성실히 황후의 임무를 다하겠지.

신하로서.

룩소스 1세는 폴리아나의 마음을 원했다. 군신이 아닌 부부로서의 정을 소망했다.

폴리아나가 서로를 존중하는 부부의 꿈을 꿨듯, 황제 또한 서로에게 애정이 깊은 부부를 꿈꿨다. 그것이 그렇게 과한 꿈일까?

18세의 갓 즉위한 소년왕이 대륙을 일통해 통일제국을 세우겠다 다짐한 것보다?

'폴, 보고 싶다.'

외롭고 힘들 땐 폴리아나가 보고 싶다. 하지만 요즘 폴리아나 보기가 하늘의 별따기보다 어려웠다. 극적 합의를 본 대형 사건으로 충격받은 폴리아나가 특별 훈련을 선언했기 때문이다.

원로원과 그 잔당을 모두 잡아들여 근위대는 더 움직일 일이 없다. 제2근위대는 수호할 황족까지 사라지면서 대부분 '노세 노세 놀 수 있을 때 노세' 상태다.

폴리아나는 사라진 군기를 잡아 오겠다며 특별훈련에 돌입했다. 그래도 부하들 상태를 확인하러 종종 성에 들르건만 룩소스 1세를 찾진 않았다. 일부러 피하는 게 분명했다.

토리의 충격적 내부고발 이후, 야파는 천천히 안정을 되찾았다. 황제가 제국 최초의 돌싱 황제가 된 것을 제외하면 이전과 크게 달라진 것이 없어 보였다. 적어도 백성들의 삶은 그랬다.

룩소스 1세의 일과도 전과 다른 게 없었다. 새벽에 일어나 운동을 하고 정무. 조금 쉬었다가 정무. 노년에 편히 쉬기 위한 청년의 노력에 박수를 보내야 할 정도로 성실히 국정에 임했다.

하지만 룩소스 1세는 큰 허전함을 느꼈다. 폴리아나가 보기가 힘들었기 때문이다.

이전에도 그가 일부러 그녀를 찾지 않으면 보기 힘든 건 마찬가지였다. 차이점이 있다면 고의냐 아니냐의 차이다.

폴리아나가 고의로 황제를 피하는 이상, 룩소스 1세의 마음은 바람 부는 갈대밭처럼 출렁였다.

곳곳에서 폴리아나 목격담이 들려왔다. 루미네 황녀를 알현한 제2근위대장. 토리의 면회를 신청했다가 금지당한 제2근위대장. 제1근위대장과 눈싸움을 벌이는 제2근위대장.

이렇게 갖가지 목격담이 들려옴에도 폴리아나는 룩소스 1세를 찾지 않았다. 마음이야 백 번 이해한다만 그래도 야속하게 느껴졌다.

룩소스 1세는 정무와 상사병으로 시름시름 앓았다. 거기에 말하지 못한 큰 비밀까지 더해졌으니 꼴이 말이 아니었다.

룩소스 1세에게 비밀을 캐물을 유일한 존재 아이노 경은 연애+결혼 준비로 바빴다. 국상 기간 끝나면 바로 결혼하겠다는 말을 지키기 위해 친구를 버린 것이다.

룩소스 1세는 아이노 경이 캐물어도 대형사고에 대해 얘기할 예정이 아니었기 때문에, 이 부분은 서운하게 여기지 않았다.

황제는 아무리 친한 친구라도 사랑하는 여인과 밤을 보낸 얘기를 대화 주제로 올리기 싫었다. 그러니 나홀로 끙끙 벙어리 냉가슴을 앓았다.

나나바에 있는 '왕의 방'에 돌려놓지 못한 어머니의 반지를 손바닥에서 굴리며, 룩소스 1세는 시간이 지나기만 기다렸다.

룩소스 1세가 뽑힌 화초처럼 시들시들해지고 있는 와중, 똑같이 벙어리 냉가슴을 앓아야 할 폴리아나는 억세게 생명력을 다졌다.

그녀는 룩소스 1세의 자비와 관대함에 감읍했다. 비록 둘 다 술에 취해 벌어진 일이나 주군을 모욕한 일이다. 그것을 용서받고 무죄 방면 되었다. 은혜가 각골난망이요, 충심은 백골이 진토되어 넋이 있든 없든 남을 것이다.

'내가 정신 차려야지.'

앞으로는 정신을 단디 붙잡으리라. 폴리아나가 굳게 다짐했다.

폴리아나의 별명은 전장의 마녀, 사람들이 말하길 피도 눈물도 없는 여자였다.

왕년에 전장에서 날렸던 몸. 어느 장군인가가 폴리아나를 생포하면 흙 퍼 먹여 죽일 거라고 이를 갈았다는 소문도 있었다.

전장에선 매일 사람이 죽었다. 전투가 없는 날에도 부상병이 상태 악화로 죽는 일이 즐비했다. 동료와 부하, 상관을 막론하고 아는 사람의 죽음은 그녀에게 익숙한 감각이었다.

그랬을 것인데 어쩌다 이렇게 되었을까. 폴리아나는 자조했다.

몸이 편해지니 마음이 따라서 해이해져 버렸다. 권력을 쥐고 주위를 둘러보고 노닥거릴 여유가 생겼다. 덩달아 마음이 유약해졌다.

친구의 죽음에 상처받을 수 있다. 하지만 그 일을 시작으로 벌어진 일들은 용납할 수 없다.

사기. 그래. 사람이 살면서 사기 당할 수 있다. 꽃뱀에게 물릴 수도 있다. 미수에 그쳤고 물질적으로 피해 본 게 없으니 잊으면 된다.

근데 이 빌어먹을 몸뚱이는 왜 사고를 쳐서.

'아 씨.'

폴리아나가 좌절하여 얼굴을 가렸다. 도저히 주군을 볼 낯이 없었다.

처음으로 몽정한 소년도 아니고 자꾸 사고 친 날의 기억이 떠올랐다. 기억이라도 생생하면 괜찮다. 그날의 진상이 밝혀지니까. 이

건 뭐, 흐릿해서 잘 떠오르지도 않는데 묘한 감각만 남았다. 그래서 더 부끄러웠다.

'아 씨, 좀 좋았어.'

불쾌한 경험이었다면 잊으면 그만이다. 이번 사건은 대형사고이고 룩소스 1세의 명령이 있었으니 잊어야 했다. 쉽게 잊지 못하는 것은 그만큼 충격적인 사건이기 때문.

극적 합의를 보았지만 실은 룩소스 1세나 폴리아나나 알고 있었다. 이런 사건은 당사자들이 죽기 전엔 못 묻는다. 알면서 어영부영 합의를 봤다.

자칫 잘못했다간 서로의 관계가 깨질 수 있는 사고였다. 그냥 얼버무리는 게 당시의 최선이라고 생각했다.

'늦었다고 생각했을 땐 아직 늦지 않았다고 했어. 정신 차려야지.'

늦있다고 생각했을 때 진짜 늦었다는 말도 있다. 하지만 폴리아나는 애써 무시했다. 어떤 말이든 자기 좋을 대로 해석하는 게 사람이다. 폴리아나는 그런 점에서 아주 유리했다. 어릴 때부터 이곳저곳 채인 데가 많아 심지가 굳건했다.

사람은 유혹에 약한 생물이라 몸이 편해지면 마음이 편해지고~ 정신이 해이해지고~ 기강이 무너지고~ 주군을 모심에 문제가 발생하고~ 아주 개판이네~. 죽어라 나.

'사람 욕심은 끝이 없고 비슷한 실수를 반복하지. 나는 그래선 안 돼!'

폴리아나는 특훈에 돌입했다. 규칙적인 생활에서 업무가 빠지고 훈련이 자리를 채웠다. 술이 필수였던 식사 초대를 거절하고 금주를 선언했다. 옛날, 말라깽이 소녀가 뛰다가 토하고 다시 뛰었던 것처럼 필사적으로 움직였다.

폴리아나는 아이노 경에게 갈굼 당하는 제1근위대의 훈련법에 관심을 가졌다.

대상인 아이노 경은 연애질에 정신이 팔려 친구를 방치하는 중이었지만 기사단을 방치하진 않았다. 때때로 불심검문이 이뤄지니 제1근위대는 단련을 소홀히 하지 않았다.

"2대장님에겐 힘들걸요?"

껄렁껄렁. 폴리아나가 제1근위대를 찾아가 훈련 코스를 문의하자 돌아온 답변이었다.

1근위대 성격이 지랄 맞은 건 알지만 군기가 개판이었다. 마호갈 경이 있으면 나았을 텐데 현재 그는 휴가 중이었다. 폴리아나는 상큼하게 웃었다. 그리고 방자한 근위대원을 매우 쳤다.

제1근위대는 충격받았다. 남의 대장으로 인정하겠으나 우리 대장으로 인정할 수 없는 폴리아나의 손속은 엄청 매웠다.

아이노 경이 머리를 후려갈길 때 죽음의 공포를 느낀다면 폴리아나의 공격은 장애인이 될 것 같은 공포를 선사했다.

곱게 죽을래, 골골 살다 갈래.

사람에 따라 어느 쪽이 무서운지 다를 테지만 둘 다 무서웠다.

폭력은 나쁜 건데 저것들이 자꾸 폭력을 쓰게 만든다. 나름의 질서를 확립했음에도 불구하고 폴리아나는 속이 불편했다. 씩씩거리는 그녀에게 비크 경이 다가왔다. 비크 경은 알지도 못하면서 시건방을 떤 동료의 정강이를 발로 한 대 깠다.

"2대장, 조금 힘드실 수 있습니다."

이곳은 지옥입니다.

비크 경이 말은 못하고 눈빛을 보냈다. 폴리아나는 용감하게 대꾸했다.

"바라던 바요."

폴리아나가 용맹하게 주먹을 움켜쥐었다.

우리 존재 파이팅!

노오력하겠다는 의지를 불태우는 멋진 모습에 비크 경이 폴리아나에게 훈련 코스를 알려 줬다.

"왜 여기 계시오?"

아이노 경이 손가락으로 훈련장 바닥에 쓰러진 폴리아나를 가리켰다.

제1근위대는 줄을 서 그들의 대장에게 경례했다. 폴리아나는 일어설 힘이 없어 여전히 쓰러진 채였다.

아이노 경이 다시 물으려다 질문 상대를 바꿨다. 폴리아나는 현재 말할 기력도 없는 상태였다.

"2근위대장이 여기서 뭐하나?"

"저희와 같이 훈련받으셨습니다!"

"잘 따라오던가?"

"아닙니다!"

흐리멍텅한 시야로 세상을 보던 폴리아나가 이를 갈았다. 시야는 흐려도 귀는 잘 들었다.

'개새끼들.'

빈말이라도 잘 따라온다거나 노력한다고 말하면 입이 찢어지는 줄 아는 솔직한 새끼들이다. 제1근위대는 대장이고 부하들이고 다 재수 없었다(마호갈 경 제외).

아이노 경은 폴리아나를 내려다봤다. 길을 걷다 마주친 개똥을 보는 태도에 폴리아나는 울컥했다.

"뭐……요."

"아니, 요즘 폐하가 좀 이상하신데 아는 게 없나 하고."

아는 게 많았지만 폴리아나는 대답하지 못했다. 아이노 경은 대답하지 못하는 폴리아나가 힘들어서 그런다고 생각했는지 시선을 돌렸다.

"적당히 잘 수습해라."

아이노 경이 제1근위대에게 명령하고 훈련장을 떠났다.

슬슬 강아지 같은 성질머리와 뱀 같은 흉포함을 내보이는 제1근위대원들이 동료에게 일을 미뤘다.

누가 하지? 재 시켜. 제2근위대 불러오자. 걔네 대장이잖아. 찬성. 나도 찬성. 근데 부대장이 알면 뭐라고 할 텐데.

"맞아. 2대장 여자였지. 두고 가면 부대장이 뭐라고 하겠네."

"비크 놈이 좀 친하지 않아?"

"맞아, 비크 경이 좀 친…… 비크 경 어디 갔어?"

"대장님 오시자마자 도망갔어."

"하긴. 대장 새끼가 매제라니. 나라도 도망가고 싶을 거야."

제1근위대원들은 폴리아나를 중앙에 두고 노가리를 깠다.

사람들이 모여 있자 기사단의 상징인 개가 어슬렁어슬렁 다가와 꼬리를 흔들었다. 개는 쓰러진 폴리아나를 보고 놀아 달라는 의미로 얼굴을 핥았다. 폴리아나는 그걸 떨칠 힘도 없어 내버려 뒀다.

폴리아나가 전신의 힘을 짜내 손을 들었다.

"알아서…… 갈…… 테니까, 해산."

"명 받들겠습니다!"

말 더럽게 안 듣는 놈들이 해산하란 말은 귀신같이 알아들었다.

폴리아나는 혼자, 정확히는 개와 함께 남았다.

팔에 힘을 줘 몸을 굴렸다. 바닥만 보다가 하늘을 보니 살 것 같았다.

개는 바지런히 폴리아나의 얼굴을 핥았다. 폴리아나를 좋아해서는 아니고, 그녀의 몸에 말라붙은 염분을 노리는 혀 놀림이었다. 감촉은 견딜 만한데 개 주둥이에서 나는 악취 때문에 괴로웠다.

'죽겠다.'

폴리아나는 이대로 쓰러진 채 자고 싶었다. 괜히 제1근위대를 해산시킨 건 아닐까.

그녀는 아무것도 하고 싶지 않았다. 이미 훈련장에 누워 있지만 더욱 격렬하고 적극적으로 뻗어 있고 싶었다. 훈련이 과했다.

후회가 막심하던 그때.

도망쳤던 비크 경이 돌아왔다.

"음…… 형님이 폴 경을 만나면 식사 초대하라고 했었는데."

에이크 경이 동생들에게 신신당부했다. 윈터 후작을 발견하면 식사 초대를 해라. 시켈에게 혼례품을 넘겨준 답례 인사를 하려는 것이다.

오늘은 날이 아니었다. 폴리아나는 비크 경의 도움을 받아 집으로 돌아갔다.

그런 날이 반복되었다. 평소보다 강도 높은 훈련에 몰두하고 움직인 만큼 먹었다. 집으로 돌아오면 피곤해서 바로 침대에 쓰러졌다.

적당히 휴식을 취해야 훈련의 성과가 높아진다는 것이 기본상식이다. 다만 폴리아나는 달랐다. 그녀가 노리는 훈련효과는 육체의 단련이 아닌 정신의 단련이다. 이 정도론 부족했다.

윈터 후작 저택의 하녀들은 주인을 걱정했다. 식사량은 여느 기사들 못지않다. 그런데 그녀들의 주인님은 도통 살이 찌질 않으셨다.

폴리아나는 이거 다 근육이라 체중은 많이 나가니 괜찮다고 말했다. 하녀들이 원하는 건 근육이 아니고 적당량의 지방이었기에 걱정은 끝나지 않았다.

폴리아나는 훈련 일지에 그날의 결과를 기록했다. 훈련의 성과가 있었다.

처음 며칠은 훈련이 끝나면 기절했다. 비크 경이나 다른 기사들이 폴리아나를 후작저로 데려오는 게 일이었다.

그러다 어제부터! 폴리아나가 혼자 걷고 말을 타 집에 왔다.

뭐든 하면 되는구나. 폴리아나가 감탄하는데 아이노 경이 오늘 아침 말했다.

"그러다 죽소."

아이노 경이 귀찮음을 무릅쓰고 참견했다. 저러다 폴리아나가 쓰러지면 룩소스 1세의 징징거림을 감당하는 건 자신의 몫이었기 때문이다.

"앞으로 제2근위대장은 제1근위대 훈련에 참여하지 마시오."

말투와 표정 모두 재수 없었다. 그것을 휴가 끝나 복귀한 마호갈 경이 상냥하게 풀어 해석했다.

폴리아나의 신체적 한계가 명확하다. 제1근위대는 남자들 중에서도 재능 있는 자들의 집합인데 그 훈련을 따라 하다가 장애를 얻을 가능성도 있다. 당장은 노력해서 성과를 얻은 것처럼 보이지만 장기적으로 보았을 땐 수명을 깎아먹는 짓이다.

폴리아나는 납득했다. 그래서 오늘은 휴식이다. 내일부터 다른 훈련에 돌입해야지.

'내일은 제2근위대에 들러서 애들 상태 확인하고…… 어?'

일정표에 붉은 표식이 있었다. 폴리아나는 잉크 중에서 제일 비싼 붉은 잉크를 왜 썼는지 고심했다.

'누가 죽었나? 아니지, 누구 애 돌…… 도 아니고? 아, 맞다.'

한참을 궁리하던 끝에 기억해 냈다. 그건 예정일 비슷한 거였다. 달거리를 할 때가 되었는데 하지 않은 것이다.

나나바 성에서 폴리아나를 진찰한 의사는 그녀가 앞으로 규칙적인 달거리를 할 수 있다고 말했다. 이후 야파로 돌아와서 다시 피를 보았기에 날짜를 셈해 표시해 뒀다. 근무 중에 피를 보면 그렇게 슬픈 일이 없으니까.

날짜는 이미 지나 있었다. 어렵게 생각할 것 없이 이유는 간단했다.

'훈련 빡세게 했지.'

그저 죽지 않기 위해 훈련하던 때처럼 몸을 움직였다. 전시보다 몸을 학대했으니 다시 중단되었을 가능성이 컸다.

의사가 보면 건강관리 잘하라고 잔소리를 퍼부을 것이지만 폴리아나 본인은 신경 쓰지 않았다. 그녀는 나쁜 환자니까!

대신 좋은 신하, 훌륭한 기사로 살면 돼! 암, 그렇고말고!

자기합리화를 마친 폴리아나는 들고 있던 일정표를 탁자 위로 던졌다.

'애도 안 낳을 건데.'

폴리아나는 침대에 드러누웠다. 자기합리화를 마쳤으니 마음 편히 숙면을 취하면 그만이다. 혹사당한 전신이 비명을 질렀다. 특히 특정한 어딘가가 불편했다.

'묘하게 걸리네.'

그녀는 생리불순이 심하다. 멀쩡히 생리를 한 횟수보다 멀쩡하지 않은 날이 더 많았다. 폴리아나의 입장에서 보자면 생리를 하지 않는 쪽이 평범하다. 이번에도 대수롭지 않게 넘기면 되는데 그게 불가능했다.

'아이 낳을 생각을 해서 그런가.'

잠시 그런 꿈을 꾸었더랬다. 어울리지 않는 콧방귀 흥흥 뀌면서 신나서 돌아다니고 웃었지. 그 결과는 참담했다.

폴리아나는 주군을 덮쳤다.

'끄아아아아아악!'

폴리아나가 침대에서 용수철처럼 튀어나와 주먹과 발을 벽에 갖다 꽂았다.

"끄아아아아악!"

저택에서 가장 방음이 잘 되는 주인의 침실에서 들려온 비명소리에 집사가 놀라서 한달음에 달려왔다.

"주인님!"

"끄아아아악!"

저택의 주인은 괴성을 지르며 벽과 가구를 폭행하고 있었다. 주인의 유별난 스트레스 해소법을 알고 있는 집사는 조용히 문을 닫고 그와 마찬가지로 놀라 달려온 고용인들을 입단속 했다.

"말려야 하는 것 아닐까요?"

"적당히 하시다 그만두시겠지."

몸이 가장 중요한 재산인 기사답게 집사와 하인들은 주인이 적당선에서 멈출 것이라고 생각했다.

그러나…….

폴리아나의 폭행은 거기에서 그치지 않았다.

정원수를 괴롭히는 건 예사다. 침실 벽을 하도 후려쳐서 벽에 바른 비단이 찢어졌다.

새로 비단을 바르는 건 과한 낭비라 집사는 꽃 모양으로 비단을 오려 붙였다. 그렇게 구멍을 메웠더니 금방 새 구멍이 생겼다. 귀엽게 별 모양으로 비단을 잘라 붙이는 일도 고역이었다.

이것은 어디까지나 집사의 고충. 저택의 주인인 고귀한 후작 나으리가 걱정하실 문제가 아니다.

고귀한 분의 근심은 따로 존재했다.

'아이씨, 진짜 미쳤나. 왜 자꾸 폐하 생각이 나지.'

기사가 아침, 점심, 저녁으로 주군 생각으로 끙끙 앓으면 훈훈한 미담이다. 그런데 생각하는 내용이 영 좋지 못했다.

배트르 경이 폴리아나의 혼사를 걱정해 준 이후, 폴리아나는 귓가에 바로 와 닿는 남자의 뜨끈한 숨결을 질색했다. 동료가 어깨동무하다가 숨 불어넣는 건 괜찮다. 불시에 바람 불어넣는 건 질색이었다.

전신에 소름이 돋고 짜증이 치밀어 오르던 플래시백은 배트르 경의 항문에 장창이 꽂혔단 소문을 듣고 종결되었다. 그 뒤로 폴리아나는 특정 감각에 대한 괴로운 기억이 없었다. 사람 가죽과 살 베는 감각은 기사의 필수이며 숨통을 끊는 것도 매한가지였다.

그런데 새로운 플래시백이 생겼다. 룩소스 1세의 허리를 조이던 허벅지와 부드러운 피부를 만지다 찰싹찰싹 때린 맨가슴이…… 잊히지 않았다.

'진짜 죽어야 정신 차리지.'

폴리아나는 죽을죄를 지었다. 프라우가 폴리아나에게 결혼 사기를 치려 했다면, 폴리아나는 룩소스 1세에게 성범죄를 저질렀다. 가해자와 피해자의 기억이 술에 녹아 사라져 잊기로 했지만, 어쨌든 범죄였다.

기껏 자비로우신 황제 폐하께서 없던 일로 하자, 묻자 하셨다. 그런데 폴리아나는 자꾸 기억도 못하는 그날 밤 일에 집착하고 있었다.

기억이라고 해 봐야 떠오르는 건 그게 그거다. 남자 알몸과 닿은 게 이번이 처음도 아니었다.

그런데 왜 자꾸 생각이 나냔 말이다.

폴리아나는 제3의 성별 비슷한 취급을 받았기에 남자 알몸을 많이 봤다. 만지기도 많이 만져 봤다. 룩소스 1세의 알몸도 새삼스럽지 않았다.

그런데 왜 자꾸! 생각이! 나냐고!

'미치고 팔짝 뛰겠네.'

자꾸 이러니까 폴리아나는 룩소스 1세를 뵐 면목이 없었다.

은혜를 원수를 갚는 것도 유분수다. 정도를 지켜야 한다. 이렇게 발칙한 생각이나 되새기는 기사는 쫓겨나는 게 마땅했다.

절대 다른 사람에게 말할 수 없다. 평생 함구할 비밀이었다.

그렇지만 떠오르는 걸 어떡한담.

룩소스 1세는 피부는 보드랍고 근육이 탄탄해 유독 손맛이 좋았다.

찰싹! 찰지구나!

세상천지를 뒤져 봐도 황제의 맨살을 때린 이는 없다. 폴리아나만 경험한 감촉이었다.

폴리아나는 침대에 드러누워 손맛을 회상했다. 잊으려 노력하는데 그 감촉이 잊히질 않았다.

고된 훈련에 기절하다 새벽에 깨는 날이 있었다. 그럴 때 폴리아나는 룩소스 1세의 체온을 추억했다.

'폐하는 따뜻했지.'

이따위 짓을 하고 있는데 감히 룩소스 1세를 볼 수가 있나.

황제가 사모하는 여인과 재회한 건 근위대장을 소집하고 나서였다.

황제가 1, 2, 3근위대장 전원을 소환했다. 모집의 주제는 이렇다. 업무 분장.

본래 제1근위대는 기사단을 겸임하며 평시에 나서지 않는 황제의 검이다. 진짜 근위대다운 일을 하는 것은 제2근위대다. 그들은 내성에서 근무하며 황족을 경호하고 성내의 불미스러운 일을 처리했다. 제3근위대는 성벽 안팎의 치안에 힘썼다.

룩소스 1세는 후궁에서 벌어지는 불상사에 대비하기 위해 일부러 제1근위대에게 황제의 근접 호위를 맡겼다. 이제 경호할 황족이 둘만 남았으니 제1근위대와 제2근위대에게 본래 업무에 힘쓰라는 게 요지였다.

"폴 경, 좋으시겠소."

제3근위대장 우크 경이 웃었다. 그가 술 마시는 손동작을 했다. 본래 업무에 복귀했으니 이를 축하하는 의미에서 잔을 부딪치잔 권유였다.

폴리아나가 미약하게 고개를 저었다.

"술 끊었소."

"아하하, 폐하께 돌아간다고 재미없는 농담을 시작하시오?"

우크 경이 박장대소했다. 자이노 경도 키득키득 웃고 아이노 경은 이미 나가고 없었다.

폴리아나는 그들과 함께 유유히 빠져나가려고 했다. 황제가 도피하는 그녀를 불렀다.

"윈터 후작은 남거라."

"응."

폴리아나는 거짓말을 하고 도주하려다 포기했다. 다른 근위대장들을 보내고 폴리아나가 룩소스 1세 앞에 앉았다.

걱정한 것과 달리 룩소스 1세는 업무에 대한 얘기만 꺼냈다. 폴리아나는 안도하여 일에 집중했다.

물론 폐하는 그렇게 쉬운 분이 아니었다.

"폴. 그날 이후 짐이 말이다."

폴리아나의 몸이 뻣뻣하게 굳었다. 폴리아나가 기계적으로 대답했다.

"폐하, 심려 마십시오! 저는 아무에게도 말하지 않았습니다. 그 날 이후 술도 안 마셨습니다!"

"그래. 짐도 아무에게도 말하지 않았다."

청혼은 국상이 끝난 뒤에 한다 치자. 갑자기 꺼내는 청혼은 폴리아나를 당황시킬 것이 분명했다.

황제는 청혼 전에 둘의 관계를 개선하고 조금 진전시키고 싶었다. 그러기 위해서 문제의 대형사고 얘기를 필수적으로 꺼내야 했다.

"짐의 얘기를 듣거라. 짐이 계속 생각해 봤다. 짐이 계속 생각해 봤는데, 짐이 먼저 네게 실례를 한 게 맞아. 아무렴 폴, 네가 나를 덮쳤을까. 귀경은 여성이고 짐은 남자다. 역시 짐이 경에게 욕망하여 그런 죄를 저지른 게 아닐까 싶다. 그러니까 짐이 하고 싶은 말은 책임을 지겠다는 것이다."

"폐하. 신이 덮친 게 맞사옵니다."

폴리아나가 정색하여 황제의 말을 잘랐다. 룩소스 1세는 깜짝 놀랐다.

시간이 지나면서 떠오른 게 더 있는 것일까? 폴리아나의 태도는 사건 당일보다 더 당당하고 자신감이 넘쳤다.

룩소스 1세는 오기가 생겼다. 어차피 술주정뱅이의 기억이다. 증거가 없고 증인이 없으니 황제도 박박 우길 셈이다.

"짐이 덮쳤다."

"제가 덮쳤습니다."

"짐이 경을 덮쳤단 말이다."

"제가 덮친 게 확실하다니까요."

“뭐 기억나는 거라도 있느냐?”

“신이 폐하를 깔고 앉았었단 말입니다!”

당시에 밝히지 못한 부끄러운 기억이었다. 반복되는 말씨름 끝에 궁지에 몰린 폴리아나가 결국 토해 냈다.

방귀 뀐 놈이 성질낸다고 폴리아나가 짜증 부렸다.

“신이 덮쳤습니다! 제가 덮쳤다구요! 묻기로 했잖습니까! 왜 꺼내시는데요!”

“어쩌다가 그렇게 될 수도 있는 것 아니야!”

“그냥 앉았으면 제가 이 말 합니까!”

버럭! 폴리아나가 감히 제국의 황제 앞에서 언성을 높였다.

얼굴에 주름을 잔뜩 만들고 있는 힘껏 불편한 심기를 드러낸 그녀는 허락도 받지 않고 집무실을 나갔다.

룩소스 1세는 그녀를 붙잡지 못했다. 그의 영혼은 너무 놀라서 잠시 출타했다. 그의 심장이 연병장을 전력 질주한 것처럼 거칠고 빠르게 뛰었다.

‘침착해, 침착, 침착. 침착하자 룩시.’

황제는 턱을 괴고 진지하게 생각했다.

그가 침대에 눕고 폴리아나가 위에 앉았다. 그냥 앉지 않았다. 그리고 폴리아나는 그녀가 룩소스 1세를 덮쳤다고 확신한다.

이때 나오는 결론은.

‘기승위!’

기승위에 대한 자세한 설명은 생략한다.

“크윽.”

룩소스 1세가 가슴을 붙잡고 책상 위로 쓰러졌다.

황제는 심장과 자존심, 그리고 남자의 욕망에 치명적인 상처를 입었다. 그렇게 중요한 사건을 기억 못하는 머리가 원망스럽고 또 원망스러웠다.

고작 손에 남은 아련한 감촉에 기뻐했던 것이 바보 같았다. 그렇게 중요한 일이 벌어졌는데 기억을 못 하다니.

룩소스 1세는 너무 서러워서 울고 싶어졌다. 모친을 잃은 이후 처음 있는 일이었다.

돌아가신 부모님을 걸고 맹세한다. 황제가 기억하는 건 손에 남은 푹신함. 그게 끝이었다.

룩소스 1세는 몇 번의 시도 끝에 머리를 때려도 기억은 돌아오지 않는다는 진리를 체득했다.

방귀 뀐 놈이 성낸다. 폴리아나는 성질이 났다. 그녀는 권력자답게 이 화를 혼자 삭이지 않고 외부로 표출했다. 폴리아나에겐 화풀이 상대가 되어 줄 부하들이 즐비했다.

대장님이 2근위대 휴게실을 급습하심에, 근위대원들이 초음파를 내지르며 경례했다.

폴리아나는 실망했다. 몰래 와서 휴식시간 아닌데 쉬는 놈을 발견하면 잡아 족칠 생각이었다. 그런데 제2근위대원들은 쓸데없이 성실했다.

평소라면 대장의 부재에도 근면 성실한 부하들을 칭찬했을 것이다. 하여간 가는 날이 장날이었다.

"나와 어울려 줄 자 없나?"

아쉬운 대로 폴리아나는 대련을 청했다. 제2근위대 소속의 잘생기고 집안 좋고 총명한 청년들이 대장님의 시선을 회피했다.

근위대장은 군사와 정치 양쪽으로 영향력 있는 요직이다. 출세하고 싶다면 이럴 때 나서서 대장에게 점수를 따면 좋다. 그런데 다들 출세하기 싫은지 나서는 자가 없었다.

최근 몇 번의 대련에서 폴리아나가 제1근위대에서 쌓은 악을 풀었기 때문이다.

폴리아나는 대련에 실전처럼 임했다. 그런 대련이 없는 건 아니다. 다른 땐 자원자가 많았다. 실전 경험이 적은 기사들에겐 근 20년 경력의 대장님에게 직접 숙련된 노하우를 전수받을 귀한 기회였으니까.

폴리아나는 부족한 힘과 체력, 결정타를 만회하기 위해 급소 위주로 공격한다. 스치면 아프고 제대로 맞으면 평생 지고 갈 장애가 생겼다.

그렇지만 다들 근위대에 당당히 들어올 실력이다. 심각한 부상으로 이어지는 일은 결코 발생하지 않았다.

폴리아나가 제1근위대에서 구르고 온 다음부터 문제가 생겼다.

본래 재능이 없는 폴리아나의 공격은 악랄하지만 상대가 어렵지 않다. 그런데 훈련 후에 무슨 악이 쌓였는지 공격에 살의가 실렸다.

보통 살기가 아니었다. 대련 경험자들은 호랑이와 눈이 마주친 것 같다고 평했다.

'우리 대장님 힘이 더 세지지는 않았는데 기는 더 세졌지?'

'절대 반항하지 말자.'

제2근위대는 그들의 대장님이 이대로 죽으면 야파를 수호하는 귀신이 되리라 믿어 의심치 않았다.

폴리아나가 정육점에 진열된 고기 앞을 지나듯 근위대 앞을 지나갔다. 기사들이 침을 꿀꺽 삼켰다. 어떤 새끼가 호명당할까.

부하들이 공포에 질려 있을 때, 폴리아나의 표정이 돌변했다.

"우엑."

폴리아나가 입을 가리고 구역질했다. 대장님 구역질에 제2근위대는 상처받았다.

"대, 대장님 너무하십니다. 아무리 저희 냄새가 썩었다지만 그렇게 대놓고 구역질을 하시다니."

"아니 우엑. 그게 우엑."

구역질이 멎질 않았다. 폴리아나는 깜짝 놀라 휴게실을 빠져나왔다.

휴게실 냄새야 남자의 땀, 피, 오물, 먼지, 곰팡이, 술, 주스, 썩은 빵과 고기, 쥐똥 등이 섞인 익숙한 악취다. 전장의 냄새가 더 심해 폴리아나에겐 새로울 것도 없었다. 그런데 유난히도 냄새가 역하게 느껴졌다.

머리로는 그다지 역겹다고 여기지 않는다. 그런데 위장이 반응했다. 게다가 한 번 시작된 구역질은 멈추지 않았다.

헛구역질하는 것도 고역이다. 토하면 그칠 거란 생각에 폴리아나는 화장실로 달려갔다. 변기를 붙들고 헛구역질을 하는데 위장만 요동치고 도통 나오질 않았다.

폴리아나는 손가락을 목에 쑤셔 강제로 토했다. 나온 건 별로 없었다.

폴리아나는 스스로의 건강상태를 점검했다.

'내가 요즘 너무 빡셌나?'

예전엔 이것보다 더 몸을 혹사시켰는데?

그땐 젊었다. 지금도 젊지만 10대 다르고 20대 다르고 30대 다르다. 40대는 더 다를 것이다.

젊어서 가혹한 육체노동에 시달린 기사들은 걸어 다니는 종합병동이었다. 뼈가 부러졌다 다시 붙은 자리가 둔통을 호소하는 건 기본이다. 전투능력을 유지하는 것과 별개의 문제였다.

'출근할 때까지만 해도 괜찮았는데. 요즘 유독 피곤하긴 했지.'

오늘은 일찍 쉬어야겠다.

폴리아나는 반성했다. 제 몸 아낄 줄 모르고 훈련하다 골로 가면 억울해서 어떡하나. 20년을 개처럼 굴렀으니 앞으로 40년을 떵떵거리며 살아야 균형이 맞지.

권력의 단맛은 이제 시작인데 요절하면 억울해서 진짜 원혼이 될지도 모른다. 야파 인근을 떠돌며 인생의 꿀을 다 빨지 못한 서러움을 사람들 괴롭히며 풀 것이다.

"아오……."

폴리아나가 이를 악물고 가쁘게 숨을 쉬었다. 억지로 구토한 입안이 텁텁하고 역겨웠다.

"……."

폴리아나는 아주 잠깐, 잔인하게 밀려오는 현실을 부정했다. 이제 더는 외면하기 힘들었다. 다른 사람의 몸에서 벌어진 일이 아니다. 그녀 자신의 몸에서 벌어지는 변화였다.

짐작 가는 일과 증세가 있다. 계속 외면하느니 제대로 확인해야 했다.

생리불순과 컨디션 난조, 이유가 불분명한 구역질. 이 정도는 고된 훈련의 여파로 보면 된다. 하지만 그 앞에 하룻밤 사고가 전제된다면?

폴리아나는 일찍 퇴근하여 자택에 들렀다. 그녀는 익숙하게 치마를 입고 손수건을 머리에 둘렀다. 결혼을 결심하고 자르지 않은 머리카락은 어깨 부근에서 흔들렸다.

이걸 잘라, 말아.

폴리아나는 거울을 노려보다 자르지 않기로 결심했다. 머리카락이 없을 때보다 있을 때 손수건이 잘 어울렸다.

"주인님, 외출하십니까?"

"그래."

폴리아나의 옷차림이 치마라는 점에서 집사가 긍정적으로 외출을 반겼다. 치마를 입었으니 멀리가진 못…… 이게 아니다. 치마를 입었으니 훈련은 하지 않을 것이다.

폴리아나는 일부러 말을 타지 않고 걸어서 이동했다. 적당히 어슬렁거리며 시간을 때운 그녀는 지나가는 사람에게 길을 물었다.

길을 알려 준 사람이 말한 대로 가니 목적지에 도착했다. 시장 구역이 아닌 거주 구역이다.

폴리아나는 심호흡하고 안으로 들어갔다. 삐쩍 마른 노파가 건물의 주인이었다.

노파의 직업으로 말하자면 여자들에게 반드시 필요한 직종이라고 할 수 있다. 노파의 직업은 어느 마을이건 반드시 필요하고 오랜 경험과 지식, 지혜를 필요로 하는 전문직이다.

산파다. 의사들의 대부분이 부인과 질환에 지식이 없기 때문에 산파는 부인과 전문의와 산파의 업무를 병행했다.

제대로 된 연구나 조사 없이 오랜 세월 전해진 지식과 경험이 전부였지만 그녀들이 없으면 산모와 영아의 사망률이 치솟을 것이다.

"무슨 일로 오셨수?"

"임신인가 싶어서."

말로 하니 머리가 어찔했다. 폴리아나가 비틀거리자 산파가 자리에 앉으라 권했다.

"못 보던 분인데."

"일이 있어서 야파에 들렀소."

퍼뜩 진찰하지 못하고 말이 많았다. 폴리아나가 못마땅한 심기를 내비쳤지만 산파는 아랑곳하지 않았다. 폴리아나가 사람 목숨 오가는 전장 20년이라면 산파는 경력 50년, 백전노장이었다.

산파는 폴리아나에게 사는 곳은 어딘지, 나이는 몇인지 궁금한 게 많았다. 폴리아나는 입을 꾹 다물었다. 산파는 조금 구시렁거리다가 말했다.

"축하해요, 임신이여."

"씨발!"

"임부가 욕하면 못 써! 언청이 낳아, 언청이! 나이도 자실만큼 자신 부인이 그래서 써!"

폴리아나의 어깨와 등에 산파의 손바닥이 쏟아졌다. 철썩철썩!

노파의 숙달된 손찌검은 전장의 마녀, 아크레아 제국의 제2근위대장 폴리아나 윈터 후작의 입에서 항복을 받아 냈다.

"아! 아! 잘못했다! 잘못!"

폴리아나는 산파의 매운 손을 피해 도망쳤다. 산파 보기에 이미 애 두서넛은 낳았을 부인의 입이 험하니 욕이 나왔을 것이다.

산파의 집을 나오니 하늘이 노랗고 그저 막막했다. 폴리아나는 땅이 꺼져라 긴 한숨을 쉬었다.

"폐하…… 룩소스 1세…… 나의 주군이시여."

그녀의 위대한 황제 폐하께선 정자도 열일하셨다. 노력하는 게 주인 못지않았다. 이렇게 한 방에 성공할 거면서 부인 셋은 왜 그리 오래 걸렸는지.

폴리아나가 벽에 발길질을 했다가 산파의 지청구를 들었다.

"애 가졌으면 행동 조심하고 마음 곱게 써! 왜 남의 집 벽을 차!"

"예예, 죄송합니다. 죄송~."

폴리아나는 울고 싶어졌다. 그녀의 자궁은 왜 일을 안 하다가 갑자기 칼같이 일을 하는 걸까.

왜. 어째서. 무슨 심보로? 주인 엿 먹으라고?

룩소스 1세의 아이가 아니라고 생각하고 싶다. 우기고 싶다. 그런데 잔 남자가 황제밖에 없었다.

폴리아나는 벽에 기댔다. 머리가 어질어질해서 두 다리로 서도 균형이 안 맞았다.

임신이라니. 내가 임신이라닛!

임신 초기엔 유산도 잘 된다는데 어떻게 그 극한 훈련을 버틴 거지?

폴리아나는 진심으로 신기했다. 가장 가까이에서 지켜본 임부인 레베카는 침대에 누워 살았다. 의자에 앉는 것도 의사 허락을 받아야 했던 그녀와 비교해 보면 너무 신기해서 뒷목이 저렸다.

폴리아나는 그녀의 인생이 고만고만하다고 여겼다. 혹자는 불행하다하고 혹자는 지나치게 무욕한 게 아니냐 말했다.

그리고 오늘, 폴리아나는 처음으로 그녀의 인생에 드리운 불행의 별을 의심했다.

불행의 별이 폴리아나의 인생에 끼지 않고서야 이렇게, 인생이 이렇게 돌아갈 리 없다.

태어나자마자 어머니는 죽었다. 아버지와 계모는 폴리아나가 죽길 바랐다. 목적도 없으면서 생존을 위해 노력하고, 인정받거나 보상받지 못하는 나날을 보냈다.

간살당할 뻔했다가 간신히 인정해 주는 주군을 만나 기사가 되었다. 황송하게도 새 성을 받았다. 활약했다. 전공을 세웠다. 명예를 드높이고 동료를 얻었다.

행복만 남아야 하는데 어째서 갑자기 일이 이렇게 되었을까?

꽃뱀은 그렇다 치고 왜 많고 많은 남자 중에 룩소스 1세였냐 이 말이다.

현재 황제에겐 후계자가 없다. 아니, 있기는 하다. 사촌 동생 루조 대공과 대공자가 버젓이 살아 있다. 둘은 황제에게 충성하며(아기 마음은 모르지만), 황제의 든든한 아군이고 가까운 혈육이다.

룩소스 1세에게 계속 후계자가 없을 경우 루미네 황녀와 대공자를 결혼시켜 대공자를 후계자 삼는 것도 나쁘지 않은 방법이다. 이렇게 될 경우 룩소스 1세가 직접 본 아들보다 정통성이 취약하다.

룩소스 1세는 대륙을 통일해 제국을 꾸렸다. 천년 제국의 영화를 꿈꾸지 않아도 사후 분열되게 내버려 둘 만큼 녹록하지 않다.

이 상태에서 폴리아나 윈터는 황제의 아이를 임신했다. 아직 성별은 모르는 상태.

이럴 경우 룩소스 1세의 충신은 어떤 선택을 해야 하는가? 올바른 선택지를 고르시오.

1. 자수해서 광명 찾는다.
2. 튄다.
3. 뗀다.
4. 자살한다.
5. 이건 꿈이 분명하다. 자고 일어나면 악몽에서 깰 것이다.

폴리아나는 5번을 선택했다. 정신적인 피로가 극심해 휴식이 필요했다.

다음 날 아침.

충격적 사건이 있었던 것치고 폴리아나는 숙면을 취했다. 잠에서 깬 명징한 머리로 어제의 기억을 되짚었다.

"왜 나에게 이런 일이!"

폴리아나는 꿈이 아닌 현실에 절망했다. 단순히 좌절만 하고 있을 때가 아니었다. 하룻밤 자서 회복되었다고 폴리아나의 머리가 의심이란 것을 가르쳐 줬다.

'어제 산파가 틀렸을 수도 있잖아.'

맞아! 그래! 폴리아나의 입꼬리가 찢어졌다.

'내가 왜 그 생각을 못했지?'

산파는 전문적인 의료인이 아니다. 평민들에겐 전문 의료인이나 마찬가지겠지만 의사는 될 수 없었다. 게다가 어제 폴리아나를 살펴본 산파는 성격이 별로였다. 성격이 별로니까 실력도 별로일 것이다.

폴리아나는 제 좋을 대로 생각한 끝에 합리화를 마쳤다.

평민 여자들이야 돈이 없고 부인과 전문의의 부족으로 산파를 찾는다. 산파들은 경험이 많아도 전문 지식은 부족한 법.

폴리아나는 일정표를 보고 날짜를 계산했다. 임신이라고 확실하게 단언하기에 어려운 기간이었다. 그러니까 단순히 산파의 착각이었을 수도 있었다.

폴리아나는 어제와 다른 옷을 입고 머리에 손수건을 둘렀다. 후작가의 집사는 주인님이 무얼 하시든 묵묵히 배웅했다.

"3근위대의 근태를 확인하기 위한 암행이다."

폴리아나 혼자 지레 찔려 변명을 늘어놓았다. 집사는 주인의 말을 의심하지 않았다.

주인의 말을 믿은 집사는 제3근위대를 안타깝게 여겼다. 혼자 특훈할 것이지 부하들에게도 강요하는 나쁜 상사. 나쁜 상관을 주인으로 모시는 집사의 얼굴에 심려가 한가득했다.

폴리아나는 문을 나서면서 땅이 꺼져라 한숨만 뱉었다.

'어제랑 다른 곳을 가 봐야겠어.'

어제처럼 폴리아나는 말을 몰지 않고 중심 지역까지 걸어갔다.

부인과 전문의를 찾아가는 게 제일 정확하겠지만 그렇게 될 경우 폴리아나의 임신 소문이 귀족가에 퍼질 수 있다. 변복하고 산파를 찾아가는 게 소문을 막는 지름길이었다.

폴리아나는 일부러 그녀 또래의 여성들에게 질문했다. 한 명이 아닌 여러 명에게 동일한 질문을 해 정보를 취합했다. 다행히 근처에 유명한 산파가 있었다.

유명한 산파의 집은 유명세대로 손님이 많았다. 산파의 집이다 보니 대부분 여자였다. 남편으로 보이는 사람과 같이 온 부인도 있었다. 아이를 데려온 환자가 있어서 어수선하고 시끄러웠다.

폴리아나는 굳은 얼굴로 차례를 기다렸다. 식은땀을 죽죽 흘리다가 간신히 진찰을 받고 선고당했다.

"아직 초긴데 용케 알았네."

"끄으으으으."

"손에 웬 굳은살이 이렇게 많으셔. 애 떨어지니까 몸 좀 아끼셔."

"끄으으으응."

제국의 제2근위대장 폴리아나 윈터 후작에게 임신을 선고합니다. 땅땅땅.

사형 선고보다 끔찍한 선고가 떨어졌다.

산파의 집을 나오는 폴리아나는 어깨를 축 늘어트렸다. 기운이 하나도 없었다. 발걸음을 간신히 옮겨 말을 매어 둔 곳에 도달했으나 안장을 밟고 기승할 자신이 없었다.

산파 두 명이 임신을 확언했다. 임신이 맞았다. 부정할 수 없었다.

룩소스 1세와 밤을 보낸 후 그녀는 빡센 훈련을 시행했다. 자연유산될 가능성이 매우 높았음에도 불구하고 아이는 살아남았다.

'그걸 버티다니.'

당장 지금도 산파에게 절대안정 권고를 받은 임부가 있는데 말이다.

폴리아나 혼자 짠 코스가 아닌 악명 높은 제1근위대의 훈련 코스였다. 받는 폴리아나조차 이렇게 죽는 게 아닐까 생각했는데 그걸 버텼다. 아주 징했다.

'레베카…….'

폴리아나는 고인을 떠올렸다. 임신 초기부터 높은 유산 위험으로 침대에 누워 지냈던 고인을 생각하니 절로 입맛이 씁쓸해졌다.

동시에 등골이 서늘해졌다. 룩소스 1세가 돌싱이기에 망정이지, 돌싱 아닌 시기에 사고를 쳤다면…….

'그땐 그냥 죽어야지.'

세상에 그런 개망신이 또 있을까. 만약 그런 일이 벌어졌다면 황비마마들 뵙기 면구해 진짜 죽어 버렸을 것이다.

폴리아나는 자택으로 돌아가 씻고 환복했다. 그녀는 후궁을 찾아 루미네 황녀를 알현했다.

과거 루미네 황녀에겐 세 명의 어머니가 있었다. 지금은 세 명 모두 사라져 황녀에겐 아버지만 남았다. 황녀를 모시는 유모와 보모들이 많으니 아쉬운 건 없을 것이다. 원래 귀족이나 왕족은 부모가 아이를 키우지 않는다.

루미네 황녀는 위험한 단계를 지나 무럭무럭 성장하고 있었다. 룩소스 1세는 그것을 두고 '사람 구실 시작했다'고 말하며 좋아했다.

토실토실 살이 오른 황녀는 아주 귀여웠다. 부모님의 미운 구석은 하나도 닮지 않고 예쁜 구석만 닮았다. 어찌나 예쁜지 사람들은 황제 못지않은 미인이 될 거라 침이 마르도록 떠들었다.

황녀가 자주 찾아오는 폴리아나를 알아보고 손을 내밀었다. 폴리아나는 포동포동한 손가락을 보고 미소 지었다.

누운 루미네 황녀의 배에 그녀는 얼굴을 묻었다. 젖 냄새와 볕에 말린 아기 옷 냄새, 어른보다 높은 체온. 모든 것이 낯설면서도 그리웠다.

사람은 누구나 아기였던 적이 있다. 그렇지만 기억하지 못한다. 사람이 아이를 예뻐하는 건 아이였던 시절을 그리워하기 때문일지도 모르겠다.

폴리아나는 쓴웃음을 지었다.

"제가 죄를 지었는데요, 황녀마마."

황녀의 모친과 폴리아나는 친구 사이였다. 서로 남에게 하지 못할 말을 털어놓고 거리낌 없이 질타하고 비방했지만 진실된 우정과 신뢰를 나눴다.

위험한 말, 웃긴 말, 더러운 말, 야한 말, 저속한 말, 끔찍한 말, 사회적 위신이 떨어질 수 있는 말, 반역도로 몰릴 말. 어떤 말도 가리지 않았다.

레베카가 살아 있었다면 폴리아나는 이번 건도 이야기했을 것이다.

아니지. 레베카가 살아 있었다면 이런 일이 안 벌어졌을 것이다. 아무리 폴리아나가 술 취해 미쳤기로서니 부인 있는 남자를 덮칠까.

죽은 친구의 남편과 사고 쳤다. 폴리아나는 대형사고의 또 다른 해석을 밝혀냈다. 그리 기쁘지 않았다.

'죽을까. 콱 죽어 버릴까.'

레베카가 살아 있으면 어떤 반응을 보였을까? 남편과 잔 폴리아나를 경멸했을까? 아니면 아이고 못 살아, 하면서 잔소리를 퍼부었을까? 어느 쪽이든 좋았다. 폴리아나는 친구의 반응이 그리웠다.

폴리아나는 기사다. 죽음과 가까웠기에 죽은 사람과의 추억에 너무 깊이 빠지지 않는 법을 익혔다. 폴리아나는 머릿속에서 레베카에 대한 생각을 황급히 지웠다.

그리움은 죄책감을 낳는다. 이미 황제 폐하께 죄송해 죽겠는데 더 죄송할 일을 늘려서야 쓰나.

"진짜 저 어떡하죠."

아, 시발 어쩌란 말이냐 술 먹고 사고 친 걸. 남들은 사고 쳐도 잘 지나가는데 왜 그녀는 임신해 버렸을까. 진정 불행의 별이 그녀의 수호별인 것일까.

'역시 자수해서 광명 찾아야 되나.'

묻기로 한 일이나 아이가 생겼다. 아이는 묻으면 안 된다. 큰일 난다.

이대로 룩소스 1세를 찾아가 자초지정을 고하면 된다.

"폐하, 아뢰옵기 황공하오나 일전의 대형사고에 후유증이 남았습니다." 이렇게 말하면 룩소스 1세가 "그래, 무슨 일이냐." 하고 물을 것이다.

그때 "임신했습니다."라고 말하면 황제는 어떤 얼굴을 할까?

폴리아나는 감히 상상할 수 없었다. 어쩌면 사상최초로 옥좌에서 굴러 떨어지는 황제가 생길지도 모른다.

'묻을 수 없잖아. 못 묻는다고!'

폴리아나는 머리를 쥐어 싸맸다. 어깨 근처에서 살랑거리는 금빛 머리카락에 루미네 황녀가 꺄르르 웃었다. 색조는 달라도 아버지의 금발이 떠오른 탓이다.

천하에 근심 없이 웃는 황녀 앞에서 제2근위대장은 세상의 모든 근심을 짊어졌다.

만에 하나. 만에 하나라도 룩소스 1세가,

"짐의 아이가 맞느냐?"

하고 물으면 어떻게 대답해야 하지?

그저 막막했다.

물론 그녀의 주군께선 그런 무서운 말씀은 하지 않으신다. 그런 분이 아니시다. 오히려 폴리아나를 다독여 주고 위로하실 것이다.

"혼자서 고생 많았겠구나." 뭐 이런 말을 하시겠지. 다정하고 사근사근하게 폴리아나를 달래 주실 것이다.

짐의 아이가 맞느냐는 무시무시한 반응은 폴리아나 혼자 하는 상상에 불과했다. 상상 중에서도 최악으로 질이 나빴다. 그렇지만 현실감이 넘쳤다.

폴리아나는 룩소스 1세 외의 남자와 밤을 보내지 않았다. 이 주장은 증거와 증인이 없다. 폴리아나 혼자 우기는 일에 불과하다.

폴리아나는 이미 한 번, 술에 취해 남자를 덮친 전적이 있었다. 한 번 있었던 일, 두 번 발생하지 말란 법 있나. 폴리아나가 룩소스 1세라면 의심할 것이다.

술 마시고 남자를 덮친 여자가 갑자기 나타난다. 그리고서 말한다. "나 댁의 아이를 임신했어요." 그러면 그걸 믿을 사람이 세상에 어디 있나.

바로 믿는 놈이 있으면 그건 호구다. 호구를 넘어선 등신, 병신이었다.

룩소스 1세는 폴리아나에 한해서 훌륭한 호구에 등신, 병신이었으나 폴리아나가 그걸 알 턱이 없었다. 폴리아나에게 있어 룩소스 1세는 세상에서 제일 잘생기고 관대하며 멋지신 주군이셨다.

세간의 상식과 룩소스 1세에 대한 믿음. 평상시의 폴리아나라면 재고의 여지없이 후자를 선택했다. 그러나 지금은 사정이 좋지 못했다.

대형사고 친 후유증이 났기 전에 터진 더 큰 대형사고가 폴리아나를 부정적 사고로 내몰았다. 임신 중 달라진 호르몬 분비도 거들었다.

원하지 않는 아이를 임신했을 땐 낙태를 권한다. 산파가 하는 어둠의 일이다. 이 경우엔 불가능했다.

아이는 혼자 만들지 못한다. 반드시 두 사람이 필요했다. 성별이 다른 남과 여가 있어야 아이가 생겼다.

폴리아나 혼자 만든 아이면 망설이지 않고 없앴을 것이다. 하지만 이 아이는 룩소스 1세의 핏줄. 죽일 수 없었다.

죽일 수 없다면 낳는 것 외엔 선택지가 전무하다. 폴리아나는 다시 갈등에 봉착했다.

이대로 아이를 낳게 되면 아이는 사생아가 된다. 사생아엔 크게 두 종류가 있다. 부모가 인지한 사생아. 부모가 인지하지 않은 사생아.

전자는 운이 좋을 경우 법적 부부 사이의 양자가 되어 친자처럼 키우기도 했다. 법적 부부 사이의 후계자가 명확하고 사생아가 딸일 경우 흔히 그렇게 했다.

인지하지 않은 사생아의 삶은 전적으로 모친의 선택에 좌우된다. 버리든, 죽이든, 친부의 집 앞에 버리고 가든 모두 모친의 자유였다.

여기까지가 아버지의 입장에서 본 이야기.

폴리아나는 어머니이기에 어머니 입장에서 생각해야 했다.

여자가 원하지 않는 아이를 임신했다. 낙태하는 게 최선이나 그것이 불가능해 출산했을 경우.

처리 방법은 다양했다.

버린다.

죽인다.

다른 사람에게 양자로 보낸다.

최악의 경우, 남편의 아이로 속인다.

폴리아나는 선택지에서 버린다와 죽인다를 삭제했다. 룩소스 1세의 아이다. 만에 하나 남자아이라면 비록 혼외자이나 황제의 장자에 해당됐다. 사생아라 해도 룩소스 1세의 핏줄. 주군의 핏줄을 방치할 수도 없는 노릇이었다.

가끔 그런 이야기가 있다. 모시는 주군이 젊어서 사고를 쳐 사생아를 얻었다. 기사는 사생아와 미혼모를 후원한다. 주군의 후계자가 불의의 사고로 모두 숨지자 기사는 곱게 길러 온 사생아를 주군 앞에 데려온다. 해피엔딩!

이런 이야기가 로망스나 음유시인의 시속에서 미담이 되어 내려왔다. 기사들 사이에선 나름의 로망이었다.

폴리아나도 임신한 사람이 그녀가 아니었다면 애 엄마와 애를 후원할 생각을 하고 있었을 것이다. 낙태라니. 말도 안 된다. 애를 버리는 건 더욱 말도 안 된다. 남의 일이면 얼마나 좋았을까. 당사자가 되고 나니 미담이 아니었다. 호러였다.

'왜, 왜, 왜 내가! 왜 내가악!'

소리는 못 지르고, 폴리아나가 발버둥 쳤다.

몸에 힘이 들어가자 목에도 힘이 들어갔다.

폴리아나의 얼굴에 배를 눌린 루미네 황녀가 울었다. 폴리아나는 당황해서 얼굴을 뗐다. 황급히 황녀를 안아 달랬으나 황녀는 울음을 그치지 않았다.

폴리아나는 문을 열고 나가 외쳤다.

도움!

근처에 있던 유모가 황녀를 받아 안았다. 잘 놀던 황녀님을 울린 죄로 유모가 그녀를 흘겨봤다. 폴리아나는 황급히 도망쳤다. 도망가는 그녀의 뒤에서 황녀가 크게 울어 폴리아나의 죄를 책했다.

'황녀마마, 건강하셔서 다행이야.'

폴리아나의 인생은 개판 났지만 황녀마마는 건강하다. 한 명이라도 행복하다니 잘된 일이었다.

그렇게 애써 스스로를 속이려던 폴리아나의 걸음이 멈췄다.

'좋기는 개뿔이.'

그녀의 입술이 기어이 댓 발 튀어나왔다.

임신 초기엔 유산 위험이 높아 몸가짐을 바르게 해야 한다느니 어쩐다느니. 제1근위대의 훈련을 버텼는데 유산은 무슨.

'유산했으면 좋았을걸.'

폴리아나는 순간 불경한 생각을 품었다. 차라리 자연 유산되었다면 얼마나 좋았을까. 아무도 존재를 알아채지 못한 채, 그렇게 사라지면 얼마나 좋았을까.

아주 불경한 생각이었다. 폴리아나는 아랫입술을 깨물었다.

스트라는 존재한 적 없는 아이 때문에 그렇게 울었다. 그 마음을 이해하고 울었던 게 언제라고 이렇게 나쁜 생각을 품은 것일까.

퍽퍽! 애꿎은 돌 벽만 구타했다.

존재한 적 없는 아이를 위해 울었지만 뱃속에 자리 잡은 아이가 죽었길 바라는 마음. 극심한 모순은 해결될 기미 없이 복잡하게 꼬였다. 폴리아나가 할 수 있는 건 속이 시원해질 때까지 벽을 폭행하는 것뿐이었다.

임신하면 뱃속의 아이를 위해 모든 게 돌아간다. 좋은 생각만 해라. 좋은 것만 먹어라. 좋은 것만 들어라. 좋은 것만 봐라.

그녀는 글렀다. 폴리아나 윈터라는 인간은 좋은 사람이 아니었다. 그러니 시작부터 글러먹었다.

떠오르는 건 피가 뚝뚝 흐르는 흉포한 상념이다. 아이가 필요 없다는 간절함뿐이다. 이렇게 괴로워하면서도 아이를 떼지 못하는 까닭은 아이가 주군의 핏줄이기 때문이다.

'진짜 쓰레기.'

폴리아나는 주먹질을 멈추지 않았다. 장갑이 아니었으면 손등이 다 까져 피를 봤다.

룩소스 1세에게 보고하기 위해 걷던 발걸음이 점점 느려졌다. 폴리아나는 세차게 고개를 저었다. 룩소스 1세가 그녀를 의심하면…….

상상만 해도 괴로웠다. 만약 그렇다면 회복 불가능한 상처를 받을 것이다.

룩소스 1세는 당연히 그녀를 믿어 주실 것이다. 폴리아나는 미혼, 황제 폐하는 돌싱. 아이가 생겼으니 사생아로 만들지 않기 위해 결혼을 하는 게 최선이다. 추문이나 잡음 없이 깔끔하게 끝난다.

그렇다. 폴리아나와 룩소스 1세가 결혼을.

"안녕하세요, 후작님."

시녀들이 폴리아나에게 목례하고 지나갔다.

"대장님 오셨습니까."

근위대가 폴리아나를 보고 차렷 자세로 경례했다.

"오랜만입니다, 윈터 후작. 나중에 저녁 식사라도 함께 하시겠소?"

나이 지긋한 고위 귀족이 그녀를 무시하지 못하고 정중하게 인사했다. 식사 초대를 권하고 거절하자 안타깝다는 듯 물러났다.

결혼을 해야 한다. 그것 말곤 방법이 없다.

그리고 결혼과 동시에 그녀가 이룩한 모든 것들은.

폴리아나의 목이 꽉 막혔다. 그녀는 꿀꺽 뜨거운 것을 삼켰다.

그녀의 이름은 폴리아나 윈터. 에하스 출생. 제국의 제2근위대장이며 룩소스 1세에게 후작위를 하사받았다. 성인 '윈터'는 기사로 거두어질 때 황제가 직접 지어 준 보물.

머리는 어깨에 간신히 닿아 어느 누구와 비교해도 짧다. 화장을 하지 않고 패물을 착용하지 않았으나 귀족의 고귀함이 느껴진다.

착용한 제복은 자랑스러운 근위대의 푸른 제복. 어깨와 가슴을 가로지르는 금줄은 대장의 상징이다.

몸에 숨겨 둔 단검을 비롯한 병장기 소지를 허락받았고 허리에 차고 다니는 검은 소수만이 누릴 수 있는 특권이었다.

'폐하가 주신 것들. 내가 이룬 것들.'

룩소스 1세는 폴리아나를 박대하지 않을 것이다. 생명을 걸고 확신할 수 있었다. 첫 만남에서 외모를 두고 가혹한 말을 날렸으나 그건 그거고 이건 이거다.

세 명의 부인을 어이없이 잃었으니 더욱 폴리아나에게 잘해 줄

분이시다. 만일 낳는 아이가 아들이라면 새로 황비를 들이지 않을 확률이 농후했다.

폴리아나를 충신으로 아끼시는 만큼, 부인 된 폴리아나도 아껴 주시겠지. 소중히 대해 주시겠지.

룩소스 1세는 그런 분이셨다. 황제라면 폴리아나가 프라우를 통해 꾼 꿈을 실현할 수 있었다. 서로를 존중하고 정을 쌓아 가는 온화한 가정이 가능했다.

프라우보다 조건이 좋았다. 프라우같은 사기꾼은 감히 갖다 대지도 못할 위대한 분. 아름다운 분. 관대한 분. 자비로운 분. 총명한 분. 노력가에 농담 빼고 모든 게 완벽하신 분.

폴리아나가 한 몹쓸 상상 속 대사는 절대 하지 않으실 분이었다. 처신 잘못한 폴리아나를 비난하고 비방하는 자가 있으면 직접 나서 단죄할 것이다.

나쁜 소문이 돌지 않도록 신경 써 주시겠지. 그녀가 하는 말을 곧이곧대로 믿고 받아 주실 것이다.

"……."

폴리아나의 턱에 힘이 들어갔다. 그녀는 이를 악물었다. 걸음이 다시 빨라졌다. 황제의 시종들이 그녀를 발견하고 반갑게 인사했다.

룩소스 1세는 다른 이들의 알현을 거절했으나 폴리아나에게는 허용했다.

"폴, 짐이 보고 싶어서 왔느냐."

사랑하는 여인이 대놓고 그를 피했다. 생기 없이 시들시들했던 미모에 물이 올랐다.

룩소스 1세는 세상에서 가장 사랑하는 사람을 보는 행복을 누렸다. 그는 감정을 숨기지 않기로 했다. 사랑하는 마음을 그대로 눈빛에 담았다.

"폐하, 제가……."

폴리아나는 주먹을 쥐었다. 그녀의 두 손이 부들부들 떨렸다.

"폐하. 제가 잠시 쉬려 합니다."

"응?"

"예. 장기 휴가를 신청하고 싶습니다. 영지도 시찰하고 겸사겸사 온천이나 즐기면서 피로를 풀고 싶습니다. 부상 입은 게 누적되었는지 근육과 뼈 상태가 안 좋습니다. 불면증도 있고…… 조금 쉬었다 오려 합니다."

룩소스 1세가 미간을 찌푸렸다. 폴리아나의 건강이 좋지 않다는 얘기도 그렇고 쉬고 오겠다는 말까지, 고심할 거리가 넘쳤다. 어떻게든 틈을 노려 폴리아나에게 작업을 걸려던 그로선 당혹스런 일이었다.

"휴가야 네 마음대로 써도 된다만, 꼭 영지를 가야겠느냐?"

"한 번도 못 갔으니까 들르려 합니다."

상황이 잘못되면 영영 돌아오지 못할 수도 있다. 퇴직 아닌 휴가를 고집한 건 폴리아나의 욕심이었다.

그녀는 이기적인 인간이다. 폐하께서 그녀에게 하사하신 것들을 잃기 싫어 황제를 속인다.

룩소스 1세가 보내는 애정어린 눈빛을 폴리아나는 감당할 수 없었다. 아름다운 녹색 눈에 담긴 신하를 향한 애정이 그녀를 괴롭혔다.

"그래…… 경이 여러모로 고생하긴 했지."

룩소스 1세는 고민 끝에 고개를 끄덕였다.

레베카의 사망 이후로 계속 일이 벌어졌다. 토리의 내부고발에 폴리아나의 사기 결혼. 거기서 그치지 않은 대형사고. 힘든 일이 겹쳤고 폴리아나는 지쳐 보였다.

룩소스 1세의 뒤를 쫓느라 덩달아 휴식이 부족했던 것을 안다. 최근 훈련이 과했는지 안 그래도 마른 얼굴이 더 상해 있었다.

룩소스 1세의 심장이 찌르르 울렸다.

"경에겐 휴식이 필요해. 허가하지. 푹 쉬고 오게. 시간이 얼마나 걸리든 근위대장직은 폴, 네 것이야."

"황공합니다."

폴리아나는 바로 돌아서지 않았다. 머뭇거리는 그녀를 룩소스 1세는 눈치채지 못했다.

황제의 눈치 없음을 탓할 수 없었다. 그도 그녀도, 각자의 생각으로 바빴다.

"폴."

"네."

"반드시 돌아오게."

머뭇거리던 폴리아나의 눈에 의지가 서렸다. 폴리아나는 침을 꿀꺽 삼키고 말했다.

"신은 반드시 폐하께 돌아올 것입니다. 신의 자리는 폐하의 곁이니까요."

룩소스 1세에게 대답하기보다 스스로에게 하는 다짐에 가까웠다. 룩소스 1세는 기사의 충직한 선언으로 이해했다. 그저 아쉽고 아쉬웠다.

'보자마자 청혼을 했어야 했어.'

후회해도 소용없다. 룩소스 1세와 폴리아나는 초면에 못 볼 꼴, 못 할 말을 마쳤다.

룩소스 1세의 어록을 보면 이렇다. 너를 안느니 논다니를 안는다, 내가 더 예쁘다, 적당히 잘생긴 놈을 붙여 줘서 죽여라, 등등. 폴리아나가 그에게 반하지 않은 이유를 거기에서 찾아도 납득할 지경이다.

폴리아나가 잘못한 건 하나도 없었다. 모두 룩소스 1세의 일방적인 잘못이었다.

폴리아나는 돌아올 것을 다짐했다. 일이 어떻게 되든 간에 그녀는 룩소스 1세에게 돌아올 것이다. 그녀의 주군께서 허락했다. 황제가 허락하는 한 그녀는 영원히 룩소스 1세의 기사였다.

룩소스 1세는 거듭 후회했다. 미래가 이렇게 될 줄 알았으면 그런 싸가지 물 말아먹는 막말을 하는 게 아니었다.

그는 첫 전쟁에 대한 긴장으로 해선 안 될 말을 해 버렸다. 지금 절절이 후회 중이다.

내용만 보면 휴가 신청인데 주종은 비장했다. 기사는 아들이면 음경 됐다 여기니 비장하고, 남자는 청혼할 생각이니 비장했다.

주종은 비장하게 헤어졌다.

폴리아나는 자수해서 광명 찾는 선택지 대신 도주를 결심했다.

계획은 없었다. 무계획이 계획이었다.

지금은 티가 안 난다. 하지만 곧 배가 불러올 것이다. 야파에 계속 남아 있으면 보는 눈이 있어 임신 사실을 들킬 게 뻔했다.

결혼하지 않은 미혼 여성이 임신을 했다. 추문 중에서 최상급이었다. 게다가 폴리아나는 소문을 몰고 다니는 유명인이다.

최근 야파에서 가장 인기 있는 소문은 단연 아이노 경과 시켈의 결혼 이야기니, 둘에게 시선일 쏠려 있을 때 야파를 떠나는 게 적절했다. 둘이 결혼하면 관심이 시들해질 테고 자연스럽게 소문 메이커 폴리아나에게 이목이 쏠릴 것이다.

프라우와 결혼을 준비했다가 취소한 윈터 후작이 임신. 이렇게 자극적이고 맛깔 나는 소문이 또 있을까.

사람들은 아이의 아버지를 궁금해하고 폴리아나가 아이를 어떻게 할 것인지 궁금해할 것이다.

그러니까 야파를 떠난다.

룩소스 1세가 영주의 권한을 축소했으나 시트린 영지에선 야파보다 폴리아나의 영향력이 컸다. 방문하는 손님을 거절하기 쉽고, 사람들의 시선을 신경 쓸 필요 없었다.

영지로 가서 와병을 핑계로 칩거한다. 아무도 모르게 아이를 낳는다. 딸이면 내 아이로 키운다. 아들이어도 내 아이로 키운다. 아이가 폐하를 닮았으면 그때 폐하께 자진 신고한다.

이것이 폴리아나의 계획이다.

이성과 논리가 완벽하게 결여된 폐기물급 계획이었다.

폴리아나는 막 나가기로 작정했다. 이기적인 행동이어도 좋았다. 그녀의 인생은 쉽지 않았다. 인생 다 어렵다지만 그녀는 남들보다 난이도가 조금 높았다. 힘겹게 얻은 보상을 하룻밤 술주정으로 잃는 건 너무 가혹했다.

잃기 싫었다. 그녀의 권력, 그녀의 인망, 그녀의 직업, 그녀의 이름. 모두 죽을 때까지 갖고 가고 싶었다. 모두 무덤에 파묻히기 직전까지 가져갈 것이다. 죽지 않는 한 놓기 싫었다.

특히 이름은 죽어서도 그녀의 것이었다.

너무 나간 생각 같지만 아이가 무사히 태어나리란 보장이 없었다. 고된 훈련을 버틸 정도로 튼튼해도 언제 어떻게 잘못될지 모른다.

10할의 확신이 없는데 포기하기 싫었다. 아이가 태어나기까지 앞으로 7개월에서 8개월. 그 동안 유산이 될 수 있고, 사산할 수도 있다.

폴리아나는 가능성을 버리지 않았다. 가능성을 두고 모든 건 버리라니. 결혼을 하라니. 너무 억울했다.

룩소스 1세는 세계 최고의 신랑감이다. 애 딸린 돌싱이 되었지만 그 사실을 부정하지 않는다. 세계 최고의 신랑이 생기는 대가로 폴리아나가 잃을 게 너무 많았다.

그렇다. 잃었다.

룩소스 1세는 제국의 황제, 대륙의 지배자.

그와 결혼하면 폴리아나는 많은 걸 얻을 것이다. 그녀가 가졌던 것, 갖지 못했던 것, 빼기고 다시 얻은 것.

어쩌면 지금의 폴리아나가 가진 것보다 더 많은 것들이 주어질 수도 있었다.

황비가 되면 새로이 많은 걸 접하게 된다(폴리아나는 황후가 될 거라곤 절대 생각하지 않았다). 폴리아나가 경험해 본 적 없고 생각해 본

적 없고 다룬 적 없는 권력이 쥐여질 것이다.

폴리아나는 삼십 대다. 아직 창창한 청년이나 새로운 걸 접하고 살아온 인생을 바꾸기엔 좀 늦었다(고 일부러 생각했다).

폴리아나는 젊어서 개고생해 많은 걸 성취했다. 권력을 손에 쥐고 주위에 휘둘러 꼰대질 좀 하겠다는 게 뭐가 나빠! 뭐가 나쁘냐고!

손에 쥔 칼자루를 놓기 싫은 건 당연한 감정 아닌가.

'집안 이을 애도 생기고 좋네, 뭐!'

황제를 안 닮았다면 얘기는 간단해진다. 그녀의 영지니까 서류 조작이 간단했다.

적당히 가신이나 준귀족 남자와 결혼했다는 서류를 작성하고, 그 남자를 애 아빠로 신고하면 된다. 애 아빠는 임신 중에 죽었다고 하자!

준비물은 나는 새도 떨어트릴 권세와 황제의 믿음, 가신들이 충성하는 영지면 된다. 공문서 위조가 이렇게 쉬웠다.

'참 쉽네.'

폴리아나는 장렬하게 현실에서 도피했다.

전장에서의 도주는 절대 하책이 아니다. 상책 중에 상책이라 볼 수 있다. 인생이란 전장에선 어떨지 모르겠지만.

어쨌든 도주를 선택했다면 빠르면 빠를수록 좋은 게 인지상정. 폴리아나는 소수의 호위를 데리고 바람과 같이 야파를 떠났다.

임신 초기의 안정은 개에게 줬다. 제1근위대 특훈을 버텼으니 말도 잘 버틸 것이다.

실제로 잘 버텼다.

폴리아나는 소리 없이 곡했다. 딸이든 아들이든 태어나면 잔병치

레는 걱정 안 해도 될 것 같았다.

폴리아나는 영지가 많다.

몇 개부터 많다 소릴 듣는지 기준이 없기 때문에 누군가는 적다고 말할 수도 있을 것이다.

어찌 됐든 나나바로 돌아가기 전에 확언받은 두 개의 영지 외에도 다른 영지 몇 개가 그녀의 소유였다.

룩소스 1세의 10년에 걸친 정복 전쟁의 여파로 제국엔 영주 없는 영지가 많았다. 땅이 남아도는데 그걸 하사받을 신하가 부족한 것이 제국의 현 상황이다.

룩소스 1세는 영지를 일부러 쪼개서 하사했다. 북부에 하나, 중부에 하나, 남부에 하나, 이런 식이다. 대륙 전역에 영지가 분산되면서 영주가 평생 자기 영지를 다 둘러보지 못하는 상황이 발생했다. 그들은 투덜거렸고, 그게 황제의 의도였다. 지방의 권력을 분산시키는 것이 주목적이었다.

군제를 개편하면서 토지 개혁도 함께 실시했다. 영주는 옛날처럼 영지에서 무소불위의 권력을 휘두르는 왕이 아니었다. 토지와 영민은 모두 황제의 소유이며 영주는 그것을 대여한다. 대여료는 황제와 황가, 제국에 대한 봉사다.

실시된 지 몇 년밖에 안 된 법. 실정법이 되기엔 사람들의 인식이 따라잡지 못했다. 영지에서 영주는 여전히 하늘같은 영주님이시며 지배자, 작은 왕, 복종의 대상이다.

과거 영주는 영지의 모든 것을 마음대로 할 수 있었다. 룩소스 1세가 그 권한을 뺏었음에도 불구하고 영주는 여전히 많은 권력을 휘둘렀다.

영지의 재판권, 처벌권이 영주의 힘이고 국법이 허락하는 선에서 세율을 조절할 수 있었다. 죽이지 않는다는 전제하에 각종 공사에 영지민을 동원할 수 있으니, 아직까진 영주에 대한 인식이 크게 바뀌지 않았다.

영지로 가면 폴리아나가 가장 높으신 분이다. 폴리아나는 각종 공문서 위조와 정보 조작이 쉽다는 판단에 영지행을 결정했다.

폴리아나가 하사받은 영지 중에 직접 들러 본 영지는 두 곳이었다. 크랜베리가 명산품인 크렌벨 영지와 비옥한 토지에 부족한 것 하나 없는 시트린 영지다.

시트린 영지는 대영지란 호칭이 아깝지 않은 알짜배기였다. 폴리아나의 주 수입원이고, 황제가 측근에게 직접 하사한 영지다운 위용을 자랑했다.

제도 야파 근처에 위치한 대영지. 온천이 딸려 있으니 그야말로 금상첨화.

제도와 가까운 것이 마음에 걸렸다. 그렇다고 너무 멀리 있는 영지를 가자니 여행 기간 동안 호위들이 임신을 눈치챌 수 있다. 그래서 꺼려졌다.

시트린 성의 가솔들은 영주님 방문 소식에 호흡곤란, 심근경색 증세를 보였다.

폴리아나는 관대한 영주였다. 세상에서 가장 좋은 상관은 출근 안 하는 상관이라고 했다. 폴리아나는 영지를 하사받은 이후 시트린 영지에 코빼기도 안 비쳤다.

세리의 보고만 받고서 수상한 점이 없다면 트집 잡지 않았다. 영지가 야파에서 지리적으로 가까우니 한번 와 볼 법한데 오지 않았다.

이런 방치에서 싹트는 게 부정부패다. 적당히 해먹기 좋은 환경이었으나, 시트린 성의 가신들은 과거를 기억했다. 폴리아나가 시트린 성에 머무르던 당시 매의 눈으로 서류를 확인하던 모습을. 숫자 하나 틀렸다고 가신들을 사정없이 쪼던 까칠함을.

덕분에 성주님 오시길 기다리는 가신들의 심장이 두근두근 뛰었다. 휴식을 취하러 오는 것이니 일을 안 할 거란 기대를 품었다.

행정관 및 기타 문관들은 서류를 수십 번씩 검토했다. 하녀와 하인들, 영지민들은 성을 쓸고 닦았다. 영지의 경비들은 영지를 순찰하여 성주님 심기 거슬리는 일 없도록 주의했다.

이전 영주가 학정을 펼쳤기에 방치하는 새 성주님은 평판이 좋았다. 폴리아나가 도착하면 바로 쉴 수 있도록 방과 욕탕을 준비했다. 함께 온 기사들과 만찬을 즐길 수 있도록 영주성 주방에선 요리사들이 달려들어 구슬땀을 흘렸다.

"오셨습니다!"

성에서 가까운 마을의 초입에서 영주 행렬을 발견한 경비병이 달려와 소식을 전했다. 도개교가 내려지고 성문이 열렸다. 말을 탄 영주를 확인한 가솔들이 인사했다.

"어서 오십시오, 영주님!"

그들의 영주 윈터 후작이 말에서 내려왔다. 강행군을 벌였는지 휴식하러 온다는 사람치고 굉장히 피곤한 몰골이었다. 눈엔 핏발이 섰고 몸은 흙먼지를 뒤집어썼다. 성의 집사는 만찬보다 목욕이 우선임을 깨닫고 하녀에게 눈짓을 줬다.

폴리아나는 눈대중으로 집사를 찾았다. 그러더니 집사의 멱살을 잡았다. 성주님이 오시자마자 벌이는 횡포에 가솔들 안색이 시퍼래졌다.

폴리아나가 다짜고짜 외쳤다.

"건량 내놔!"

산해진미가 가득한데 건량 찾는 그녀를 탓하지 말라. 세상에 핑계 없는 무덤 없듯 폴리아나에게도 사정이 있었다.

야파를 떠나 시트린으로 오는 도중 폴리아나는 입덧을 시작했다. 폴리아나의 입덧은 그녀가 살아오면서 먹은 음식물을 토대로 구성되었다.

오는 내내 폴리아나는 모든 음식을 마다하고 건량만 질겅질겅 씹었다. 호위로 따라온 부하들은 짜증 냈다.

"대장님 왜 빈티 나게 그러세요!"

"맞습니다! 고기 드시고 싶으시면 저희가 사슴 잡아 올게요!"

"내가 먹고 싶어 먹겠다는데 뭐가 불만이야!"

대장님에게 사슴을 잡아 바친 대가로 부하들은 혼났다. 가끔 들른 마을에서도 폴리아나는 사제가 아닌 짬을 찾았다.

기사들은 혀를 찼다. 대장님 입맛의 저렴함을 그들은 이해하지 못했다. 그래도 괜찮다. 당사자 또한 이해하지 못했다.

폴리아나는 모든 맛있고 좋은 음식을 마다하고 건량을 철근처럼 씹었다. 전시가 아닌 평시의 고급 건량은 그녀가 원하는 맛을 충족시키지 못했다.

폴리아나가 시트린 성의 식량 창고를 급습했다. 건조한 고기와 몇 년 묵은 곡물가루를 찾았다. 성주님 오신다고 한껏 기량을 발휘하려 대기 중이던 요리사가 주방을 뺏겼다.

폴리아나는 가솔들의 만류에도 아랑곳 않고 준비에 착수했다. 작은 놋쇠냄비를 불 위에 올리고 물을 부었다. 물이 끓기 전 가져온 재료를 싸그리 때려 넣었다.

불을 키워 펄펄 끓이자 모두의 얼굴이 일그러졌다. 요리사가 서럽게 울었다.

'성주님 입맛 개구려!'

성주님의 입맛이 저질이었다. 이래서야 고급 음식 전문인 그는 금방 잘릴 것이다.

건량과 물을 때려 넣은 죽이 부글부글 끓었다. 폴리아나는 죽을 조금 떠서 식혔다. 한입 먹은 그녀가 냄비에 대고 화냈다.

"이 맛이 아니야!"

'어쩌라고.'

'성주님이 만드셔 놓고.'

주위의 시선이 싸늘했다. 성에 오자마자 가신들과 인사는커녕 주방과 창고를 급습한 성주에게 다들 어이없다는 시선을 보냈다.

폴리아나는 그들을 무시했다. 그보단 냄비 속 내용물에 화가 치밀어 올랐다.

"이 맛이 아니라고!"

'어쩌라고.'

맛없게 만들고 왜 맛이 없냐 따지면 쫓겨난 요리사만 억울해진다. 폴리아나가 만드는 모양을 지켜본 바로 맛있기도 힘들었다. 재료는 후지고 조리법은 간단했다.

폴리아나는 입술을 뜯어먹으며 문제의 원인을 찾았다.

재료. 구렸다. 조리법. 간단했다. 그런데 맛이 다르다. 원인은 무엇일까.

그녀의 직업은 여전히 군인이다. 휴가 받았다고 군인이 만든 게 갑자기 사제로 돌변할 리 없다.

순간 폴리아나의 눈이 번뜩였다. 그녀는 거대한 솥을 가리켰다.

"저거 꺼내와."

성주님 명령에 따라 잔치 벌일 때 쓰는 거대 솥이 꺼내졌다.

폴리아나는 거대 솥을 성의 후원으로 가져갔다. 거기서 직접 장작을 모아 불을 붙이고 솥을 걸었다. 솥에 물을 가득 부은 뒤 재료를 때려 부었다.

곰팡이 핀 육포, 벌레가 있을지도 모르는 곡물가루, 냄새가 고약한 치즈, 소금, 향신료가 첨벙첨벙 소리 내며 입수했다.

완성된 모양은 정상적인 스튜 같으나 과정이 기괴했다. 다들 인간이 못 먹을 음식이라고 생각했다.

폴리아나는 가솔과 기사들을 구경꾼으로 두고 완성한 스튜를 떠먹었다.

"그래. 이 맛이야."

폴리아나가 만족하여 고개를 끄덕였다. 조리법이 똑같은데 왜 맛이 다르냐면 양과 불의 차이였다.

밑바닥이 타거나 눌어붙을 걸 고려하지 않는 거센 화력과 뭐가 됐든 일단 집어넣고 끓여 불리는 양. 이것이 바로 진정한 짬이다.

폴리아나는 만족해서 개죽을 휘휘 저었다. 개도 안 먹은 개죽. 이게 왜 그렇게 먹고 싶었는지.

그녀의 입가에 미소가 번졌다.

'저게 맛있나?'

'개도 안 먹는 개죽 사건'은 원정대에 내려오는 전설이다. 전설이 눈앞에서 재현되자 호기심을 견디지 못한 부하 기사가 대장님 허락을 받았다.

"대장님, 제가 맛봐도 되겠습니까?"

"마음대로 해라."

"그럼 실례."

나도 나도. 부하 기사 몇이 더 끼어들었다. 기사들은 기대에 차 스튜를 그릇에 가득 담았다. 다들 전쟁 경험이 없는 새파란 초짜였다.

스튜를 입에 가져간 직후 그들은 구역질했다.

"우엑."

"대장님! 개도 안 먹겠습니다!"

폴리아나가 눈을 부라렸다.

"개가 안 먹는 거 봤어?"

"네?"

"개가 진짜 안 먹는지 봤냐고. 경이 개야?"

"아, 아닙니다!"

정색한 대장님 모습에 기사가 겁에 질렸다. 폴리아나는 정색한 걸 풀고 피식 웃었다.

"개도 안 먹는 거 맞아. 어쨌든 음식 아까우니 담은 건 다 먹어라."

먹고 싶은 걸 먹었더니 마음이 너그러워졌다. 배를 채웠겠다, 폴리아나는 잊고 있던 체면을 찾았다.

때는 이미 늦어, 가솔들은 영혼 빠진 얼굴로 그녀를 보고 있었다. 그녀는 큼큼 헛기침하고 인사했다.

"오랜만이다."

"성주님 오셨습니까아."

가솔들의 환영인사는 누가 들어도 성의가 없었다.

시트린 성의 가솔들은 그들의 성주가 성에 오래 머무르지 않을 사람이라 생각했다.

자기 땅에서 주인 노릇하는 걸 선호하는 사람이 있고, 주인 옆에서 봉사하는 걸 선호하는 사람이 있다. 폴리아나 윈터 후작은 후자였다.

영지에 애착이 없는 성주님이지만 영지민들이 성주를 경외하는 것과는 별개였다. 학정에 시달린 그들에게 적당한 방치형 성주는 자비로운 영주님과 동급이었다. 그들은 윈터 후작이 자자손손 대대로 시트린 성의 성주 가문이길 원했다.

윈터 후작에 대한 선망 또한 깊었다. 그러나 성주님은 제국의 제2근위대장이란 요직을 맡으신 분. 언제 영지를 떠날지 모른다.

그러니 성주를 만나려면 이 시기를 놓쳐선 안 됐다!

영민들은 성주님이 영지 순회를 해 주시길 원했다. 성의 문관들은 성주가 서류를 훑어봐 주길 원했다. 이건 얼른 검토받고 자유로워지고 싶은 욕망의 발현이었다.

집사와 하녀들은 성주님이 목적대로 푹 쉬길 원했다. 상인들은 영지의 통행 허가증과 거래 허가증을 발급, 갱신하길 원했다. 영지의 경비병들은 국가 소속이 되었음에도 불구하고 성주에게 이것저것 부탁하는 데 망설임이 없었다.

그 결과 폴리아나는 바빴다. 무작정 나 몰라라 하기 어려웠다. 영주가 반드시 손을 대야 할 부분이 있었기 때문이다. 야파에 머무를 때야 자리에 없으니 나 몰라라 할 수 있다. 영지에 머무를 땐 그게 어려웠다.

"성주님, 패잔병들이 모여 만든 도적떼를 소탕한 전리품을 어떻게 처리할까요?"

"고향을 잃은 난민을 가장한 부랑자들이 자꾸 영지로 들어오려고 합니다."

"거래 상단도 지정해 주셔야 합니다."

전장에서 성주의 악명은 드높았다. 남들은 거짓말을 하면 입을 찢네, 재산을 환수하네 한다. 이 성주님은 남달랐다. 고자로 만들었다.

부패한 전 성주 아래에서 일하던 가신들은 상당히 투명하게 영지를 관리했다.

뭐라도 하나 잘못하면 거시기가 잘릴 거야.

공포의 구름이 성에 지속적으로 그림자를 드리웠다.

지금! 성주에게 근면성실을 확인받아 공포의 구름을 걷을 기회가 생겼다. 행정관들이 제일 적극적으로 폴리아나를 찾았다.

그렇지 않아도 머릿속이 복잡한데 몰려오는 일과 사람들로 쉴 틈이 없었다. 주군을 닮아 약간 머슴 근성이 있는 폴리아나는 이렇게 일하는 게 낫다 싶었다. 쉬러 와서도 쉬지 못하고 있으나 그녀는 긍정적으로 생각했다. 나중에 계획대로 공문서 위조를 하려면 가신들의 협조가 필수적이었다.

그녀는 급한 일을 골라 해치웠다. 시원시원한 일처리에 문관들이 환호성을 질렀다.

폴리아나가 영주의 필수 업무에 충실한 동안 따라온 부하들은 신나게 놀았다. 폴리아나의 휴가가 아니라 그들의 휴가였다.

온천을 즐기고, 맛좋은 음식을 먹고, 탱자탱자 놀았다. 매일 놀기만 하면 소화가 안 되니까 적당히 훈련했다.

제국의 근위대원은 집안 좋고 인물 좋고 실력 좋은 젊은이들로 구성된다. 시트린 성의 기사와 경비병들이 근위대원들에게 존경과 선망을 표현했다. 하녀들은 꺄악꺄악 하며 상냥하게 굴었다.

"천국이야."

"돌아가기 싫다."

야파에서도 근위대원은 환영받는 존재다. 그렇지만 희귀도가 달랐다. 시트린 성 사람들은 언제 다시 근위대를 볼 수 있게 될지 모른다. 그래서 반응이 백배는 더 좋았다.

시트린 성을 씹고 뜯고 맛보고 즐긴 기사들의 얼굴에 윤기가 흘렀다. 오늘 폴리아나가 호출한 부하도 마찬가지였다.

폴리아나는 피식 웃었다. 부하 기사의 얼굴에 매끈매끈 광이 났다. 찬물에 담갔다 빼서 껍질을 깐 삶은 달걀 같았다. 피부가 장난이 아니었다.

“잘 쉬고 있나 보지?”

“넵! 온천물이 좋습니다. 소문나면 놀러올 사람들 많을 겁니다.”

이미 풍족한 영지인데 소문내면 이방인이 늘어서 골치 아프다. 폴리아나는 영지 경영 쪽으론 별다른 생각이 없었다. 문관들에게 거진 맡겼다.

폴리아나가 부하를 부른 건 다른 이유가 아니다. 슬슬 그들을 야파로 보낼 때가 되었다.

“내가 경을 왜 불렀을 것 같나.”

순간 기사는 죽음의 공포를 느꼈다. ‘오빠 내가 왜 화났는지 몰라?’와 동급으로 무시무시한 질문이었다.

제대로 답변하기엔 아는 게 없었다. 기억을 되짚어도 잘못한 게 없었다.

‘너, 너무 놀았나? 다른 놈들도 같이 놀았는데. 내가 본보기?’

“모르겠나?”

폴리아나가 재차 질문하자 기사는 쫄았다. 그는 전신의 근육을 긴장시키고 관절을 폈다.

기사가 대벌레처럼 허리를 쫙 늘렸다.

“송구합니다! 모르겠습니다! 알려 주시면 경청하겠습니다!”

"황제 직속 기구 정보부에 대해 알고 있나?"
"잘 모르겠습니다!"
"알고 있을 텐데."
"이번에 창설되는 기구입니까? 정보가 느려 죄송합니다! 바로 알아 가지고 오겠습니다!"
"모르는 척하긴가? 디크 경을 폐하께 추천한 게 누구라고 생각하나."
폴리아나의 연이은 떠보기에 기사의 눈이 좌우로 데룩데룩 굴렀다.
기사가 어리둥절하던 연기를 그만뒀다. 그가 씨익 웃었다. 온천수로 헹군 치아가 하얗게 빛났다.
"알고 계셨습니까."
"대충."
"역시 대장님. 대장 중에선 대장님이 제일이십니다."
폴리아나가 으쓱해져 고개를 끄덕였다. 정보부의 수장 디크 경을 추천한 인사가 폴리아나다. 그래서인지 몰라도 정보부 인선 중 대충 짐작 가는 사람이 몇 있었다.
지금 앞에 있는 부하 기사가 그 중 하나였다. 그의 소속은 아크레아 제국 제2근위대이나 제1근위대 휘하 정보부에도 속한다.
말하자면 투잡.
'이 새끼 자르라고 해야지.'
대장이 물어본다고 솔직하게 대답하는 자세는 정보부에 필요한 소양이 아니었다. 어영부영 급조된 조직이라 그런지 수장부터 수하들까지 하여간 어설펐다. 정보라도 잘 긁어모으는 게 다행이었다.
"이젠 내가 경을 왜 불렀는지 알겠군."
"따로 분부하실 게 있으십니까."

"사실 내가 영지로 내려온 건 쉬기 위해서가 아니다."

'해산하러 왔다.'

폴리아나는 부하 기사의 인품과 무거운 입을 믿었다. 하지만 그들 위에 황제 폐하가 계신다. 폴리아나의 임신 사실을 감춰야 할 중요 인물이 룩소스 1세였다.

또한 세상에 영원한 비밀은 없다. 적어도 폴리아나는 그렇게 믿었다. 그런 이유로 비밀을 아는 사람은 소수가 좋았다.

살인멸구殺人滅口는 취향이 아니다. 살인멸구의 낌새가 보이는 순간, 비밀을 아는 자는 생존을 위해 내용을 흘리고 다닐 것이다.

"나는 도망 왔다."

부하 기사의 눈빛이 날카로워졌다.

천하의 윈터 후작이 도망치다니? 무엇으로부터?

사람을 속일 땐 진실 함유율을 절반 이상 유지하는 게 효과적이다. 폴리아나는 아는 사람은 알고 모르는 사람은 모르는 사건을 간략이 말했다.

일명 윈터 후작 2차 쪽팔림 사건. 전장의 마녀가 못생긴 꽃뱀 새끼에게 장렬히 낚인 비극적 사건이다.

대장이 받은 모욕에 기사가 부들부들 떨었다.

"그 새끼 어떡하셨습니까!"

"잘랐다."

목을?

기사가 턱 밑을 그어 보였다. 폴리아나가 고개를 저었다. 달리 자를 수 있는 인체의 부위를 생각하던 부하는 곧 대장의 별명을 떠올렸다. 기사는 만족해서 고개를 크게 끄덕였다.

"복수는 중요한 게 아니다. 진짜 중요한 건 따로 있다."

"일이 더 있었습니까?"

"쪽팔린다는 거지."

"으윽……."

부하 기사가 인상을 찌푸렸다.

확실히 창피한 사건이었다. 결혼은 취소했지만 준비 중에 주위에 소문이 다 났다. 아이노 경과 시켈의 혼사가 아니었다면 야파에서 가장 핫한 소문이었을 것이다.

대부분의 사람들이 진실을 모르지만 폴리아나를 아껴 주는 사람들은 진실을 알았다. 원래 모르는 사람이 하는 욕보다 아는 사람이 하는 욕이 충격적인 법. 폴리아나가 그 점을 꼬집었다.

"창피해."

"그렇겠죠."

"쪽팔려."

"그죠……."

"시간이 지나면 지날수록 창피함이 커지더군. 그래서 도망 왔다."

"대장님……."

"폐하께 말씀드리는 걸 깜빡했는데 난 이번 휴가를 장기적으로 잡고 있다."

부하 기사가 고개를 끄덕였다.

"그러니까 너희들은 먼저 돌아가라."

"그럼 대장님 호위는 누가 맡습니까?"

"시트린 성의 경비대가 맡지. 그리고 난 안 돌아다닐 거야."

"대장님, 그래도……."

폴리아나가 바쁜 덕분에 시트린 성에서 꿀을 빨아 온 기사가 섭섭하다는 얼굴을 했다.

연막작전은 충분히 쳤다. 폴리아나는 얼른 니가라고 손짓했다. 기사가 시무룩한 얼굴로 경례했다. 온천과 헤어지려니 슬펐다.

부하 기사가 나간 문을 폴리아나는 멍하니 응시했다.

'돌아가면 저 새끼 정보부에서 자르라고 해야지.'

폴리아나는 재차 다짐했다

며칠 뒤 폴리아나의 호위로 따라온 근위대원들이 시트린 성을 떠났다. 폴리아나는 삼시세끼 개죽을 먹으며 영주의 일을 처리했다. 그나마 맛있게 먹어 주던 근위대가 떠나자 요리사는 실의에 젖었다.

요리사는 개죽을 다 먹으면 새 음식을 찾으리라 생각했다. 그래서 몰래몰래 티가 안 날 정도로 개죽을 퍼 성 근처의 떠돌이 개에게 줬다.

하지만 성에서 나오는 맛있는 음식물 쓰레기에 길들여진 개는 개죽을 거부했다. 성주님이 만든 개죽은 이름만 개죽이지 개도 안 먹었다.

요리사를 제외한 시트린 성의 가솔들은 만족했다. 주인이 안 계신 성은 너무 휑하다. 주인이 악독하지 않다면, 계시는 게 좋았다.

대강의 일을 마친 날. 폴리아나는 오늘이 결전의 날임을 깨달았다. 그녀는 집사장, 하녀장, 가신의 수장을 불러 모았다.

사고 친 건 부끄러운 일이다. 그렇다고 해서 부끄러워하는 기색을 내비치면 약점을 잡힌다. 폴리아나는 가능한 뻔뻔한 얼굴로 말했다.

"난 임신했다."

가신들이 뒤집어졌다. 집사장과 하녀장은 예상 외로 덤덤했다. 모시는 이의 사생아란 대를 거쳐 모시다 보면 가끔 발생하는 이벤트였다. 주인의 성별이 다른 게 조금 특이하긴 했다. 그렇다고 크게 문제될 건 없었다.

고귀한 신분의 여성이 가문 외부의 남성과 몰래 만나는 게 쉽지 않은 아크레아와 중부는 달랐다. 중부에선 귀족 사회에 연회와 사교 활동이 활발하다. 와중에 불륜과 사생아 사건이 종종 터졌다.

"그, 그래서 오신 거였습니까?"

"그래."

"결혼은……."

가신이 말끝을 흐렸다. 천하의 윈터 후작이 임신했는데 결혼하지 않고 영지로 내려왔다. 숨어서 해산하려는 의도다. 결혼할 수 없는 사정이 있을 것이다.

놀란 가신의 수장과 다르게 집사장과 하녀장은 이것저것 질문했다. 몇 개월인지, 건강은 어떠신지. 폴리아나는 가능한 성의 있게 답변했다. 그녀는 집사장과 하녀장의 덤덤한 태도가 마음에 들었다.

"일단 내성을 폐쇄하라. 식자재 운반을 제외한 모든 외부인의 입성을 금한다. 영주의 사실 출입은 극소수로 제한하며……."

"성주님, 그러지 마시고 별장에 머무르는 건 어떠하신지요."

집사장이 폴리아나에게 극단적 방법이 아닌 우회안을 권했다.

"별장?"

"예. 온천의 원천수 지역에 지은 별장입니다. 외부인의 출입이 금지되며 성주님의 식솔 외엔 드나들 수 없습니다. 인적이 드물고 가는 길도 하나뿐이라 드나드는 사람 감시에 용이합니다. 옛날부터 고귀한 분들의 휴식과 은밀한 일에 쓰였습니다."

"주인님은 쉬러 오셨으니 성을 비우셔도 별말 없을 겁니다. 오히려 별장에 가 계시면 야파에 계실 때보다 급한 일 허락받기 쉬워서 좋답니다."

놀라서 어물어물하는 가신을 뒤로 두고 집사장과 하녀장이 빠르고 정확하게 대답했다. 만반의 준비가 된 프로의 자세였다. 폴리아나는 깊은 감명을 받았다.

병은 의사에게, 전쟁은 군인에게, 사생아 출산 및 비밀 엄수는 집사와 하녀에게.

집사장과 하녀장에겐 오히려 쉬운 일이었다. 여타 다른 귀부인이었다면 주인어른(영주)의 눈길을 피해야 하는 위험이 뒤따른다.

시트린 성의 성주는 폴리아나 본인이니 다른 위험이 없었다. 주인어른의 첩이 낳는 아이가 정말 주인의 핏줄이 맞는지 의심할 필요도 없었다. 아이의 핏줄을 의심하지 않아도 되는 것. 어머니가 갖는 막대한 이점이었다.

집사장과 하녀장이 준비를 하겠다며 인사하고 나갔다. 가신의 수정은 어안이 벙벙해 따라 나가려다 붙잡혔다.

"자넨 거기 남게."

"네, 네, 네."

폴리아나는 서류 위조 건에 대해 대화했다. 어려운 문제가 아니었다. 가신은 걱정 마시라고 말했다. 서류 위조야 어렵지 않다. 중요한 건 따로 있었다.

"성주님, 만일 도련님이라면 후계자로 삼으실 계획이십니까?"

"낳고 봐서."

딸이든 아들이든 아버지를 얼마나 닮았느냐가 문제의 핵심이다.

폴리아나는 점쟁이가 아니라 아직 나오지 않은 아이의 생김새를 예상할 수 없었다. 그걸 예상하려면 전설의 점쟁이는 되어야 가능할 터다.

전공인 서류 얘기가 나온 덕분에 가신은 조금 정신을 차린 상태였다. 그의 눈동자가 똘망똘망했다.

“정 어려우시면 가신 집안에 양자로 내리시면 됩니다. 없던 일도 아니고, 오히려 흔히 있는 일입니다. 후계자가 없어 맥이 끊긴 가문을 부활시키셔도 되고, 방법은 많습니다.”

가신이 목숨을 걸고 질문했다. 집사장이나 하녀장과 달리 그는 이것저것 신경 쓸 게 많았다.

“혹여 아버지 되는 분이 푸른 피가 아니시라면…….”

“푸른 피가 아니면 낳을 생각도 안 했다.”

폴리아나는 딱 잘라 말했다.

노동을 하지 않아 새하얀 피부. 피부 아래 보이는 정맥의 푸른색을 보고 어느 순간부터 평민들은 귀족을 푸른 피로 부르게 되었다. 붉은 피 대신 푸른 피가 흘러 핏줄이 파랗게 보인다는 의미에서다.

실상은 귀족이나 평민이나 동일하게 붉은 피가 흐른다. 폴리아나는 기사라서 잘 알았다.

신분의 고하에 따라 피의 색이 바뀐다면, 평민에게 붉은 피가 흐르고 귀족에게 푸른 피가 흐른다면 뱃속의 아이 아버지는 무슨 색 피가 흐를까?

룩소스 1세는 붉은색을 좋아한다. 하지만 붉은 피는 평민들의 것이니 다른 색이 필요하다.

색으로 따지자면 금색. 황금을 녹인 듯 반짝이는 피가 룩소스 1세의 체내에 흘렀다.

"휴우."

가신이 대놓고 안심했다. 폴리아나는 외려 불만이 많았다.

피가 고귀하지 않았으면 낳으려 하지도 않았을 것이다. 그녀의 아이는 아버지가 너무 고귀해서 탈이었다.

고귀함이 지나쳐 폴리아나를 도망치게 만든 제국의 황제 룩소스 1세. 그는 돌아온 근위대가 한 보고에 상심했다.

폴리아나의 기약 없는 장기 휴가가 그의 인내를 시험했다. 처음 휴가 신청을 받았을 때 룩소스 1세가 생각한 기간은 한 달이었다.

"짤라."

아이노 경이 쉽게 말했다. 무기한 장기 휴가를 쓴 게 괘씸하단 태도였다. 룩소스 1세가 흘겨보자 아이노 경은 표정 하나 바꾸지 않았다.

"자른다고 하면 날아올 것이옵니다, 폐하."

"안 자른다!"

"어차피 잘라야 하지 않습니까."

룩소스 1세가 폴리아나에게 청혼해 둘이 결혼한다면 폴리아나는 황후가 된다. 황후가 되기 위해선 근위대장직을 반납해야 했다. 폴리아나가 쉽게 그 자리를 포기할 리 없다.

결국 룩소스 1세가 얼마나 달콤하게 폴리아나를 꼬시느냐가 청혼의 성공을 좌지우지할 것이다.

룩소스 1세는 자신 있었다. 그가 폴리아나를 일부러 멀리해서 그렇지.

세상에 그보다 잘생긴 남자가 없다. 폴리아나는 룩소스 1세의 미모를 사랑하고 찬양했으며 세상의 보물로 여겼다. 그가 작정하고 작업 걸면 분명 폴리아나도 그에게 반하리라.

룩소스 1세가 근거 없는 자신감을 불태우는 동안, 아이노 경은 다른 일로 고심했다.

"폐하, 곰 가죽과 악어가죽 중에 어느 쪽이 좋으십니까."

"곰."

답은 정해져 있으니 너는 말하기만 해. 답정너 짓을 하는 친우를 황제가 흘겼다.

룩소스 1세는 아이노 경이 부러웠다. 그는 아직 청혼도 못 했는데 친구는 결혼 예물로 어떤 동물 가죽을 벗길까 고민 중이다. 질투 나고 얄미웠다.

"소신이 몰랐는데 악어가죽이란 것이 엄청 비싸다고 합니다. 크기에 따라 흰곰 가죽 저리가라 할 정도로."

"그래도 곰이다. 곰이 더 귀엽지 않느냐. 복실복실."

"큰 악어를 잡아 집에 걸어 놓는 것도 괜찮을 것 같사옵니다."

'집들이해도 안 가야지.'

황제가 의지를 굳혔다. 털 달린 가죽이 아니면 친구의 초대는 무조건 거절하겠다고 다짐했다.

아이노 경은 결혼 선물을 내놓으라고 난리쳤다. 룩소스 1세도 응수했다.

"넌 짐에게 선물 뭐 줄 테냐."

"성공하신 뒤 말씀하십시오, 폐하."

"그러지 말고 들어 봐라."

룩소스 1세가 장대한 계획을 밝혔다. 아이노 경은 소년 시절, 룩소스 1세의 대륙통일의 청사진을 듣던 때처럼 경청했다. 눈은 흐리멍텅했으나 귀는 뚫려 있었다.

"폴이 돌아오면 짐이 그녀를 꼬신다."

아이노 경의 고개가 위아래로 흔들렸다.

"폴이 짐에게 빠지면 청혼을 한다."

중간관계가 많이 생략되었지만 그러려니 했다.

"폴이 윈터 후작가를 소중히 여기니 적당한 소년을 그녀의 동생으로 만들어 윈터의 성이 상속되도록 하려고 해."

얼굴도 모르는 양아들이 생겼다. 고자라 애를 못 보는 폴리아나의 부친이 참 기뻐할 것이다.

룩소스 1세는 저걸 완벽한 계획이라고 지껄였다. 아이노 경이 보기엔 미래가 명확했다.

'차이겠군.'

과거 아이노 경은 룩소스 1세가 진심으로 들이댄다면 어느 여자든 함락시킬 수 있다고 생각했다. 지금은 아니다. 작정하고 들이대도 여자 마음은 잡을 수 없다. 오히려 멀리 멀리 도망가거나 혐오스런 시선을 안 받으면 다행이다.

잘생기고 집안 좋고 능력이 있다고 여자가 다 좋아하는 게 아니었다. 아이노 경이 시켈을 통해 깨달은 사실이다.

깨닫는 와중 고생한 시켈에게 잠시 묵념.

"대공이 반대할 거라고 들었습니다."

"그래서 짐이 공략안을 두 개 짰다."

룩소스 1세는 루조 대공이 찬성하며 했던 말이 괜찮다고 생각했다. 폴리아나에게 마음을 고백하고 싶은 것과 별개로, 그와 폴리아나는 주위에 대대적으로 광고할 말이 필요하다. 그의 마음 같아서야 '사랑해서 결혼했어요'가 최고다. 그러나 폴리아나의 입장에선 다르다.

언제나 수많은 추문에 시달린 그녀기에, 주군과의 결혼엔 정당한 사유가 필요했다. 둘 사이에 싹튼 감정은 무수히 많은 이유 중에서 하위였다.

최고는 정치적 명분이다. 폴리아나를 황후로 들이면서 황권을 다지고 외척 세력을 누를 수 있다고 선전한다. 폴리아나에겐 저거 다 거짓말이고 널 사랑한다고 말한다.

듣는 아이노 경 입장에선 폴리아나에게도 정치적 이유라 이빨 까는 게 청혼 성공률을 높일 방법 같았다.

아이노 경은 입을 다물었다. 좋아하는데 초 칠 생각은 없었다. 결혼 준비로 바빠서 귀찮기도 했다.

한 달이 지나고 두 달이 지났다. 룩소스 1세는 두근두근 설레는 마음으로 폴리아나의 귀환을 기다렸다. 정원사에게 사시사철 정원에 꽃이 만발하도록 요구했다. 모친의 반지는 언제나 상비했다.

시간은 야속하게 흘렀다. 반년이 지나자 룩소스 1세는 움직였다.

푹 쉬다 오라고 해 놓고 채근하면 볼품없었다. 오지 않는 건 괜찮으니 근황이라도 알고 싶었다. 룩소스 1세는 정보부나 기사 대신 문관을 보냈다.

시트린 영지에 불청객이 찾아왔다. 문관들은 비상이 걸렸다. 아직 그들 순번이 아닌데 감사원이 찾아온 것이다.

그들은 문관들이 준비할 시간을 주지 않는 황제의 페이크에 감탄했다. 사실은 폴리아나의 근황을 알기 위한 감사원이었으나 시트린 성의 문관들은 알지 못했다.

"성주님은 어디 계신가?"

감사원은 성주 알현을 요청했다. 가신들의 수장은 식은땀을 죽죽 흘렸다. 여기서 감사원의 면회를 거절하면 뒷말이 나올 것이다.

폴리아나는 별장에 머물면서 외부인 출입을 일체 금지했다. 감사원이 영주를 만나겠다는 게 무리한 요청도 아니고 오히려 당연한 일이다. 못 만나게 했다가 역심을 품었다는 오해라도 사면 큰일이었다.

문관들이 이것저것 핑계를 대면서 감사원을 붙잡았다. 폴리아나는 그러는 동안 근심했다. 안 만날 수도 없고, 만나자니 그녀의 배가 부풀었다. 산달을 앞둔 배는 누가 봐도 임부의 것이다. 장님이 아닌 이상 폴리아나의 임신을 알 수 있었다.

다행히 감사원은 폴리아나와 안면이 있는 자였다. 폴리아나는 감사원의 이름을 듣자마자 안색이 바뀌어 그를 만나기로 했다.

일이 급해 죽겠는데 성주와의 대면을 차일피일 미루는 문관들로 쭈그러들어 있던 감사원은 날짜가 정해지자 반색했다.

"오랜만이오, 일등기록관. 언제 감사 기구로 이직하셨소?"

폴리아나는 룩소스 1세의 호위를 맡으면서 문관들과 안면을 텄다. 서로 소 닭 보듯 하는 기사와 문관이지만 안면을 트면 친분이 생기고 교류도 하는 법.

호위 기사와 기록관은 언제나 황제의 뒤를 졸졸 따라다닌다. 같이 지내는 시간이 많다 보니 폴리아나는 기록관들과 친분이 있었다. 개중 가장 친분 깊은 인물이 기록관 모모였다.

둘의 우정은 모모가 10년 원정으로 번 돈을 나나바에 신혼집을 구매하면서 날린 뒤, 룩소스 1세가 야파로 천도하면서 흔들렸다.

폴리아나는 전 재산 날린 모모를 위해 무이자 무담보 지인대출을 해 줬다. 재화의 힘으로 둘은 우정을 지킬 수 있었다.

모모는 기록관답게 비밀을 지킬 줄 아는 자였다. 그는 신뢰할 수 있었다.

"오랜만에 뵙습니다, 후작. 제가 기록관을 관두게 된 데엔 눈물 없이 들을 수 없는 깊은 사연이 있습니다."

기록관 모모에서 감사원 모모로 전직한 남자의 얼굴이 핼쑥했다. 감사원 모모가 보직 변경에 대해 투덜거렸다.

기록관이란 삼등과 이등은 많이 필요한데 일등과 특등은 필요 인원이 적다. 그러다 보니 경력 채운 이등과 일등을 다른 부서에서 눈독 들였다.

대부분 승진을 위해 부서를 옮기지만 모모는 아니었다. 모모에겐 특등기록관을 향한 꿈이 있었다.

모모는 기록 부서에 남아 대륙 최초의 황제를 모시는 특등기록관이 되고 싶었다. 하지만 황제는 모모의 일처리와 충직함, 무거운 입을 높이 사 그를 감사 부서로 보냈다.

일 잘하면 기록관으로 돌려보내 주겠다고 했는데 기약이 없었다.

"정말 너무하신 것 아닙니까! 제가 뭘 그렇게 잘못했다고!"

"일 잘해서 옮긴 거잖소."

"전 기록관 일이 좋았단 말입니다!"

폴리아나에게 야파와 지인의 근황, 보직이 바뀐 후의 불만사항들을 말하면서도 모모의 눈과 손은 쉬지 않았다. 시트린 성의 문관들이 한차례 "그 인간 엄청 세심하던데요." 투덜거린 후였다. 전쟁을 따라다니며 배짱도 길렀으니 대륙을 돌아다니며 부정을 조사하는 감사원으로서 제격이었다.

시트린 성의 행정, 회계는 청명했다. 모모는 만족해서 활짝 웃었다. 일 얘기와 일방적 투덜거림이 끝나자 그는 폴리아나의 근황을 물었다.

"한데 후작께선 건강해 보이시는데 언제 야파로 돌아오실 겁니까? 폐하께서 후작님을 많이 그리워하십니다."

"사실은 제가 사고를 쳤습니다."

"사고?"

"대형사고."

의자에 앉아 책상으로 배를 숨기고 있던 폴리아나가 일어났다. 폴리아나는 두르고 있던 두꺼운 담요를 치웠다. 그러자 부른 배가 드러났다. 한눈에 봐도 임부의 배였다.

거짓말을 치자면 얼마든지 할 수 있다. 배에 복수가 찼다, 종양이 생겼다, 기생충이 기생한다 등등. 다른 사람은 안 속아도 모모는 속을 것이다.

폴리아나는 일부러 임신 사실을 밝혔다. 모모라면 괜찮았다. 룩소스 1세가 본 대로 모모는 필요한 부분에선 입이 무거웠다.

"허억!"

모모의 숨이 넘어갔다. 죽지 말란 의미에서 폴리아나가 등을 쳤다.

모모가 켁켁 기침했다. 폴리아나는 일부러 좀 세게 쳤다. 꽤 아플 것이다.

"외부에 알려지면 내 명예가 어찌 되겠소."

"그렇지."

맞는 와중에 모모는 폴리아나를 걱정했다. 모모가 호언장담했다.

"내, 후작의 비밀을 죽는 한이 있어도 지키겠습니다!"

"역시 모모. 고맙소."

"고맙기는요! 우리가 그런 말할 사이입니까."

입이 무겁고 신뢰를 지켜 주는 친구란 좋은 것이다.

"그렇습니다! 내 후작의 비밀을 죽는 한이 있어도 지키겠습니다!"

"그 정도까진 아니오. 아, 폐하껜 적당히 둘러대 주시오. 부끄러우니까."

"물론입니다! 걱정 붙들어 매십시오, 후작!"

으흐흐. 폴리아나가 배를 슬슬 쓰다듬으며 웃었다. 우연찮게 쌓은 인연을 유지했더니 결과가 좋았다.

동료들은 말했다. 기록관 새끼들 쪼잔해서 작은 일 하나로 오래오래 꽁해 있다고. 친해지면 귀찮은 놈들이라고 했지만 폴리아나와 기록관들은 룩소스 1세의 미모 얘길 하면서 의기투합했다.

어떻게 하면 후대에 황제의 미모를 알릴 수 있을까 토론하고 고심한 끝에 이런 바람직한 결과를 낳게 된 것이다.

떠나는 모모를 시트린 성의 문관 일동이 배웅했다. 모모는 가볍게 와서 무겁게 떠났다.

감사원 된 신분으로 이런 저런 선물을 받는 건 뇌물에 해당된다. 그렇지만 모모와 폴리아나는 친구였다. 둘의 친분을 대다수의 사람들이 알았다.

공적으로 영지에 방문한 친구에게 선물 좀 준다는데 누가 뭐래?

유일하게 뭐라고 할 수 있는 인물이 황제였다. 황제도 사심으로 감사를 보냈으니 할 말이 없었다.

룩소스 1세는 알 수 없는 두려움에 떨었다.

'폴이 이대로 돌아오지 않으면 어떡하지?'

폴리아나는 떠나기 전 돌아온다고 말했다. 룩소스 1세도 그녀가 영지에 계속 남을 거라고 생각하지 않는다. 그런데 이상하게 불길하고 불안했다.

중요한 걸 놓치고 있다는 찝찝함이 남았다. 상황을 파악하기 위해 보낸 감사원은 간단한 보고를 올렸다.

감사 결과 이상 무.

룩소스 1세는 즉시 모모를 소환했다. 이 간단한 보고에 대한 부연설명이 필요했다. 모모는 억울해했다.

"별다른 일 없었사옵니다."

"그렇다고 이게 말이 되느냐."

"감사 보고서는 따로 올렸습니다."

"이상 무냐 무어냐, 이상 무가."

일 잘하고 말 잘 듣던 신하가 반항하고 있었다.

룩소스 1세는 시트린 영지의 탈세나 경비 상황이 궁금한 게 아니다. 영주인 폴리아나의 근황이 궁금했다. 폴리아나와 친분이 있는 모모를 감사원으로 보낸 것도 그러한 이유에서였다.

폴리아나와 모모는 묘하게 죽이 잘 맞는다. 모모는 이미 유부남에 애가 있다. 둘 사이에 이성적 화학 반응이 벌어질 리 없으니 믿고 보냈다. 중요하지 않은 부분에서 입이 싼 모모가 폴리아나와 신나게 노가리 까다 올 걸 믿었다.

그런데 보고서가 지나치게 단출했다. 꼭 병사나 기사들 근무일지 같았다.

"아무 일도 없었는데 무슨 일이 있었냐 물으시면 아무 일도 없었다고 대답해 드릴 수밖에 없는 것이온데……."

황제의 뒤를 지키는 또 다른 그림자 기록관. 10년 동안 전장을 배회한 대가로 모모는 간덩이가 부어 있었다. 기록관 일에 뼈를 묻을 참인데 강제로 보직을 변경당한 억울함이 간덩이를 더 키웠다.

룩소스 1세가 허탈해하며 어디서 그런 나쁜 버릇을 들였냐 물었다. 모모는 남부에서 벌어진 비극을 밝혔다.

룩소스 1세가 남부의 항복 문서를 받아들이느라 바빴던 그때, 기록관들도 총출동해 남의 일을 도왔다. 그러다 보니 정작 황제의 곁을 따라다니며 기록할 인원이 부족했다.

기록관들은 친위대에게 일을 맡겼다. 늘 붙어 있으니 알아서 받아 적을 걸 믿었다.

폴리아나는 세심하게 모든 걸 기록했다. 그렇지만 그녀는 당시

친위대장직을 맡고 있었고 그런 일을 하는 게 귀찮았다.

폴리아나는 부대장에게 일을 맡겼다. 부대장은 부하에게 일을 맡겼다. 일은 그렇게 천천히 아래로 내려갔다. 기록도 점점 간소화되었다.

결국 남의 일에서 벗어난 기록관들이 본업으로 돌아왔을 때, 그들은 '근무 중 이상 무'만 적힌 수십 페이지를 인계받았다. 10년 기록 마지막을 장식하는 광활한 공백이었다.

기록관들은 그 원한을 잊지 않았다. 모모가 대표적이었다. 그들은 쓸 수 있는 모든 곳에 '근무 중 이상 무'를 적용했다.

실제로 써 보니 너무나 편하고 쉬웠다. 공적 문서에 사용하지 않는 대신 사적 부분에선 아낌없이 써먹었다.

'이만하면 충분히 뻗댔지.'

모모가 입을 벌렸다.

"후작은 온천을 즐기며 피로를 풀고 있었습니다. 또한 영지를 건사해 본 적 없어 분주한 나날을 보내고 있었습니다. 영지 경영에 대해 배우고 할 일도 많다고 했습니다. 그 외의 시간은 대부분 온천욕을 하며 보냅니다. 몸 아끼라는 충고 그렇게 안 듣더니 요즘 찬바람 쐬면 뼈가 시리다나 어쩐다나. 뼈가 안 시리면 돌아오겠다고 했습니다."

"그러니까 그 기간이 언제냔 말이다."

"어……."

모모는 아내가 임신한 뒤 바깥 활동할 수 있게 되었던 기간을 가늠했다. 출산한 후 몸 컨디션을 복구하는 데엔 제법 시간이 필요했다. 폴리아나처럼 기사로 근무해야 한다면 더 시간이 걸릴 것이다.

"3년?"

"근위대장이 성을 3년이나 비워서 어쩌겠다는 거야."

"지킬 분도 안 계시지 않습니까."

모모는 태연했고 룩소스 1세는 애가 탔다. 국상 기간이 끝나면 새로 황비를 들이시라는 요청도 모두 묵살했다. 이제 룩소스 1세는 폴리아나 외의 부인을 상상할 수 없었다. 그런 애닳는 마음으로 그녀를 기다렸다.

안 그래도 불안한 와중, 황제는 어제 개꿈을 꿨다.

꿈속에서 강아지가 귀엽게 짖었다. 반색하여 소리가 들린 방향으로 그는 달려갔다. 우거진 수풀 속에서 강아지 낑낑거리는 소리가 들렸다.

'가지에 몸이 걸렸구나.'

강아지가 가엾어 수풀을 없애고 가치를 헤쳤다. 그러자 숨어 있던 악어개가 그에게 달려들었다.

아주 흉측한 악몽이었다.

모모를 내보낸 뒤 룩소스 1세는 혼자 앓았다.

아이노 경은 바쁘다고 돌아다닌다. 루조 대공은 '반대!'만 외치고 나나바로 돌아가 버렸다. 룩소스 1세의 근심을 덜 자가 전무했다.

그렇다고 폴리아나의 근황 보고를 위해 정보부원을 시트린 영지에 꽂는 건 너무 과했다. 정보부는 여전히 주먹구구식으로 돌아가고 있었으며 인원이 부족했다.

그들은 소위 말하는 '세련된' 자들의 정보를 모으기만도 벅찼다. 인원이 부족한데 시트린 영지에 사람을 심으면 다들 의심할 것이다.

황제가 윈터 후작을 견제한다. 혹은 황제가 윈터 후작을 내치려고 한다. 그런 생각을 품을 것이다. 바라지 않는 결과물이었다.

무엇보다 좋아하는 여자의 근황을 알고 싶어서 사람을 심는 일 자체가 꺼려졌다. 범죄의 영역이었다.

'스토커잖느냐.'

도리가 없다. 믿고 기다리는 수밖에.

룩소스 1세가 허락하는 한 폴리아나는 그의 기사였다. 기사는 반드시 주군의 곁으로 돌아온다.

룩소스 1세는 폴리아나가 기사라서 기뻤고 기사라서 슬펐다.

남들은 산달이 다가오면서 이것저것 꿈을 많이 꾼다고 들었다. 폴리아나는 그런 게 없었다.

어쩌면 크렌벨 영지에서 조용히 살고 있는 그녀의 부친이 태몽을 꿨을지도 모르겠다. 딱히 궁금한 사안이 아니었기에 폴리아나는 깊이 생각하지 않았다.

임신 초기와 중기까지 폴리아나는 내키는 대로 움직였다. 새벽에 일어나 훈련하고, 밥 먹고 훈련하고, 또 훈련했다. 하녀들은 그렇게 움직이신다면 애 떨어진다고 전전긍긍했다. 폴리아나는 무시했다. 제1근위대의 악랄한 훈련을 버틴 아이였다.

별장을 벗어나지 않고 남의 눈에 띄지 않는 선에서 폴리아나는 부지런히 움직였다. 그렇게 점점 배가 불러 오고 임신으로 인한 증상이 나타나면서 폴리아나는 겁을 집어먹었다. 어쩔 수 없었다.

'인정하자. 무섭다.'

폴리아나의 어머니는 산후열로 사망했다. 폴리아나의 친구는 임신중독증으로 사망했다.

박시와 바니사는 무사히 아이를 출산했고 동료나 부하, 상관들의 부인도 대부분 아이와 산모 모두 건강했다. 그렇지만 무서웠다. 무서울 수밖에 없었다.

폴리아나는 시트린 성에서 가장 지체 높은 이였다. 아랫것들에게 두려움을 보이지 못하니 밤이 되면 혼자 떨었다.

'무섭다고오!'

아이를 낳다가 죽는 건 폴리아나가 상상할 수 있는 죽음 중 가장 개죽음이었다.

폴리아나 윈터 후작, 사생아를 출산하던 도중 사망하다.

상상만 해도 끔찍했다. 폴리아나가 살면서 이룩한 모든 업적과 그걸 위한 노력이 '사생아' 하나로 얼룩졌다.

"만일 내가 아이를 낳다 죽으면 이 유언장을 리보 백작가의 도나우 경에게 전달해라."

폴리아나는 유언장을 작성해 밀봉했다. 유언장 안엔 아이 아버지의 정체, 숨어서 낳은 이유 등이 적혀 있었다. 도나우 경은 그녀의 의지를 존중해 주고 유언장에 적힌 내용을 따를 것이다.

폴리아나는 그렇게 다가오는 죽음을 기다렸다.

죽음이었다. 새 생명의 탄생이 아니었다.

아이가 어떻게 태어나냐에 따라 폴리아나에게 사형 선고가 떨어질 것이다. 여자아이든 남자아이든 아버지를 닮지 않길 원했다.

아이가 그녀만 닮았을 경우 이야기가 간단해졌다. 적당히 서류를 위조하고 아이의 출생을 속인다. 아이는 영지에 남겨 두고 야파로 돌아가 황제에게 결혼 허락을 받으면 끝.

참 쉽죠?

폴리아나는 황제가 불허하리라는 생각을 하지 못했다. 아무렴 그녀의 주군께서 그녀를 미혼모로 두실까.

아이가 아버지를 닮았을 경우…….

"……."

폴리아나는 이내 생각하는 것을 그만두었다.

폴리아나는 예정일이 다가올수록 까칠하게 굴었다. 관대하고 자비롭고 무심하던 성주님의 변모에 다들 그러려니 했다.

어느 동물이든 새끼를 낳을 때가 되면 예민해지니까. 하다못해 주인 잘 따르던 개도 새끼를 낳을 때가 되면 집에서 도망가 굴을 판다. 남편 없이, 가족 없이 아이를 낳는 성주를 동정하여 마음 아파하는 하녀도 있었다.

폴리아나는 진통을 감지했다. 몇 주 전부터 별장에 머무르던 산파와 의사가 그녀를 침대로 이끌었다. 침대에 눕기까지의 일도 지옥 같았다.

관장을 하고(이건 괜찮았다) 산파와 의사가 수시로 그녀의 치마를 들췄다. 곧 끔찍한 고통이 주기적으로 그녀를 덮쳤다.

칼에 베이고, 찔리고, 화살이 꽂히고 도끼와 망치의 맛을 봤다. 뼈는 골백번 부러졌고 진짜 죽을 뻔한 일도 몇 번 있었다. 무기 없는 알몸으로 남자 수십을 상대했을 때에도 고통스러웠지만 이런 고통은 처음이었다. 세상의 모든 인간을 저주하는 통증이 찾아왔다가 사그라들었다.

정말 무서운 건 진통이 오는 주기가 짧아졌다는 것이다.

"끄으으으으."

폴리아나의 전신에 식은땀이 흥건했다. 폴리아나가 이를 악물자 산파가 고개를 저었다.

"영주님, 이 상하십니다."

폴리아나가 이를 바득바득 갈았다. 소금으로 하루 다섯 번씩 닦으며 관리한 치아지만 걱정할 겨를도 없었다. 그녀는 그저 서럽고, 억울하고, 아프고, 분통이 터졌다.

오만 가지 감정 중에서 억울함이 가장 컸다.

"내가아…… 여자로 살면서어…… 좋은 일 하나도! 없었는데! 여자가 하는 일은 아주우…… 다 해 보네. 아주 그냥……."

폴리아나는 여자로 태어났다. 여자로 태어나서 좋은 일이 하나도 없었다. 약자는 짓밟히는 적자생존의 법칙이 진리인 세계로 강제 편입되었다.

그녀가 스스로 여자임을 증오하고 억울해하지 않은 건 배트르 경 덕분이다. 그 덕분에 세상은 약자에게 가혹하다는 사실을 배웠다.

그래서 강제로 당할 때에 울지 않았다. 다른 종자들도 같이 당했기 때문이다. 후처치를 잘못해서 생긴 치질은 아주 엿 같았다.

이 세상은 약자에게 잔인하다. 여성은 태어날 때부터 남자보다 약자가 되기 쉬웠다. 그러니까 여자로 태어난 건 억울한 일이 아니다. 노력해서 강해지면 된다. 위로 올라가면 누구도 널 짓밟지 못할 것이다. 죽음 앞에선 약자와 강자가 공평하다.

폴리아나가 인생의 신조로 여기던 것들이 뒤집혔다. 오늘만큼은 여자로 태어나서 억울했다.

남자로 태어나고 싶었다. 억울하고 원통했다. 이대로 죽으면 진짜 원귀가 되어 지나가는 남자들에게 저주를 내릴 것이다.

'남자도 애 낳아라! 잔뜩 낳아라!'

득남득녀의 저주를.

폴리아나는 건강 체질이고 평소에도 운동을 열심히 한다. 그러나 초산에 노산은 아무래도 힘겨웠다.

10시간의 진땀 빼는 산고 끝에 폴리아나의 품에 아기가 안겼다. 폴리아나는 아기를 볼 힘이 없었다. 그냥 기절해 버리고 싶었다. 하지만 그녀는 여기서 쓰러질 수 없었다.

'힘내자.'

부릅!

폴리아나의 눈꺼풀에 힘이 들어갔다. 그녀는 반드시 확인할 게 있었다.

'아기! 아기를 보자! 내가 확인할 게 있어!'

"성주님, 잘생긴 아드님이세요."

폴리아나의 시야에 핏덩이가 들어왔다. 숱 많은 금발과 쭈그러진 붉은 얼굴. 거기까지 확인한 폴리아나는 눈꺼풀에 넣은 힘을 뺐다. 그녀는 그냥 기절하고 싶어졌다.

산파와 의사가 혀를 내둘렀다.

"소인이 산파 경력 35년이지만 이렇게 잘생긴 분은 처음 봅니다."

"저도 그렇습니다."

"으으으으."

훌쩍. 결국 폴리아나의 눈가가 촉촉히 젖어들었다.

폴리아나가 훌쩍이는 걸 보고 산파와 의사는 감동했다. 힘들게 낳은 아이라 성주님이 감동하셨구나.

그들이 오해하든 말든, 폴리아나는 아랫것들 앞에서 울면 안 된다는 것도 잊고 코를 훌쩍였다.

'아이 씨.'

아이는 아버지를 닮았다. 아직 눈을 못 떴지만 눈 색을 확인할 필요가 없었다. 찌그러지고 주름이 자글자글한 붉은 얼굴인데도 아이 얼굴에서 룩소스 1세의 얼굴이 보였다. 이목구비 배치가 똑같았다.

판에 가져가 찍은 것처럼 똑같았다. 닮아도 너무 닮았다.

옛말에 그랬다. 씨 도둑질은 못 한다고. 하지만 가끔 주위를 보면 안 닮은 애들이 있어서 희망을 품었다.

'망했어, 씨발.'

서류 위조고 나발이고 보는 사람마다 황제와의 관계를 의심할 생김새다. 거짓말을 하는 건 눈 가리고 아웅이었다.

폴리아나는 힘겹게 팔을 들어 갓 태어난 아이의 귀에 가져갔다. 손가락으로 아이의 귀를 약하게 틀어막고 처음으로 말했다.

"씨발."

제국의 황제 룩소스 1세가 신임하는 전술가. 전략의 마녀로 불렸던 몸이다.

전장에서의 도주는 상책 중 상책. 인생이란 이름의 전장에선 어떨지 모르나 하책은 아니라고 믿었다.

폴리아나는 간과하고 있던 전술의 기본을 떠올렸다.

준비되지 않은 도주는 필패의 지름길이다.

폴리아나는 완벽하게 패배했다.

폴리아나는 귀하신 아드님에게 젖을 물렸다. 젖은 잘 나오지 않고 팅팅 불어 몸살 났는데 누가 때리는 것처럼 아팠다. 그나마 아기가 빠는 힘 좋은 게 다행이었다.

유모와 보모는 구해 뒀다. 원래 고귀하신 분들은 직접 아이를 안 키운다. 유모가 젖을 먹이고 보모가 돌보면 되지! 폴리아나는 간단하게 생각했다.

아니었다. 생후 한 달까진 생모가 젖을 먹여야 했다. 폴리아나는 당황했다.

"왜지?"

"그래야 아기가 병에 안 걸리고 건강합니다."

"아니야, 이 아이는 내가 안 먹여도 건강할 거다. 그 훈련을 버틴 애야."

말도 안 되는 억지였다. 폴리아나는 제풀에 지쳐 얌전히 가슴을 풀었다. 아이의 유모는 젖을 마르게 하는 약초가 있다며 그녀를 어르고 달랬다.

"성주님, 한 달만 참으시면 약 드시고 젖을 말리셔요."

"그럼 아픈 것도 사라지나?"

"예예, 소인이 장담하여요."

생후 한 달 동안 삼십 분에서 한 시간에 한 번씩, 폴리아나는 고귀하신 아드님께 젖을 물렸다. 그 외의 일은 모두 다른 사람에게 맡겼다. 다른 일을 맡겼다 한들 삼십 분씩 쪽잠을 자며 젖을 물리자니 피곤한 건 매한가지였다.

'졸려.'

폴리아나는 졸린 눈으로 아기가 젖 빠는 모습을 지켜봤다. 멍한 정신이나 꽉 막힌 인생을 생각하니 등골이 서늘했다.

'어떡하지.'

그녀는 아이 이름을 안 지었다. 룩소스 1세를 닮지 않아 적당히 속일 수 있으면 그때 지으려고 했다. 설마 아무도 피를 의심하지 않을 정도로 닮을 줄은 몰랐다.

도대체 뭘 믿고 이렇게 닮은 걸까. 그렇게 자기 핏줄이 고귀한 걸 만천하에 자랑하고 싶은 걸까.

개도 안 먹는 죽을 그렇게 찾기에 태명은 '개죽이'였다. 아명은 천하게 지어야 장수한다는 미신이 있어서 폴리아나는 계속 그렇게 불렀다. 그녀에겐 아이 이름을 지어 줄 권한이 없었다.

폴리아나가 개죽이를 노려봤다. 개죽이는 아직 눈을 못 떠 엄마가 노려보는 걸 몰랐다. 태평하게 젖이나 쭙쭙 빨았다.

'젠장.'

폴리아나는 도피로를 만들어 두지 않고 영지로 내려온 걸 후회했다. 전장으로 비유하자면 구석에 몰려 포위당한 형국이었다.

군량은 떨어졌고 아군의 증원이 없는 사면초가의 상황이다. 적의 포위망엔 빈틈이 없었다. 자수해서 광명을 찾기엔 너무 늦었다. 도망가지 말았어야 했다.

'이렇게 닮을 줄 몰랐다고. 내 피 어디 갔어, 내 피!'

폴리아나는 매의 눈으로 개죽이를 뜯어봤다. 고귀한 아드님은 눈을 뜨지 않은 상태에서도, 출산의 여파로 코가 납작한 상태에서도 아버지를 닮아 있었다.

룩소스 1세의 얼굴을 모르는 유모와 보모는 너무 잘생긴 도련님이라고 좋아했다.

"아버지를 닮으셨나 봐요."

그들은 도련님이 성주님을 닮지 않아 다행이라는 의사나 내비쳤다. 폴리아나로선 반대였다. 못생겨도 좋다. 그녀보다 더 못생겨서 사춘기 시절 부모를 원망해도 좋다. 천하박색이든 괴물급 외모든 좋으니 그녀를 닮길 바랐다.

아니면 아무도 안 닮거나.

'머리색은 날 닮았나.'

고귀하신 아드님의 머리카락은 룩소스 1세처럼 선명하고 진한 금발이 아니었다. 폴리아나를 닮아 약간 수수했다. 그렇지만 배냇머리가 홀랑 빠지면 황제처럼 벌꿀색 금발이 자랄지도 모른다.

폴리아나는 슬슬 개죽이 머리를 쓰다듬었다. 개죽이가 눈을 떴다. 개죽이의 눈동자 색은 아버지를 닮아 투명한 초록색이었다. 아직 시력이 없는 주제에 눈알을 데굴데굴 굴리는 모양이 귀여웠다.

'어떡하지.'

폴리아나가 깊은 근심에 휩싸였다.

'뭘 믿고 아버지를 닮았니. 뭘 믿고. 내가 다 포기하고 폐하께 청혼이라도 하리?'

폴리아나가 아드득 이를 갈았다. 소리가 살벌했다. 아이에게 젖 물리는 중이 아니었다면 벽에 이마를 박았을 것이다.

상당히 불경하고 불충한 생각이지만 폴리아나는 개죽이를 숨기고 싶었다. 아들을 낳았어도 룩소스 1세를 닮지 않았다면 그녀 혼자 낳은 아이로 처리할 생각이었다.

황제의 장남을 은폐하는 일이나, 룩소스 1세는 아직 젊고 부인을 더 들일 수 있다. 이후에 황자를 볼 가능성이 높은데 굳이 이렇게 출생에 사연 많은 황자를 1황자로 내세울 필요가 없다.

그렇게 생각했다. 구차한 자기합리화의 결과였다.

신생아가 태어났기 때문에 별장엔 유모와 보모, 의사와 하녀를 제외한 인원 출입이 금지되었다. 폴리아나의 임신 사실을 알고 있는 가신들의 수장은 하녀장을 통해 축하의 말을 전했다.

유모와 보모, 의사, 하녀들은 룩소스 1세의 얼굴을 모른다. 세상에서 제일 아름다운 남자가 황제 폐하라고만 들었다. 하녀장은 황제의 외모를 안다. 아기를 보고 눈썹을 치켜 올리는 게 감상의 전부였다. 폴리아나는 하녀장의 침묵을 신뢰했기에 별다른 말을 하지 않았다.

하지만 시트린 성의 가신들은 모두 황제의 외모를 알고 있었다. 지금이야 외부인 출입이 금지되어 수장이 별장에 찾아오지 않고 있다. 그가 개죽이를 보면 바로 애 아빠가 누군지 알아챌 것이다.

세상엔 비슷한 사람이 많고 사람들의 기억력엔 한계가 있다. 세상에 단 한 명 제국의 황제라도 몇 년 전에 본 얼굴을 확실하게 기억할 수 있는 사람은 별로 없다.

기억하고 있어도 차림새와 장소에 따라 헷갈리는 것이 사람의 기억력이다. 모모 씨를 닮은 거지가 성벽 밖에서 빌빌거리고 있으면 모모 씨라고 확신할 수 있을까? 아니다. 모모 씨를 닮은 거지라고 생각할 것이다. 확신을 가져도 다른 사람이 강하게 부정하면 흔들릴 일이다. 그런 식으로 생각하면 시트린 성의 가신들이 아기를 봐도 룩소스 1세를 떠올리지 못할 가능성이 있었다.

하지만 룩소스 1세가 누군가. 개선식 날 황실 화가들을 울게 만들었다. 많은 기록관들이 후대에 자기들 구라쟁이로 몰릴 거라며 울게 만든 세기의 미남이었다. 그런 미남이 발에 채일 정도로 많으면 인류의 홍복이겠으나.

황제의 친위대와 근위대를 역임하여 폴리아나는 많은 미남을 접했다. 다들 나름의 매력을 가진 미남들이었지만 황제만 한 인물은 없었다.

그러니까 룩소스 1세의 얼굴은 한 번 보는 순간 일생의 영광으로 간직하고 죽을 때까지 추억할 만큼 아름다웠다. 그 얼굴을 잊어버리는 건 안면인식장애가 아니고서야 불가능했다.

'내 피는 어디로…….'

아버지를 닮았어도 어지간한 귀족의 핏줄이면 모르는 척할 수 있다. 무시하고 영지에서만 키우다 후계자 삼으면 된다.

하지만 황제의 아들이다. 황족이다. 결혼을 하지 않고 태어나 사생아이나 황제의 장남이었다. 가신들이 두려움에 떨 게 명백했다.

만일 룩소스 1세가 아이를 인지하고 받아들이면 제1황자가 되었다. 황제가 자식 복이 없어 황자를 더 보지 못할 경우 황태자가…….

폴리아나의 등골이 서늘해졌다.

독도법의 귀재, 전략의 마녀. 모두 폴리아나 윈터를 부르는 호칭이었다. 적군은 증오를 담아, 아군은 찬양을 담아 그렇게 불렀다.

제 무덤 파고 거기에 드러눕는 것도 모자라, 벽을 탕탕 쳐서 양옆에 쌓인 흙을 자진해서 덮고 있는 지금의 그녀에겐 과분한 별명이었다.

폴리아나는 머리를 감쌌다. 다른 수를 생각해야 했다. 애 아빠를 위조할 수 없게 되었으니 애 엄마를 위조할까? 룩소스 1세가 다른 여자에게서 본 아이를 그녀가 데려왔다고 할까?

폴리아나는 바로 좌절했다. 애 엄마를 위조해도 아이의 나이가 맞지 않았다.

황제와 밤을 보낸 여성은 시종장이 모두 기록한다. 또한 룩소스 1세는 죽어도 정체 모르는 여성과 밤을 보내지 않았다. 결혼한 후엔 황비 외의 여자랑 안 잤다.

폴리아나와 단둘이 야파를 떠났던 며칠 동안 다른 여자를 안았다고 사기 치려면 황제의 도움이 필요했다. 룩소스 1세는 그런 사기 치느니 결혼하자고 할 분이시다.

'응아아악!'

폴리아나가 발작을 일으켰다.

모친의 극심한 스트레스가 아기에게도 영향을 미쳤다. 고귀한 아드님이 젖을 잘 빨다 말고 기침했다. 기침을 하다 왈칵 토했다. 유모가 개죽이를 안아 들고 달랬다. 폴리아나는 토사물이 묻은 가슴을 닦았다.

혼자 생각하고 있으려니 자꾸 삽질만 하고 화만 난다. 사공이 많으면 배가 산으로 간다지만 사공이 하나도 없으면 배는 움직이지 않는다.

폴리아나에겐 아군이 필요했다. 그녀의 잘못을 인정해 주고 지적해 주지만 그녀 편을 들어줄 절대적 우방이 간절했다. 폴리아나는 아드님을 유모에게 맡기고 편지지를 꺼냈다.

남들은 어머니 아버지부터 찾겠지만 그녀에겐 가족이 없었다. 이런 상황에서 그녀가 믿을 사람은 딱 한 명이었다.

"친애하는 아우, 도나우에게."

서문은 이렇게 적는다. 폴리아나는 귀족다운 형식을 모두 버리고 한 줄로 짧게 요약했다.

사고 쳤다. 도와줘.

폴리아나는 그녀가 친 사고를 점검했다. 상황이 최악으로 꼬일 경우 죄목이 어마어마했다. 황제 능멸, 황제 강간, 국가 반역, 황족 납치 감금 등등. 끝없는 죄의 향연에 정신이 아찔했다.

폴리아나는 전령에게 편지를 넘기고 머리를 벅벅 긁었다. 매는 먼저 맞는 게 낫다. 그런데 그건 자수해서 광명 찾았을 때의 얘기다. 그녀는 시기를 놓쳤다. 무턱대고 도주할 때 그녀의 패배는 운명처럼 정해져 있었다.

'폐하는 봐주시겠지.'

황제 폐하를 향한 폴리아나의 신뢰는 굳건했다. 지은 죄가 괘씸하긴 하지만 룩소스 1세가 그녀를 내치리란 상상은 하기 어려웠다. 최악의 사태로 흐르는 일은 없을 것이다.

그러나 최악이든 최악이 아니든, 어느 쪽이든 폴리아나에겐 최악이었다.

'차라리 자수할걸.'

이제 와서 후회하면 무엇 하랴. 질러 버린걸.

폴리아나는 뼈저리게 후회했다. 룩소스 1세의 실망 어린 눈초리를 감내하는 게 나을 뻔했다. 묻어서 덮어 두려다 사태만 악화시킨 꼴 아닌가.

도대체 왜 그런 악수를 두었을까. 머리가 일을 안 했나. 스스로가 너무 한심했다. 후회가 무거워 그녀를 사정없이 짓눌렀다.

다 필요 없고 혼자 있고 싶습니다. 다들 나가 주세요.

딱 그런 기분인데 아드님은 엄마에게 혼자 있을 시간을 허용하지 않았다. 귀하신 아드님께서, 황제 폐하를 닮은 아드님께서 수십 분 간격으로 엄마를 찾았다.

"으애앵."

젖이 잘 나오지 않자 개죽이가 칭얼거렸다. 폴리아나는 참지 않고 신경질 냈다.

"잘 나오는 유모 거 먹어!"

"으애앵."

"말도 안 듣고…… 난 엄마 젖 안 먹고도 이렇게 잘 컸거든? 네

누나도 똑같은데 넌 왜 이렇게 유난이냐."

루미네 황녀는 개월 수가 차 사람구실 할 수 있게 된 다음에 알현을 받았다. 신생아인 개죽이와 차이가 나는 게 당연했다.

폴리아나는 그 당연한 사실을 떠올리지 못했다. 이미 그녀의 일로 머릿속이 복잡했다. 먹고 자고 싸는 것밖에 모르는 개죽이의 사정을 이해하려고 노력하지 않았다.

불편한 그녀의 심기에 유모가 개죽이를 안고 방을 나갔다. 폴리아나는 혼자 남고 나서야 깨달았다. 때때로 죄 없는 개죽이에게 화를 내고 있었다. 명명백백 화풀이였다.

'진짜 한심하다.'

상냥하신 주군께서 보시면 얼마나 실망하실까. 감히 폐하의 핏줄에게 화풀이를 하다니 죽어 마땅했다.

폴리아나에게 개죽이는 황제의 아들이고 그녀의 인생에 떨어진 날벼락이었다. 사랑스런 아들이나 가족과는 거리가 멀었다.

귀족 사회에서 아이는 후계자가 될 가능성이 높은 장남, 차남, 삼남 이후로 모두 소모품이다. 혈육의 정이란 것이 무서워 대부분의 부모가 아이를 사랑하고 아끼지만 모두 그렇지는 않았다. 폴리아나만 해도 그렇다. 그녀는 부모에게 사랑받은 기억이 없었다.

뱃속에 열 달을 품고 키워 산통과 함께 낳았어도 개죽이는 여전히 그녀의 가족이 아니었다. 낯설고 반갑지 않은 황자 저하일 뿐이다. 룩소스 1세를 닮지 않는 편이 더 사랑스러웠을 것이다.

폴리아나는 가족과 가정을 원했다. 집에서 그녀를 반겨 주는 가족이 있길 소망했다. 기껏 혈육이 생겼건만 그녀는 하나도 기쁘지 않았다.

시트린 영지에 손님이 찾아왔다. 어지간한 손님은 폴리아나가 후작의 권위로 쫓아냈지만 이번 손님은 아니었다.

폴리아나가 목이 빠져라 기다리던 도나우 경이 아니었다. 이놈의 의동생은 옆길로 샜는지 소식이 없고 다른 손님이 찾아왔다.

하필이면 가장 오지 않았으면 하는 손님, 룩소스 1세가 친히 강림했다.

제1근위대를 호위로 삼아 황제가 시트린 영지에 방문했다. 그들이 시트린 성 입구에 도착했다는 소식은 도착과 동시에 폴리아나에게 전해졌다.

폴리아나는 영지의 경비 체계를 놓고 펄쩍 뛰었다. 영지의 경계에서 시트린 성까지 며칠 거리인데 보고가 없었다니!

"영지병은 뭐했나!"

"다 붙잡혀 길안내를 맡았답니다."

"폐하의 호위가 1근위대야? 아아, 그 성질 더럽고 능력만 좋은 개새끼들……."

영지의 경계에서 경비를 서던 영지병이 무장 행렬을 발견하고 다가가 정체를 묻는다. 황제 폐하 행렬임을 알고 깜짝 놀란다. 얼른 성주님께 알려 드리기 위해 달려가지만 제1근위대원이 붙잡는다. 깜짝 놀란 다른 영지병이 도망가려 하자 역시나 붙잡힌다.

깜짝 방문을 위한 계략이 분명했다. 폴리아나는 직접 보지 못했지만 그림 그리듯 장면이 그려졌다.

'폐하께서 오시다니, 자수하라는 계시인가.'

그녀가 전해들은 명분은 황제의 대륙 순회다. 대충 국정을 안정시킨 룩소스 1세가 친히 대륙을 한 바퀴 돈다. 백성들 사는 모습을 살피고 지방 세력을 견제하려는 의도였다.

명분은 그랬다. 실제론 폴리아나의 부재를 견디지 못한 룩소스 1세가 직접 데리고 오려고 친히 귀하신 옥체를 일으켰다.

바로 시트린 영지로 내려가면 속내가 티 날까 봐 일부러 다른 지방부터 돌았다. 그렇게 반년을 돌고 시트린 영지 차례가 됐다.

폴리아나에게 대륙 순회 소식이 들어오지 않은 건 정보부에서 웬일로 일을 잘했기 때문이요, 폴리아나가 별장에 틀어박혀 30분짜리 선잠 자느라 제정신이 아니었기 때문이다.

서류상으로나 양심상으로나 설산에 쌓인 눈처럼 깨끗한 시트린 성의 행정. 가신들은 황제의 방문을 카더라로 들어도 근심하지 않았다. 일부러 성주에게 고하지도 않았다. 그들이나 성주님이나 털어서 먼지 한 톨 안 나온다고 믿었기 때문이다.

정작 그 성주를 털면 애가 하나 뚝 떨어지는데 말이다.

소문을 막기 위해 그녀에게 들어오는 정보까지 차단했다. 폴리아나는 영지 밖의 일은 아무것도 몰랐다. 평소 정보부를 과대평가하고 있던 그녀는 그릇된 판단을 내리고 말았다.

'폐하는…… 모든 걸 알고 계신다!'

정보부는 무안단물이 아님에도 폴리아나의 오해는 걷잡을 수 없이 커졌다. 산 위에서 굴린 눈덩이처럼 무럭무럭 덩치를 키웠다.

정보부가 아이 소식을 알아냈다! 사실은 시트린 영지, 그녀의 별장에도 정보부 소속이 있었던 것이다!

더 속여 봐야 불충만 늘었다.

폴리아나는 룩소스 1세를 별장으로 모셨다. 개죽이를 보여 드려야 하는데 너무 어려서 바깥출입이 힘들었다.

오늘 룩소스 1세의 기상정보는 '맑고 화창함'이었다. 꿈에 그리던 그녀를 만나게 되었으니 웃음이 절로 나왔다.

그는 별장에 가면서 폴리아나의 근황을 대충 전해 들었다. 별장에 들어가 두문불출한다는 소식에 혹시 큰 병이라도 앓나 싶어 걱정이 생겼다.

"폴리아나!"

그리운 여인, 사랑하는 여자를 본 룩소스 1세가 두 팔을 벌렸다.

온천의 원천에 지은 별장에 머물렀는데도 폴리아나의 피부와 머리카락이 푸석푸석했다. 사지와 눈, 코, 입은 멀쩡했고 머리도 잘 몸에 붙어 있었다. 그러나 얼굴엔 깊은 근심과 피로가 엿보이니 황제로선 의아할 따름.

폴리아나는 황제 앞에 무릎 꿇었다.

"죽을죄를 지었습니다!"

"응?"

룩소스 1세는 당황했다.

폴리아나의 휴가가 생각보다 길어진 건 맞다. 그것이 죽을죄냐 물으면 할 말이 없었다. 황제가 묵인한 무기한 휴가였다. 10년을 써도 룩소스 1세는 웃어넘겼을 것이다.

폴리아나가 바닥에 머리를 박았다. 쿵! 돌바닥에 두개골 부딪치는 소리에 룩소스 1세의 골이 아팠다.

"포, 폴?"

"신이 감히 폐하를 능멸하고 황족의 출생을 바꾸려 했습니다! 폐하의 은혜를 받아 기사가 되었으면서 불충으로 갚았으니, 죽어 마땅합니다!"

"폴! 진정해라! 무슨 일이냐! 짐은 네가 어떤 죄를 지었든 용서한다!"

룩소스 1세는 폴리아나를 걱정해 일으켜 세웠다.

그는 그리움을 못 이겨 좋아하는 여자 얼굴을 보러 왔다. 좋아하는 여자에게 사과 받으려고 찾아온 게 아니었다. 룩소스 1세의 얼굴에 당혹감이 서렸다.

폴리아나는 얼굴을 일그러트렸다.

'모르시는데 자수한 거?'

"황자라니 도대체 무슨 말이냐."

'이런 염병……!'

폴리아나는 그제야 황제가 개죽이에 대해 아무것도 모른다는 사실을 알았다.

자수해서 광명 찾은 게 아니라 죄만 나불나불 불어 버렸다. 자수는 이미 해 버렸고 뱉은 말은 주워 담을 수 없다. 질 나쁜 농담으로 치기엔 너무 악질이었다. 세상에 농담으로 쓸 소재가 있고 아닌 소재가 있다. 처녀 입에서 총각 애 뱄다는 얘기는 천 년 뒤에도 써먹지 못할 저질 소재였다. 총각이 아니라 돌싱이어도 마찬가지다

아예 헛소리를 한다는 선택지가 존재한다. 폴리아나가 난처해하며 이치에 맞지 않는 말을 주워 담아도 관대하신 주군께선 '사정이 있구나' 여기시고 넘어가 주실지도 모른다.

그러니까 더욱 사실대로 밝혀야 했다. 그것이 진짜 '자수해서 광

명 찾는 방법’ 이었다.

별장의 가장 안쪽, 안락한 침실. 침실엔 침대가 두 개였다. 일반 침대와 아기 침대. 아기 침대는 고급스럽고 호사스러웠다. 비록 비밀리에 낳은 아이이긴 하나 어머니는 후작이요 아버지는 제국의 황제다. 폴리아나는 개죽이에게 그녀가 줄 수 있는 건 모두 주고자 노력했다.

아기 침대에 누운 개죽이는 미동도 않고 곱게 잤다.

아이가 자고 있어서 창마다 커튼을 쳤다. 채광이 나쁘지만 아이의 얼굴을 확인 못 할 정도로 어둡진 않았다.

룩소스 1세는 눈을 비볐다. 좋아하는 여자를 보러 왔는데 그 여자 집에 그와 똑같이 생긴 아이가 자고 있었다.

“서, 서, 서, 설마.”

룩소스 1세의 뒤에 선 폴리아나는 허공에 주먹질을 하며 신경질 냈다.

‘젠장! 좀 더 알아보고 자수할걸!’

“설마 짐의 아이냐?”

룩소스 1세의 입이 점점 옆으로 찢어졌다.

룩소스 1세와 폴리아나가 대형사고를 쳤다. 하룻밤 사고였을 뿐인데 결과물이 나와 주다니. 상상도 못한 선물이다.

황제는 당황하면서도 기쁘고 행복했다. 그는 터지는 미소를 감추지 못했다.

대륙을 통일했을 때부터 운이 좋다는 자각이 있었다. 아크레아 왕실의 유일한 왕자로 태어나 별다른 잡음 없이 왕세자가 되었다. 경쟁자가 될 만한 사촌 동생은 유순한 성격이었고 무엇보다 왕위에 욕심이 없었다. 왕이 되고 10년 만에 제국의 황제로 등극했다.

제일 부족하다 싶은 여복은 다른 방향으로 과하다고, 그렇게 여겼다.

아니었다.

사실은 여복도 넘쳐났나 보다. 늘 박복하다 여기던 여복에서 대박이 터졌다. 어쩌면 이 순간을 위해 박복했던 것일지도.

룩소스 1세는 표정 관리를 위해 눈을 감고 심호흡했다.

'운명은 어찌 이리도 짐에게 상냥한가. 무서울 정도로다.'

뜻밖의 행운이 너무 거대해 무서울 지경이다. 룩소스 1세는 눈을 감고 잠시 명상의 시간을 가졌다.

폴리아나는 그걸 어이가 없고 황당한 가운데 화를 삭이려는 태도로 오해했다.

"소신이 죽을죄를 지었습니다, 폐하. 결코 폐하의 핏줄을 은폐하려던 게 아니라 권력에 눈이 멀어 그만…… 아니, 아니! 이게 아니옵고! 없었던 일로 합의 본 일을 다시 들추면 폐하의 심기를 거스를까 봐 소신이 묻으려던 것인데 태어난 아기가 남자아이고 또 폐하의 옥안을 닮았기에 이실직고를 하려고……! 그러려고 했습니다!"

거짓말은 안 했다!

폴리아나는 다시 바닥에 무릎 꿇었다. 룩소스 1세는 길게 숨을 들이마시고 내쉬었다. 경거망동하지 않으려면 시간이 필요했다.

"그래. 아이가 짐을 빼닮았구나."

"네, 그렇습니다. 그리고 아주 건강합니다."

나는 황자를 건강하게 잘 키웠다. 폴리아나가 죄를 덜기 위해 개죽이의 건강을 강조했다. 엄마 뱃속에 있을 때 고된 훈련을 버틴 개죽이는 정말 건강했다. 건강 그 자체였다.

폴리아나가 슬슬 룩소스 1세의 눈치를 살피는데 황제가 움직였다.

"어찌 아이의 건강만 이야기하나. 폴 너는? 네 몸은 어떠하냐. 몸조리는 잘 했는가? 산후가 더 중요한데 어찌 이런 찬 바닥에 무릎을 꿇는가. 젖몸살은? 산고의 후유증은 없느냐? 짐이 없는 곳에서 홀로 고생하고 아이를 낳았을 너를 생각하니 가슴이 찢어질 듯 아프다."

룩소스 1세가 어깨에 걸려 있던 망토를 끌러 폴리아나의 어깨에 걸쳤다. 그는 상냥하고 다정한 손길로 그녀의 손을 잡고 일으켜 세웠다. 그리고 벽난로 가까이에 있던 의자를 끌어와 착석을 권했다.

모든 행동거지에 각별한 애정과 행복이 묻어났다. 폴리아나는 오랜만에 접하는 주군의 다정함에 울컥했다. 감동해서 눈물이 나올 것 같았다.

룩소스 1세만 폴리아나를 그리워한 것이 아니다. 폴리아나도 황제가 그리웠다. 오랜만에 뵌 룩소스 1세는 변함없이 관대하고 자비로웠다. 대죄를 지었는데 폴리아나의 건강을 걱정했으며 그녀를 탓하지도 않았다.

폴리아나는 더 못생겨졌는데 폐하는 여전히 잘생기셨으니 그야말로 제국이 가진 최대의 복이었다.

폴리아나의 볼이 붉어졌으나 본인은 자각하지 못했다. 그녀 자신은 황제 폐하의 은혜에 감동해 볼이 달아올랐다고 생각했다.

룩소스 1세는 감격에 겨워 말했다.

"설마 하룻밤으로 아이가 생길 줄이야."

"예, 소신도 놀랐습니다."

"하아, 얼마나 놀랐겠느냐. 어찌 짐에게 말하지 않았어. 폴 네가 혼자 고생하고 근심했을 걸 생각하면 짐은 정말 가슴이 찢어질 듯, 아프고 아리다."

"폐하……."

폴리아나는 시트린에서 지내는 내내 서럽고 억울했다. 룩소스 1세가 그 마음을 위로해 주자 눈물이 핑 돌았다. 그녀의 생각대로 주군은 그녀를 버리지 않으셨다. 큰 죄를 지었는데도 그걸 탓하기보다 폴리아나부터 걱정해 주셨다.

"아이 낳는 것이 보통 일이더냐. 그것을 가족도 없는 홑몸으로 영지에서 해산하다니. 짐이 알았더라면 절대 널 혼자 두지 않았을 것이다."

"실은 저도 좀 무서웠습니다."

우쭈쭈 울희 애긔. 무서워쪙?

웅웅, 나 무서워쪙.

룩소스 1세가 우쭈쭈하면 폴리아나가 열심히 고개를 끄덕였다. 이런 방면에서 주종은 찰떡궁합이었다. 아랫것들 앞에서 밝히지 못한 속내가 다 받아 주시는 주군 앞에서 솔직하게 튀어나왔다.

흐흐.

전전긍긍하던 폴리아나는 안심했다. 긴장이 풀리자 그 동안 근심한 게 바보 같아졌다. 진즉에 폐하께 알렸으면 좋았을걸 그랬지.

아이가 생겼으니 어쩔 수 없이 결혼해야 한다. 그렇지만 폴리아나는 룩소스 1세의 부인이 되고 싶지 않았다. 황제도 그녀를 반드시 부인으로 들이고 싶지는 않을 터. 둘이 같이 궁리해 보면 뭔가 좋은 수가 떠오를 것이다. 정 떠오르는 게 없으면 결혼해야겠지만.

그래도 황제 폐하는 그녀를 존중해 분명 같이 고민해 주실 것이다.

"으흐흐."

폴리아나가 기분 좋아져서 웃었다. 룩소스 1세도 빙그레 웃었다. 그는 실내를 둘러봤다.

따뜻하게 장작이 타오르는 벽난로와 그 앞에 앉은 사랑하는 여인. 눈가가 퀭하고 피부가 거치나 두 볼은 붉고 눈동자는 총명하다. 그를 닮은 아이는 침대에 누워 깊은 잠에 빠졌으며 아이가 머무르는 공간이기에 공기는 온화하고 부드러웠다.

눈을 감으니 달콤하고 그리운 향기가 감돌았다. 젖 냄새였다. 젖 내음은 아기와 아기 이불, 폴리아나의 몸에서 흘렀다.

'닮았구나.'

붉게 달아오른 폴리아나의 볼이 석양이 드리워진 절벽 위의 그날과 겹쳐 보였다. 기분 좋아 보이는 미소 또한 그날과 같았다.

룩소스 1세는 주머니 속 어머니의 반지를 쥐었다. 더는 인내할 수 없었다.

"네게 꼭 전할 말이 있어."

룩소스 1세는 폴리아나를 꼬시려던 계획을 포기했다.

폴리아나가 그의 아이를, 그것도 아들을 낳았다. 황제의 장남이었다. 사생아로 둘 수 없으니 결혼해야 하고, 결혼해야 하니 청혼해야 한다. 그렇다면 청혼 전에 마음을 고백함이 옳았다.

아이가 태어나 어쩔 수 없이 하는 결혼이 아님을 알려 줘야 한다. 룩소스 1세가 그녀를 오래, 그리고 깊이 사랑해 생긴 결합임을 알려 주고 싶었다.

룩소스 1세는 충격적인 첫 만남 이후 오래도록 폴리아나 윈터를 총애했다. 애정의 색이 뒤바뀐 것은 석양이 드리워진 남부 해안가 절벽에서부터였다.

그때부터 시작된 심장의 고동과 갈등과 번뇌와 욕망. 폴리아나에게 향했던 저열한 집착을 룩소스 1세는 가감 없이 고백했다.

"그때 짐이 그대를 보았을 때……."

엉터리 사수인 폴리아나가 쏜 화살이 룩소스 1세의 심장 정중앙에 꽂혔다. 잔인하게도 사수는 화살을 쏜 사실을 인지조차 못 했다. 쏜 이는 까맣게 모르고 태평한데 쏘인 이는 심장이 새까맣게 타 재가 되었다.

정말 잔인하게도 룩소스 1세 혼자 사냥당해 버려졌다.

"이 감정은 사랑이로구나. 부정하고 묻어도 사랑이구나."

폴리아나가 거절할지도 모른다. 그것은 각오했다. 어차피 둘은 결혼해야 한다. 결국 하게 될 결혼이라면 마음이 통하면 좋다.

룩소스 1세의 머리가 빠르게 새로운 청사진을 그리기 시작했다. 자신을 꼭 닮은 아들, 사랑하는 부인까지. 세상에서 가장 운수 좋은 사내만 누릴 수 있는 최고의 가정이 아닌가. 꿈조차 꾸지 못할 정도로 멀었던 행복이 코앞에 펼쳐지고 있었다.

그의 바로 코앞에.

"짐이, 내가 오래도록 그대를 은애해 왔다."

룩소스 1세가 폴리아나 앞에 서서 한쪽 무릎을 꿇었다.

그는 반지를 꺼냈다. 내내 제자리에 돌려보내지 못했던 반지가 지금 이 순간 주인을 찾아가고 있었다. 손가락을 잡기 전, 룩소스 1세는 부끄러워 고백하는 내내 보지 못한 얼굴을 올려다보았다.

황제의 얼굴에서 미소가 사라졌다.

폴리아나의 얼굴이 얼음처럼 차가웠다. 대륙 최고의 신랑감에게 고백을 받는 얼굴이 아니었다.

방금 전까지 머금고 있던 미소와 홍조는 옛말처럼 사라졌다. 대신 충격과 배신, 원망이 자리 잡았다.

폴리아나의 눈가에 눈물이 고이기 시작했다. 룩소스 1세가 쥔 그녀의 손이 미세하게 떨렸다.

"폐하……."

폴리아나가 말을 잇지 못하고 입술을 깨물었다.

룩소스 1세는 직감했다. 그는 잘못된 선택을 했다.

"폐하, 나의 주군, 아크레아의 황제, 대륙의 주인이시여. 이런 말씀 드리면 놀라실지도 모르나 소신은 이제껏 한 번도 여자로 태어난 사실을 원망한 적이 없습니다.

상관에게 강간당할 때에도, 전장에서 힘이 약해 죽을 뻔했을 때에도, 여자라는 이유로 얻어맞을 때에도, 포박당할 때에도, 따돌림당할 때에도, 부하들에게 무시당할 때에도, 간살당할 뻔했을 때에도, 적과 아군에게 하지 않은 일로 욕을 먹고, 그저 여자라는 이유로 루머와 음해에 시달려도, 얕보고 달려드는 자가 있어도 한 번도 원망한 적이 없습니다.

그것은 전장이란, 인생이란 본래 그런 것이기 때문이라고 일찌감치 체념했기 때문일지도 모르고, 아니면 제가 하도 그런 대접을 받아 익숙해져서일지도 모릅니다."

미세한 떨림이 손을 지나 몸 전체로 번졌다. 폴리아나는 말을 멈추지 않았다.

"폐하, 소신은 이제껏 한 번도 여자로 태어난 걸 원망하고 후회해 본 적이 없습니다. 그런데 방금, 폐하께서 절 그렇게 만드셨습니다.

폐하, 제가 믿고 따르는 주군이시여. 제게 은혜를 내려준 분, 제게 검을 주신 분, 제가 뒤를 따르도록 허락해 주신 분, 저를 기사로 만들어 주신 분."

그때까지 폴리아나는 눈물을 흘리지 않았다. 눈물이 가득 고인 눈으로 앞에 선 황제를 응시했다. 그녀의 망막에 아름다운 남자가 비쳤다. 폴리아나는 감히 욕심내지 못할 정도로 아름다웠다.

그런 남자에게 고백 받았지만 기쁘지 않았다. 도리어 슬펐다.

제국의 황제 룩소스 1세로 말하자면 그녀의 주인, 그녀의 주군, 그녀의 모든 것이었다. 생명을 바쳐도 아깝지 않고 부당한 명령에도 기꺼이 따를 것이다. 그러나 이 순간 폴리아나는 황제를 비난했다.

"그 절벽 위에서 당신의 뒤를 지킨 이가 남자였다면, 소신이 남자였다면, 평범한 남자였다면 그 순간의 떨림과 호감이 연정이 되었을까요?"

사랑에 빠지는 건 타이밍. 그때 자리를 지킨 폴리아나 윈터가 남자였다면 룩소스 1세는 반했을까?

답은.

"그렇지 않다."

절대 잊을 수 없는 심장의 고동. 수런거리던 속내.

너무 아껴 건드리지 못했고 남의 손길 닿는 것만으로도 괴로워 미칠 것 같았다. 지랄염병이 깊어 차마 건드리지 못했더니 추하고 간악한 뱀이 그녀를 노렸다.

지켜 주고 싶었다. 누구도 건들 수 없도록, 상처 입히지 못하도록 품에 안을 생각이다. 그런데 이번엔 룩소스 1세가 그녀를 상처 입혔다. 간악한 뱀이 그녀를 난도질했다면 룩소스 1세는 그녀의 심장을 난도질하여.

“짐은 경을 울리고 싶지 않았는데…… 울려 버렸군.”

룩소스 1세가 떠듬떠듬 말을 이었다. 그는 종종 소설과 로망스에 푹 빠져 현실에서 그와 같은 일을 바라는 자들을 비웃었다. 그랬는데. 지금 그런 어리석은 자가 되어 버렸다. 현실을 잠시 잊었던 대가는 충신의 눈물이었다.

이를 악문 폴리아나의 볼 위로 뜨거운 눈물이 흘렀다. 프라우의 일이 있던 때보다 더 서럽게, 세상에서 이보다 더 억울하고 원망스럽고 죽고 싶은 일이 없다는 듯, 폴리아나가 울기 시작했다.

룩소스 1세는 그녀가 울도록 품에 가뒀다. 폴리아나는 뿌리칠 힘도 모두 우는 데 쓰겠다는 듯 울었다. 소리도 없이 눈물만 흘려 더욱 가슴 아팠다.

“짐이 잘못했다…… 짐이, 짐이 잘못했다…… 다…… 짐의 죄다…….”

아이 어르듯 룩소스 1세의 손이 폴리아나의 머리와 등을 쓸어내렸다. 손길은 다정하고 상냥했다. 또한 귀한 것을 만지듯 조심스러웠다.

황제는 무죄무치. 사과할 일을 만들어선 안 되고 설혹 만들었어도 사과해선 안 된다.

그런데 룩소스 1세는 계속 폴리아나에게 사과할 일을 만들었다. 어쩌면 둘의 인연이 그렇게 이어진 걸지도 모른다.

"짐은 사과해선 안 되는데, 언제나 경에겐 사과할 일만 하는구나. 짐이 잘못했다. 짐이 잘못했어."

룩소스 1세와 만나기 이전의 폴리아나는 삶의 목적이 없었다. 생존을 위해 살고 노력에 지쳐 늪에 가라앉았다. 그랬던 폴리아나에게 룩소스 1세는 목표를 제시했다. 제시에서 그치지 않았다. 그녀에게 제안했다.

같이 가지 않겠느냐?

가족들에게 버림받고, 군대에서 따돌림 당하고 학대당했다. 살아갈 이유도 없는데 필사적으로 살기 위해 노력했다.

누구도 인정해 주지 않고 알아봐 주지 않은 노력을 인정받았다. 알아봐 줬다. 필요하다고, 좋아한다고 말해 줬다. 여자인 걸 알면서 기사로 받아 줬다. 기사인 폴리아나를 인정했다.

범인은 꾸지 못할 원대한 청사진을 제시하고 그 일원이 될 수 있는 기회를 내려주셨다.

가슴 벅차도록 멋진 꿈이었다. 폴리아나는 룩소스 1세를 위해 강해졌고, 더 공부했고, 더 필사적으로 생각했고, 더 노력했고, 더 굳건해졌다. 무엇보다 스스로를 긍정적으로 볼 수 있게 되었다. 룩소스 1세가 그녀를 칭찬할 때마다 가슴이 뿌듯했다.

감히 상상도 하지 못할 위대한 꿈을 공유했다. 전우가 생기고 존경할 수 있는 상관과 말 잘 듣는 부하가 생겼다. 외로움을 달랠 의동생을 얻었다. 세상에서 가장 위대한 주군을 모신 결과였다.

모두가 함께 위대한 업적을 달성했다. 룩소스 1세가 없었다면 절대 얻지 못할 소중한 나날이었다.

그녀의 인생에서 가장 소중한 업적이, 상상만 해도 아름다웠던 청사진을 이룬 현실이 모두 깨졌다. 조각나 부서졌다.

룩소스 1세가 주었는데, 가져가 직접 깨트렸다. 룩소스 1세처럼 반짝거리고 아름답고 투명했는데 더럽혀졌다.

황제를 홀린 마녀, 색녀, 요부, 창녀, 미친년, 피도 눈물도 없는 년.

욕설과 비방은 익숙했다. 사실이 아니어도 눈살을 찌푸릴 정도로 심각한 발언이 있어도 웃어 넘겼다. 폴리아나와 주군이 결백했기 때문이다.

그렇게 웃어넘긴 모든 욕설이 룩소스 1세가 고백한 순간 사실이 되어 버렸다.

주제도 모르고 날뛰는 계집이 황제의 총기를 흐렸다는 말들이 모두 사실이 되었다. 질시에 차고 폴리아나를 깎아 내리는 게 목적이었던 그 말들이 진짜가 되었다.

폴리아나에게 향했던 말들 중에서 그녀를 가장 비참하게 만든 건 따로 있었다.

여자는 어쩔 수 없어.

'그 말 그대로인가.'

여자는 정말 어쩔 수가 없는 걸까. 필사적으로 노력하고 바꾸기 위해 발버둥 쳐도 한계가 있음을 알았다.

폴리아나가 걷던 이 길 또한 사실은 한계가 존재하는 길이었던 것일까.

그 길을 제시해 준 사람은 룩소스 1세로 그녀의 주군이었다. 그녀가 걷는 기사의 길과 기사가 되기 위한 노력을 인정해 주셨으나 이렇게 앗아 가셨다.

여자는 정말 어쩔 수 없나. 아무리 노력해도 결국엔 이렇게 되어 버리고 마는 걸까.

폴리아나가 남자로 태어났다면 이런 일이 없었을 것이다. 남자로 태어났다면 이런 비참함을 느끼지 않아도 되었을 것이다. 남자로 태어났다면 하늘같은 주군께 사과를 듣는 일도 없었을 것이다.

폴리아나는 룩소스 1세를 밀어내고 눈물을 닦았다.

"폐하께서 잘못한 게 없습니다. 신의 잘못입니다. 모두 다, 모두 다……."

"폴, 또 그런 소리를……!"

"제가 잘못했습니다. 황자가 젖을 떼면 야파로 보내겠습니다."

'같이 돌아가겠다'가 아닌 '보내겠다'에 룩소스 1세의 몸이 굳었다. 고백이 최악의 결과를 내보이고 있었다.

"폴리아나, 지금 아이의 양육을 포기하겠다는 소리냐?"

"모두 폐하께 맡기겠습니다. 친자로 인지하지 않으셔도 괜찮습니다. 그럼 소신이 영지에서 숨겨 기르겠습니다. 친자로 인지하신다면 저는 숨겨 주시고 후에 들이는 황비마마 중 한 분의 양자로 들여 주시면 감사하겠습니다."

"폴리아나, 짐은 네게 아이의 양육을 포기하라는 말을 한 적이 없다."

"소신은 아이를 키우겠다고 한 적이 없습니다."

룩소스 1세와 폴리아나의 눈이 부딪쳤다. 황제는 예상한 것과 다른 반응에 놀랐지만 곧 납득했다.

그가 아는 폴리아나 윈터는 이런 여자였다.

"앞서 말씀드렸죠, 권력에 눈이 멀었다고. 황자를 제가 키우면 잃는 게 허다한데 어떻게 키우겠습니까."

"나와 결혼하면 되잖아!"

룩소스 1세는 과거 폴리아나가 프라우와 결혼을 준비하며 꿈꿨던 것들을 말했다. 룩소스 1세는 그것들을 폴리아나에게 제공할 수 있었다.

"사랑이 없어도 존중하는 부부만으로 좋다고 했었지! 우리도 충분히 그렇게 할 수 있다! 나를 사랑하지 않아도 좋아, 내가 그대를 사랑하고 그대가 나를 존중하면 얼마든지 그대가 바라는 온화한 가정을 꾸릴 수 있어……!

난 그대를 후궁으로 들이지 않을 거야. 아들을 낳아서야 아니야! 그대를 불임으로 착각했을 때부터 황후의 자리를 놓고 청혼할 생각이었다. 후계자를 낳아 주지 못해도 괜찮았단 말이다!"

마음 먹으면 수천의 미녀로 후궁을 채워도 욕먹지 않을 남자가 한 명뿐인 부인이 되어 달라 간청했다. 후계자를 생산하는 의무를 다하지 않아도 좋고 황후의 의무를 방기해도 좋다고.

"그 정도로 그대를 사모해, 은애해 왔어. 그대의 행복을 위해 포기하려다 실패했지. 제국을 걸고 맹세하는데 그대는 내 유일한 부인이 될 거야."

룩소스 1세는 간절했다. 세상을 다 가진 그가 유일하게 가지지 못한 사랑이었다.

둘 사이에 아이가 있는 이상 둘은 결국 결혼해야 한다. 룩소스 1세가 성급해 폴리아나의 마음을 헤아리지 못했을 뿐.

"그리고 전 폐하의 기사가 아니게 되겠죠."

룩소스 1세가 간절하듯 폴리아나도 간절했다. 폴리아나는 울먹이며 말했다.

"허락해 주셨잖습니까! 소신은 언제까지나 폐하의 기사일 거라고 허락하셨잖아요! 황후든 황비든 기사는 될 수 없는데 왜 제게 강요하십니까."

"그대가 기사가 되겠다고 한 것은 나를 따르기 위해서가 아니었나. 날 위해서라면 문관 일을 할 수 있다고 말했잖아. 서 있는 위치가 다를 뿐, 그대가 나의 사람이 아니게 되는 게 아니야. 그대가 내 사람인 건 변하지 않아."

폴리아나로선 룩소스 1세가 검을 뺏고 펜과 종이를 들려 주길 바랐다. 그녀가 원한 건 선왕비의 반지와 꽃이 아니었다.

"싫습니다! 싫다구요!"

결국 폴리아나가 폭발했다. 술을 마시고 친 대형사고와 그로 인한 더 큰 사고. 혼자서 산달까지 버티고 아이를 낳고 키워 온 날들은 그저 끔찍했다. 없앴으면 없앴지, 그걸 핑계로 주군의 부인이 되고 싶지 않았다.

"남들은 결혼을 해도 가정을 꾸려도 무엇을 하든 변함없이 폐하의 기사인데 왜 저만, 왜 저만 아니어야 하는 겁니까! 왜 제가 좋아하지도 않는 남자의 아이를 가졌다는 이유로, 원치 않는 임신을 했다는 이유로 폐하의 부인이 되어야 합니까!"

폴리아나의 전우들은 모두 결혼해 가정을 꾸렸다. 부인이 생기고 아이가 생겼어도 그들의 삶은 변하지 않았다. 누구도 그들에게 기사 일을 그만두라 명령하지 않았다.

그러나 폴리아나는 그래야 했다.

그녀가 여자이기 때문에. 상대가 룩소스 1세라서.

"왜 제가 절 그토록 비웃었던 치들의 말 그대로 폐하를 홀린 계집이 되어야 하는 겁니까! 저는 후궁에 들어가기도 싫고 황후가 되고 싶지도 않습니다! 왜 제가 폐하께서 내려주신 성을 버려야 합니까? 왜 제가 제 성이 있는데도 야파 성에 들어가야 합니까?

폐하라면, 제 지위를 인정해 주실 줄 알았습니다. 윈터도, 영지도, 작위도 모두 폐하가 제게 주신 것들이니까요! 그래서 이것들을 포기하지 않아도 되는 방법을 제시해 주실 줄 알았습니다. 불가능하더라도 말은 해 보실 줄, 그렇게 알았습니다……."

폴리아나도 알고 있었다. 아이가 생긴 이상 둘은 결혼해야 했다. 그런데 이렇게 슬프고 화가 나는 건 룩소스 1세에게 실망했기 때문이다.

아름다운 주군은 그녀에게 종교와 같았다. 폴리아나는 황제를 맹신했고 둘 사이에 흐르는 군신의 정을 광신했다. 그녀는 룩소스 1세가 다른 방법을 알아보자고 먼저 말할 것을 기대했다. 잔인한 고백이 기대를 짓밟았다.

차라리 화를 내셨다면. 고백 대신 다른 방법을 알아보자 하셨다면. 아이가 생겼으니 어쩔 수 없이 결혼해야겠다고 말하셨더라면 이렇게 비참하지 않았을 것이다.

'이상해.'

폴리아나가 생각해도 이상했다. 어째서 사랑 고백을 받아 사람이 더 비참해지는 걸까?

대륙에서 제일 아름다운 일등 신랑감에게 절절한 사랑고백을 받았는데 왜 서글픈 것일까.

그것은 모두 폴리아나가 여자이기 때문에.

폴리아나는 그렇게밖에 생각할 수 없었다.

폴리아나의 전우는 모두 결혼했다. 결혼하고 나서도 그들의 생활과 지위는 변하지 않는다. 기사 직위에서 은퇴하는 사람이 있어도 그를 대하는 태도는 바뀌지 않는다.

결혼한다고 일선에서 물러나는 사람은 없다. 아이가 생겼다고 사퇴하는 사람은 없다. 부인을 맞이했다고 성을 바꾸는 사람은 없다. 결혼하면서 총각 시절의 자유를 포기하고 가장의 책임감을 지게 되었지만, 잃은 게 많다고 한탄하는 사람이 없다.

여기사인 폴리아나를 기사로 인정해 준 사람이 폴리아나가 여자로 태어난 걸 원망하게 만들었다.

폴리아나는 룩소스 1세를 탓하고 싶지 않았다. 이건 모두 그녀가 여자로 태어났기 때문에 생긴 일이다.

여자는 어쩔 수 없으니까.

폴리아나의 비통한 외침에 개죽이가 놀라서 깼다. 잠에서 깬 개죽이가 사지를 휘두르며 울었다.

폴리아나는 룩소스 1세를 지나 개죽이를 안고 달랬다. 룩소스 1세의 시선이 모자에게 닿았다.

"짐이 어리석게도. 참으로 어리석게도 늘 경의 행복을 빈다 말버릇처럼 중얼거린 주제에 정작 필요할 땐 그러지 못했구나."

좋아하지 않는 남자 + 원치 않는 임신의 콤보는 룩소스 1세에게서 뼈저린 패배감을 안겼다.

"짐이 사랑에 눈이 멀어 경과 아이를 보지 않았어. 짐이 줘 놓고 짐이 뺏으려 들었구나. 그러니 성을 내는 게 당연하지."

애애애애앵.

폴리아나는 룩소스 1세에게 시선을 돌리지 않고 개죽이만 달랬다.

아무도 말하지 않았다. 개죽이는 젖을 물고 나서야 울음을 그쳤다.

별장의 고용인들은 반역죄라도 지은 것처럼 설설 기었다. 고용인들은 황제와 기사단의 심기를 거스를까 지렁이처럼 바닥에 찰싹 붙었다.

그야 그럴 수밖에 없다. 세상에 누구를 닮았기에 저렇게 예쁠까, 감탄하고 또 감탄했던 그들의 사랑스러운 도련님이 누굴 닮았는지 알아 버렸기 때문이다.

사랑스러운 도련님은 제국의 황제 폐하를 매우! 상당히! 엄청나게 닮아 있었다.

성주님이 술 마시고 남자 덮쳤다고 말했을 때 그들은 질 나쁜 농담이라고 생각했다. 그러나 룩소스 1세의 방문으로 농담으로 넘길 수 없게 되었다.

폴리아나가 무슨 생각으로 도망쳤는지 알 수 없다. 폴리아나도 생각 없이 도망쳤으니 남들도 모른다. 황제의 아들을 은폐하려 했으니 반역죄에 해당되고, 심할 경우 영지 전체가 연루되어 영지가 격하되고 영지민이 천민이 될 수도 있었다.

황제를 신처럼 떠받드는 황제의 기사들이 당장 검이라도 빼들고 후작에게 달려갈 중대한 사건이었다. 그런데 기사들은 조용했다.

룩소스 1세는 제1근위대의 기사단을 모두 호위로 챙겼다. 개중 대부분을 시트린 성에 맡기고 별장엔 극소수만 데려왔다. 그렇게 별장에 와 황제를 똑 닮은 개죽이를 알현한 그들은 죄라도 진 것처럼 벽에 붙었다. 너무 놀란 나머지 그들은 분노할 시기를 놓쳤다.

"2대장이 왜 그랬을까, 어떻게 생각해?"

"아무 생각이 없었을 거야."

"그럴 양반이 아닌데……."

"젠장. 제국의 첫 황후가 저렇게 못생겼다니."

"황후 안 될 수도 있잖소?"

"아들이잖아! 후작의 체면도 있으니 황후 아니오. 대륙 모든 레이디의 귀감이 되어야 할 황후마마가 2대장이라니! 2대장은 복도 많소! 아들 하나 낳아 인생역전 아니오. 이래서 여자는."

퍽! 비크 경이 막말한 동료를 때렸다. 동료 기사가 눈을 부라렸다. 서로 치고 박는 싸움이 벌어지려는 찰나 마호갈 경이 일갈했다.

"다들 시끄럽다."

제국 최초의 기사단인 황제의 검. 그들은 다른 것 다 집어치우고 실력만 보고 뽑았다. 실력과 인품을 겸비한 기사도 많은데 아이노 경이 직접 뽑아서일까, 이 첫 기수들은 유독 인성이 더러웠다. 개 같은 성질머리에 악어처럼 흉포했다.

가장 인품 좋은 마호갈 경이 부기사단장을 그만두지 못하는 것도 그들을 제어할 상식인이 필요해서다. 비크 경의 경우 상식인에 가까웠지만 동료들 사이에 있으면 개처럼 굴었다. 친구 중요하단 말이 빈말이 아니었다.

폴리아나가 황자를 낳았다는 소식에 마호갈 경은 내내 제정신이 아니었다. 부하들의 막말과 다툼에 정신이 돌아온 그는 서릿발처럼 차갑게 일갈했다.

"곰곰이 생각해라. 정말 인생역전인지."

"제국의 황후입니다. 이보다 더한 출세가 어딨습니까?"

"맞습니다, 부단장님. 저희 말이 조금 과했지만 출세는 맞습니다."

"전 부대장 의견에 동의합니다. 폴 경이 뭐가 좋아서 황후를……."

"평범한 레이디에겐 그렇지만 윈터 후작에게 정말 출세냐 이 말이다. 황후가 되면 근위대장직을 사임하고 기사도 은퇴하게 될 것이다. 윈터 후작위와 영지는 모두 황실에 반납된다. 패검도 불가능해지지."

부모 없는 외국 출신 미혼 여성이 허리에 검 차듣고 성을 활보하는 것은 용납해도 제국의 황후가 그러지는 못한다. 아이를 낳았다고 전장에서 평생 보낸 사람을 가둬 놓는 건 감금이나 마찬가지였다.

적당히 말하면 이해해야 하는데 제1근위대에겐 그런 머리가 없었다.

"2대장은 어차피 재능도 없었으니까요."

"근성은 있는데."

"근성이 있으면 뭐해. 재능이 없는데."

다른 것은 안 보고 오로지 무용만 보고 뽑아서일까. 재능 없으면 그만두라는 인식이 유독 강했다.

"황비마마 세 분 사이에서 황녀마마 한 분 나왔는데 하룻밤 사고로 황자를 낳다니. 다산 체질 아냐? 황실을 번창시키는 귀한 분이 될지도 몰라!"

"씨발, 넌 2대장 닮은 황자 모시고 싶냐?"

"폐하 닮았던데."

"이번엔 다행히 폐하를 닮았지만 뒤로 줄줄이 2대장님 닮으면 그걸 어떡하냐고! 범죄야!"

퍼억! 폴에 대한 인신공격을 참다못한 비크 경이 다시 주먹을 들었다. 두 번 맞은 기사는 비크 경에게 발차기를 날렸다. 애들이나 할 법한 주먹다짐이 이어졌다.

마호갈 경의 인내심이 뚝 끊겼다. '모두 대가리 박아!' 소리가 절로 튀어나오려는 순간 아이노 경이 입실했다.

국상기간이 끝나자마자 결혼한 새신랑은 심기가 불편했다. 신혼인데 룩소스 1세의 대륙 순회에 강제로 끌려 나왔기 때문이다. 그래서 순회하는 내내 유감 많은 표정을 고수했다.

"다 들었다."

마호갈 경만 있을 땐 어느 정도 풀어졌던 군기가 아이노 경의 등장에 칼처럼 날을 세웠다.

다들 맞을 각오를 했지만 폭력은 없었다. 아이노 경은 주먹, 발, 검. 무엇도 휘두르지 않았다. 할 말이 있는지 뭐라 말하려다 그것도 이내 그만뒀다. 대신 경고했다.

"곧 황후마마 되실 분인데 시정잡배만도 못한 추접한 농담을 하다니."

"시정하겠습니다!"

기사들이 자진해서 바닥에 머리를 박았다. 마호갈 경이 한숨을 쉬었다. 아이노 경이 그를 봤다. 눈빛만 봐도 알 수 있었다.

너는 왜 안 박아?

룩소스 1세에게 간청해 다른 곳으로 가거나 기사를 은퇴할 수도 있건만, 자신이 빠지면 기사단이 어떻게 굴러갈지 두려워 책임감에 남은 마호갈 경이다. 그는 비통한 심정으로 바닥에 머리를 박았다. 자세가 반듯해 뭇 기사들의 귀감이 되었다.

숙련된 기사는 머리를 바닥에 박은 채 아이노 경과 대화했다.

"결국 결혼입니까?"

"아이가 있잖아."

아이노 경이 심드렁하게 대꾸했다. 평민도 아이가 생기면 결혼한다. 귀족은 좀 더 복잡한 일이 엮이게 되겠지만 그래도 어지간해선 결혼했다.

미혼 남녀가 사고를 쳐서 아이가 생겼는데 결혼 말고 다른 방법이 있으면 나와 보라고 해.

룩소스 1세에겐 아직 후계자가 없었다. 아들이 생겼으니 사생아로 남겨 둘 바에야 정식으로 혼인해 입적시키는 게 안정적이었다.

정말 성질 나쁜 남자라면 부정 못 하게 자길 닮았어도 자기 아이 아니라고 나 몰라라 할 수도 있다. 하지만 룩소스 1세는 그럴 위인이 못 됐다. 무엇보다 좋아하는 여자와 결혼할 수 있는 적절한 구실이 생겼다. 그걸 놓치면 진짜 천하의 등신이고 병신이었다.

지랄염병이 그 정도면 감탄해서 머리를 조아려야 한다. 지랄염병의 신이기 때문이다.

'그러게 술버릇 나쁘다고 말했는데…….'

그렇게 아낀다 아껴 준다 말만 많더니 술 마시고 잤단다. 아이노 경은 기가 막혀서 콧바람을 내뿜었다.

룩소스 1세가 폴리아나와 독대를 끝냈다는 소식에 아이노 경이 한걸음에 달려갔다.

가 보니 룩소스 1세의 표정이 안 좋았다. 객실의 분위기는 어둡고 룩소스 1세의 기운은 침통했다. 아이노 경은 이해가 가지 않았다.

'애도 있으면서 청혼을 퇴짜 맞은 거야? 정말?'

아이를 숨긴 것을 용서하고 결혼 얘기나 하면 된다. 그 이야기의 어디에 꼬일 구석이 있는지.

룩소스 1세는 울지 않았다. 화내지 않았다. 웃지 않았다. 다만 깊이 반성하고 후회하고 있었다. 아이노 경의 얼굴이 사정없이 일그러졌다.

누가 뭐라 해도 아이노 경은 룩소스 1세의 충신이었다. 충신의 입장에서 보았을 때, 어떤 이유에서든 황제가 저런 표정을 지어선 안 됐다. 설사 그것이 세상에서 가장 사적인 감정일지라도 상대는 제국의 황제임을 잊어선 안 된다.

아이노 경의 얼굴이 험상궂게 변했다. 그는 자타공인 황제가 자랑하는 최강의 검. 그의 일은 룩소스 1세에게 저런 표정을 짓게 한 상대를 처단하는 것이다.

"가지 마라."

돌아서는 아이노 경을 룩소스 1세가 붙들었다.

"폐하."

"짐이 잘못했다."

"폐하는 잘못하신 게 없사옵니다. 군주는 무죄무치. 죄가 있다면 마땅히 폐하를 심려케 한 윈터 후작의 잘못입니다."

"아니, 이노. 짐이 잘못했다. 짐이 사랑하는 여인 때문에 충직한 기사를 배신했다."

룩소스 1세가 폴리아나에게 청혼하지 않은 이유가 무엇인가. 그녀의 행복 때문이다. 하지만 룩소스 1세는 폴리아나가 그와 결혼할 수밖에 없는 현실이 너무 기뻐 그녀의 행복을 무시했다.

그런 식으로 고백해선 안 됐다. 차라리 아이 때문에 어쩔 수 없이 하게 되는 결혼이었다면 폴리아나는 임무로서, 의무로서 겸허히 받아들이고 수행했을 것이다.

룩소스 1세는 너무 빨리 단꿈에 취했다. 좀 더 참고, 좀 더 기다려야 했다. 혼자 꾸는 꿈이 아닌 둘이서 함께 꾸는 꿈이니 좀 더 신중해야 했다.

모두 본인의 잘못이다. 아이가 있든 없든 폴리아나가 내세우는 행복의 기준은 변하지 않는데 어째서 가볍게 생각했을까. 아이가 생겼다고 해서 폴리아나 윈터가 다른 사람이 되는 게 아닌데. 이래서야 황제가 그녀에게 반한 이후 고집했던 배려는 기만이지 않은가.

자조하는 룩소스 1세에게 아이노 경이 단호하게 말했다.

"감히 폐하의 아이를 임신하고 도주하여 은폐하려 한 죄, 서류를 조작해 출신을 속이려 한 미수죄, 폐하께서 모든 죄목을 사해 주셨음에도 감히 주군의 가슴에 대못 박은 죄."

"이노, 너도 알잖느냐. 사냥감 중 가장 잡기 쉬우나 잡아선 안 되는 게 새끼를 가진 짐승이다. 짐은 손 뻗으면 잡힐 걸 알고 그걸 어겼다."

룩소스 1세의 눈가가 촉촉하게 젖어들었다.

"일가친척 없이 혈혈단신 미혼의 몸으로 아이를 임신했으니 오죽 놀랐겠느냐. 사람도 짐승이다. 놀라면 도망간다. 너와 내가 아는 폴리아나 윈터가 사람 죽이는 법만 배웠지 애 낳고 기르는 법을 배웠느냐. 애 아빠라는 인간은 그것도 모르고 고백해서 청혼해 붙잡아 둘 궁리나 하고…… 못 미더웠겠지."

"그러니 처신을 잘했어야 하는 겁니다. 남자와 단둘이 술을 마시지만 않았어도 이런 일은 없었습니다. 그간 보인 불량한 행실과 안이한 생각이 이런 결과를 보인 겁니다."

아이노 경이 화를 내는 건 둘이서 인사불성이 될 정도로 술을 마셨다는 부분이 아니다. 대체할 호위 인력이 없는데 기억이 끊길 정도로 술을 마신 것. 그건 황제의 호위기사로서 용서받지 못할 중죄였다.

"이노, 너도 폴 경과 자주 술을 마셨잖느냐. 불량한 건 짐이었다. 그녀를 배신한 건 짐이다."

요즘 덜하더니 또 땅을 파고 있었다. 아이노 경이 한심해서 물었다.

"그래서, 어떻게 하실 겁니까."

"짐이 무슨 생각을 하든 이노 너는 의심 없이 믿고 따라 주겠지."

아이노 경은 룩소스 1세의 앞에 빠르게 무릎 꿇었다.

"신은 언제까지나 폐하의 이노입니다."

"너라도 행복하니 짐이 질투 나면서도 행복하구나."

아이노 경이 바닥에 무릎 꿇은 속도만큼 빠르게 일어났다.

'말 돌리긴.'

룩소스 1세가 금방이라도 사그라들 것처럼 아련한 미소를 지었다. 남자가 저렇게 웃었는데 어울리는 건 반칙이다.

아이노 경은 기어이 시켈의 마음을 얻어 국상 기간이 끝나자마자 결혼했다. 시켈은 시켈 잉그레터에서 시켈 세키가 되었다.

세키 공작은 장남이 결혼한 걸 계기로 작위를 물려주고 일선에서 물러나고자 했다. 아이노 경은 아직 배울 게 많고 미숙하다는 이유로, 사실은 좀 더 놀고 싶다는 이유로 작위를 거절했다.

아이노 경은 더럽게 꼬여 가는 룩소스 1세의 연애와 술술 풀린 자신의 연애사에 기묘한 죄책감을 가졌다.

'진짜 연애운 받아서 그런 건 아니겠지.'

만일 폴리아나에게 받은 연애운 때문에 일이 이렇게 되는 것이라면.

그러면 저들의 관계는 조금씩 나아질 것이다. 폴리아나는 아이노 경에게 2년 치 연애운을 넘겼다. 2년은 곧 만기다.

미신 좋아하는 북부 남자는 욱하는 성질에 후작을 찾아가 멱살 잡으려던 걸 꾹 참았다.

기다리자. 그러면 어떻게든 되겠지.

폴리아나가 룩소스 1세를 신뢰하듯, 아이노 경도 룩소스 1세를 신뢰했다. 분명 어떻게든 할 것이다. 다른 사람도 아니고 황제 본인과 부인 될 사람, 아이의 일이니까 말이다.

상처 가득한 고백 다음 날. 룩소스 1세와 폴리아나는 같은 식탁에서 조식을 먹었다.

어제의 대화는 둘에게 깊은 상처를 남겼지만 둘은 서로를 피하진 않았다. 목숨이 왔다 갔다 하는 전시엔 어제보다 더 감정적이고 일방적인 언성이 오갔다. 고작 이런 일로 둘의 신뢰에 금이 가지 않는다.

폴리아나는 룩소스 1세를 믿는다. 룩소스 1세도 폴리아나를 믿는다. 어제보다 더 살벌한 분위기에서 10년을 함께했다. 친구 중에 가장 무서운 친구가 전우이듯 전장에서 쌓은 정은 쉽게 무너지지 않았다.

룩소스 1세는 고백을 해서 폴리아나에게 치명타를 안겼고 폴리아나는 좋아하지 않는 남자 + 원치 않는 임신 콤보로 룩소스 1세를 죽음 직전까지 몰고 갔다. 천하제일 불행 자랑 대회를 열 것이 아니라면 누구의 상처가 더 깊었는지는 중요하지 않았다. 둘이 한 대씩 주고받은 것만 남기면 된다.

폴리아나는 주군의 눈치를 살폈다. 개죽이를 낳은 직후 내내 30분 쪽잠을 자다 황제의 고백을 들어서일까. 어제의 그녀는 지나치게 무례하고 감정적이었다. 여유가 없었다고 할 수 있다. 어젯밤엔 개죽이를 유모에게 맡겼기 때문에 시원하게 자고 일어났다. 그래서인지 여유가 조금 돌아왔다.

"소신이 도망친 것보다 어제 지은 무례가 더 죄질이 나쁩니다."

폴리아나가 먼저 사죄했다. 룩소스 1세가 그럴 필요 없다고 고개를 저었다.

"아이를 낳은 뒤엔 우울하고 감정이 변화무쌍하며 별것 아닌 일에도 예민해진다고 하더구나. 오늘은 경의 얼굴이 편안해 보이니, 어제는 그래서가 아니었을까 싶다."

“제가 지은 죄를 반성할 생각은 하지 않고 폐하께 의지할 생각만 했습니다. 신의 부족함을 꾸짖어 주십시오.”

“짐이야말로 경과 결혼할 수 있다는 게 기뻐 경의 마음을 헤아리지 않았다. 짐의 인내가 허사가 되어 버렸어. 사모한다 고백해 놓고 무뢰배와 같은 짓을 저질렀구나. 미안하다. 짐은 경을 행복하게 해 주고 싶은데 늘 사과할 일만 저질러.”

30분 정도 둘은 사과만 계속했다. 30분을 꽉 채우고 나서야 자기비판의 시간이 끝났다. 폴리아나는 어제 밤 내내 생각했던 걸 물었다.

“폐하, 혹시 모르나 전쟁 이후 계속 시력이 안 좋아지신 것 아닙니까?”

“짐의 시력은 지극히 정상이다.”

룩소스 1세가 엄숙하게 선언했다. 짐의 눈은 삐지 않았노라.

식탁 위에 안구 건강에 좋다는 음식이 많은 건 그의 착각일 것이다. 룩소스 1세는 눈 삐지 않았다 선언을 넘어 한마디 덧붙였다.

“그리고 경은 귀여워.”

“이게 몇 개로 보이십니까.”

“세 개.”

“의술을 연구하는 책에서 읽었는데 사물의 형태는 구분하면서 사람의 얼굴을 분간해 내지 못하는 병이 있다고 합니다. 혹시 그런 잡병에…….”

“외모만으로 사람을 좋아하게 된다면 경은 진즉 짐을 열렬히 사모하게 되었어야 하지 않겠느냐.”

고백한 후에 처절하게 실연당했다. 룩소스 1세가 무척이나 아련한 표정을 짓자 삼십 대 중반의 남성임에도 불구하고 어울렸다. 폴리아나는 처연한 미모에 할 말을 잃었다. 옳은 말이라 반박할 부분이 없었다.

둘은 할 얘기가 많았다. 결혼이라든가, 앞으로 어떻게 해야 한다든가. 공적이면서 사적인 얘기를 많이 나눠야 했지만 둘 다 일부러 얘기를 꺼내지 않았다.

식사를 마친 폴리아나가 개죽이 젖을 먹이기 위해 일어났다. 룩소스 1세가 따라나섰다.

룩소스 1세는 자신과 무서울 정도로 닮은 아이를 보고 웃었다.

"짐이 안아 봐도 되겠느냐."

"물론이죠."

세상에서 가장 아름다운 남자가 천사 같은 아이를 안아 드니 홀로 보기 아까운 광경이었다. 폴리아나는 하나씩 따로 있는 모습엔 익숙해졌다. 그런데 둘이 같이 있으니 경건한 마음이 들었다. 그녀는 새삼 감탄했다.

"씨도둑은 못하네요, 정말."

"너무 짐만 닮은 것 같지 않느냐? 경을 좀 닮으면 좋겠는데."

외모만 보면 룩소스 1세의 어린 시절이다. 룩소스 1세가 아이를 얼렀다. 루미네 황녀를 돌본 경력이 있어 초보 엄마 폴리아나보다 능숙했다.

루미네 황녀와 다르게 아이는 아주 건강했다. 룩소스 1세의 입가에 얼핏 미소가 어렸다.

"이름은 지었느냐?"

"감히 어찌. 일단 아기님이나 도련님으로 부르고 있었습니다."

절대 개죽이라는 아명을 알려선 안 돼!

폴리아나는 입을 꽉 다물었다. 룩소스 1세가 혀를 찼다.

"짐의 아이이나 경의 아들이기도 하잖느냐. 어찌 그리 불러. 태명도 없느냐?"

"……개……."

"응?"

"……죽이……."

"잘 안 들렸다. 다시 말해 다오."

"뱃속에 있을 때 다른 음식은 거부하고 개죽만 원해서 개죽이입니다."

"………………………………."

긴 침묵이 맴돌았다. 죄스러움과 민망함에 낯을 붉히는 여자. 입덧이 그렇게 심했다니 걱정이 되면서 왜 하필 개죽이었나 싶은 남자.

결국 룩소스 1세는 한마디 했다. 다른 건 몰라도 이건 해야 했다.

"아무리 그래도 짐의 장남인데 개죽이는 무어냐."

"송구합니다. 낳았을 땐 이미 입에 붙었습니다. 폐하께서 이름을 지어 주십시오."

룩소스 1세가 아이를 찬찬히 살폈다. 그를 닮은 얼굴과 남부럽지 않은 건강함. 절로 미소가 지어졌다.

"허허, 녀석. 어린놈 살덩이가 딴딴하고 뱃골이 크고 울음소리도 우렁차고 눈이 똘망똘망한 것이 장군감이로다!"

개죽이는 황제의 유일한 아들이라 현재로선 유력한 차기 황제다. 장군이 되면 신분이 하락하는 것이니 악담에 가까우나 대부분의 집안에서 건강한 아들을 보면 그렇게 말하니 관용어에 가깝다.

룩소스 1세는 아들 본 기쁨을 소소히 만끽하고 개죽이의 이름을 지었다.

“제러드, 제러드로 하자.”

“탁월하신 작명이십니다.”

개죽이와 비교하면 대부분의 이름이 멋졌다. 이름을 얻었으니 개죽이, 아니, 제러드는 룩소스 1세가 존재를 인지한 아이가 되었다.

룩소스 1세는 아들 얻은 기쁨을 만끽했다. 황제는 이미 루미네 황녀를 슬하에 두었으나 황녀는 황녀, 황자는 황자. 사랑하는 여자가 죽지 않고(중요하다) 낳아 준 아들이니 그 기쁨이 더욱 컸다.

부정 못 할 정도로 똑같이 생긴 부자가 같이 있는 모습은 보기에 좋았다. 영주님이 치신 대형사고를 걱정한 별장 고용인들은 적잖이 안심했다. 황제가 저리 좋아하니 그들이 상상하는 최악의 일은 벌어지지 않을 것이다.

귀족은 아이를 직접 양육하지 않는다. 다만 거기에도 최소한의 품은 필수적이다. 유모를 둬도 아이는 엄마를 찾았다. 그래서 폴리아나는 묶인 개처럼 제러드에게 매여 있었다.

한 시간마다 젖을 물리는 건 피곤한 일이었다. 제러드의 입장에서 보면 생사의 문제이기 때문에 폴리아나도 그 정도 정성은 들일 수 있었다. 그 외엔 안 들일 작정이지만.

폴리아나가 제러드에게 무덤덤한 걸 먼저 알아챈 사람은 룩소스 1세였다. 고용인들이야 귀족들은 푸른 피가 흐르니 그들과 다른 게 당연하다고 생각했다. 룩소스 1세는 제러드에게 젖 물리는 폴리아나를 지켜봤다. 아기가 불편하지 않게 정성을 쏟고 있지만 다만 그뿐. 깊은 애정은 보이지 않았다.

"경은."

룩소스 1세가 가볍게 운을 띄웠다.

"경은 제러드가 반갑지 않구나."

그야 당연한 것을. 사고는 부모가 쳤으나 요행으로 나온 아이가 폴리아나가 이룩한 모든 걸 앗아갈 예정이다. 룩소스 1세가 말하는 건 다른 부분이었다.

"경은 아이를 좋아하잖아."

"좋아합니다. 보는 것도 안아 주는 것도."

폴리아나는 루미네 황녀를 안을 적마다 신나서 콧바람을 흥흥 내뿜었다. 박시와 바니사의 아이들에겐 수레에 선물을 가득 실어 보냈다. 동료와 부하들의 아이에게도 정을 아끼지 않았다. 그런 폴리아나가 친아들에겐 야박했다.

폴리아나가 제러드를 그녀의 아이라기보다 황제의 아이라고 생각한다면, 루미네 황녀에게 하듯 예뻐하는 게 적절한 반응이다.

그녀가 아이를 어렵게 대하는 건 결국 이러니저러니 해도 제러드를 본인의 아이로 인식하기 때문이다. 룩소스 1세가 지적하는 건 그런 부분이었다.

"아이가 예쁘지 않으냐."

"아주 예쁩니다. 폐하를 닮아서 조금 원망도 했습니다만 그래도 예쁘니까 좋네요."

"한데 왜 그리 얼굴이 굳어 있어. 그대의 귀여운 얼굴이 무서워 보이는구나."

폴리아나가 사레들려 켁켁거렸다.

"폐하…… 제발 의사에게 눈을 진찰받으심이."

"짐이 보기에 귀엽다는데 왜 토를 다느냐. 짐도 양심이 있어 예쁘다 소리는 안 하니 귀엽다 소리나 실컷 하게 두어라."

정말 쓸데없는 데에서 발휘되는 양심이었다.

폴리아나는 젖을 다 먹은 제러드를 세워서 안아 어깨에 턱을 기대게 만들었다. 고개가 뒤로 꺾이지 않도록 각도를 조절한 다음 등을 위에서 아래로 쓸었다. 트림이 나오면 해방이요, 안 나오면 쿨타임이 찰 때까지 두드리기만 하다가 다시 젖을 물려야 한다.

10개월을 뱃속에서 키워 낳은 아이. 초기와 중기엔 왜 안 죽는지 원망했고 후기엔 낳다가 죽을까 봐 두려웠다. 폴리아나는 성인보다 체온이 높아 뜨끈한 아기를 토닥이며 잠시 생각했다. 이 가벼운 생물이 뱃속에 있을 땐 돌보다 무거웠다. 배가 커질 때마다, 뱃속의 아이가 움직일 때마다 폴리아나는 반갑다기보단 무서웠다. 이해받지 못할 생각인 걸 알고 이해받고자 하는 마음 또한 없었다.

그녀는 솔직하게 말했다.

"신의 어머니는 신을 낳은 뒤 사망했지 않습니까. 레베카 황비 또한 임신중독증으로 명을 달리했습니다. 그래서 낳기 전엔 죽을까 봐 무서웠고 낳은 후엔 벗어날 수 없어서 좌절했습니다. 그런 거죠. 불민한 종이라 죄송합니다."

뱃속에 있는 걸 빼냈더니 살아 있는 족쇄가 되었다. 폴리아나에겐 그런 느낌이었다. 애한테 미안한 생각이다. 그래도 폴리아나는 당당했다. 왜냐면 그녀는 귀족이기 때문이다.

아이는 사랑이 없어도 잘 자란다. 부모 사랑 한 번 못 받고 자랐어도 제국의 후작이 된 폴리아나 윈터가 산증인이었다.

"아이는 애정이 없어도 잘 자라지 않습니까."

폴리아나의 생각을 들은 룩소스 1세의 얼굴에 씁쓸함이 내비쳤다. 폴리아나의 생각이 잘못되었다는 건 아니다. 대다수 귀족들도 그녀와 같은 의견이다. 오히려 사랑으로 키우면 아이를 망친다는 생각에 정을 떼려고 아이를 별도로 마련한 주택에서 따로 키우는 자들도 존재한다.

"그래서 말입니다, 폐하. 신이 생각을 해 봤습니다."

폴리아나가 하는 말이 이러했다. 아이가 생겼으니 결혼은 어쩔 수 없다. 그러면 결혼을 하고, 애를 호적에만 올린 다음 이혼을 하자!

룩소스 1세가 이마를 짚었다.

"후작이 짐의 고백을 귓등으로 넘겼노라."

"솔직히 못 믿겠습니다. 신의 체면을 고려해 좋게 넘겨주시려는 건 아닙니까?"

사고로 애 생겨서 하는 결혼보단 반해서 하는 결혼이 보기에 좋고 후대에 남기기에도 민망하지 않다.

폴리아나가 룩소스 1세와 결혼하면 결국 '여자는 어쩔 수 없어' 소리를 듣게 될 것이다. 하지만 같은 '여자는 어쩔 수 없어'에도 다양한 버전이 존재한다.

사고를 친 쪽은 엉덩이 가벼운 헤픈 여자, 감정이 오가면 어쩔 수 없이 감정에 휘둘리는 약한 여자. 사람들이 보기에 좋은 건 후자의 약한 여자다. 포장을 잘하면 여느 연애소설 못지않은 대작이 탄생할 것이다.

불우한 과거를 딛고 일어선 여기사가 황제의 충신으로 일하다 결국 사랑에 빠져 결혼하는 엔딩이 나오겠지. 훌륭한 황후가 되어 모두에게 사랑받았다는 그런 엔딩.

'에라이.'

폴리아나는 다시 울고 싶어졌다.

폴리아나는 지금의 자리에서 벗어나고 싶지 않았다. 이기적이라 욕먹어도 좋았다. 다들 그녀를 보고 무욕하다 하지만 실은 욕심이 많고 이기적인 인간이다. 권력의 단맛을 죽을 때까지 맛보고 싶었다.

폴리아나는 안 되는 걸 알면서도 말을 꺼냈다.

"제러드만 보내는 건 안 되겠습니까?"

룩소스 1세가 사랑하는 여자는 그와 결혼하는 걸 죽는 것보다 더 싫어했다. 그의 명이라면 지옥도, 불구덩이에도 뛰어들지만 결혼은 하기 싫어했다.

폴리아나를 탓할 일은 아니다. 룩소스 1세는 잃는 것 없이 얻는 것만 있고, 폴리아나는 모두 잃기만 했다.

"폴, 들어 봐라. 황후가 후작보다 못한 자리가 아니야. 사람들의 입은 막으면 그만이요, 네 걱정처럼 다들 널 욕하지는 않을 게야. 기왕 이렇게 된 거 좋은 쪽으로만 생각하자꾸나. 짐이 맹세하마. 네게 나쁜 일만은 없도록 노력하겠다."

기왕 이렇게 된 거 좋은 쪽으로만 생각하자니. 말은 쉽다.

룩소스 1세의 고백을 믿는다면 그는 얻기만 했다. 사랑하는 여자와 결혼하고, 후계자가 될 아들을 얻는다. 잃기만 하는 폴리아나로선 도저히 그런 긍정적인 사고를 따라갈 수 없단 말이다.

하지만 룩소스 1세는 그녀의 주군이자 생명의 은인, 인생의 빛과 같았던 존재.

폴리아나는 마지못해 고개를 끄덕였다. 룩소스 1세도 눈치가 있어 그녀의 내키지 않는 마음을 알고 쓰게 웃었다.

마음 같아선 폴리아나와 제러드를 데리고 야파로 돌아가고 싶다. 하지만 룩소스 1세의 대륙 순회는 끝나지 않았고 제러드는 엄마와 같이 야파로 먼저 돌아가기엔 너무 어렸다.

폴리아나가 안정을 되찾고 쉴 수 있도록 당분간 이 일을 불문에 붙였다. 폴리아나의 명예를 고려하면 당장 결혼하는 게 낫다. 폴리아나가 못 견뎌서 문제다.

폴리아나의 감정은 하루에도 수십 번씩 널을 뛰었다. 룩소스 1세도 난처해하는 일을 고용인들은 대수롭지 않게 여겼다. 젖 물리는 걸 끊으면 나아질 거라니 그러려니 했다.

아이노 경은 폴리아나를 보자마자 눈을 부라렸다. 네가 감히 황제의 고백을 무시해?

폴리아나는 아이노 경의 눈총을 무시했다. 아이노 경이 아무리 막 나간다 한들, 해산한 지 얼마 안 된 여자에겐 손을 못 올렸다.

룩소스 1세를 울린 것과 별개로 폴리아나가 아이노 경에게 사과했다. 폴리아나에겐 사과할 일이 하나 있었다.

"결혼식 못 가서 미안하오. 선물도 못 보내 줘서 미안하오."

"괜찮소. 다들 경이 양보한 물품으로 선물을 대신했다고 생각했소."

"세키 부인은 잘 지내시오?"

"시녀장이 되었소."

의외의 근황에 폴리아나가 깜짝 놀랐다. 아이노 경의 성질머리라면 결혼과 동시에 시녀 일을 그만두고 규방에 가둬 둘 거라고 생각했기 때문이다.

아이노 경은 고위 귀족답게 '진짜 고귀한 여성'에게는 시녀 일도 과하다고 말하고 다녔다. 시녀 일은 귀족가의 레이디들이 맡는 고귀한 봉사지만 '진짜 고귀한 여성'은 시녀 일 같은 거 안 해도 사교계에서 꿇리지 않고 알아서 사람들이 모인다는 주장이었다. 아주 틀린 말은 아니었기에 다들 재수 없다고 욕했다.

그런 아이노 경의 부인이 시녀장이라니?

아이노 경이 뭐 씹은 얼굴로 설명했다.

아크레아 출신의 고위 귀족이 쓸려 나가면서 덩달아 시녀들도 대거 퇴출되었다. 시녀 인력이 부족해지면서 마침 경력자에 혼인으로 고위 귀족이 된 시켈을 룩소스 1세가 천거했다. 친히 시녀장의 자리를 제안한 것이다.

시켈은 받아들였다. 남편의 허락을 받지 않은 취직에 아이노 경이 분노했지만 시켈은 태도를 바꾸지 않았다.

"당신은 제 허락을 받고 청혼하셨나요?"

이 말로 끝이었다. 아이노 경은 필요하다면 황제에게 떼를 쓸 작정이었으나 룩소스 1세의 대륙 순회로 마음을 바꿨다. 결혼하고 1년 가까이 집을 비우게 되었다. 남편 없는 집에 가둬 놓느니 그 기간 동안 시녀장 일을 할 수 있도록 허락하는 편이 나았다.

사과와 근황을 나눈 끝에 폴리아나는 가장 먼저 해야 할 말을 마지막에 꺼냈다.

"결혼 축하하오."

"후작이야말로, 결혼 축하하오."

"……."

폴리아나의 얼굴에 떨떠름한 기색이 서렸다. 아이노 경은 무시했다.

폴리아나는 그제야 깨달았다. 아이노 경이 어째서 그녀를 보면 폭소했는지. 어째서 결혼식 신랑 들러리를 서겠다고 강요했는지. 어째서 갑자기 하오체를 쓰기 시작했는지.

'알고 있었구나.'

하기야, 아이노 경은 룩소스 1세의 단짝이었다. 모르는 게 이상했다. 프라우 때는 들러리 서기 싫다고 뻗댔지만 이번엔 들러리 서겠다고 뻗댈 것이다.

아이노 경은 폴리아나를 노려봤다. 처신 잘못해서 대형사고나 쳐 놓고 황제의 고백을 거절한 게 마음에 들지 않았다. 아주 불쾌했다. 하지만 그건 그거고 이건 이거. 그는 폴리아나에게 갚아야 할 빚이 있었다. 그래서 내키지 않지만 말했다.

"빚은 반드시 갚겠소."

"빚?"

"그런 것이 있소. 그럼 이만."

'내가 저 새끼에게 돈 빌려준 적이 있었나?'

폴리아나는 의아해했다. 기억을 더듬어도 나오는 게 없었다. 빚은커녕 원수를 갚겠다는 의지가 느껴져서 잘못한 게 있나 머리를 쥐어짰다. 여전히 나오는 게 없었다.

아이노 경이 누구냐. 누군가 그에게 엿을 먹이면 열 배로 즉시 갚아 주는 위인 아니신가. 말보다 주먹이 빨라서 빚을 적립할 성격도 아니다.

제1근위대원이 '2대장 왜 그랬어요'라는 눈빛을 보냈다. 황가의 미모를 위해 자식 계획은 황자 하나로 끝내자는 괘씸한 새끼도 있었지만 마호갈 경과 비크 경이 멍석말이했다.

마호갈 경은 긴말하지 않았다. 힘든 일이 있으면 돕겠다는 따뜻한 말을 남겼다. 폴리아나는 적잖이 감동받았다. 비크 경도 비슷한 말을 했다. 에이크 경이 그런 얘기 했으면 믿음이 갔을 텐데 비크 경이라 그냥 고맙다 말하고 넘겼다.

마지막으로 룩소스 1세.

룩소스 1세는 계속 시트린 영지에 남아 있고 싶었으나 정해진 일정이 있었다. 남들 눈치 보느라 짠 공식 일정이 그의 발목을 잡았다. 그렇다고 관두면 사람들이 이유를 궁금해할 것이다. 폴리아나와 제러드의 존재를 갑자기 드러낼 순 없었다.

룩소스 1세가 별장을 떠나는 날 폴리아나는 황제를 별장 앞까지 배웅했다. 폴리아나는 의지를 담은 눈으로 말에 오른 주군을 올려다봤다. 이런 일, 저런 일, 아이 낳고 고백까지 받았어도 여전히 그는 폴리아나의 황제 폐하셨다.

비록 그녀는 룩소스 1세에게 기사가 아니게 되었더라도…….

거기까지 생각한 폴리아나가 주먹을 꽉 쥐었다.

황제가 자신이 배신한 기사에게 말했다.

"짐은 노력하는 자를 좋아한다. 이유는 알고 있지?"

"폐하께서 노력가이기 때문입니다."

"그래."

룩소스 1세가 고개를 끄덕였다.

"이번은 짐이 잘못했다. 경을 배신했어. 경의 마음을 헤아리기보다 짐의 연심을 앞세웠다. 당연히 결혼해야 하니까 경이 짐의 마음을 받아들여야 한다고 생각했다. 가능한 결혼을 하고 싶지 않은 경을 존중하지 않았지. 짐이 인내했던 이유를 까맣게 잊고 멋대로 꿈을 꾸었지. 그렇지만 경도 알다시피 제러드를 이대로 둘 수 없다. 친모가 살아 있는데 양모를 들이는 것도 이상하고."

"예."

폴리아나는 이를 악물고 긍정했다. 룩소스 1세에게 서러움을 토로한 것은 그녀의 잘못이었다. 결국 이렇게 될 거 그녀가 지나치게 감정적이고 불온하게 굴었다.

"짐은 잘못을 만회하고 싶다. 최선을 다해서 그대를 만족시키고 그대가 웃을 수 있도록, 짐은 이번에도 노력할 것이다. 필사적으로 꿈을 이루기 위해. 바라는 것을 얻기 위해. 그렇게 다시 청사진을 만들었다."

"폐하, 세상엔 노력해도 어쩔 수 없는 것이 있습니다."

폴리아나는 모든 걸 버리고 황제의 부인이 될 각오를 다졌다. 그 다짐과 황제를 좋아하는 것은 별개의 일이다. 폴리아나는 룩소스 1세의 미모에 얼굴을 붉히고 몸매에 찬사를 보냈으나 여전히 남자로서 그를 볼 수 없었다.

"안다. 그래도 노력해서 부딪칠 것이다. 경. 짐은 경이 여자임을 부정하지 않고 여자로서 겪을 수 있는 모든 불행과 차별과 억압을 인내하는 것 때문에 경을 누구보다 강하다고 판단했다."

"폐하."

"그러니까 폴. 나는 그대가 여자가 오를 수 있는 지고의 자리에 올라 여성이 누릴 수 있는 모든 행복을 만끽하고, 여성으로서 사랑받으며, 그래도 여전히 강하길 바란다."

룩소스 1세가 손을 내밀었다. 폴리아나가 손등에 입 맞추기 위해 손을 가져가자 황제가 고개를 저었다.

룩소스 1세가 폴리아나의 손을 위로 끌고 가 그녀의 손등에 입을 맞췄다. 기품 있고 경건하기까지 한 행동에 폴리아나는 손을 빼지 못했다. 룩소스 1세의 미소가 그녀를 돌로 만들었다.

'도대체 뭘 믿고 저렇게 잘생기셨담?'

"경은 짐에게 누구보다 강한 사람이다."

룩소스 1세의 처연한 미소가 폴리아나의 마음에 정을 찍었다. 깊게 뚫린 자리에서 붉은 피가 흘러나와 전신을 타고 돌다 종국엔 얼굴에 안착했다.

'내가 왜 이러지.'

폴리아나는 몸을 타고 흐르는 기이한 열기의 정체를 알지 못했다. 그녀의 의사야 어쨌건 심장이 두근거렸다. 사람을 벨 때보다 격렬하고 짜릿하게.

# 21. 지각한 동생

## 21. 지각한 동생

룩소스 1세는 "데리러 올 테니 기다려."라고 말했다.

룩소스 1세의 명령, 혹은 부탁이 아니어도 폴리아나는 움직일 생각이 없었다. 제러드는 아직 어려 생존을 위해 그녀가 필요했다.

사실은, 아주 솔직히 그녀가 없어도 건강할 거란 믿음이 있긴 했다. 아이가 어찌나 건강한지 폴리아나 기억 속의 루미네 황녀보다 발달이 빨랐다. 산후에 몸이 축난 그녀에 비해 귀하신 아드님은 너무나 건강했다.

'장군감이야.'

황제의 장남에게 이런 말 하기는 뭣하지만 진짜 장군감이었다. 폴리아나는 제러드의 아빠 판박이 얼굴을 보며 이것저것 생각했다.

'제발 나를 닮지 마라!'

폴리아나는 제러드가 태어나기 전 그녀를 닮게 해 달라고 간절히 빌었다. 기도는 효과가 없었다. 제러드는 아빠랑 똑같은 얼굴을 하고 태어났다. 기왕 이렇게 된 거 폴리아나는 다른 소망을 품었다. 제발 그녀를 닮지 않기를.

폴리아나는 타고난 신체 조건이 신통치 못했다. 재능도 부족했다. 재능과 신체 조건이 뒷받침해 주지 못해 노력에 비해 성과가 아쉬웠다.

룩소스 1세는 훌륭한 검사다. 아이노 경이 늘 곁에 붙어 있어서 그렇지 황제 본인의 실력은 출중했다. 일반 기사였다면 제1근위대에 끌려갈락 말락 할 솜씨다. 폴리아나는 제러드가 기왕 아버지를 닮았으니 신체 능력도 닮길 원했다.

황제가 영지를 떠나고 며칠 뒤. 시트린 영지에 다른 손님이 찾아왔다.

이번에 찾아온 손님은 예상치 못한 불청객이 아니라 주인의 초대를 받고 방문한 진짜 손님이 될 뻔한 자다. 맨발로 마중 나가지 못하는 이유는 지각한 손님 본인이 가장 잘 알리라.

늦어도 한참 늦은 의동생이 폴리아나의 별장에 방문했다.

전령이 오가는 시일을 감안해도 상당한 뒷북이었다. 이미 룩소스 1세에게 개죽, 아니 제러드의 존재를 들킨 폴리아나는 뒷북치는 동생에게 약간 짜증이 났다.

예상보다 늦은 의동생이나 예기치 못하게 찾아온 황제나 둘 다 얄미웠다. 제일 미운 건 그녀의 인생 자체였다. 진짜 불운의 별이라도 떴는지 인생이 이렇게 개떡처럼 비비 꼬이는지 모르겠다.

전장에서 뒷북치는 고수는 개 쌍욕 먹는데 사후약방문을 하다니. 폴리아나는 많이 늦은 의동생이 얄미웠지만 웃는 얼굴로 반겼다. 필요할 때만 반가이 맞이할 사이라면 의남매의 연을 맺지 않았을 것이다.

도나우 경은 조용한 시트린 영지의 모습에 놀란 눈치였다. 비록 늦긴 했어도 오는 동안 쉬지 않은 모양으로 지친 기색이 역력했다.

"늦게 와서 죄송해요. 바니사가 아파서 바로 못 왔습니다."

"부인이 아픈데 왜 와."

"이젠 다 나았어요."

사고 쳤으니 도와달라고 할 땐 언제고 문전박대를 한단 말인가. 도나우 경이 억울해했다.

폴리아나는 도나우 경의 사과를 받아들였다.

"인정."

지각을 용서할 수 있는 합당한 변명이었다. 결혼했으니 가정이 우선이다. 폴리아나가 급한 도움을 요청했어도 사정을 모르는 이상 아픈 부인을 우선시하는 게 옳았다. 부인이 아픈데 밖으로 나도는 가장은 개 쌍놈이었다.

폴리아나는 가장이 된 의동생이 대견해 어깨를 쳤다.

"너도 이제 다 컸구나. 머리에 피 안 말랐던 게 엊그제 같은데."

"그래서 무슨 일이신가요. 제가 도울 수 있는 일이면 최선을 다 하겠습니다."

"다 끝났어."

도나우 경은 지각을 해서 폴리아나가 바라는 시기에 도착하지 못했다. 고백 때도 그렇고 의남매는 은근히 타이밍이 어긋났다.

도나우 경이 멋쩍어했다. 그는 솔직하게 사과했다.

"제가 너무 늦었네요. 죄송합니다, 누님."

"바니사가 아팠으면 어쩔 수 없지. 많이 아팠어?"

"열병에 걸렸는데 전염병일 가능성이 있다고 해서 바로 오지 못했습니다. 누님, 왜 그러세요?"

폴리아나가 도나우 경과 거리를 벌렸다. 다 나았고 전염 위험이 없으니 왔겠지만 아기를 키우는 입장에선 꺼림칙했다. 도나우 경이 한 발 다가서니 폴리아나는 세 발 물러났다. 어서 꺼지라는 듯 손을 휘휘 젓자 도나우 경이 투덜거렸다.

"전염병 아니라서 온 겁니다."

"그래도 좀 찝찝하긴 하네. 일단 씻어라. 씻고 얘기하자."

도나우 경이 한숨을 쉬면서 어깨를 으쓱였다.

"머리 감는 거 귀찮다고 안 기르시던 분이 이런 말을 하시다니. 내일은 해가 서쪽에서 뜨겠어요."

도나우 경이 대가리에 피가 덜 말랐다면 폴리아나는 대가리에 물을 묻히지 않았다. 정확하겐 말리는 게 귀찮아서 짧게 유지했다. 아이노 경은 더럽다고 질색 팔색 했으나 그때나 지금이나 폴리아나는 억울했다. 일주일에 한 번이면 아주 위생적이었다.

물론 근위대장이 된 지금, 그녀의 부하가 일주일에 한 번 씻는다고 하면 후려 팰 것이다. 근위대는 황제 폐하의 얼굴마담으로서 최고 수준의 위생 상태를 유지할 의무가 있었다.

"씻고 얘기하자."

폴리아나는 벌린 거리를 좁히지 않았다.

도나우 경은 느긋하게 온천을 즐겼다. 폴리아나의 태도를 보건대 상황은 일단락 난 것처럼 보였다. 지각한 것 때문에 서둘러 오느라 쉬지 못해 힘들었다. 뜨거운 온천물에 몸을 지지니 살 것 같았다. 더운 남부에서 살다보니 찬물로 자주 씻게 돼 온탕은 오랜만이었다.

씻고 나온 그를 푸짐한 음식이 맞이했다. 도나우 경은 후한 대접을 고맙게 받아들이면서도 의혹을 떨치지 못했다.

'큰일은 없어 보이는데?'

폴리아나는 빈말하는 성격이 아니다. 그래서 도나우 경은 폴리아나의 편지를 받았을 당시 바로 움직이려 했다.

바니사가 열병으로 쓰러지면서 전염병 가능성 때문에 발이 묶였다. 다행히 바니사는 쾌차했고 의사는 전염병이 아니라고 판단했다. 그는 의누님을 위해 꽃뱀의 결혼 사기를 막을 때처럼 쉬지 않고 달려왔다.

그런데 정작 도착하니 시트린 영지는 조용했다. 다들 평온한 얼굴로 돌아다녔다. 심지어 도움을 요청한 당사자의 얼굴도 평온했다.

'무슨 일이 있었던 거지.'

도나우 경은 혼자 식사했다. 폴리아나는 앞서 식사했더라도 맞은편에 앉아 줄 만한데, 오지 않았다. 하다못해 술은 같이 마실 줄 알았던 도나우 경은 식사가 거의 끝나가는 데도 의누님이 오지 않자 당황했다.

'도대체 무슨 일이야?'

꽃뱀 사건으로 충격받았다고 보기엔 너무 뒤늦은 반응이었다.

꽃뱀 사건 이후 폴리아나가 시트린 영지에 칩거하면서 그녀는 편지 교류를 모두 끊었다. 마지막으로 보낸 편지엔 느긋하게 쉬고 싶다는 내용이 적혀 있었기에 이상하다고 생각하지 않았다. 그저 폴리아나는 쉴 자격이 충분하다고 이해했고, 꽃뱀 때문에 크게 상처받지 않길 바랐다.

도나우 경의 의문은 하녀가 안내한 방에 들어가면서 풀렸다. 방의 분위기는 그에게 익숙했다. 그의 집에서 엄마랑 같이 잘 자라고 있을 아기 방과 비슷했다.

남부에 있는 리보 가의 아가씨가 더위를 피해 통풍이 잘 되는 방에서 자라고 있다면 여기는 찬바람이 들어오지 않도록 창문을 닫았다.

달콤하게 흐르는 아기 냄새를 한 번 맡아 본 사람은 잊지 못했다. 누구나 인생에 한 번은 맡은 그리운 내음이기 때문이다.

'아기 방?'

아기가 누워 있을 거라 예상되는 아기 침대 옆에 폴리아나가 앉아서 책을 읽고 있었다. 도나우 경이 들어오자 폴리아나가 책에서 눈을 뗐다.

"왔냐."

"누님, 여긴 도대체……."

도나우 경이 주저하는 발걸음으로 아기 침대로 걸어갔다. 당황스럽고 놀랐지만 생각할 거리가 많았다.

시트린 영지의 영주는 폴리아나다. 그런 폴리아나의 별장에 아기 방이 만들어지고, 곱게 모셔질 아이의 부모는? 아버지는 몰라도 어머니는 확실했다. 폴리아나 윈터다.

'설마 결혼 전에 꽃뱀과 사고를? 아냐, 누님이 그럴 분은 아닌데.'

설마 프라우 새끼와 사고를 치고 아이를 낳았나 싶어서 도나우 경은 마음 졸였다.

조마조마한 마음으로 아기 침대에 다가가 아기 얼굴을 확인했다. 거기엔 도나우 경이 예상한 아기가 없었다.

폴리아나를 닮은 작은 아기, 프라우를 닮은 작은 아기, 그가 모르는 사람을 닮은 작은 아기. 도나우 경은 세 아기를 예상했다. 아기 침대 속 아기는 보고 심장이 뚝 떨어질 정도로 누군가를 닮아 있었다.

폴리아나를 닮지 않았고, 프라우를 닮지 않았고, 그가 아는 사람을 닮았다.

"폐하?"

아기 침대엔 작은 룩소스 1세가 누워서 자고 있었다.

도나우 경은 크게 당황했다. 생긴 걸 보면 황제의 씨가 분명했다. 그렇다면 황자 저하인데 그런 귀한 분이 어째서 야파에 안 계시고 시트린 영지의 영주 별장에서 주무시고 계시냐 이 말이다. 황제가 득남했다면 그렇게 중요한 소식이 남부 총독에게 닿지 않을 이 없다. 도나우 경은 금시초문이었다.

"누님, 이, 이게 어떻게 된 겁니까?"

도나우 경이 떠올린 건 기사들이 품고 있는 낭만 중 하나였다.

야유를 나갔다가 묘령의 여인과 하룻밤을 보낸 주군. 주군은 여인을 잊었으나 기사는 기억했다. 여인은 주군의 아이를 임신했고 기사는 그 아이와 여인을 보살핀다. 나이 지긋한 기사들에겐 가끔 농담처럼 해 보고 싶다는 얘기가 나오는 로망이었다.

도나우 경이 알기로 폴리아나라면 그러고도 남았다. 혹시 폴리아나가 말한 '사고'가 아이를 데려온 것이었을까.

도나우 경이 설명을 촉구하는 눈빛을 보냈다. 눈짓으로 대화가 통하는 의남매이기에 폴리아나는 눈빛으로 대답했다.

"그, 그럴 리가."

도나우 경이 눈빛으로 받은 대답을 부정했다. 그는 확실하게 입으로 직접 듣기 위해 다시 질문했다.

"누님, 어떻게 된 거예요!"

"네 조카다. 이름은 제러드."

"으아아."

도나우 경이 머리를 부여잡고 좌절했다. 아이 앞이라 소리는 작았다. 가장 듣고 싶지 않은 대답이었다. 거짓이어도 좋으니 듣기 좋은 말을 원했다.

제발 그 말 거짓말이라고 해 주세요.

도나우 경이 간절한 눈빛을 보냈다. 폴리아나가 고개를 저었다.

안 돼. 그런 거 없어. 진짜야.

"어떻게 된 겁니까."

훔쳐듣는 사람도 없는데 도나우 경은 폴리아나에게 속닥속닥 물었다. 폴리아나는 대형사고를 회상했다. 지나간 삶을 돌이켜 떠올려 보니 남는 건 회한과 한숨, 후회뿐이다.

"술 마시고 사고 쳤다."

"폐하랑?"

끄덕끄덕. 폴리아나가 대답하지 않고 고개만 주억거리자 도나우 경이 손바닥으로 그녀의 등짝을 때렸다. 철썩! 많이 아팠기 때문에 폴리아나의 눈이 휘둥그레졌다. 맞을 짓 했지만 너무 아팠다.

"야."

"더 맞아요, 더."

도나우 경이 두 손으로 철썩철썩 폴리아나의 등을 쳤다. 폴리아나는 등짝을 내주고 맞다가 버럭 화냈다. 맞을 짓이 맞아서 맞긴 했는데 의동생이 엄마처럼 때리니 기분 나빴다. 도나우 경이 손에 힘을 빼고 때린다 쳐도 근육 있는 남자라 강도가 달랐다.

"그만 때려!"

"맞을 짓인 건 알죠!"

"아니까 참았잖아. 그만 때려, 그만."

"씁씁 후후, 씁씁 후후."

도나우 경이 신경을 가라앉히기 위해 심호흡했다. 간신히 호흡을 가라앉힌 그가 중요한 걸 물었다.

"폐하는 아세요?"

"모르셨지."

대답이 과거형이다.

도나우 경은 그가 정말 뒷북을 울렸음을 깨달았다. 폴리아나가 말한 대형사고는 이 아이고, 도와달란 것은 어떻게 해야 할지 자문을 구하는 의미였다.

이미 늦었다는 걸 보면 그 전엔 황제가 몰랐으나 이젠 황제가 알고 있다는 뜻일 테고.

"제가 진짜 지각했군요. 죄송합니다."

"바니사가 아팠잖아. 그리고 다 끝났어. 다."

폴리아나는 인생과 세상이 끝난 사람처럼 굴었다. 도나우 경은 사고 친 누님이 한심하고 못나 보이면서도 측은해 혀를 찼다.

"결혼은 언제 해요?"

"너도 그렇게 말하는구나."

"저라고 별 방도가 있습니까. 황자를 사생아로 둘 순 없잖아요. 폐하를 안 닮은 것도 아닌데."

"그렇지. 그것밖에 방법이 없지."

폴리아나가 씁쓸해져 중얼거렸다. 그녀의 인생보다 황자 저하의 인생이 더 귀하니 그녀가 숙이고 들어가는 게 맞았다.

황녀였다면 숙이지 않아도 되었을까.

폴리아나는 '만약'을 생각하지 않기로 했다. 그녀는 남들이 그렇게 바라는 건강한 아들을 낳았다.

누군가는 목숨을 버리고 낳은 아이가 딸이라 욕먹는데 멀쩡히 살아서 아들을 낳았다. 게다가 황제에게 고백받고 황후 자리도 약속받았다.

'황후마마 만만세지, 아주.'

자칫 제국과 황실에 대한 비아냥으로 여겨질 생각이라 폴리아나는 입 밖에 담지 않았다. 남들이 들으면 복에 겨운 투정이겠지만 폴리아나에겐 답답한 일이었다.

개죽, 아니 제러드의 젖 먹기 쿨타임이 찼다. 폴리아나는 제러드에게 젖을 먹인 후 의동생과 본격적인 대화를 했다. 폴리아나가 일방적으로 말하고 도나우 경은 경청했다.

일단 폴리아나는 대형사고의 원인을 설명했다. 꽃뱀의 성기를 자르고 돌아오는 길에 술을 퍼마셨다. 술을 퍼마신 주종은 인사불성이 되었고 신하는 주군을 덮쳤다. 여기서 도나우 경이 흠칫 놀랐다. 도나우 경은 눈치를 보다가 슬쩍 말했다.

"저…… 누님이 덮쳤다고는 볼 수 없는……."

"쓰읍. 내가 덮쳤다는데 말이 많아."

"네, 알겠습니다."

난 얘기를 할 테니 넌 닥치고 들어라.

도나우 경은 지각을 해서 발언권을 잃었다. 어쩌면 제때 왔어도 지금처럼 청자의 자세를 취해야 했을지도 모른다.

그때나 지금이나 폴리아나에게 필요한 사람은 해결책을 제시해 줄 책사가 아니라 그녀의 하소연을 듣고 동감해 줄 청자였다.

완벽한 동조까진 필요 없었다. 그녀가 잘못한 건 스스로 제일 잘 알았다. 필요한 것은 "네가 잘못했네, 아이고 불쌍해라. 어떡하니, 어쩔 수 없지." 이 정도의 반응이었다. 폴리아나를 가엾이 여겨 주는 마음이면 족했다.

폴리아나 왈, 술주정뱅이 둘은 기억나지 않는 사고에 대해 각자 가해자라고 우기다 없던 일로 치자는 극적인 합의를 보았다.

일은 그렇게 종결되나 싶었으나 폴리아나는 빠르게 임신 사실을 알았다. 고민하던 그녀는 에라 모르겠다 삼십육계 줄행랑을 펼쳤고 의동생에게 편지를 썼다.

폴리아나가 임신 사실을 알고 영지로 도망쳤다는 대목에서 도나우 경이 또 폴리아나를 때렸다. 술 마시고 인사불성 상태에서 친 사고보다 자의적으로 내린 판단이란 점에서 질이 나빴다.

"어디 후작 각하를 때려."

"후작이고 황후고 누님은 맞을 짓 했어요. 그러게 제가 술 그렇게 드시지 말라고 몇 번을 말했습니까."

"내가 마시고 싶어서 마셨어? 잊으려고 마셨지!"

"중요한 것만 잊었잖아요."

폴리아나의 의동생이고 술을 좋아하지 않는다는 이유로 의누님의 뒤처리를 도맡았던 그다. 과음하지 말라고 가장 잔소리를 많이 한 사람도 도나우 경이었다.

기어이 사고가 났으니 도나우 경은 절로 손이 나갔다. 손이 나가

서 폴리아나의 등에 찰싹 달라붙었다.

다른 사람에게 당하지 않고 얌전히 황제 폐하와만 잤다는 게 다행스럽고, 또 왜 하필 황제와 자서 이 사태를 만들었는지 혼란스러웠다.

도나우 경이 부인의 열병으로 지각하는 사이 황제 폐하가 오셨을 뿐이고. 폴리아나는 자수했을 뿐이고. 이제 다 끝났을 뿐이고.

폴리아나가 괴로움에 몸부림쳤다. 술을 한 단지 비울 태세이나 그녀의 손에 들린 건 물이었다.

물을 술 마시듯 마시는 모습에 도나우 경은 그녀가 금주하고 있음을 깨달았다. 하기야, 그 사고를 쳐 놓고 술이 넘어가면 그건 사람이 아니다.

도나우 경은 본래 술을 즐기지 않았다. 술을 싫어하는 사람도 가끔 힘든 일이 있으면 이겨 내려고 술을 찾는데 그는 그런 부류가 아니었다. 술을 마시면 속이 울렁거리고, 속이 울렁거리면 복잡한 머리가 더 어지러워진다.

그런 이유에서 폴리아나는 물을 마시고 도나우 경은 물에 탄 과즙을 마셨다. 그렇지만 둘의 분위기는 술 마시며 속을 털어놓는 것과 동일했다.

"폐하께선 결혼하자고 하셨겠네요."

"그렇지."

폴리아나는 제국의 개국 공신이자 룩소스 1세의 측근이다. 그런 그녀와의 사이에서 아들을 얻었는데 결혼하지 않으면 폴리아나 입장에서 봤을 때 상당히 모욕적이었다.

도나우 경은 이 일로 벌어질 여파를 생각했다. 황제는 1황자를 얻었고 윈터 후작은 황후(혹은 황비)가 된다.

룩소스 1세와 폴리아나의 사이가 좋고 폴리아나가 황제에게 바치는 충성을 감안해 보자. 둘 사이의 아이는 다음 황제가 될 확률이 높았다.

만약의 일이었다. 황제가 부인을 더 얻어 후계자를 더 본다면 후계자 사이에 경쟁이 벌어질 것이다. 그렇지만 제러드가 생김새만큼 속내와 머리, 매력이 룩소스 1세를 닮았다면 그가 가장 유력한 차기 황제였다.

루조 대공이 찬성했던 대로 이 조합은 꽤 괜찮았다. 외국인 출신으로 출세가도를 달려온 후작과 황제의 조합. 황가에 힘을 실어 준다는 점에서 훌륭했다.

'진짜 황후 되는 거 아니야?'

폴리아나는 공신의 딸이나 동생, 손녀가 아닌 공신 본인이었다. 남녀간의 연정을 제쳐 놓고도 룩소스 1세는 폴리아나를 괄시하지 못한다.

도나우 경의 몸에 소름이 오소소 돋았다. 의누님이 제국의 황후가 될 거라고 생각하니 갑자기 오한이 들었다. 감회가 새로워 도나우 경이 혼잣말하듯 말했다.

"누님, 진짜 황후 되시는 거네요."

"그걸 내가 생각을 해 봤는데."

"네."

"일단 나랑 폐하랑 결혼을 한 다음에 이혼을 하면서 황자 저하를 두고 오는 거야."

폴리아나 딴엔 좋은 생각이었는데 도나우 경은 떨떠름한 표정을 지었다. 그는 반대했다.

"안 됩니다. 스트라 황비마마야 이유가 있었으니 그렇다 쳐도 누님이 폐하와 이혼하면 후작이랑 폐하랑 갈라섰네, 아들 생겨서 어쩔 수 없이 한 결혼이네 말이 많을 걸요."

"아들 생겨서 어쩔 수 없이 한 결혼 맞잖아."

"누님."

"으아아."

폴리아나가 두 손으로 얼굴을 감쌌다. 그녀는 아직 의동생에게 말하지 않은 사실이 있었다. 룩소스 1세에게 진심으로 고백받았다는 이야기다.

당시의 그녀는 룩소스 1세의 고백을 배신처럼 여겼다. 분노하고 실망하고 좌절했으나 끝까지 주군께선 그녀를 받아 주었다.

룩소스 1세가 시트린 영지를 떠난 뒤 폴리아나는 혼자 생각했다.

'폐하가 날 좋아하실 리 없어. 날 위로해 주려고 그러신 게 아닐까?'

요즘 부쩍 그런 의심이 들었다. 이 또한 자기합리화였으나 폴리아나는 깨닫지 못했다.

폴리아나는 농담 센스 빼고 모든 것이 완벽한 룩소스 1세가 그녀를 좋아한다는 사실을 의심하기 시작했다. 의심을 하고 나니 그쪽이 더 옳은 거 같았다.

룩소스 1세는 다정하고 상냥하다. 상냥한 주군은 꽃뱀에게 사기결혼 당할 뻔한 폴리아나를 가엾게 여겼을 터다. 그런 신하가 하룻밤 사고로 아이를 가져 결혼할 위기에 처했다. 주군께선 폴리아나의 자존심과 체면을 생각해 거짓 고백을 하신 게 아닐까?

룩소스 1세라면 그러고도 남는다.

"으하하."

그렇게 생각하니 안심이 되면서 웃음이 터졌다. 의동생 앞이라 눈치 보지 않아도 되어서 편했다. 폴리아나는 웃음이 터지는 대로 내버려 뒀다. 으허, 으허허허.

도나우 경이 눈썹을 치켜 올렸다. 반쯤 실성한 것 같은 웃음을 보고 있자니 안쓰러웠다.

"누님."

도나우 경이 폴리아나를 달래기 위해 손을 뻗었다. 손을 달라는 몸짓을 보였지만 그녀는 주지 않았다. 대신 탁자를 탕탕 내리쳤다.

"으하하하, 진짜, 진짜 웃겨."

"누님, 괜찮으세요? 누님? 누님? 혹시 물에 술 탔어요?"

"아 어떡해. 도나우 나 진짜 미쳤었나 봐."

"왜요. 왜 그런데요."

"부끄러워서 어떡하냐. 그걸 진짜로 믿고. 내 주제에 고백은 무슨."

폴리아나는 낄낄 웃었다. 웃는 본인이야 신났다. 보는 입장에선 솔직히 조금 무서웠다.

'이 누님이 술을 끊더니 약을?'

도나우 경의 의혹은 정당했다. 은퇴한 기사 중에 부상과 환통, 전후 트라우마를 잊으려고 약에 손대는 자가 제법 있었기 때문이다. 그리고 폴리아나는 꼭 실성한 것처럼 웃었다.

도나우 경은 폴리아나가 마시던 물잔을 들고 냄새를 맡았다. 의심 가는 점은 없었다. 혀에 살짝 찍어 맛봐도 맹물이었다.

'아냐, 많이 마시면 효과가 나오는 걸지도 몰라.'

"누님, 도대체 무슨 일인데요."

"으흐흐흐, 내가 진짜 못살아."

"그러니까 무슨 일이냐고요."

도나우 경은 폴리아나에게 질문하면서 물을 마셨다. 꿀꺽꿀꺽 마시던 그의 목으로 액체가 반쯤 넘어갔을 때 폴리아나가 대답했다.

"폐하가 나 좋아한다고 고백하셨어. 근데 내가 그걸 믿었잖아. 으하하하, 말이 되니?"

"푸읍."

반쯤 넘어가던 액체가 역주행했다. 도나우 경이 입과 목에 걸려 있던 물을 뿜었다.

그의 앞에 앉아 있던 폴리아나가 분사된 물을 맞았다. 폴리아나가 소매로 얼굴을 닦았다.

"사레 들렸어?"

"누님, 방금 뭐라고?"

"폐하한테 고백받았다고."

"쿨럭, 쿨럭."

물을 뿜으면서 도나우 경은 사레도 같이 들렸다.

켁켁 거리며 기침하는 도나우 경에게 폴리아나가 다가갔다. 기회는 이때라는 듯 그녀는 힘차게 의동생의 등을 두들겼다. 아까 맞은 등짝의 복수였다.

"어이없지? 나도 없다. 아, 진짜."

폴리아나가 흐트러진 머리를 쓸어 올렸다. 임부에게 날붙이가 닿는 게 안 좋다는 이유로 머리를 안 잘랐더니 가끔 머리카락이 삐져나왔다. 머리를 길러서 알게 된 사실이 있다면 어설픈 길이보다 확 길러서 묶는 게 편하다는 점이다.

도나우 경은 제러드를 봤을 때보다 더 놀랐다. 그가 폴리아나에게 진짜냐고 되물었다. 폴리아나는 진짜라고 대답했다. 그녀는 자리로 돌아가 앉아 한숨을 내쉬었다.

"놀란 데다가 폐하께서 연기를 잘하시는 바람에 진심이라고 믿어 버렸었어. 나 돌머리가 됐나 보다."

"그…… 누님, 좀 더 자세히 말씀해 주시면 안 될까요. 이 아우가 우둔해서 이해하기가 어려운데……."

도나우 경이 폴리아나의 말을 막았다.

폴리아나가 말했다. 룩소스 1세에게 고백받았다. 물론 아이가 생겼으니 둘은 결혼해야 한다. 도나우 경이 주목한 부분은 청혼 아닌 '고백'이었다. 도나우 경은 그 얘기를 좀 더 자세히, 직접 본 것처럼 듣고 싶었다.

"별거 없어. 제러드의 존재를 폐하께 들키고 폐하께서 쭈욱 날 좋아했다고 고백하신 것뿐이야. 세상에, 난 그걸 진짜로 알아듣고서 폐하께 그런 추태를……."

폴리아나가 민망해 얼굴을 가렸다. 진짜 나가 죽든가 해야지, 주군께 울고불고 난리를 쳐 버렸다. 이 일을 어찌하면 좋단 말인가.

폴리아나는 룩소스 1세의 고백이 거짓이었다고 내심 단정 지은 상태였다. 그런 폴리아나에게 도나우 경이 반박했다.

"왜 거짓이라고 생각하시는데요?"

"응?"

폴리아나는 예상 밖의 반응에 놀랐다. 도나우 경이라면 그녀와 함께 웃으면서 그녀에게 면박을 줄 줄 알았다. "누님 왜 그러셨어요." 이것이 그녀가 예상하고 바란 반응이었다. 하지만 도나우 경은 있는 힘껏 미간을 좁히고 인상을 썼다.

도나우 경이 낮은 목소리로 말했다.

"왜 그렇게 생각하시는데요?"

"왜 그렇게 생각하냐니. 당연하잖아. 폐하가 왜 나를 좋아해."

"왜 좋아하면 안 되는데요?"

"폐하께 안 되는 게 어디 있겠어. 안 되는 게 아니라 말이 안 된다는 거지. 폐하께서 왜 나 같은 걸 좋아해."

"누님이 뭐가 부족해서 '누님 같은' 건데요?"

폴리아나에겐 자학하는 취미가 없다. 폴리아나 스스로 생각하기에 그녀 정도면 정말 잘나갔다. 나는 새도 떨어트릴 권세가 있었으니까. 다만 이런 분야에선 얘기가 달라진다.

"내가 부족한 게 아니라 말이 안 된다는 거잖아. 너 자꾸 이상한 소리 할래?"

"이상한 소리는 누님이 하시는데요. 누님, 지금 폐하의 마음을 무시하고 계시잖아요."

'아이고 답답해.'

폴리아나가 가슴을 친 뒤 도나우 경 설득에 나섰다. 그녀에겐 룩소스 1세가 시트린 영지를 떠난 이후 줄곧 생각한 근거가 있었다.

"잘 봐. 우리의 황제 폐하께선 다정하시다."

"그렇죠."

"그런데 다른 사람도 아니고 내가 폐하와 강제로 결혼하게 된 거야. 그것도 내가 사고 친 걸 원인으로. 이때 폐하께서 한숨 팍팍 쉬시면 내가 상심하겠지. 폐하는 그런 것보단 내 자존심과 마음을 고려하셔서 내게 고백을 하신 거라고."

"그건 누님 생각이잖아요. 제가 아는 폐하는 다정하시지만 부하의 마음을 위해서 거짓 사랑 고백을 하는 분은 아니십니다."

"답답하네. 난 폐하의 측근이잖아."

"측근이니까 더더욱 거짓 고백 안 하실 겁니다."

"평소라면 그렇겠지."

폴리아나가 단호하게 반박했다. 그녀는 물을 마셔 목을 축였다. 잠시 입술을 깨물었다. 의동생에게 이런 얘기를 하는 것이 부끄러웠다.

도나우 경은 참을성 있게 폴리아나의 침묵을 기다렸다. 대화 주제가 주제인 만큼 그는 밤을 새워서라도 이 얘기를 끝내고 싶은 마음이 가득했다.

룩소스 1세는 다정하고 상냥하다. 아이노 경의 주장처럼 "다정이 깊으면 지랄염병."이 딱 맞았다.

폴리아나는 아이노 경의 주장을 불경하다고 생각했으나 가끔 룩소스 1세의 다정한 배려가 부담스러울 때가 있었다. 꽃뱀 사건이나 이번의 고백 사건이 그랬다.

폴리아나는 프라우 스네크라는 못생기고 비열한 새끼에게 사기결혼을 당할 뻔했다. 애석하게도, 그녀는 프라우에게 진심이었다. 프라우는 못생기고 뚱뚱하고 심약하며 직장도 구린, 잘난 것 없는 남자였지만 폴리아나는 그가 좋았다.

결혼하기 전에도 그럭저럭 좋은 사람이라고 생각했고, 결혼할 결심을 굳히자 남편이 될 사람이라서 좋았다. 폴리아나가 그에게 마음을 줬고 멍청하게 "흥흥" 웃었다.

비열한 사기행각이 탄로 나자 폴리아나는 자비롭게 응징했다. 자식이 있어 죽이지 않았으니 정말 자비로운 결말이었다.
폴리아나가 받은 마음의 상처는 치유되지 않았다. 그녀는 그걸 술로 소독하여 잊고자 했으나 대형사고를 치고 말았다.
이 모든 과정에 룩소스 1세가 함께했다. 폴리아나가 힘들어하고 괴로워하는 걸 룩소스 1세는 직접 보았다. 그녀의 자존심이 상처받아 아파하는 걸 보았으니 상냥 병이 도지셨던 게 아닐까.
폴리아나는 그렇게 추측했다.
그러길 원했다.
"내가 꽃뱀 건으로 침울한 것도 알고 계시고, 사고의 원인도 결국 꽃뱀 건이었으니까 날 배려해 주신 거겠지."
"누님이 그 사건으로 상처받은 건 저도 압니다. 누님을 아는 사람들은 다 알아요. 그렇지만 누님, 생각해 보십쇼. 어차피 하게 되는 결혼, 폐하와 누님은 평생 얼굴을 마주하고 살게 될 겁니다. 고백이 거짓이라면 금방 들통 나겠죠. 폐하가 그런 뻔한 거짓말을 하시겠어요?"
도나우 경이 정면에서 반박했다.
의남매의 눈이 부딪쳤다. 기 싸움 비슷한 걸 벌이던 중 폴리아나가 빵 터졌다. 그녀는 배를 잡고 탁자를 쳤다.
"너까지 왜 그래. 으흐흐흐."
"그럼 폐하가 거짓말을 하셨단 거네요."
"당연하지. 폐하가 날 좋아할 리 없잖아."
"누님."
"생각해 봐아."
폴리아나가 탁자에 얼굴을 박았다. 그녀는 고개를 들지 않고 탁자에 대고 말했다. 입이 떨어져 있어서 웅얼거리진 않았다.

"나는 못생겼고 나이 많고, 레이디도 아니고. 폐하가 좋아하시는 청순가련형과 정반대라고. 애초에 나를 여자로 보는 사람은 없을 걸."

'내가 그래서 낚였지.'

폴리아나가 못생긴 꽃뱀에게 낚인 결정적 사유가 그것이었다. 폴리아나를 이성으로 대해 준 남자였기 때문이다.

맨날 동성 친구나 제3의 성 취급받았다. 폴리아나가 웃통을 까면 기사들은 눈을 가렸다. 폴리아나를 위해서가 아니라 그들의 안구 건강을 위해. 혹은 동료로 함께 일하는 폴리아나를 어색하게 대하지 않기 위해서.

동료들은 폴리아나를 전우로 받아들였지만 그녀의 성별까지 받아 주진 못했다. 폴리아나는 언제나 그들 앞에서 웃통을 까도 당당하고 수치를 느끼지 않는 사람이어야 했다.

"세상에 날 좋아할 남자가 어딨어."

"그건 누님 착각이에요. 있어요."

"어딨냐고!"

"있었어요! 있었고 앞으로도 있을 거라고!"

"없어."

폴리아나가 고집 부렸다. 도나우 경은 진심으로 답답해 가슴을 쳤다.

폴리아나는 권력에 휘둘리지 않고 객관적 판단을 잘하는 편이지만 그래도 한 번 고집 부리면 황제밖에 못 말렸다. 도나우 경은 그게 나쁘다고 생각하지 않았다. 그러한 고집이 폴리아나를 성공케 한 원동력이었다.

"누님, 정말로요. 누님은 모르지만, 누님에게 고백하지 못했지만 누님을 좋아한 사람이 있을 겁니다."

"나한테 그런 사람 없어."

폴리아나가 고집스럽게 말했다. 어찌나 힘을 줬는지 목과 턱에 주름이 잡혀 못생겨 보였다. 어찌나 표정이 얄미운지 도나우 경은 한 대 때리고 싶은 걸 참느라 애썼다.

도나우 경은 폴리아나를 좋아했다. 청혼했다 까인 뒤에 자각해서 문제였을 뿐. 도나우 경의 자각이 청혼보다 빨랐더라면 그는 폴리아나와 부부의 연을 맺었을지도 모른다.

도나우 경이 폴리아나를 여자로 보는 걸 꺼린 결과 둘의 인연은 의남매에서 끝났다. 도나우 경은 바니사와 결혼해 예쁜 딸을 얻었다. 그는 지금의 삶에 만족했다.

폴리아나에 대한 마음은 결혼과 동시에 접었다. 도나우 경은 부인과 딸아이를 사랑했다. 바니사도 그걸 알기에 의누나에게 마음 쓰는 남편을 이해했다.

"누님의 말대로라면 폐하는 거짓말을 하셨고 누님은 아무에게도 사랑받지 못하는 사람입니까?"

"그래."

도나우 경이 자리에서 벌떡 일어났다. 그는 문을 열고 방을 나갔다. 폴리아나는 탁자에 엎어진 채로 동생을 기다렸다.

'술이라도 가지고 오려 그러나? 난 안 마실 건데.'

폴리아나는 도나우 경이 뭔가를 가지러 간다고 추측했다.

도나우 경은 정말로 뭔가를 갖고 돌아왔다. 그는 들고 온 장갑을 폴리아나의 엎어진 등짝 위로 던졌다. 세게 던져서 좀 아팠다.

"뭐야!"

폴리아나가 깜짝 놀라 외쳤다. 도나우 경이 서슬이 시퍼래져 선언했다.

"리보 백작가의 차남 도나우 리보가 폴리아나 윈터 경에게 결투를 신청하는 바요. 결투 사유는 모욕. 경께서 내 소중한 사람들을 모욕했습니다."

"소중한 사람?"

"주군과 누이의 명예를 위해."

난데없는 결투 선언에 폴리아나의 어안이 벙벙해졌다.

도나우 경의 소중한 사람인 주군과 누이는 룩소스 1세와 폴리아나 자신이었다. 룩소스 1세를 모욕했다 함은 황제의 고백을 거짓으로 주장했기 때문이요, 폴리아나를 모욕했다 함은 그녀를 좋아하는 남자가 없다는 말 때문일 것이다.

주군은 이해하는데 누이는 조금 억울했다. 본인이 본인 욕을 할 수도 있지!

폴리아나가 발끈해서 일어났다. 그녀의 등 위에 올려져 있던 장갑이 떨어졌다. 폴리아나가 장갑을 주워들려 하자 도나우 경이 먼저 허리를 굽혀 장갑을 주웠다.

의사는 전신의 뼈가 벌어졌으니 한동안 자중하라고 말했다. 폴리아나는 의사들이 말하는 최악의 환자였다. 말을 더럽게 안 들었다. 그녀는 장갑을 흔쾌히 받아 들어 결투를 승낙했다.

"좋아! 증인은 누굴 세우지?"

시트린 성엔 결투의 증인이 되어 줄 최고의 혈통이 있었다. 황제에게 인지받은 제국의 1황자 제러드!

폴리아나의 눈이 가늘어졌다. 이제 눈 뜬 아이가 무슨 결투 증인을 선단 말인가.

도나우 경이 고개를 가로저었다.

“양심에 맡기자 이 말입니다.”

제러드는 두 사람에게 있어 주군의 아들이자 아들이고 조카였다. 그런 아이를 증인으로 내세웠으니 결투의 결과는 둘의 양심에 달린 일. 아무렴 어머니가 자식을 팔아먹고 삼촌이 조카를 팔아먹을까.

과거 어떤 기사는 폴리아나에게 열네 살짜리 조카를 팔아먹으려 한 적이 있지만 넘어가도록 하자.

다음날. 별장의 후원에서 도나우 경과 폴리아나가 결투를 벌였다.

입회인은 유모, 증인은 유모의 품에 안긴 제러드. 모래나 돌이 튈 것에 대비해 유모는 제러드를 안고서 후원으로 나가지 않았다. 대신 후원이 보이는 방 창가에 앉았다.

폴리아나와 도나우 경은 대련은 도나우 경의 전적이 압도적이다. 초반엔 폴리아나가 압도적 승리를 이끌었고, 이후에 무승부에서 패배로 이어졌다.

의남매는 서로의 버릇에 익숙했다. 선호하는 공격 방식과 방어 습관, 잔머리를 굴릴 때의 사고까지. 가장 대련을 많이 한 상대이고 승패의 결과는 거의 확정된 것이나 마찬가지.

그러나 도나우 경은 승리를 자신하지 않았다. 폴리아나는 패배를 생각하지 않았다. 실제로 폴리아나의 맹공세는 도나우 경을 당황시켰다.

'누님의 검이 살벌해졌어?'

상상하하좌우좌우BA. 폴리아나의 검은 거침없이 움직였다. 검로를 완성하면 필살기라도 나올 것 같았다. 그도 아니면 숨겨진 기술이 튀어나오거나.

제1근위대의 지옥 훈련에 참가하고 그녀 내부에 쌓인 독기가 살의 비슷한 것으로 진화한 것이다. 덕분에 그녀의 검은 예전보다 매서워졌고 악랄해졌다.

도나우 경은 몇 년 보지 못한 사이 진보한 그녀의 실력에 감탄했다. 누구보다 잘 안다고 생각했는데 사람은 계속 나아지는 생물이었다.

비슷한 감정은 폴리아나도 느꼈다. 도나우 경은 남부로 이주하면서 기사의 일보단 문관의 일을 더 많이 처리했다. 그런 와중에도 훈련을 빼먹지 않았다.

도나우 경의 검은 묵직해졌다. 예전처럼 흘려 내거나 받아 내기 힘들었다. 도나우 경의 팔꿈치가 폴리아나의 얼굴 정중앙에 꽂혔다. 폴리아나가 뒤로 물러났지만 얼굴을 맞은 충격에 비틀거리다 결국 무릎 꿇었다.

"제가 이겼죠?"

"아씨, 내 코……."

폴리아나가 코를 부여잡고 고개를 들지 못했다. 근처에서 대기 중이던 의사가 바람같이 달려왔다. 쌍코피를 줄줄 흘리는 성주의 모습에 유모가 기겁했다. 제러드는 멋도 모르고 눈만 동그랗게 떴다.

"코 부러진 건 아니겠지?"

과거, 폴리아나는 군기 바짝 든 아이노 경에게 맞아 코가 부러졌다. 그녀는 가장 먼저 콧대 걱정부터 했다. 일전엔 운이 좋아서 비뚤어진 콧대가 호흡에 지장을 주지 않았다. 콧대가 잘못 붙어 호흡에 지장을 준다면 다시 부러트려 맞춰야 한다. 그게 더럽게 아프다는 걸 기사들은 다 알았다.

의사가 고개를 저었다.

"안 부러지셨습니다."

"좋아."

맞은 부위가 시큰거리고 머리가 웅웅 울렸다. 코뼈가 부러진 게 아니라는 사실에 폴리아나가 만족했다. 걱정돼서 지켜보던 도나우 경이 가슴을 쓸어내렸다. 결투를 할 때엔 이기겠단 생각밖에 없어 수단 방법을 가리지 않았다.

이건 폴리아나도 마찬가지니 비겁한 짓이 아니다. 같은 기사로서, 동등한 황제의 충신으로서 한 치의 부끄럼 없는 정정당당한 결투를 했다고 자부한다.

그런데. 그래도. 그렇지만. 어쩔 수 없이 폴리아나는 여자라 얼굴을 때리고 나니 죄책감이 들었다.

어쩔 수 없었다. 천하의 아이노 경도 폴리아나가 여자인 걸 알고 코뼈와 어금니에 대해 미안하게 생각했으니까.

"안 부러져서 다행이에요, 누님."

"그러게. 한 번 부러졌던 걸 또 부러트릴 순 없지."

피는 금방 멎었다. 폴리아나는 결투의 패배를 인정하고 받아들였다. 그녀는 도나우 경에게 정식으로 사과했다. 도나우 경은 그것만으론 부족하다고 말했다.

“누님, 사과하시면서 하나도 납득 못 하고 계시잖아요.”

“네가 나라면 하겠니.”

“폴리아나 경.”

도나우 경이 진지한 눈으로 폴리아나를 응시했다.

그에게 있어 폴리아나는 피가 섞이지 않은 가족이자, 과거의 상관이자, 믿음직한 지휘관이자, 등을 맡길 수 있는 전우이고 동료였다.

절대 잊지 못할 뼈저린 아픔(……)을 알려 준 사람이고, 대가리에 피가 빨리 마를 수 있도록 부채질해 준 고마운 은인이었다. 마지막으로, 언제나 행복해지길 진심으로 바라는 사람이다.

그는 폴리아나가 행복해지길 원했다. 세상에서 제일 행복해지지 않아도 괜찮다. 남들만큼 행복하다면 된다.

다른 사람들이 모두 불행해 보인다고 말해도 괜찮다. 폴리아나 그녀가 행복해서 웃을 수 있다면.

“사랑을 무시하는 건 괜찮습니다. 그럴 수 있어요. 하지만 폴리아나 경. 귀경을 사모했던, 사모하는, 사모할 사람의 존재를 부정하진 말아 주십시오.”

도나우 경 스스로는 모르고 있었지만 그는 폴리아나를 사랑했다. 자각이 청혼보다 늦는 바람에 장렬하게 실패한 첫사랑이다.

바니사와 결혼해 그녀를 사랑하게 되니 도나우 경은 확실하게 깨달았다. 그때 내가 한 것이 사랑이었구나.

도나우 경은 룩소스 1세가 안타까웠다. 그는 폴리아나를 사랑하는 걸 ‘실례’라고 생각했다. 그래서 감히 사랑과 연관 짓지 못했다.

그는 룩소스 1세를 믿는다. 룩소스 1세가 사랑과 충신을 두고 거짓을 입에 담았으리라 상상하지 못했다.

도나우 경은 생각이 모자라 사랑을 하면서도 그게 사랑인지 몰랐다. 룩소스 1세는 과연 범인과 다르시기에 폴리아나를 두고 사랑을 알아 고백했다.

그래서 도나우 경은 이 사랑을 응원했다. 지지해 주고 싶었다.

폴리아나의 마음이 가장 중요하니 강요할 생각은 없다. 그저 사랑이 존재함을, 그 마음이 그녀에게 향함을 알려 주고 싶었다.

"모욕받은 건 제가 아닌데 제가 사과 받아서 뭐하겠어요."

"어쩌라고."

결투의 승패와 폴리아나의 마음은 별개의 영역이었다.

그녀의 의동생은 말했다. 세상에 그녀를 좋아하는 사람이 있다고. 폴리아나는 주장했다. 그런 사람 있을 리 없다고. 제 마음 편해지자고 시작한 합리화는 끝이 없었다.

룩소스 1세가 고백하는 장면도 못 봤으면서 도나우 경은 당당하게 주장했다. 황제 폐하의 그 마음은 진심입니다. 마치 좋아하는 사람을 직접 보기라도 한 태도였다.

그러한 도나우 경의 확고함이 견고하지 못한 자기합리화를 조금씩 깨부쉈다.

"누님이 스스로에게 사과할 마음이 없으니 폐하께라도 사과드려야죠. 황제 폐하께서 순회 일정을 앞당기셔서 야파로 서둘러 돌아가신다죠?"

"응, 그렇게 들었어."

갑자기 아이가 생겼으니 황제가 할 일이 많았다. 룩소스 1세는 정해진 일정보다 빠르게 대륙을 이동했다. 원래 기동력이 남달랐던 황제 폐하시기에 수상쩍게 여기는 이가 없었다. 그래서 도나우 경이 제안했다.

"야파로 가죠."

"엑."

도망쳐온 곳으로 돌아가자는 소리에 폴리아나가 질색했다.

"제러드가 걱정되긴 하는데 여기 있어 봤자 누님은 유모에게 다 맡기시겠죠. 그럼 엄마가 있으나 마나 한 거니까 애 아빠 마음이나 확인하러 가요."

기껏 야파에서 도망쳤다. 대비도 없이 무작정 가자는 말에 폴리아나가 발끈했다.

"너 남의 일이라고 막……."

"제가 누님에게 남이에요?"

"……."

"누님은 제게 남이 아니에요. 남이 아니니까 이러는 겁니다. 청혼도 아니고 고백을 책임과 동정심으로 치부해 버리는 건 정말 너무하셨습니다. 전 누님이 행복해졌으면 해서 말하는 거예요."

폴리아나는 꿀 먹은 벙어리가 되었다. 도나우 경은 사랑을 믿지 못하는 의누나가 안쓰러워 울컥했다.

'그놈의 꽃뱀만 아니었어도.'

그놈의 꽃뱀만 아니었어도 폴리아나가 룩소스 1세의 고백을 동정으로 합리화하진 않았을 것인데.

"폐하와 결혼하는 게 누님의 행복이 아닌 걸 알아요. 다른 사람이면 더 좋았겠죠. 그렇지만 사랑의 존재를 부정하는 건 일생에 도움이 되지 않아요. 어차피 하게 될 결혼, 폐하가 반했다잖아요! 그거 확인하고 결혼하면 더 좋죠!"

도나우 경이 폴리아나의 어깨 위에 손을 올렸다. 그가 멍한 눈의 폴리아나를 흔들었다.

"황제 폐하씩이나 되는 분이 고백하셨다고요! 자존심이 막 채워지지 않아요?"

"여자 자존심이 채워지면 뭐해! 내 기사로서의 긍지가 짓밟혔는데!"

"폐하의 고백에 왜 기사의 긍지가 짓밟혀요?"

"폐하께서 나를 기사로 안 보고 여자로 보셨다는 거잖아! 나도, 나도 너처럼, 남들처럼 남자였다면……."

"누님!"

도나우 경이 단호하게 폴리아나의 삽질을 끊었다. 폴리아나는 과거 그와 비슷한 얘기를 하고 있었다. 그건 잘못된 생각이었다. 바로잡아야 했다.

"누님은 기사입니다. 누군가 누님을 사랑해도 여전히 기사."

"근위대장 그만둬야 하고 영지랑 작위도 반납해야……."

"그건 폐하가 나쁜 거죠."

"뭐?"

이 새끼가 폐하 욕을 해?

폴리아나의 눈에 일순 분노가 깃들었다. 도나우 경은 폴리아나의 시선을 피하지 않았다. 의견을 굽히지 않았다.

"황제 폐하니까 어쩔 수 없어요. 하필 누님에게 반한 게 폐하였을 뿐입니다. 다 폐하가 잘못하신 거예요. 다른 사람이 고백했다고 생각해 보세요. 루조 대공이 고백했어도 누님은 직장을 관두지 않아도 돼요. 그냥 폐하가 잘못인 거라구요."

그렇게 생각해 본 적 없다.

폴리아나는 사라진 모근이 서글픈 루조 대공을 떠올렸다. 행복하게 잘살고 있는 유부남을 예시로 드는 게 조금 미안했다. 어쨌든 루조 대공에게 고백 받았다 치자.

대공은 은근 유약하고 질질 끌려 다니는 구석이 있어 폴리아나의 고집을 받아 줬을 것이다. 근위대장 일 때문에 야파를 떠나지 못하는 폴리아나와 같이 살려고 야파에 머물다 룩소스 1세에게 부려먹혔겠지.

다른 남자들도 마찬가지였다. 진짜 상상하기 싫지만 아이노 경을 대입해도 똑같았다. 하필 상대가 룩소스 1세였다. 하필 상대가 폴리아나의 주군이셨다. 하필 상대가 폴리아나가 지킬 대상이었다.

폴리아나는 줬다 뺏겨서 억울했는데 생각해 보니 룩소스 1세가 상대라 그렇지, 다른 사람이면 뺏길 일이 없었다.

"하하……."

토로할 데 없이 답답했던 마음에 여유가 생겼다. 폴리아나가 피식피식 웃자 도나우 경이 따라 웃었다. 도나우 경은 폴리아나의 미소를 좋아했다. 사람이 행복해서 웃으면 보는 사람도 행복해서 따라 웃게 되니까.

도나우 경이 활짝 웃었다. 빠진 송곳니 빈자리가 휑했다. 황제는 상아로 된 틀니를 선물했지만 도나우 경은 포장을 풀고 한 번도 꺼내지 않았다. 폐하께서 하사하신 물품이니 대대손손 보관할 생각이다.

절대 쓰기 싫어서 그런 것이 아니다.

"솔직히 이번 일은 누님이 잘못했습니다. 폐하와 단둘이면서 이성을 잃을 정도로 술을 마시다니……."

남자와 여자의 문제를 얘기하는 것이 아니다. 제국의 황제와 기사 사이를 얘기하는 것이었다. 등짝 스매싱 수십 번으로 끝낼 일이 아니었다.

폴리아나가 멋쩍어서 허허 웃었다. 도나우 경이 길거리에 토사물을 뿌리고 그 위에서 잠든 주정뱅이 보듯 그녀를 흘겼다.

"저는 폐하의 기사, 누님의 동생. 둘 중 어느 편도 들 수 없고 굳이 따지자면 폐하의 편을 드는 게 맞지만 이번엔 누님 편을 들게요."

"뭐?"

"누님이 어떤 선택을 하든 지지하겠습니다. 그러니까 야파로 갑시다. 가서 죽어도 황후 하기 싫으면 결혼만 했다 이혼하고, 아니면 폐하 얼굴 뜯어먹으면서 살고. 부정만 하지 마세요. 도망가지도 마세요."

준비되지 않은 도주의 결말은 이번 일로 뼈저리게 통감한 터다.

폴리아나가 진지하게 고개를 끄덕였다. 아군이 있으니, 일이 해결된 것도 아닌데 마음이 든든했다.

그날 밤. 폴리아나는 처음으로 검을 들었던 날을 회상했다. 오래 전 일임에도 어제 일어난 것처럼 생생했다.

검을 제대로 못 잡는다고 얻어 터졌다. 가혹할 정도로 몸을 굴렸다. 손바닥에서 진물이 가시지 않았다. 피부가 벗겨지면 피 대신 노란 물이 나오는 걸 배웠다. 사람을 죽이는 법을 배웠다. 생존을 위해 악랄해지는 법을 배웠다. 그녀 또래의 여자아이들이 배우는 것 대신 남자아이들이 배우는 걸 배웠다.

처음으로 사람을 죽인 날 그녀는 울지 않았다.

가끔 사람을 많이 죽인 기사들은 어둠을 두려워한다. 적막과 고요, 어둠이 공존하는 것을 끔찍이 혐오하고 공포에 떨었다. 그들은 손에 묻힌 피의 주인이 죽어서 찾아온다고 믿었다. 망령이 창문을 두드린다고 생각했다.

폴리아나로 말하자면 조국을 팔아먹었다. 출중한 기사보다 죽인 수는 적어도 원한은 더 클 것이다. 에하스의 왕족들이 그녀를 저주하고 있을지도 모른다. 그들의 저주나 망령 따윈 두렵지 않았다.

두려운 것은 단 하나.

폴리아나는 검을 잡은 날을 회상했다. 이번엔 처음 검을 든 날이 아니었다. 그녀를 인정해 주는 사람을 만난 날, 추워서 얼어 죽을 것 같은데 추위가 느껴지지 않았던 그 날.

폴리아나는 기사의 맹세를 하기 위해 검을 청했고 누구도 그녀에게 응하지 않았다. 그러자 룩소스 1세가 친히 왕의 검을 내줬다.

룩소스 1세가 다시 검을 거둬 가려 하나 여전히 그는 폴리아나의 황제 폐하였다.

대륙의 끝을 밟은 날을 떠올리면 가슴이 두근거리며 벅차오른다. 알몸으로 한 기사의 맹세는 눈물이 날 정도로 영광스러웠다. 황제와 함께 보낸 나날이 소중하고 애틋했다. 모두 소중한 추억이었다.

황제와 기사. 누구도 의심하지 않고 당사자들도 영원하리라 믿은 관계다.

무엇보다 폴리아나는 자신 있었다. 룩소스 1세는 절대 그녀를 여자로 보지 않을 것이다. 세상에 인간이 둘만 남아 인류 번식을 위한 목적이 아니고선 절대로.

그녀를 안느니 길거리 논다니를 안겠다던 그 말씀. 잊어 본 적이 없었다.

룩소스 1세는 잘못했다고 사과했지만 폴리아나는 오히려 그 말에 의지했다. 폴리아나는 박색인 외모를 감사히 여겼다. 그녀가 박색이 아니었다면 황제와 하룻밤을 보내고 죽었을 것이다. 그녀가 미인이었다면 인생이 좀 더 팍팍했을지도 모른다.

반했다는 고백에 기쁨보다 배신감이 앞섰다. 시간이 지난 지금도 여전히 기쁘지 않았다. 좀 더 올바르게 처신할 수 있었는데 감정이 과했다는 후회가 남았다.

이렇게 모자라고 어리석은 여자이나 황제의 기사.

결국 폴리아나는 룩소스 1세의 기사였다. 황제의 허락은 필요치 않았다. 그녀는 나라를 배신하고 스스로 주군을 선택했다.

룩소스 1세가 거부해도 폴리아나는 그의 기사로 남을 것이다.

"으흐흐."

정리를 하고 나니 머리가 맑아졌다. 쇠뿔은 단김에 빼랬다. 폴리아나는 다음 날 해가 뜨자마자 도나우 경을 찾았다.

"나 야파 간다. 넌 더 놀다 가라."

"같이 가요!"

폴리아나를 수행해 같이 야파로 갈 생각이었던 도나우 경이 당황했다. 그는 부인과 부모님, 장인장모에게 보낼 편지를 후다닥 작성했다. 집으로 돌아가면 폴리아나 몫까지 등짝을 맞게 되겠지만 그녀를 혼자 보낼 수 없었다.

의남매는 제국의 수도로 향했다. 야파에서 그들을 기다리는 게 무엇인지 짐작도 하지 못한 채.

# 22. 행복

# 22. 행복

폴리아나가 야파로 이동하겠다는 의사를 보이자 시트린 영지의 경비 대장은 호위 인력을 차출하려 했다. 폴리아나는 거절했다.

"나 혼자서도 충분하다."

"성주님, 위험합니다."

경비대장이 반대했다.

폴리아나가 그였어도 반대했을 일이었다. 젊음을 전가의 보도처럼 휘두르며 신나게 날뛰는 청년기사가 아니고서야 혼자 하는 여행은 위험했다.

그리고 높으신 분들은 혼자 돌아다니면 안 되는 법이다. 룩소스 1세를 보라. 늘 아이노 경을 대동하고 다녔다. 아이노 경이 없을 땐 근위대를 우르르 몰고 다녔다. 그 모습이 멀리서 보면 딱 대장 미어캣이다.

아주 특이한 경우를 제외하고 룩소스 1세는 자신의 소중함을 잊지 않았다. 폴리아나에게 반드시 필요한 정신이었다. 나를 소중히 여기고 아끼는 마음. 내가 다치면 주변 사람이 조져질 거라는 경각심.

경비 대장이 실력 좋은 기사들을 추리겠다고 말했다. 폴리아나는 갈등했다. 실력이 좋은 자들이 그녀의 개인적 볼일을 위해 영지에서 빠져나가는 격이다.

'기사 몇은 허락하거나 경호 인력을 따로 빼야겠는걸.'

룩소스 1세가 군제를 개편함에 따라 영지에 상비하는 무장 병력은 모두 제국군 소속이 되었다. 폴리아나는 이 제도의 단점을 알아차렸다.

과거의 귀족들은 가문의 기사들을 경호 인력으로 사용한다. 그런데 제국군 소속이 되면서 부려먹기 난처해졌다. 사적으로 제국군을 이용하자니 이상하고, 돈을 내고 병력을 고용하자니 더 이상했다.

시트린 지방과 야파는 대륙의 중부에 위치했다. 가도는 잘 닦였고 치안도 괜찮았다.

"혼자서도 괜찮다."

"안 됩니다, 누님. 제가 경호하겠습니다."

"도나우 경께서 같이 가 주시면 감사한 일입니다."

경비 대장이 도나우 경을 보고 나서야 안심했다.

도나우 경은 시트린에서 야파보다 몇 배는 되는 원거리를 단독으로 찾아왔다. 그는 되고 폴리아나는 안 되고. 경비대장의 마음이 납득 가면서도 씁쓸했다.

모두 그녀가 부족한 탓이다. 폴리아나는 그렇게 생각했다.

아이노 경처럼 세기의 천재였다면 혼자서도 다니게 내버려 두었겠지. 폴리아나는 일부러 그렇게 생각했다. 여자여서가 아니라 재능이 부족해서라고.

제러드의 유모는 폴리아나의 외출에 근심과 수심을 짊어졌다. 그녀는 세상에 둘밖에 없는(아빠와 아들) 미모의 아기에게 푹 빠진 참이다. 친자식보다 예쁘다고 하니 사랑의 노예가 따로 없었다.

유모는 아무리 귀족이 자식을 남에게 양육시킨다 한들 이렇게 어릴 때 어머니가 자리를 비우면 나쁜 게 아니냐며 걱정했다.

폴리아나는 단순하게 생각했다.

"그 훈련을 버티고 산해진미 대신 개죽을 찾던 아이다. 건강할 거다."

한 삼 일쯤 굶겨도 버티지 않을까. 폴리아나는 그렇게 판단했다.

가장 애를 태운 건 가신들의 수장이었다. 그는 엄청난 걸 시트린으로 가져온 폴리아나가 야파로 가서 다시 엄청난 짓을 벌이지 않을지 걱정했다. 폴리아나는 스트레스로 자주 신물이 올라오게 된 남자의 어깨를 두드렸다.

"영지엔 여파가 안 가도록 하겠다."

"몸 성히 돌아와 주십시오, 성주님!"

'누가 보면 죽으러 가는 것 같잖아.'

쩝. 폴리아나는 입맛을 다셨다.

그렇게 의남매는 시트린 성을 떠났다. 도나우 경이 해산하고 몇 달 지나지 않은 폴리아나의 몸을 걱정한 탓에 걸음에 여유를 뒀다.

사실 도나우 경은 마차를 타고 가자고 주장했다. 그가 마부를 하고 폴리아나가 마차에 타면 된다. 폴리아나가 승마를 고집했다. 그 고집 누가 꺾을까. 도나우 경이 어깨를 으쓱였다.

의동생이 "제발 말하고 사고 치세요."라며 신신당부한 것이 있었다. 폴리아나는 도나우 경에게 그녀의 계획을 밝혔다.

“나는 죽을 때까지 기사이고 싶어.”

“…….”

“너랑 대화한 다음 밤새 생각해 봤어. 난 폐하의 기사야. 폐하의 명령이라면 불구덩이든 지옥이든 뛰어들 수 있어. 기사의 명예가 땅바닥에 떨어지는 일도 서슴없이 할 수 있어. 폐하를 위해서라면 기사를 그만둘 수 있어. 하지만 그건 폐하의 안에서 내가 기사일 때의 이야기야. 폐하의 고백이 진실이라면 난 폐하 안에서 기사가 아닌 거겠지.”

“누님…….”

“폐하의 고백이 진짜일 수 있어. 정말 날 사랑하실 수도 있어. 그렇지만 황후는 되고 싶지 않아.”

“누님이라면 그러시겠죠.”

여자의 행복이란 좋은 남자를 만나 행복한 가정을 꾸리는 것이라고 다들 말한다. 폴리아나는 아니었다.

그녀의 행복은 칼자루를 쥐고 휘두르는 것이다. 칼자루를 놓고 얻는 가정은 세상에서 제일 화목하고 완벽하다 한들 행복이 아니었다.

“그렇지만 제러드를 사생아로 둘 순 없지.”

무슨 일이 있어도 그건 막아야 했다. 자식에 대한 애정 때문이라기보다는 주군의 혈통을 지키기 위해서다. 룩소스 1세에게 아들이 일곱 명쯤 있으면 몰라도 외동딸이 전부였다. 후에 어떻게 될지 몰라도 일단 호적에 넣어야 했다. 또한 제러드는 그녀의 아들이다. 낳았으니 책임져야 했다.

"그렇죠. 어떻게 하시려고요?"

폴리아나가 오만상을 찌푸렸다. 평소에 연애소설을 멀리했더니 이런 식의 콩가루 스토리에 대한 창의력이 부족했다.

'앞으론 로망스랑 연애소설도 조금씩 봐야겠어.'

"일단 폐하와 결혼을 해."

뒤에 나올 말이 너무 뻔해서 도나우 경이 말해 버렸다.

"그러고서 이혼하시겠다고요. 네, 알겠습니다. 어쩜 그런 순진한 말씀을. 앞으로 누님 별명을 '순진의 마녀'로 바꾸죠."

"왜 시비야."

"남녀를 떠나 생각해 보세요. 좋아하는 사람이 있었는데 사정이 여의치 않아 고백을 못 했다 이거예요. 그런데 그 사람과 우연찮게 하룻밤 자서 아이가 생겼어요. 결혼을 하게 됐네? 이때 이혼서류에 서명할 사람이 누가 있겠어요."

"……이혼 안 해 주면 미워한다고 해도?"

허. 도나우 경이 헛바람을 내뿜었다.

"세 살짜립니까."

거기에 더해.

"누님이 폐하를 진짜 미워할 자신은 있고요?"

"크윽…… 내가 어떻게 폐하를 미워해."

부모님은 미워해도 룩소스 1세는 미워할 수 없다. 그것이 폴리아나 인생의 절대적 진리였다.

한 번 맹신이 깨지긴 했지만 폴리아나의 신뢰는 여전히 굳건했다. 룩소스 1세가 얼마든지 그녀에게 강요할 수 있음에도 불구하고 그러지 않았기 때문이다.

10년 만에 대륙을 통일한 황제. 학술적 개념으로만 존재하던 제국과 황제를 대륙에 현존케 한 위대한 군주.

황제의 명령은 대륙의 끝에서 끝까지 닿고 황제의 뜻은 대륙에 두 발을 디딘 모든 사람을 움직인다.

그런 황제가 사랑을 강요하지 않았다. 폴리아나의 행복을 위해 참았다고 말했다. 그것이 진실이든 거짓이든 룩소스 1세는 우는 폴리아나를 끌어안고 달래 줬다.

그 정도면 상처받은 맹신에 새살을 솔솔 돋게 해 주기 충분했다.

“잘해 보세요. 전 무조건 누님 편입니다.”

“말뿐이라서 안 든든해. 행동을 보여.”

“마음만 드리겠습니다.”

행동을 보이고 싶어도 좀 그랬다. 좀이 아니라 많이 그랬다.

주제만 좋고 보면 남녀의 사랑 문제요, 정치적으로 보면 황제의 장남이 걸린 후작과 황제의 갈등이다.

좀 더 크게 보면 외국인 출신 권력자의 대명사 폴리아나 윈터 후작이 황제의 장자를 낳은 대사건이다. 관계자 외의 사람이 봤을 때 이보다 더 아름다운 출세가도가 없었다.

‘북부 소왕국의 평기사로 시작해서 후작이 된 후 황후 자리까지 오른단 말이지. 여자 인생으론 완벽하군.’

폴리아나를 주인공으로 한 로망스와 연애 소설이 천 편은 넘게 나올 출세였다. 그녀를 모르는 사람들이 보자면 완벽한 인생이었다. 초년엔 고난의 연속이었으되 중년부터 인생이 피더니 말년엔 복이 터졌다고 하겠지.

‘그럼 뭐해.’

폴리아나가 원하는 복이 아닌 것을. 그의 의누님은 원하지 않는 복이 넝쿨째 굴러오면 발로 차서 깨부술지언정 그걸 주울 위인이 아니었다.

어쨌든 폴리아나의 마음만 제외하고 봤을 때 제법 달콤한 이야기였다. 전쟁으로 폭력을 채우고 황제의 일편단심으로 로맨스를 채운다. 가장 중요한 에로스는 하룻밤 대형사고로 충족되니 사람들이 좋아할 내용이었다.

도나우 경의 생각대로 사람들은 그런 이야기를 좋아했다.

야파에 도착한 둘을 가장 먼저 반긴 건 제도를 휩쓰는 황제와 여기사의 연애담이었다.

폴리아나와 도나우 경은 대낮에 야파에 도달했다.

해가 떠 있는 시간엔 문을 개방해 놓기 때문에 신분 확인 절차를 밟지 않아도 된다. 그렇지만 폴리아나는 근위병을 찾았다. 이전에 들린 마을에서 룩소스 1세가 예상보다 빠르게 대륙 순회를 마치고 야파로 돌아갔다는 소식을 접했기 때문이다.

폴리아나를 본 근위병은 감히 시선을 마주치지 못했다. 손으로 입가를 가리고 땅만 보는 것이 보기에 답답했다.

'그럴 수도 있지.'

근위병도 평민들 중에선 행세깨나 하는 직업이다. 하지만 진짜배기 귀족인 후작 앞에선 빛이 바랜다. 원래 평민과 귀족은 서로 엮이지 않는 게 서로에게 좋았다. 폴리아나는 근위병을 탓하지 않았다.

"폐하가 언제 돌아오셨지?"

"한 달 전입니다."

"강행군하셨네."

예상보다 빠른 속도에 도나우 경이 감탄했다. 폴리아나도 적잖이 감탄했다. 진짜 번갯불에 콩 구워먹는 속도였다.

폴리아나의 질문에 대답하는 근위병 대신 다른 근위병이 상부에 그녀의 귀환을 보고했다. 잠시 얼굴 좀 보자는 요청이 들어올 줄 알았는데 조용했다.

'바쁜가 보네.'

그럴 수도 있지. 폴리아나는 대수롭지 않게 넘겼다.

근위병은 끝까지 폴리아나를 바로 보지 못했다. 성문을 지키는 새끼가 참 담이 약했다.

야파는 제국의 수도답게 번영했다. 거리를 활보하는 인파는 폴리아나의 기억보다 많았다.

폴리아나는 곧장 황성으로 가기 위해 대로 쪽으로 말을 몰았다. 바로 룩소스 1세를 알현하기 위해서 일부러 이전 마을에서 목욕까지 했다.

대로의 중간 광장 쪽에 사람이 몰려 있었다. 야외연극이 한창이었다. 여자 배우가 검을 든 게 눈에 띄어 폴리아나의 시선을 잡았다. 그녀가 아는 여기사가 주인공인 로망스일까 싶어 폴리아나는 잠시 말을 멈췄다.

그리고.

"야, 저거."

"맞는 거 같습니다."

폴리아나가 의동생을 붙잡고 물었다. 지금 내가 보는 게 내가 생각하는 그거냐?

도나우 경이 대답했다. 그거 맞는데요.

광장에서 연극을 하고 있다면 음유시인들이 입에 침이 마르도록 노래했다는 뜻이다. 그것도 돈을 잔뜩 긁어모은 흥행작이라는 의미.

폴리아나는 도나우 경과 함께 야파의 음유시인들을 찾았다. 결과는 둘이 예상한 대로였다. 술집과 광장, 거리의 음유시인이 황제와 여기사의 연애를 이야기했다.

서로 적으로 만났지만 황제의 이상에 감화된 여기사가 보인 충성의 맹세. 전쟁 중에 싹트는 사랑. 충직한 기사와 주군 사이였지만 기사에게서 여자를 찾은 황제. 고뇌하는 황제. 황제의 고백에 고민하다 마음을 받아들인 여기사.

여느 시가 그렇듯 시작은 이랬다.

"이 작품은 창작물입니다. 실존하는 인물, 지명, 단체, 사건과 아무 관련이 없습니다."

퍽이나.

귀가 있는 사람은 다 알았다. 누가 봐도 룩소스 1세와 폴리아나의 이야기였다.

그렇지 않아도 사람들이 좋아할 이야기에 양념을 팍팍 쳐서 대흥행하고 있었다. 대부분의 창작물이 그렇듯 가장 먼저 음유시인의 입에서, 그 다음 연극으로, 그 다음엔 소설로. 비슷한 인물, 비슷한 사건, 비슷한 스토리가 중구난방 쏟아지고 있었다.

"씨발, 이게 뭐야."

폴리아나가 이를 벅벅 갈았다. 어쩐지 성문에서 마주친 근위병이 수줍게 입가를 가린다 싶었다. 전쟁 영웅을 만나서 영광이라고 생각했거나, 입 냄새가 날까 봐 가렸거나 둘 중 하나로 여겼는데 웃는 걸 참으려고 그랬던 게 분명했다.

'설마 다른 대장들이 안 내려온 것도?'

다른 사람도 아니고 직장 동료다. 무기한 휴가를 썼던 근위대장이 귀환했으니 자이노 경이나 우크 경 둘 중 한 명은 폴리아나를 보러 와야 했다. 아무도 안 올 기색이어서 바쁜가 보다 생각했다.

아니었나 본데?

"누님, 이걸 어쩌죠. 저희 선빵 맞았습니다."

"그러게. 내가 폐하를 너무 얕봤다."

싸움이든 전쟁이든 선빵필승. 야파를 장악한 세기의 연애담에 의남매는 전투돌입 전 사기가 꺾였다.

본래 계획은 이렇다. 포부 당당하게 야파에 입성한 후, 룩소스 1세가 대응할 시간을 주지 않도록 바로 황제를 알현한다.

대응할 시간을 주지 않기는 개뿔이. 폴리아나에게 이 사태를 파악하고 대응할 시간이 절실했다. 폴리아나는 계획을 전면 수정하고 후작저로 이동했다.

본디 폴리아나는 성격상 정보 없는 싸움을 싫어했다. 갑자기 벌어진 사태는 그녀의 안에 내재된 난폭성을 시험했다. 더 난폭해지기 전에 일단 정보부터 모아야 했다.

'으으, 내 도착 소식은 이미 폐하 귀에 들어갔을 텐데.'

자택에 도착한 폴리아나를 집사가 반겼다. 오랜만에 마주하는 주인님이라 그럴까. 태도가 엄청나게 공손했다. 꼭 제국의 안주인이라도 대하는 것처럼.

"주인님, 먼저 연락을 주시지……."

"내가 오는 길에 연극을 봤는데."

"도나우 경도 오셨군요! 얼른 방을 준비하겠습니다."

"말 돌리지 마라."

'이런 젠장.'

폴리아나는 집사의 태도를 보고 속으로 욕했다. 야파에 거주하고 있던 집사가 이 유행을 모를 리 없다. 이런 게 유행하고 있으면 바로 주인에게 연락해야 할 게 아닌가!

폴리아나는 집사를 탓하려다 그만뒀다. 아크레아에 연고 없는 그가 어디서 경력직 집사 자리를 구했을까. 룩소스 1세가 소개해 줬다. 집사 입장에선 주인보다 황제의 우선순위가 높았을 것이다.

또한 폴리아나는 집사에게 제러드의 존재를 숨겼다. 그녀가 먼저 집사를 신뢰하지 않았으니 집사의 이런 소심한 배신을 책망하기 어려웠다.

집사 입장에서야 주인님을 위한 일이라고 생각했겠지. 누구나 폴리아나에게 좋은 일이라고 생각할 것이다.

폴리아나는 적진에 들어온 사실을 실감했다. 그녀의 집인데 집사도 믿을 수 없었다.

"아이고!"

그녀의 손이 이마와 마주쳤다. 짝 소리와 함께 정신 차리고, 폴리아나는 집사에게 그녀가 없는 사이 벌어진 일, 정확하게 황제가 귀환한 뒤 벌어진 일을 캐물었다.

아크레아 제국의 황제 룩소스 1세로 말하자면 가장 먼저 나오는 것이 천금 같은 외모다. 남자의 몸으로 '금세기 최고의 미인'이라는 수식어가 붙은 미모다.

다음으로 나오는 것이 인재 복. 룩소스 1세가 금세기 최고의 미인이라면 측근 아이노 경은 불세출의 천재였다. 아이노 경을 얻은 것으로 대륙 통일의 절반을 이루었다는 평가가 있을 정도다.

아이노 경에서 그치지 않고 온갖 방면의 인재가 황제의 휘하에 몰렸다. 난세에 영웅 난다지만 룩소스 1세의 인재 복은 역대 군주들이 손수건을 씹으며 질투할 정도였다.

다음으로 언급되는 것은 많고 많다. 학자들 입에서 가장 많이 거론되는 것은 탁월한 정보전 능력이었다.

아크레아군은 세련된 정치에 미숙한 대신 전시의 정보 작전에 유능했다. 그러한 작전들이 대부분 황제의 입에서 나왔다는 사실이 전략가와 학자들을 고무시켰다.

아크레아의 군대는 중부 지역을 정복할 때 정보조작을 통해 꿀을 빨았다. 룩소스 1세는 전장에 떠도는 소문에 민감하게 반응했다. 매번 떠도는 소문을 수집해 새로운 거 없냐고 묻는 것이 말버릇이었다.

폴리아나도 옆에서 그녀에 대한 소문을 주워들었기 때문에 잘 안다. 나중엔 레퍼토리가 항상 똑같아서 재미없다고 농담했다.

황제는 정보전에 능하다. 그리고 소문을 통해 폴리아나에게 선빵을 날렸다. 선전포고 없이 진행한 기습작전이었다. 황제와 여기사의 소문은 룩소스 1세가 귀환하기 전부터 퍼졌다. 음유시인 몇이 황제와 여기사의 연애담을 노래했다.

여기사가 주인공인 로망스는 대부분 연애 이야기가 병행된다. 일종의 고전이기에 새로운 내용은 아니었다. 하지만 사람들은 열광했다.

현실에 주인공이 있었기 때문이다.

누구보다 아름다운 황제와 그를 수호하는 충직한 여기사.

누가 들어도 특별 인물을 떠올리게 만드는 연가는 금방 사람들의 귀를 사로잡았다.

시인이 읊는 노래가 진실이든 아니든 중요하지 않았다. 중요한 건 그들의 황제가 현재 미혼이며(돌싱이지만) 여기사 또한 미혼이라는 사실(박색이지만). 시와 노래를 바탕으로 상상의 나래를 펴기 충분했다.

여기사의 일생은 전형적이었다. 불행하고 고된 유년기. 스스로의 힘으로 극복한 위기. 그녀를 찾아오는 위기와 갈등. 모든 것을 해결해 준 멋진 황제 폐하까지.

재료는 준비됐다. 대중들은 원했다.

해피엔딩!

해! 피! 엔! 딩!

우리가 원하는 건 뭐?

해피엔딩!

로망스의 결말을 비극으로 끝내는 것은 최근의 유행이 아니다. 전쟁이 끝난 지 얼마 지나지 않았고 제국은 평화롭다.

번영이 약속된 부흥의 시기. 사람들은 당연한 듯 해피엔딩을 요구했다. 음유시인들은 고객의 요구에 맞춰 해피엔딩을 내놓았다.

황제와 여기사는 서로의 사랑을 확인하고 결혼해서 행복하게 살았답니다. 영원히.

워낙 고전적인 소재에 현실에 비슷한 인물이 있기 때문일까. 처음과 결말은 비슷한데 중간 중간 변형이 들어간 아류작이 쏟아졌다. 개중엔 여기사가 황제의 아이를 임신해 도망가는 내용이 있었다.

폴리아나는 얘기를 듣고 깜짝 놀랐다. 소름이 돋아 팔을 벅벅 긁었다.

"누가 나를 사찰했나? 아니면 그것도 폐하가 일부러 퍼트린 건……."

"흔한 소재입니다, 주인님."

"그래?"

집사의 말에 폴리아나는 안도했다. 룩소스 1세도 그녀와 비슷한 반응을 보였다가 안도한 건 비밀이다.

이상이 평민들 사이에 떠도는 이야기.

사실 평민들의 의견 따윈 중요하지 않았다. 폴리아나는 귀족들 사이에 떠도는 소문을 질문했다. 그쪽이 진짜였다.

"화내지 않을 테니까 사실대로 말해. 폐하께서 어떻게 소문내셨지?"

폴리아나는 소문의 당사자이자 피해자다. 자세히 알 권리가 있었다. 집사는 주인님의 집요한 시선을 회피했다.

"주인님의 명예에 해가 되지 않는……."

"빨리 말해!"

화내지 않는대 놓고 폴리아나가 버럭 언성을 높였다.

선빵을 맞아 심기가 불편했다. 지나치게 황제와 여기사 커플을 지지하는 평민들의 태도도 마음에 들지 않았다.

여기사가 황후가 되면 당연히 해피엔딩인가? 정말 그럴까?

"황자 저하에 대한 소문은 나지 않았습니다. 폐하께서 주인님께 일편단심이란 얘기만……."

끄아아.

폴리아나가 두 손으로 얼굴을 가렸다. 이어 제 뺨을 치려다 방향을 바꿔 벽을 후려쳤다. 도나우 경이 그녀의 건물 폭행을 저지했다.

"누님, 그만하세요. 손 다쳐요."

"놔!"

"의사 말 좀 들어요!"

뼈가 제자리로 돌아갈 때까지 몇 년이 걸리니 몸 함부로 굴리지 마세요. 다른 레이디들은 너무 쉽게 지키는 걸 폴리아나는 허구한 날 어겼다. 그렇지만 이번엔 건물을 팰 수밖에 없었다.

집사에게 아이 얘기가 들어갔다. 이 말인즉, 룩소스 1세가 제러드에 대해 알고 있는 쪽이 유리하다 생각되는 사람에겐 제러드의 존재를 밝혔다는 것이다.

제러드의 호적 문제가 있으니 계속 비밀을 유지할 건 아니다. 하지만 사람이 마음의 준비를 할 시간은 줘야지. 이렇게 선빵 치고 준비 다해 놓고 기다릴 줄 알았으면 그녀는 야파로 오지 않았다.

폴리아나가 적군의 명장 찾듯 룩소스 1세를 불렀다. 존경과 미움을 담아서.

"아악! 폐하!"

"누님, 진정하세요."

"진정하게 생겼어?"

"누님도 아시잖아요. 폐하가 원하셨으면 이렇게 할 필요도 없다는 걸."

황제가 진정 마음을 독하게 먹으면 소문을 내 여론을 조성할 필요가 없다. 명령하면 끝이다. 폴리아나가 조금 진정하는 기색을 보이자 집사가 거들었다.

"흥분은 몸에 안 좋습니다, 주인님."

도나우 경이 폴리아나를 의자 쪽으로 이끌었다. 집사가 재빨리 미지근한 물을 권했다. 폴리아나는 일부러 물을 여러 번에 나눠 마셨다. 잔을 비우자 흥분이 조금 풀렸다.

"누가 알고 있지?"

아이노 경과 제1근위대 몇몇은 황제와 동시에 알았으니까 일부러 말하지 않아도 된다. 폴리아나는 예상가는 인물을 떠올렸다. 단순 결혼 문제가 아니라 황자가 얽혀 있으니까 공적으로 중요한 인물. 루조 대공, 벤티에 경……이 아니구나.

'이제 제이시 후작이지.'

시이제 후작의 실각으로 시이제 후작가는 멸문됐다. 벤티에 경은 그간의 공적을 인정받아 새로운 성과 작위를 받았다. 성은 시이제를 뒤집은 제이시, 작위는 후작이다. 바로 공작위를 받지 못한 건 혈육을 팔아치웠다는 오명을 벗기 위해서다. 판 거 맞지만.

폴리아나는 예상 가는 인물을 짚어가며 집사에게 대답을 촉구했다. 집사가 말했다.

"저는 폐하께서 언질해 주신 것 외에 알지 못합니다."

"더 아는 것 같은데."

"진실입니다, 주인님. 제가 주인님께 연락을 드리지 않아 실망하신 것을 알지만 소인들은 언제나 주인님을 위해 움직입니다. 주인님의 행복이 저희들의 행복입니다."

폴리아나도 안다. 집사가 생각했을 때 폴리아나에게 해 되는 이야기가 아니니 침묵했을 것이다. 꽃뱀에게 낚였던 주인님을 황제 폐하가 사랑하신다니 이거구나 싶었겠지. 주인에게 득이 된다 여겼겠지.

모두가 바라는 해피엔딩. 고맙게도 그녀의 행복이 자신들의 행복이라 말해 주는 종복.

정말 고마운 마음씀씀이에도 불구하고.

폴리아나는 웃을 수 없었다.

룩소스 1세는 야파 사교계에 소문 하나를 퍼트렸다. 내용인 즉, 황제가 윈터 후작에게 반해 상사병에 걸렸다.

처음 소문낼 땐 아무도 안 믿었다. 정보 조작을 위해 투입된 정보부 몇은 재미없는 농담 하지 말라는 지인들에게 맞았다.

상황이 변한 것은 황제가 야파로 돌아온 이후다.

룩소스 1세가 세간에 떠도는 연애담을 좋아하는 건 아는 사람은 다 아는 사실. 어느 귀족이 황제에게 말했다. 폐하가 윈터 후작을 얼레리 꼴레리 한다는 소문이 떠돕니다. 정말 웃기지 않습니까?

말을 꺼낸 귀족은 룩소스 1세가 "떽! 그런 소문은 윈터 후작에게 폐가 된다! 짐은 돌싱이고 그녀는 미혼이지 않느냐!"라거나 "하하, 짐이 후작을 많이 총애하긴 하지!"라고 웃어넘기는 반응을 바랐을 것이다.

황제는 소문의 불씨를 키울 반응을 택했다. 그는 아름다운 얼굴 가득 수심과 그리움, 진심을 담아 애절하게 말했다.

"어찌 알았느냐."

그 거짓말 진짜.

진실은 언제나 거짓을 관통하는 법. 귀족들은 동요했다. 저건 진짜였다! 그 말도 안 되는 소문이 진짜였던 것이다!

그들은 믿고 싶지 않은 진실을 부정했다. 일부러 의심하고 의혹을 덧붙였다. 가장 유력시되는 건 황제의 결혼 문제다.

레베카의 장례 이후 1년이 지났다. 국상 기간이 끝나자마자 아이노 경은 시켈과 성대한 결혼식을 올렸다.

아이노 경의 결혼이 끝나기만 기다렸던 귀족들이 황비 후보감을 추려 야파로 보냈다. 개중엔 저번 후보로 발탁되었다가 시집 안 가고 기다려 다시 후보에 오른 레이디도 있었다. 룩소스 1세는 그것들을 모두 치워 버렸다.

황제가 일갈했다.

"결혼은 짐이 알아서 할 것이다."

신하들은 답답해서 가슴을 쳤다. 자식들 혼사보다 황제 혼사가 먼저였다.

알아서 하기는 개뿔. 일만 하면서.

부인 하나는 사별, 하나는 이혼, 하나는 혼인 무효. 어쩜 결혼생활이 이렇게 박진감 넘치는지 모를 일이다. 누구라도 결혼이 꺼려질 사연이긴 했다. 이런 시점에서 후작과 황제의 염문설(?)이 퍼지는 이유가 무엇이겠는가.

의심암귀가 든 자들이 주장했다. 이건 황권을 강화하기 위한 정치적 결합이다!

듣고 보니 상당히 타당한 주장이었다. 룩소스 1세의 심경고백을 직접 보지 못한 귀족들은 이쪽으로 방향을 선회했다.

황제의 고백을 직접 보고 들은 자들은 손사래를 쳤다. 그거 아니야. 진짜야.

진짜라고 우겨 봐야 머리에 꽃피었다는 소리나 듣는다. 그러나 진실파의 세력은 만만치 않았다. 루조 대공과 재상인 제이시 후작이 진실파의 양대 산맥이었다.

의심암귀파에선 저 둘이 진실로 주장하는 것만 봐도 정치적 수작이라고 말했다. 설득력이 넘쳤다.

아이노 경의 결혼과 원로원 소탕이 끝난 아크레아 사교계는 조용했다. 황제의 결혼이 최고의 이야깃거리인 마당에 이토록 자극적인 소문이 돌았다.

사람들은 소문에 대한 각자의 생각을 말하기 바빴다. 진실을 궁금해 하고 진짜 정치적 쇼인지 궁금해 했다. 만약 트루 러브라면 폴리아나가 어떻게 황제의 마음을 사로잡았느냐가 최대의 관심사였다.

그런 와중 폴리아나가 야파로 돌아왔다.

폴리아나는 내성에 진입하자마자 한숨을 쉬었다. 지위고하를 막론하고 모두 그녀를 보고 있었다.

말로는 반갑게 "언제 오셨나요." 인사한다. 돌려 말하는 궁정의 화법은 소용없었다. 돌려서 말하기 전에 얼굴에 가득한 호기심부터 버려야 할 것이다.

폴리아나 입장에선 의심암귀파가 나았다. 진실파는 폴리아나를 보자마자 입부터 가리기 바빴다. 그들은 남의 연애가 그렇게 좋은지 음흉한 미소를 머금고 폴리아나를 응시했다.

전부 한 대씩 때려주고 나무에 매달아야 했다.

"대장님!"

폴리아나의 귀환 소식을 전해 받은 제2근위대가 달려왔다. 대부분 음흉한 미소를 짓고 있었다. 그녀의 부하들은 진실파였던 것이다.

폴리아나는 턱 밑에 엄지를 대고 가로로 그었다. '더 이상 말하면 죽여 버린다.' 군에서 사용하는 공식적인 수화는 아니지만 의사를 전달하기에 충분했다.

제2근위대원들이 주춤거렸다. 그들은 자기들끼리 시선 교환을 하고 왔던 길로 돌아갔다.

폴리아나의 전신에서 뿜어져 나오는 기운이 심상치 않았다. 아주 흉악했다. 지금 폴리아나는 룩소스 1세를 알현하기 위해 단정한 차림이다. 봉두난발을 하고 손에 칼을 들었다면 연쇄살인마 소리 들을 기세였다.

폴리아나의 입술이 오리처럼 불퉁해졌다. 도나우 경은 긍정적으로 생각하라고 말했다.

"생각보다 반응이 온건한데요."

"음……."

"누님이 걱정한 그런 얘기 안 나오잖아요."

"모르는 일이다."

"자긍심을 가지세요, 누님. 사람들이 누님을 인정하고 받아들였다는 의미잖아요."

"으음……."

폴리아나가 마지못해 미적미적 대답했다. 신기하게도 그녀가 가장 걱정한 반응들이 보이지 않았다.

황제를 홀린 요녀. 주제도 모르는 창녀. 여자는 어쩔 수 없지. 룩소스 1세의 고백을 듣기 전까지 한 귀로 듣고 흘렸던 무수한 말들. 이제는 진실이 되어 버린, 그렇게 여겨질 거라 생각했던 말들. 각오했는데 야파는 진실파와 의심암귀파로 나뉘어 있었다.

남자를 홀리는 여자가 되기에 폴리아나는 지나친 거물로 성장했다. 그걸 인정받은 기쁨은 잠시뿐. 다들 이 사건을 '대박 사건'으로 보고 유흥처럼 여긴다. 또한 아직 속단하기엔 일렀다.

"아직은 모르는 일이다."

성에서 마주친 귀족들의 반응을 확대 해석하는 건 섣부른 판단이었다. 이렇게 온건한 반응이 나오는 건 폴리아나가 거물이 된 것도 있으나 황제가 직접 소문을 냈기 때문이 크다.

룩소스 1세는 자기가 먼저 폴리아나에게 반했다고 소문냈다. 황제의 일방적인 짝사랑이 소문의 요점이었다. 폴리아나의 외모와 성격 때문에 말도 안 된다는 주장이 있으면 그럴 수 있다는 주장도 존재한다.

룩소스 1세와 가장 오랜 시간을 보낸 여자는 다름 아닌 폴리아나다. 전장을 같이 누볐으니 정이 쌓여 애정으로 발달할 수 있다는 주장이 설득력 있게 받아들여졌다.

귀족들은 대부분은 정략혼과 계약혼을 한다. 처음부터 사랑하고 시작한 부부관계는 없었다. 그래도 계속 마주치다 보면 정이 들고 서로를 존중하면서 애절하진 못해도 어렴풋한 애정을 쌓는다. 기혼자들은 그렇게 이해했다.

그놈의 대박 사건. 폴리아나가 참 좋아하던 거였다. 남의 일일 땐 그렇게 재밌더니 본인 일이 되니 재미없었다. 그녀와 대박 사건을 공유하던 룩소스 1세께서 대박 사건을 소문내 주신 덕분에 일이 어렵게 됐다.

폴리아나의 전의가 절반 이상 떨어졌다.

황제의 시종들을 마주하자 5할 깎인 전의가 아예 바닥으로 떨어졌다.

시종장 체일을 비롯한 모든 시종들이 공손하게 인사했다. 본래도 공손하고 예의바른 그들이나 오늘은 더욱 각별했다. 제국의 후작, 황실을 수호하는 근위대장에게 하는 인사가 아니었다. 제국의 황후, 황제의 부인을 대하는 태도였다.

"송구하오나 잠시만 기다려 주시옵소서."

"옵소서?"

"고귀하신 분께 올바른 자세를 취해야 옳사옵니다."

뒤에 '마마' 붙이고 싶은 거 참느라 힘드시겠소?

폴리아나는 비아냥거리고 싶은 걸 꾹 참았다. 체일의 태도를 보아하니 그는 제러드의 존재를 알고 있었다.

"폐하께서 국정으로 많이 분주하신가?"

"잠시면 되옵니다."

폴리아나에겐 이런 때 마음대로 황제를 볼 수 있는 특권이 있었다. 하지만 그녀는 함부로 사용하지 않았다. 국정으로 바쁠 황제를 방해하고 싶지 않았기 때문이었다. 일하는 도중 맥이 끊기면 다시 집중하기 번거롭고 짜증난다. 그 마음을 폴리아나는 이해했다.

"누님 혼자 들어가실 겁니까?"

"그래."

"제가 같이 들어가는 게 나을 것 같은데요."

"개인적인 내용이잖아."

"그렇지만요, 누님."

도나우 경이 폴리아나를 내려다봤다.

"솔직히 누님과 폐하의 말솜씨에 차이가 있어서 누님이 휘말려 들고 끝날 것 같아요."

"……."

"누님은 말주변이 부족한 편이니까."

"그래도 할 말은 다 해."

폴리아나가 발끈해서 대꾸했다. 말주변이 없을 뿐이다. 필요한 말, 해야 할 말은 다 하고 살았다. 예전엔 지위가 낮은 서러움으로 하고 싶은 말을 꾹꾹 참았지만 이젠 그럴 필요 없다. 주위에서 폴리아나의 눈치를 보면 모를까.

몇 분이 지났지만 여전히 들어오라는 말이 없었다. 참다못한 폴리아나가 체일에게 질문했다.

"아직 멀었소?"

"조금만 더……."

시종장이 대신 부탁했다. 폴리아나는 도나우 경과 같이 오길 잘했다고 생각했다. 그녀 혼자였다면 기다리는 동안 지루했을 것이다.

"마린은 잘 있지?"

"네. 마틴과 마린 둘 다 건강합니다."

마틴은 히우 경과 박시 부부의 아들 이름이고 마린은 도나우 경과 바니사의 딸 이름이다. 며칠 간격으로 태어난 사촌 남매는 어머니가 쌍둥이라 그런지 자기들끼리도 사이가 좋았다.

"둘 다 얼마나 힘이 좋은지……."

도나우 경의 표정이 애잔했다. 폴리아나가 고개를 끄덕였다.

"엄마 닮았구나."

아이들의 힘이 좋다는 말에 폴리아나가 바로 말했다. 진실을 모르는 자들은 외할아버지인 래비 경을 닮았다고 떠들 것이다. 폴리아나는 진실을 알았다. 박시, 바니사 자매가 가냘픈 몸에 감춘 괴력을!

훈련도 안 받은 레이디들이 사슴을 번쩍번쩍 든다. 폴리아나 입장에선 부러워 죽을 지경이었다.

"누님이 보내 주신 유아용 목검에 벌써 둘 이름을 새겨 놨다니까요."

'둘?'

마틴 혼자가 아닌 마린을 합해서 둘이다. 폴리아나는 마린에게 유아용 목검을 들려 주겠다는 얘기를 되묻지 않았다. 마린은 도나우 경의 딸이다. 딸의 교육은 전적으로 어머니의 권리였다.

바니사가 그러길 바란다면 간섭할 수 있는 사람은 마린의 아버지이자 바니사의 남편인 도나우 경 정도. 도나우 경이 약간 들뜬 기색으로 말한 것을 봤을 때 그도 동의했을 것이다.

무가 중엔 딸에게 가벼운 호신술이나 기본적인 검술을 가르치는 가문이 있다. 검을 쥐여 준다고 해서 반드시 기사가 되는 것이 아니다.

"그렇구나."

도나우 경이 씨익 웃었다. 가벼운 미손데도 그가 누리는 행복이

전해졌다. 폴리아나도 덩달아 웃었다.

아이 얘기가 나오자 시종장 체일이 우물쭈물하다 둘 사이에 끼어 들었다. 일평생 룩소스 1세를 지근거리에서 봉사한 시종장은 아주 궁금한 게 있었다.

"황자 저하께서 폐하를 쏙 빼닮았다는 것이 사실이온지……."

"누가 봐도 폐하의 아들이요."

"크윽! 어서 뵙고 싶습니다."

엄마인 폴리아나 대신 도나우 경이 대답했다. 체일은 두 손을 불끈 쥐고 좋아했다. 자기 자식이 태어났을 때에도 저렇게 좋아하지 않은 양반이었다. 그는 세상 다 가진 것처럼 좋아했다. 시종장의 체면을 잃고 웃음을 흘렸다.

"하아, 폐하를 빼닮은 황태자 전하…… 황홀해서 몸서리가 쳐지옵니다. 일찍 아이 보길 잘했습니다. 나이차가 적절하니 대를 이어 모시는 영광을 누릴 수 있게 되었습니다."

대를 이은 봉사는 시종으로 누릴 수 있는 최대의 영광이었다. 기사들도 비슷한 사고를 갖고 있었기 때문에 폴리아나는 체일의 마음을 이해했다. 그녀 아들만 아니었어도 같이 좋아하고 있었을 것이다. 대를 이어 봉사할 수 없는 안타까움에 자식 있는 동료들을 질시에 찬 눈으로 응시했을지도 모른다.

꽤 시간이 걸린 뒤에 황제가 독대를 허락했다. 행복한 가정 이야기를 들었기 때문에 폴리아나의 의지가 가득 찼다. 폴리아나는 전의를 불태우며 성큼성큼 걸었다.

문이 열렸다. 제국의 황제 폐하를 뵙는 길. 폴리아나가 아랫배에 힘을 주고 주군께 인사했다.

"신 폴리아나 윈터 후작, 제국의 황제 폐하를 뵙사옵…… 헙!"

폴리아나의 동공이 확장했다. 그녀는 인사를 중간에서 끊었다. 말을 이을 수 없었다. 쩍 벌어지는 입을 가리기 위해 손이 동원됐다.

도망가려 했으나 문이 닫혔다. 퇴로가 막혔다. 눈을 돌리려고 했는데 돌리기 싫은 마음과 상충됐다.

룩소스 1세가 있었다. 그냥 '있는' 게 아니었다. 요정이 뽑아낸 것처럼 반짝이는 순도 높은 금발이 인공적인 조명 아래에서 반짝였다. 애수에 찬 초록색 눈동자는 보석보다 아름다웠다.

황제가 좋아하는 붉은색 의상은 오늘따라 더욱 그의 금발과 잘 어울렸다. 옷 위를 덮은 보석 장신구는 금발과 비슷한 정도로 반짝였다. 얼굴은 잔털을 제거해 더 희게 보였으나 유약하단 인상은 주지 않았다.

황제의 조각처럼 아름다운 얼굴로 인해 진짜 조각이나 인형처럼 보였다. 하지만 사람이다. 그래서 더 아름다웠다.

머리끝부터 발끝까지. 완전무장한 룩소스 1세가 회심의 미소를 뿌렸다.

"왔는가?"

"아, 아름다우십니다!"

아름다움이란 개념이 생물이라면, 생물 중에서도 인간의 모습이라면 분명 지금의 황제이리라. 폴리아나가 전의고 뭐고 싹 잊어버리고 외쳤다.

"아름다우십니다, 폐하!"

우리 폐하 미모는 세계 제일!

폴리아나가 두 주먹 불끈 쥐고 외쳤다.

세상에 어쩜 저렇게 아름다운 사람이 있을 수 있는지. 폴리아나는 선왕비와 선왕 전하께 너무 감사했다. 살면서 이런 눈 호강을 하다니 내일 죽어도 여한이 없었다.

20세를 막 넘겼을 시점에도 적군 기사가 눈 호강 타령을 하게 만들더니 서른이 넘어서 더 미모가 빛을 발했다. 아름다움에 한계란 없다는 듯, 그녀의 주군께선 매일매일 더 아름다워지고 계셨다.

"폐하! 오늘 폐하의 모습은 정말 완벽, 완벽을 넘어선 신의 조화입니다! 이걸 저만 볼 게 아니고 다른 사람들과 같이 봐야, 그래야 합니다! 그래!"

폴리아나의 이성을 상실시켰다는 점에서 공격용으로 써도 되는 미모였다. 무장한 건 황제만이 아니다. 룩소스 1세의 미모가 가장 돋보일 수 있도록 방의 벽지, 바닥 카펫, 가구의 색상을 교체했다.

"어쩜 두르고 계신 보석들보다 폐하의 미모가 아름답고 눈부시며 특히 오늘 걸치고 계신 붉은색은 제가 처음 보는데 분명히 비쌀 거 같지만 잘 어울리셔서 제 재산을 털어서라도 잔뜩 사 드리고 싶은 그런……!"

친위대 시절부터 부단히 연마한 칭찬의 기술이 자동반사적으로 튀어나왔다. 룩소스 1세의 미모에 눈이 멀어 막 뱉는 말이라 마호갈 경에게 합격점을 받을 수준엔 못 미쳤다.

어쩜 서 계신 바닥까지 폐하의 미모를 돋보이게 하고 있습니다! 까지 말하고 폴리아나는 깨달았다.

노리셨구나!

'어쩐지 기다리게 두더라니!'

깨달음이 늦었다. 폴리아나가 정신을 차렸을 땐 룩소스 1세가 그녀의 손을 잡은 뒤였다. 황제가 가까이 다가오자 폴리아나는 얼굴을 붉혔다. 그에게서 좋은 냄새가 났다.

"이건 반칙입니다, 바, 반칙입니다! 정당하지 못합니다! 폐하!"

"하하."

룩소스 1세는 변명 없이 폴리아나의 손을 잡고 의자로 이끌었다. 폴리아나는 얌전히 따라 걸었다. 입은 여전히 반칙, 반칙을 연발했다. 폴리아나가 의자에 앉자 룩소스 1세가 옆에 앉았다.

'왜 맞은편에 안 앉으시고!'

폴리아나가 의자 가장자리로 몸을 피했다. 룩소스 1세는 몸을 붙여 오지 않았다.

"치사하게 소문 다 내셨습니다!"

"전쟁에 치사한 게 어딨겠나."

"이것이 왜 전쟁입니까."

"전쟁이지. 인간이 벌이는 가장 가혹한 전쟁. 사랑하는 이의 마음을 잡기 위한 투쟁 아니냐."

이것이 전쟁이라면 폴리아나는 여러모로 불리했다. 선빵을 거하게 맞았고 이어서 적의 미인계에 당했다. 그러나 여전히 전쟁의 약자는 룩소스 1세였다. 놀랍게도 이 싸움의 승리의 열쇠는 처음부터 마지막까지 폴리아나의 것이었기 때문이다.

대륙을 일통한 황제라도 사랑의 전쟁에선 일방적인 약자. 룩소스 1세는 약자의 위치를 잊지 않았다. 상기하고 이용했다.

약자는 강자를 이기기 위해 수단 방법을 가리지 않는다. 룩소스 1세도 폴리아나의 마음을 얻기 위해 수단 방법을 가리지 않을 생각이었다.

"저는."

숨이 멎을 것 같은 아찔한 미모에 폴리아나는 간신히 적응했다. 어려운 일이었다. 친위대와 근위대 경력이 없었다면 불가능했을 것이다.

폴리아나는 야파로 와 룩소스 1세에게 하려던 말을 떠올렸다. 그녀의 결심, 그녀의 마음가짐을.

'좋아.'

"저는 폐하와 결혼을."

"경의 영지를 떠나고 생각해 봤네."

"네?"

폴리아나는 입을 다물었다. 그녀의 결심을 말하기 전에 주군의 말을 경청했다.

"내가 아는 폴 경이라면 어떤 반응을 보일까. 어떤 말을 할까. 아이 때문에 나와 결혼하려 할까. 나는 헤어지기 전 존경하는 귀경에게 말했지. 경이 여자임을 부정하지 않고 행복을 만끽하길 바란다고."

룩소스 1세의 시선이 약간 아래로 향했다.

"경은 바보가 아닌데 왜 그런 말을 했을까. 경은 들어오는 행복을 거절하는 이가 아닌데 말이야. 그렇게 생각하고 깨달았다. 폴 경의 행복은 그런 삶이 아님을. 귀경이 날 찾아온 건 이렇게 말하기 위해서겠지?"

룩소스 1세가 빙그레 웃고는 폴리아나가 하려던 말을 말했다.

"제러드를 위해 결혼하겠습니다. 그러나 기사를 그만둘 순 없습니다. 이혼하겠습니다. 허락해 주십시오."

폴리아나가 하려던 말과 한 치의 오차도 없었다. 정면을 응시하던 룩소스 1세가 폴리아나 쪽으로 몸을 비틀었다. 그가 폴리아나의 손을 붙잡았다. 폴리아나는 뿌리치지 못했다.

"정답인가?"

"역시 폐하께선 현명하시고 영민하시고 총명하시고…… 저를 아십니다. 아시면서 왜 이러셨습니까."

"경이 모르기 때문이다."

"무엇을 모릅니까."

"행복."

폴리아나는 미간을 찌푸렸다. 그녀는 행복을 알았다. 그녀를 인정해 주는 주군을 만난 날. 기사 모두가 그녀 같았더라면 대륙 정복을 두 배는 빨리 해치웠으리라는 말을 들은 날. 주군께 도움이 된 날. 보탬이 된 날. 의동생을 얻은 날. 대륙의 끝을 밟고 황제의 미소를 본 날.

그 모든 날들이 폴리아나의 행복이었다.

"저는 행복을 압니다."

"아니. 몰라. 모르기 때문에 거절한다. 귀경은 온당하게 누릴 수 있는 행복을 하나도 모른다. 전혀 몰라. 자고로 고기도 씹어 본 자가 먹는다고 했다. 세상에 진미가 가득한데 입덧으로 개죽을 찾은 경이 행복을 안다고?

경의 행복이 남들과 다른 걸 알아. 그러나 귀경은 보편적인 행복을 접해 본 적 없으면서 무작정 부정하나? 귀경이 인생에서 한 번이라도 일반적인 여자의 행복에 발을 담가 본 적이 있나?"

없었다.

폴리아나는 말을 하지 못했다. 잡힌 손의 압력이 세졌다. 룩소스

1세의 손아귀 힘이 강해졌기 때문이다. 침묵은 긍정. 룩소스 1세는 그렇게 받아들였다. 아니어도 상관없었다. 그는 수단 방법을 가리지 않을 것이다.

"그러니 내게 기회를 줘."

폴리아나는 충격 받았다. 룩소스 1세의 눈에 그녀가 가득 찼다. 그녀 말곤 아무도 없었다. 오직 그녀만 존재했다.

"행복을 알려 주겠다. 사랑받는 여자의 기쁨을 알려 주겠다. 황제의 사랑을 받는 게 어떤 건지 알려 주겠다. 변치 않을 애정을 확인시켜 주겠다."

"폐하, 정말 제게 진심, 진심이십니까?"

"대륙의 끝을 밟고 돌아선 순간부터 항상. 영원히."

사수가 저도 모르게 쏜 화살이 룩소스 1세의 심장을 관통한 이후로 줄곧 그는 폴리아나의 포로였다.

잡힌 손이 뜨거웠다. 폴리아나는 슬쩍 힘을 줘 룩소스 1세의 손을 마주잡아 봤다. 손가락 끝에서 두근거리는 고동이 느껴졌다. 폴리아나의 심장이 지끈거렸다. 그녀가 동정심이나 책임감 따위의 합리화를 한 감정이다.

죄스러울 정도로 순수했다. 이제 알아챈 게 신기할 정도로 맹목적이었다. 세상의 누가 이 아름다운 남자의 진심을 외면할 수 있을까.

폴리아나의 얼굴에 홍조가 올랐다. 그녀가 룩소스 1세에게 반한 건 아니다. 하지만 이렇게 진심이라면 폴리아나에게도 의무가 생겼다.

부정하지 말 것. 외면하지 말 것. 그리고 기회를 줄 것.

룩소스 1세는 노력하는 자를 좋아한다. 본인이 노력가이기 때문이다. 폴리아나도 주군을 본받아 노력하는 이를 좋아했다. 한때 목적 없는 노력이 그녀를 매몰시킨 적 있었다. 누군가 확고한 목적을 갖고 노력한다면 그걸 지켜봐 줄 아량이 있어야 한다. 그것이 여유를 가진 멋진 삶이다.

비록 이 아량이 폴리아나의 여유를 갉아먹는다 해도.

폴리아나는 긍지를 포기할 생각이 없었다.

"알겠습니다."

"고맙다."

룩소스 1세가 느리게 고개를 숙였다. 금빛 타래가 꿈결처럼 흘러내렸다. 황제의 관은 무거워 숙일 수 없다더니, 사랑하는 여자 앞에선 너무 쉽게 숙여지는 고개였다.

"기회만 드리는 겁니다."

결혼이야 제러드 때문에 어쩔 수 없이 해야 하는 것. 폴리아나가 황제에게 반한 것이 아니다. 얼굴을 붉힌 건 생리적인 반응이었다. 룩소스 1세는 환장할 만큼 아름다웠다. 각진 턱과 선이 굵은 미남임에도 아름답다는 말을 쓰는데 어색함이 없을 정도였다.

"알고 있다. 나는 대륙을 일통하는데 10년의 공을 들였지. 사모하는 여인은 대륙 못지않게 중하니 10년이 아까울까."

룩소스 1세는 붙잡은 손을 쉽게 놔줬다. 하도 잡고 있기에 손등에 입이라도 맞출 줄 알고 긴장한 게 무안했다. 그가 문 앞까지 폴리아나를 에스코트했다. 폴리아나는 얼떨결에 황제의 팔을 안고 걸었다.

"오느라 피곤했을 테니 딴 데 들리지 말고 쉬어라."

"괜찮습니다."

"보는 내가 괜찮지 않아. 폴 경. 칼침과 출산은 다르다. 경의 건강을 과신하지 말고 경을 아끼는 자들의 충고를 들어. 특히 경을 사랑하는 내 말을."

듣는 폴리아나는 부끄러운데 룩소스 1세는 눈을 감고 방금 한 말을 되새겼다.

사랑.

고백하고 나니 계속 말하고 싶었다. 그는 달콤한 밀어를 속삭이고 사랑을 이야기하는 것이 하나도 부끄럽지 않았다. 외려 자랑스러웠다.

룩소스 1세는 행복했다. 깊숙이 숨겨왔던 마음을 전할 수 있다. 상대가 고백을 들을 수 있다. 폴리아나가 그에게 기회를 줬다.

폴리아나가 그를 남자로 인식했다. 똑같이 아름답다는 찬사였지만 과거와 확연한 차이가 있었다. 폴리아나의 도착 소식을 듣자마자 꽃단장을 한 보람이 있었다.

룩소스 1세가 친히 문손잡이를 잡고 돌렸다. 폴리아나는 황제가 열어 주는 문으로 나가는 영광을 누렸다. 열린 틈새로 룩소스 1세를 본 도나우 경이 버럭 외쳤다.

"아름다우십니다!"

이후 이어지는 찬사는 마호갈 경이 합격점을 줄 정도로 훌륭했다.

꼬꼬댁 꼬꼬. 꽃단장의 성공을 자축하듯 수탉이 벼슬과 꽁지깃을 흔들며 요란하게 울었다. 룩소스 1세의 머릿속에서 1차전을 승리한 수탉이 가슴 깃을 부풀려 과시했다. 스스로의 미모에 자신감 넘치는 모양새였다.

쯧쯧. 도나우 경이 혀를 찼다.

그의 예상대로 폴리아나는 룩소스 1세에게 말려들었다. 말솜씨의 문제가 아니었다. 장님이 아니고선 헤어 나오지 못할, 모든 걸 압도하는 미인계의 대승리였다.

오늘 룩소스 1세는 같은 남자가 보아도 눈물을 줄줄 흘릴 정도로 아름다웠다. 신성이 느껴질 정도로 아름다운 남자와 밀실에 단둘이 있었다. 집중공격을 당했을 터다. 심지어 그 남자는 작정하고 폴리아나를 꼬실 심사였다.

선빵에 집중공격에 미인계까지. 이 전쟁은 텄구나. 도나우 경은 일찌감치 승자를 점쳤다.

룩소스 1세는 폴리아나에게 휴식하도록 명령했다. 폴리아나는 착실하게 명을 수행했다.

중간에 많은 방해가 있었다. 술을 마시자는 동료 및 귀족들. 대장님 저희 버리고 가시냐는 부하들의 아우성. 후작님 오랜만에 오셨으니 저희와 놀아 달라는 시녀들의 유혹. 오랜만에 오셨는데 어떻게 황녀마마 얼굴도 안 뵙고 가냐는 후궁 시녀들의 협박.

다 뿌리쳤다. 폴리아나와 도나우 경은 윈터 후작저로 향했다.

저녁식사 자리에서 도나우 경이 귀가 의사를 밝혔다.

"전 내일 집으로 갈게요."

"너무 피곤하지 않겠어?"

"여기 있어 봤자 도움 안 될 거 같고……."

어째 룩소스 1세의 승리를 확신하는 말투였다. 폴리아나가 욱했다.

"내 편 들어 준다더니."

"누님 편이야 들어 드리죠. 그런데 누님 완벽하게 말리셨어요."

폴리아나가 분해서 외쳤다.

"아름다우신 걸 어쩌란 말이야!"

"이전의 누님이었다면 순수하게 감탄했을 거예요."

도나우 경이 룩소스 1세의 승기를 점친 결정적 이유였다.

이전의 폴리아나였다면 미인계가 안 통했다. 폴리아나에게 룩소스 1세란 남자가 아니고 하늘같은 주군이셨기 때문이다. 그런데 하늘같은 주군을 술 마시고 덮쳤기 때문일까. 폴리아나의 눈과 마음이 사시나무 떨듯 떨리고 있었다.

사람이 돌이나 나무가 아닌 것을, 마음이 흔들린다고 비난할 수 없다. 아름다운 것에 시선이 끌리는 것은 본능에 가깝다. 폴리아나는 룩소스 1세를 남자로 인식하지 않았다. 그런 과거가 더 부자연스러웠던 건 아닐까.

"어쩔 수 없잖아. 폐하를 보면 자꾸 그 날이 떠오르는 걸."

"폐하와 결혼하면 행복해질 가능성이 낮다고 생각했는데, 너무 이른 판단이었나 봐요. 혹시 압니까. 엄청 좋을지."

엄청 좋을 거란 말에 폴리아나가 떠올린 건 목덜미에 닿은 남자의 숨결이었다. 과거 일정 기간 동안 폴리아나를 괴롭혔던 귓가의 호흡과 달랐다. 술 냄새가 남에도 달콤하고 따뜻했다. 기분 나쁜 축축함 대신 피부에 달라붙는 열정이 있었다.

'씨이펄.'

너무 음란한 생각이었다. 음란마귀가 끼었나 보다.

폴리아나가 얼굴만 붉히고 아무 말도 하지 못하자 도나우 경이 한숨 쉬었다. 그의 의누님이지만 무슨 생각을 하는지 알 길 없었다.

"폐하와 이혼을 하든, 황후마마가 되시든, 아예 청혼을 거절하든 다 좋아요. 전 누님 편을 들 거예요. 단 하나만 빼고."

"도망가는 거?"

폴리아나가 한 번 택했던 오답을 말했다. 도나우 경이 고개를 저었다.

"아닙니다. 누님이 불행의 길을 걷는 것. 그것 말곤 모두 지지할게요."

내가 바보냐, 스스로 불행해지게. 폴리아나가 표정으로 말했다. 말하지 않아도 알아요. 폴리아나의 의향을 읽은 도나우 경이 작게 웃었다.

"행복의 길을 걸으세요. 꽃이 만발한 길이 아니어도 좋아요. 엄청 큰 행복의 길이 아니어도 좋아요. 누님이 콧소리 흥흥 내면서 걸을 수 있는 길을 가세요."

흥흥. 도나우 경이 폴리아나의 웃음소리를 흉내 냈다. 남이 흉내 낸 웃음소리는 좀 듣기 이상했기 때문에 폴리아나가 질문했다.

"나 웃는 소리가 그렇게 이상해?"

"좀 비범하죠."

도나우 경이 안 해도 될 말을 덧붙였다.

"솔직히 누님 웃는 건 좀 음흉해요."

기어이 매를 벌었다.

끙차. 폴리아나는 침실에서 기지개를 켰다. 저녁식사를 한 후 몸을 움직였더니 몸이 적당히 풀렸다. 깊게 잘 수 있을 것 같았다.

폴리아나는 떠나기 전과 많은 게 달라진 침실을 둘러봤다. 주인이 부재중인 와중에 집사는 착실하게 저택을 관리했다. 아니면 주인이 없으니까 아예 갈아엎은 건가?

뚜루뚜뚜뚜~ 윈터 후작가의 러브하우스! 폴리아나가 기억하던 침실이 어떻게 바뀌었을까요?

주인의 잦은 폭행으로 때가 묻고 돌벽이 드러났던 벽지! 집사가 궁여지책으로 비단을 꽃 모양으로 잘라 데코했죠.

집사를 울게 만들었던 구멍 뻥뻥 벽지는 이제 그만! 벽지를 모두 뜯어 새 벽지로 깔끔하게 마감했습니다.

벽지에 맞춰 바닥재와 가구까지 싹 갈렸다. 지체 높은 귀부인(아주 귀한)의 방 같았다. 솔직히 낯설었다.

폴리아나는 침대에 드러누워 눈을 감았다. 낮에 당한 미인계의 여파가 심각했다. 눈을 감았더니 어둠 속에 룩소스 1세의 얼굴이 아른거렸다.

"헐."

'다른 생각 해야지.'

폴리아나는 일부러 복잡한 생각을 하기 위해 머리를 굴렸다. 그러다 진짜 복잡한 걸 하나 떠올렸다. 오늘 폴리아나는 그녀를 사랑하는 두 남자에게 '행복'에 대한 이야기를 들었다.

행복이란 무엇일까. 모두의 행복은 다르다. 폴리아나의 행복과 도나우 경의 행복은 다르다. 폴리아나의 행복과 룩소스 1세의 행복은 다르다. 폴리아나의 행복과 여자의 행복은 다른가?

폴리아나 윈터는 여자다. 그런데 여자의 행복은 그녀의 행복과 같을 수 없는 걸까?

애초에 여자의 행복은 무엇일까.

폴리아나는 그녀가 아는 여자들을 떠올렸다. 가장 먼저 떠올린 사람은 레베카였다. 고인은 고인으로 남을 뿐 행복을 논할 수 없다.

다음으로 떠올린 인물은 토리였다. 룩소스 1세가 토리의 취직 소식을 전해 줬었다. 본인의 일로 급급해 토리에게 편지 한 통 보내지 못했다. 폴리아나는 내일 토리를 찾아가기로 결심했다.

그다음으로 떠올린 건 쌍둥이 자매다. 그녀들이 누리는 행복이 남편이 누리는 행복과 정비례한다면 자매는 행복할 것이다.

자매는 부모가 바란 대로 정해진 행복의 길을 걸어 행복에 안착했다. 인간의 의지를 꺾는 천재지변이 없는 이상 계속 행복할 것이다.

'아, 맞다. 라이아나도 있지 참.'

폴리아나는 까맣게 잊고 있던 이복 여동생을 기억해 냈다. 그녀는 적당한 남자를 잡아 적당한 생활을 유지하며 살고 있었다. 건강해 보였던 아이가 둘. 둘 다 건강하니까 더 낳았을지도 모르겠다. 폴리아나는 라이아나에 대해 '그 정도면 행복하지'라고 생각한 적 있었다. 남들처럼 멋대로 재단한 행복이었다.

그 외에 많은 여자들이 폴리아나의 머리를 스치고 지나갔다. 부하와 동료들의 아내, 어머니, 누이, 딸. 좀 늦게 생각해서 미안하지만 스트라도 빼놓을 수 없다.

스트라 하면 뗄 수 없는 것이 상상임신 사건이었다. 당시 스트라는 불행에 사로잡혀 있었고 폴리아나는 동정하거나 이해하려 들지 않았다.

좋은 남자와 결혼해 아이를 낳고 행복한 가정을 꾸린다. 사람들이 말하는 여자의 행복이다. 비카 부인은 폴리아나가 힘든 걸 억지로 참고 있다고 생각해 그런 행복을 강권한 적이 있었다.

당시나 지금이나 폴리아나는 힘들지 않다. 억지로 불행을 행복이라고 치환하지 않는다. 목적이 분명한 노력은 예나 지금이나 그녀의 기쁨이고 행복이었다.

지금 약간 불행하다 여기는 것은 그 목적이 그녀를 붙잡았기 때문이다.

룩소스 1세의 뒤에서, 한 발짝 아닌 반 발짝의 가까운 거리에서 황제를 따르는 것이 그녀의 행복이었다. 폴리아나는 그걸로 만족했는데 룩소스 1세는 반 발짝 다가오길 원했다.

'개죽아!'

퍼억! 폴리아나의 주먹이 베개에 꽂혔다.

폴리아나는 영지에 두고 온 아들을 생각했다. 개죽, 아니 제러드만 아니었어도 룩소스 1세가 그녀에게 고백했을까. 그녀의 행복을 위해 참았다고 했으니 계속 참아 주셨을 텐데.

이게 다 프라우 새끼 때문이라고 탓하기엔 폴리아나에게 양심이 있었다.

'술을 왜 마셨니, 왜, 왜, 왜!'

그녀는 확신했다. 인간은 가급적 술을 멀리하는 편이 행복에 가까울 것이라고.

다음날 아침 일찍 도나우 경이 길을 나섰다. 폴리아나는 더 쉬었다 가라고 말하고 싶었지만 참았다. 그가 야파까지 따라오면서 너무 오래 자리를 비웠기 때문이다. 폴리아나는 헤어지는 아쉬움을 재화로 채웠다.

"뭘 이렇게 챙겨 주세요. 저 다 못 들고 가요."

"뇌물."

폴리아나가 두 손을 공손하게 모았다. 그녀는 도나우 경에게 부탁했다.

"두 분께 잘 말씀드려. 가능한 온건하게."

신세졌던 상관의 분노는 몇 살을 먹어도 무섭다. 비카 총독은 직위 때문에 야파까지 못 날아온다 치자. 리보 백작은 아니었다. 그는 자유로우니 야파로 달려와 폴리아나의 등짝을 후려칠 수 있었다. 아마 사돈 몫까지 같이 칠걸.

힘은 도나우 경이 더 세다. 기분의 문제였다. 폴리아나는 진짜 두 상관을 뵐 면목이 없었다.

"사고 치지 마시고."

"그래, 그래."

"괜히 도망가지 마시고요. 뛰어 봤자 제국인 거 제일 잘 아시죠?

누님 취미가 지도 보긴데."

"다 알아."

"행복해지세요."

도나우 경은 마지막까지 행복을 강조했다.

폴리아나는 기분이 싱숭생숭해 손가락을 비볐다. 그녀는 예전에 서른을 훌쩍 넘었다. 직접 가문을 일으켜 세운 어른이다. 그런데 계속 사람들이 행복을 강조하고 있으니 기분이 이상했다.

행복을 강요당하는 것이다!

'내가 그렇게 불안정해 보이나.'

쩝. 믿음직스러운 의누님의 길은 멀고도 험했다. 기혼자 눈에 미혼은 다 철없고 어려 보인다면야 할 말이 없지만.

예전엔 마냥 어수룩하면서 늙은이처럼 굴었던 도나우 경이다. 그런데 결혼하고 나더니 형처럼 깐죽거렸다.

이전의 애늙은이 같은 맛이 사라진 도나우 경이 폴리아나의 시야에서 멀어졌다. 폴리아나도 입궁 준비에 착수했다.

그녀는 아직 휴가 중이라 복직하지 않았다. 근위대의 푸른 제복을 입을 수 없으니 다른 의복을 입어야 했다. 폴리아나에겐 이런 때를 위한 맞춤옷이 많았다. 외출 준비를 마친 주인에게 집사장이 용기 내 말했다.

"주인님, 로브도 많으신데 굳이 바지를……."

늘 그러고 다녔으니 새삼스러울 건 없었다. 집사가 걱정하는 것은 귀족들 사이에 퍼진 소문이었다. 폴리아나는 바뀐 게 없는데 그녀를 보는 시선이 변했다. 그들은 이전보다 더욱 폴리아나의 옷차림을 트집 잡을 것이다.

집사의 걱정을 폴리아나가 일축했다.
"내가 이겨."
작금 야파에서 그녀에게 옷차림이 그게 뭐냐고 호통 칠 사람은 없었다. 끽해야 루조 대공?
루조 대공은 심약해 그런 걸로 큰소리를 못 낸다. 그 외 나이든 노귀족들은 황제 눈치 보기 바빴다. 원로를 싹쓸이하면서 황권이 더욱 강화됐기 때문이다.
가문의 시조이기에 공작급 대우를 받는 근위대장이 여기 있다. 심지어 황제의 총애를 한 몸에 받고 있다. 신하로서의 총애든 여인으로서의 총애든 남부럽지 않았다. 권력이 깡패였다.
선량한 사람들은 깡패를 보면 피한다. 폴리아나는 권력을 깡패처럼 휘두른 적이 없어서 그런지 사람들이 몰려들었다. 특히 아가씨들이 다가왔다. 폴리아나는 그녀들을 적당히 상대했다.
"돌아오신 건가요?"
"아직 휴가 중이다."
시녀들은 대놓고 물어보지 못했다. 폴리아나는 그녀들을 이끌고 후궁 쪽으로 향했다.
오늘 그녀의 계획은 이렇다. 루미네 황녀를 알현하고 토리, 스트라와 만난다. 그런 다음 시간이 남으면 레베카를 찾아갈 예정이었다.
후궁이 가까워지니 시녀들이 주저했다. 그녀들의 근무지에서 점점 멀어지고 있었다. 이대로 아무 질문도 못 하고 윈터 후작을 보내 드려야 하는 것인가!
그녀들이 갈등하는데 시녀장이 등장했다. 상사의 등장에 시녀들이 우르르 흩어졌다. 폴리아나는 시녀장에게 인사했다.

"오랜만이오, 시켈…… 세키 부인."

"그냥 시켈도 좋아요, 후작님. 세키 부인은 욕처럼 들리거든요."

폴리아나는 애석하여 혀를 찼다. 아이노 세키는 아이노 새끼를 들어 마땅하나 시켈은 죄가 없는데 남편 잘못 만나 시켈 세키가 되어 버렸다. 시크한 그녀에겐 어울리지 않는 성이지 않은가.

"결혼 축하드립니다."

"말씀 편히 하세요. 전 공작 부인이 아니니까요."

시켈 세키. 아이노 경과 결혼하면서 성이 바뀐 시켈이 폴리아나에게 인사했다.

폴리아나는 그녀의 안색을 살폈다. 재수 없는 새끼랑 강제로 결혼해서 걱정했다. 불행과 거리를 둔 모습이라 폴리아나가 안심했다.

"……."

시켈은 말이 없었다. 본래 시크한 그녀라 말수가 적긴 했다. 하지만 할 말이 있는 것 같아 폴리아나는 시켈의 입이 열리길 기다렸다. 시켈은 작게 한숨을 쉬고 말했다.

"힘내셔요."

"……고맙소."

시켈은 아이노 경의 구애로 상당히 고생한 선배로서 폴리아나를 다른 사람들과 같은 눈으로 보지 않았다. 침착하게, 약간은 안쓰러이 응시했다. 황제에게 구애받는 게 반드시 부러운 일이 아니라는 걸 알아주고 있었다.

1년 조금 더 지나 만난 루미네 황녀는 몰라볼 정도로 성장해 있었다.

룩소스 1세의 색조가 전체적으로 화사하다면 황녀는 극과 극의 대비였다. 진한 색의 반들반들한 검은 머리에 짙은 고동색 눈동자는 모친을, 흰 피부와 이목구비는 부친을 닮았다. 확 끌어안아 주고 싶을 정도로 사랑스러운 황녀님이었다.

루미네 황녀가 눈을 동그랗게 뜨고 폴리아나를 응시했다. 갓난아기 시절 자주 대면했지만 까맣게 잊어버렸을 것이다. 폴리아나는 황녀보다 유모와 보모들의 시선이 더 신경 쓰였다. 루미네 황녀는 아직 사리 분별을 못 했다. 그러니까 괜찮았다.

유모와 보모들의 시선은 너무나 오묘하고 복잡해 폴리아나가 속내를 추측하기 어려웠다. 저게 좋다는 건지, 싫은 건지, 황당하다는 것인지.

객관적으로 생각해 보자. 절친한 친구의 사후 남편과 결혼하는 여자. 기저에 어떤 사연이 깔려 있든 첫인상은 엉망이다.

"루미네 황녀마마. 저 폴리아나 윈터입니다. 오랜만에 뵙습니다."

"싫어!"

'보자마자 싫다고 할 건 없잖아!'

폴리아나가 가슴 위에 손을 얹고 비틀거렸다. 지켜보던 시녀 중 하나가 부축했다. 보모가 필사적으로 변명했다.

"후, 후작님, 요즘 황녀마마께서 싫다는 말에 꽂히셔서……!"

"네네. 저흰 후작님에 대해 아무 말도 하지 않았습니다."

"예, 어머니가 생기실 거니 좋은 일이라고 말씀 올렸어요."

"괜찮다. 너희들 너무 열심히 변명하는 것 아니야?"

시녀들의 저자세가 심했다. 폴리아나는 아무 말도 하지 않았는데 나서서 변명하는 것이나 미리 어머니라고 정보를 주입해 주는 것이나, 하나같이 바람직하지 못했다.

제국에 황후, 황비가 없으니 가장 고귀한 여성은 루미네 황녀다. 제국에서 제일 고귀한 이를 모시는 자들이 자세가 부족했다.

'지적을 해, 말아.'

룩소스 1세와의 소문만 아니면 바로 지적했다. 그런데 처지가 처지다 보니 말하기가 뭣했다.

'나 황후 될 거라고 생각하는 건 아니겠지.'

황녀의 시녀들이 보내는 복잡 미묘한 시선은 중립적이었다. 그들은 낯선 레이디보단 폴리아나가 황후가 되는 편이 루미네 황녀에게 이득이라고 생각하고 있었다. 레베카 황비와 폴리아나의 우정은 돈독했다. 폴리아나가 루미네 황녀에게 보내는 애정도 마찬가지다.

그걸 모르는 폴리아나는 지레 찔려 몸을 사렸다.

"싫어!"

루미네 황녀가 조막만한 손으로 폴리아나의 옷자락을 붙잡았다. 작은 아이가 유모에게 삿대질했다.

"싫어!"

보모의 변명은 사실이었다. '싫어'를 알게 된 황녀는 황제 폐하에게도 "싫어"를 외친 전적이 있었다.

폴리아나는 황녀를 안고 그간의 근황을 들었다. 어린애 근황이라 봐야 별거 없었다. 루미네 황녀가 언제 서고 말문이 트였는지. 폴리아나는 자신이 지켜 주지 못한 동안 이렇게나 많이 자란 황녀에 감격했다.

"마마, 소신은 이만 물러가겠습니다."

그녀가 이만 나가려고 하자 루미네 황녀는 고집을 부렸다.

"싫어!"
폴리아나가 떠나는 게 싫다는 뜻이다. 보모가 부연설명을 덧붙였다.
"황녀마마께서 사람을 좋아하셔서 쉽게 떠나는 걸 꺼리신답니다."
그건 아닌 것 같았다. 폴리아나는 루미네 황녀의 침대를 보았다. 어른이 누워도 충분한 크기의 아기 침대였지만 빈자리는 황녀가 누울 공간밖에 없었다. 나머지는 장난감과 인형, 이불, 베개, 손수건으로 보이는 천, 기타 등등의 잡다한 물품이 자리를 차지하고 있었다.
폴리아나는 확신했다.
'손에 잡힌 건 안 놓는구나.'
어쩜 욕심 많은 아버지와 어머니를 쏙 닮아선.
폴리아나는 조심스럽게 루미네 황녀의 손을 풀었다. 루미네 황녀가 칭얼거렸다. 황녀는 폴리아나가 떠나려는 걸 알아차렸다.
"싫어어. 폴이이이."
"네, 마마. 소인의 이름은 폴리아나. 소인이 잠시 휴가 중이라 마마를 호위하지 못하나 반드시 돌아와 마마를 수호하겠습니다."
폴리아나가 다정하게 루미네 황녀의 손길을 거뒀다. 제러드를 대하는 태도보다 상냥하다는 생각이 잠깐 들었다. 동시에 떠올렸다. 폴리아나가 루미네 황녀의 성장 과정을 지켜보지 못해 아쉬워하는 것처럼, 제러드의 성장 과정 또한 놓치고 있다는 사실을.
야파로 오는 동안 제러드를 걱정한 적 없으나 굉장히 안타깝단 생각이 들었다.
'돌아가면 잘해 줘야지.'
폴리아나는 아주 약간 제러드에게 미안해졌다.

제러드나 루미네 황녀나 부족한 것 없이 양육되고 있다. 차이가 있다면 룩소스 1세는 루미네 황녀를 사랑하고 폴리아나는 제러드에게 부모의 의무만 다한다는 점뿐.

폴리아나는 제러드만 야파에 데려다놓을 생각도 품고 있었다. 어미 된 입장에서 야속한 계획이긴 했다.

'어쩔 수 없잖아. 황녀마마는 내 인생에 영향을 주지 않았는걸.'

임신만 아니었어도!

폴리아나는 울컥하고 치솟는 화를 진정시켰다. 일부러 더 다정한 미소를 짓고 루미네 황녀를 달랬다. 황녀는 입을 불퉁하게 내밀고 폴리아나를 놓아줬다.

"황녀마마가 후작님을 정말 좋아하시네요. 어머니가 되시면 더 좋아하실 거예요."

"맞아요, 이렇게 잘 따르시는걸요. 어머니가 생기면 세상에서 가장 행복한 분이 되실 거예요."

'왜 이렇게 적극적이야.'

폴리아나는 적극적인 유모와 보모의 태도를 보고 머리를 굴린 끝에 파악했다. 미지의 레이디보단 황녀를 아껴 줄 확률이 높은 폴리아나가 그녀들은 좋은 것이겠지. 폴리아나로선 그래서 더 부담됐다.

황녀의 처소를 나온 폴리아나가 중얼거렸다.

"행복이라……."

룩소스 1세가 호언장담했다. 루미네 황녀가 원하는 것이라면 다 갖게 해 주겠노라고. 덕분에 황녀는 원하는 건 무엇이든 얻을 수 있었다. 침대에 쌓아 놓고 시녀들을 주위에 포진시켰다.

폴리아나는 올라갈 일 없이 내려갈 일만 남기 때문에 딸을 낳기 싫다고 한 레베카의 말을 떠올렸다.

루미네 황녀는 장차 폴리아나가 꿈꾸던 아름다운 공주님으로 성장할 것이다. 아직 어린데도 눈이 부신 미모. 주위의 애정. 부친의 각별한 관심. 비록 어머니를 일찍 여의었으나 드문 일은 아니다. 모두의 사랑과 관심, 친절을 받는 아름다운 공주님. 폴리아나가 꿈꾸던 이상 그 자체였다.

폴리아나는 이상의 공주님을 두고 여자의 행복을 생각했다.

아침에 느긋하게 일어난다. 하녀가 가져다주는 다과를 즐기고 아이가 크는 모습을 보며 지인들과 담소를 나눈다. 집안을 관리하고 화로의 불이 꺼지지 않도록 살핀다. 귀가한 남편에게 안겨 부부의 정을 쌓는다.

아니면 보석과 비단에 질식사하는 삶?

그도 아니면 고귀한 혈통과 타고난 미모로 뭇 사람들의 우러름과 칭송을 받으며 떠받들리는 삶?

모두 사람들이 말하는 여자의 행복이었다. 루미네 황녀는 셋 모두 가질 수 있었다.

그러나 그것이 반드시 행복으로 귀결되는가.

도대체 여자의 행복은 뭐람. 행복이면 행복이지 왜 거기에 여자가 붙는담.

이런저런 생각을 하는데 누군가 폴리아나에게 말을 걸었다.

"오랜만에 뵈어요, 윈터 후작님."

상대는 마침 폴리아나가 찾아가야지, 생각하고 있던 사람이었다. 이렇게 마주치다니 운이 좋았다. 그녀의 일터이니 마주칠 확률이 높긴 했지만.

폴리아나는 그녀를 어떻게 대할까 고심했다. 궁리 끝에 결정했다.

"오랜만입니다, 리프 남작. ……이렇게 부르는 건 처음이라 어색하네요."

"후후, 저도 후작님께 들으니 부끄러워요."

직위가 역전된 경우 폴리아나의 대처법은 간단하다. 왕년의 상관과 동료에게 예의를 갖춘다.

리프 남작은 폴리아나에게 왕년의 상관은 아니지만 한때 높은 지위에 있었고 어쩌다 보니 그 일 자체가 무효가 된 애매한 관계였다.

과거의 신분이 사라져도 둘이 나눈 시간은 소멸하지 않았다. 폴리아나는 리프 남작을 벗으로 받아들였다. 그러니 예의를 갖추는 게 당연했다.

룩소스 1세의 등용을 받아들여 직위에 딸린 남작 단승작위를 받은 토리, 리프 남작이 폴리아나에게 공손하게 인사했다. 작은 손끝의 움직임 하나하나가 기품 있고 우아했다.

"부디 편히 대해 주셔요."

"그래."

폴리아나가 호탕하게 말을 놨다. 토리가 배시시 웃었다. 이런 부분의 호쾌함이 토리가 생각하는 폴리아나의 매력이었다.

둘은 토리의 방으로 이동했다. 토리의 침실은 시녀들의 침실과 같았다. 비록 무효가 되었으나 제국의 황비였던 토리다. 폴리아나는 자택에서 출퇴근하는 게 낫지 않겠나 궁금했다.

토리는 폴리아나가 질문하지 않았다는데 나서서 설명했다.

"폐하께서 집을 하사해 주셨지만 여자 혼자는 위험하니까요."

야파의 치안은 제3근위대의 영역이다. 토리는 야파의 치안을 꼬집지 않았다. 그녀가 말하고 싶은 것은 그녀가 상당한 원한을 지고 있다는 것이다.

제국의 황제, 재상은 건드리기 힘들다. 그렇지만 의지할 데 없는 여자 한 명을 해치기란 닭 목 비트는 것보다 쉬웠다.

내부 고발자를 보호해 주는 것은 이득 본 자의 도리. 룩소스 1세가 호위 인력을 제공해 줬지만 토리가 거절했다. 벤티에 경의 집에 신세질 수 있지만 이 또한 거절했다. 토리는 가능하면 혼자 살고 싶었다.

토리는 자세하게 얘기하지 않았다. 폴리아나는 자세하게 캐묻지 않았다. 더 편한 쪽이 명확한데 불편한 걸 선택한 토리의 의지를 존중하기 위해서다.

폴리아나보다 토리가 궁금한 게 더 많을 것이다. 하지만 토리는 어디까지나 아크레아 최고의 레이디의 자세를 잃지 않았다.

"일은 어때?"

"매일매일 황가에 봉사하는 보람을 느끼고 있답니다."

매일매일 보람을 느끼는 사람치고는 많이 피곤해 보였다.

'어쩔 수 없지.'

토리는 '내궁관리관'이라는 듣도 보도 못한 직업을 얻었다. 황제가 만든 신직종이다. 하는 일은 안주인을 돕는 것. 안주인 부재시 시종장과 시녀장이 일을 나눠 했다면 앞으론 관리관이 그 역할을 맡는다.

직위만 보자면 시종장과 시녀장의 위에 있다. 하지만 관리관 자리에 딸려오는 작위는 남작. 시종장과 시녀장은 고위 귀족의 대명사다. 능력에 따라 신분을 신경 쓰지 않는 타직종과 차이가 있었다.

시켈만 보아도 알 수 있다. 시켈은 다음 대 세키 공작 부인이 될 예정이기 때문에 시녀장 자리를 제안받은 것이다. 가문과 친지를 배신한 어린 여자의 명령에 그들이 따라 줄까? 무력이나 머리가 아닌 진정한 의미에서 수족처럼 봉사하는 영광을 누리는 자들이?

어떤 의미에선 폴리아나보다 힘들었다. 폴리아나는 바닥에서 기어 올라갔다. 기사들은 그녀의 짬 경력을 인정했고 능력을 발휘할 전장이 있었다. 토리는 룩소스 1세가 꽂아 줬다. 황제의 권위를 인정하고 그녀의 명령에 따라도 속까지 그러진 못할 것이다.

'엄청 힘들 건데.'

레베카였다면 "엄청 힘들어요! 힘들다고요! 다 죽어 버렸으면!" 하고 폴리아나가 가르쳐 준 나쁜 수화를 써먹었을 것이다. 스트라였다면 힘들어서 엉엉 울었을 테고.

토리는 참고 버티는 쪽을 택했다. 힘든 일을 타인과 공유하지 않는 건 토리다웠다.

"많이 힘들 텐데."

조금이라도 털어놓으라는 생각에 폴리아나가 운을 띄웠다. 토리는 그러지 않았다.

"스트라가 많이 도와주고 있어요. 스트라가 시녀장이 된 건 들으셨나요?"

"야파에 도착해서 들었어."

룩소스 1세는 스트라에게 동일한 관리인 직위를 권했다. 스트라는 시녀장을 하면 했지 낯선 자리는 못하겠다고 사양하더니 정말 시녀장으로 취직했다.

'이럴 수가.'

집사는 스트라가 시녀장이 되었다는 사실만 알렸지 이렇게 자세한 사정은 얘기해 주지 않았다. 토리에게 전말을 전해들은 폴리아나는 약간 기가 질렸다. 그녀의 황제 폐하께선 정말 사람이 호인이셨다. 전 부인 둘을 나란히 취직시켜 주시다니.

누가 보면 황제가 기이한 성벽이 있어 이혼한 전 부인에게만 반응한다고 헛소문이 퍼질 판이다. 황제가 시켜 준다고 남은 토리와 스트라도 어떤 의미에서 대단했다.

'다들 심지가 굳어.'

"그럼 스트라도."

"네, 후궁 쪽에서 근무하고 있어요. 지금은 바빠서 못 온답니다. 스트라에게 잠깐 들러 주시면 아주 감사해할 거예요."

스트라 하니 말인데요, 토리가 그렇게 말하고 생긋 웃었다.

"스트라는 이미 알고 있었대요."

"음…… 무엇을?"

"후작님을 향한 폐하의 연심이요."

드디어 본론이 튀어나왔다. 무려 황제의 전 부인이 밝힌 충격 고백! 나는 황제와 후작이 얼레리 꼴레리인 걸 알고 있었다 파문!

예상치 못한 소리에 폴리아나가 놀라서 굳었다. 그녀 입장에선 차라리 물을 끼얹거나 뺨을 때리는 편이 대응하기 편했다. 저쪽에서 "이 도둑고양이!" 하고 외치면 이쪽에서 "억울해욧!" 해 주고 슬픈 얼굴을 한 뒤 바닥에 철푸덕 쓰러지면 되니까.

폴리아나는 긴장했지만 토리는 한숨을 쉬었다. 폴리아나를 비난하기 위해서가 아니었다.

"하아, 정말이지. 바로 눈앞에서 보고 있으면서 까맣게 몰랐다니. 제 눈썰미와 안목, 분위기 파악 능력에 회의감이 들었어요. 스트라는 처음부터 알고 있었대요. 폐하의 눈이 후작님을 볼 때면 막 병아리 눈처럼 반짝반짝했다고…….”

“전 아닙니다.”

폴리아나가 정색했다. 토리가 다 안다는 듯 후후 웃었다.

“후작이 반하셨으면 저희 다 알았을 거예요. 엄청 티 났겠죠.”

토리는 폴리아나가 먼저 황제에게 반하지 않아 다행이라고 생각했다. 정말 다행이었다. 만약 황제가 기사에게 반한 것보다 기사가 황제에게 반하는 일이 빨랐다면 이 이야기의 결말은 비극이었을 것이다. 이 정직하고 순종적인 기사는 절대 자신의 마음을 용납하지 못했을 테니까.

“솔직히 요즘 떠도는 이야기에 저희가 어떻게 말을 꺼내겠어요. 저희에겐 자격이 없는 걸요.”

둘 다 전 부인이라 자격이 넘쳤다.

“그래도 친구로서, 벗으로서 얘기하고 싶어요. 스트라는 굉장히 좋아하고 있어요. 예전부터 두 분이 이어지길 몰래 희망하고 있었다고 하네요.”

폴리아나의 눈꺼풀이 꿈뻑꿈뻑 느리게 움직였다. 황녀의 시녀들에 이어 황제의 전 부인이 던지는 찬성표였다. 도대체 왜 이렇게 반응이 온건한 걸까. 미치고 팔짝 뛸 노릇이었다. 폴리아나는 반대파의 뻔하고 치졸하며 주먹을 거머쥐게 만드는 말들이 그리웠다.

“저는 중립이여요. 후작님이 택하시는 선택을 지지하고 싶어요.”

도나우 경에 이은 두 번째 아군이었다. 토리의 지지 이유는 도나우 경과 달랐다.

"스트라는 두 분의 행복이 최고라고 말하지만요, 저는 불행이든 행복이든 후작님의 선택에 맡기고 싶어요. 부정하지 못할 불행의 길이여도 합당한 이유를 갖고 선택한다면 그 길엔 긍지가 함께하겠죠."

스스로 행복의 길을 차 버리고 나온 토리다웠다. 남들이 말했으면 괘씸하고 오만방자해 보였을 것이다. 그녀라서 할 수 있는 말이었다.

토리의 말은 거기에서 그치지 않았다.

"황자 저하에 대해선 폐하께 들었답니다. 과분한 영광이여요."

"음…… 혹시 스트라도 알고 있어?"

"아니요, 스트라에겐 아직 비밀이여요. 후작님이 황후마마가 되시면 제가 알아야 하니까 알려 주신 거랍니다. 어머, 그러고 보면 폐하께서 이런 직위를 만드신 것부터 이미 후작님을 염두에 두셨을지도요. 의식적이든 무의식적이든 그럴 수 있겠네요."

"그때는 내 결혼 준비가 진행되는 중이었고, 아마 폐하께서 나를 염두에 두신 건 아니지 않을까……."

폴리아나의 말이 늘어졌다. 변명조라 구차했다.

전혀 생각하지 않은 부분이었다. 의도적이든 무의식적이든 진짜 그렇다면 이 무슨 실례일까.

토리는 그녀의 직업에 자부심을 갖고 있었다. 그녀가 황제의 전 부인만 아니면 괜찮은데 바로 그거였다. 세상을 다 뒤져서 딱 2명 나오는 전 부인.

폴리아나에겐 다행히도 토리는 전혀 신경 쓰지 않았다. 그녀에겐 아직 할 말이 남아 있었다.

"그럼요. 황제 폐하께선 사려 깊은 분이신 걸요. 아마 후작님과 결혼하고 싶으시니 자주 후작님과 같은 사람이 황후가 되면 어떻게 될까 구상하시다가 착안하신 걸 거여요. 그보다 제가 말씀드리고 싶은 게 있답니다."

토리가 마지막까지 아껴 둔 진짜 본론을 꺼냈다. 폴리아나는 소문 얘기가 나온 이후 계속 본론이라고 생각하고 있었지만 아니다. 토리의 본론은 이거였다.

"선택은 후작님의 권리인 걸 잊지 말아 주셔요."

"선택?"

"네. 선택받는 게 아니라 선택하시는 거예요."

그 말은 폴리아나에게 모두가 만족할 수 있는 신랑감을 구하라는 말과 비슷하면서 달랐다.

과거에 레이디들은 폴리아나에게 말했다.

"후작님은 선택하실 수 있는 입장이니 좋은 분과 결혼하시면 좋겠어요."

그녀들이 말하는 '좋은 남자'란 '좋은 여자'를 성별만 바꾼 모습이었다. 어리고, 잘생기고, 멋있고, 집안이 좋고, 성품이 어질고 능력이 있는 그런 사람. 폴리아나는 성공한 권력자이니 그런 남편을 '선택'할 자격이 충분하다고 말했다.

그녀들의 의견대로라면 룩소스 1세는 최상의 선택이었다. 잘생기고 능력 있고 집안이 좋았다. 오히려 황송하다.

폴리아나가 선택한 것이 아니고 그쪽에서 선택해 주었다. 간택받은 걸 감사히 여기고 고개를 조아리는 것이 일반적이다.

"황자 저하가 계시든 안 계시든 후작님의 선택권은 바뀌지 않았어요."

"너무 급진적인 생각인데. 아무리 그래도 제러드를 사생아로 둘 순 없어."

"시트린으로 내려갈 땐 어떻게 하실 생각이셨어요?"

폴리아나가 상큼하게 대답했다.

"공문서 위조."

"그럼 그렇게 하시면 되죠."

가볍게 공문서 위조를 권장하는 대화. 이것이 제국의 근위대장과 전 황비의 대화였다.

"이미 들켰잖아."

"후작님이 강하게 나가면 폐하는 아무것도 못하세요. 선택권은 후작님께 있으니까요."

토리가 먼저 고개를 숙였다. 앞으로 할 말 중 듣기에 거북한 말이 있을 거라고 미리 사과했다.

"아이의 사망률은 높아요. 사는 동안 불의의 사고가 있을 수도 있어요. 역병은 귀족과 평민을 가리지 않고 공평하게 찾아오죠. 일국의 왕녀였던 레베카의 동생은 물에 빠져 죽었고, 제 친척 아주머니는 다섯 아이를 낳았지만 살아남은 건 두 사람 뿐이여요. 아이가 태어났다는 이유로, 그 아이가 폐하의 장남이라는 이유로 후작님이 가지신 권한을 포기하지 말아 주셔요."

"……."

토리는 레베카보다 과격했다. 동시에 냉정했다.

냉정은 보통 이성적이란 단어로 대체된다. 토리는 폴리아나가 아는 누구보다 이성적이며, 감정적인 사람이었다. 긍지를 품은 삶을 걷기 위해 지지기반을 무너뜨릴 정도로.

토리의 고난은 신분 강등과 직장에서의 갈등으로 끝나지 않는다. 그보다 더 힘든 것이 인간관계였다.

토리는 야파의 모두가 보는 앞에서 그녀의 지지기반을 배신했다. 그들이 나눈 대화를 증거로 제출했다. 사람들은 토리의 영특함에 긴장했고 기억력을 경계했다.

여자는 더 이상 두 발로 걷는 가축이 아니게 되었다. 그들에겐 주둥이가 아닌 입이 달려 있었다. 그러나 여자는 세상 인구의 절반을 차지한다. 그녀들 모두를 경계하는 것은 힘든 일이었다. 남자들은 보다 편한 쪽을 택했다.

토리가 특이한 것이다.

여자들이라고 크게 다르진 않았다. 경계 대상이 되는 건 심적이나 육체적으로 피곤하다. 생전 겪어 본 적 없는 일이면 더욱 체감이 클 터. 여성들 또한 토리를 배제했다.

그녀가 특이한 거예요.

고맙게도 스트라가 모두의 만류를 뿌리치고 야파로 돌아왔다. 스트라는 루미네 황녀를 돌보겠다는 약속과 토리를 위해 시녀장으로 취직했다. 새로이 시녀장이 된 시켈은 기꺼이 토리와 교류했다.

그리고 아무도 없었다.

토리는 절대 비밀을 공유해선 안 되는 사람이 되었다. 그녀의 평판은 바닥으로 떨어졌다. 사람들은 그녀를 모욕하거나 경멸하는 걸 넘어서 무시했다. 시녀와 하녀들은 토리의 명령을 그대로 따르지만 반박하지 않는다. 토리가 실수로 잘못된 명령을 내렸을 때에도 그녀들은 되묻지 않았다.

이런 상황에서 룩소스 1세는 토리를 신뢰하고 제러드의 존재를 밝혔다. 눈물 날 정도로 감사한 일이었다. 마땅히 룩소스 1세를 편들어야 하지만 토리는 그러지 않았다.

묻지도 따지지도 않고 토리를 믿어 준 사람은 폴리아나가 먼저였다. 그러니 토리는 폴리아나가 '선택'하는 길을 지지하기로 결심했다. 그것이 설령 불행의 길이어도.

"제 입장에선 후작님이 황후마마가 되시는 편이 좋답니다. 일을 제게 다 맡기실 테니까 제 입지를 굳힐 수 있을 거여요. 직접 진두지휘하시려 해도 일이 낯설어 제 도움이 필요하시니까 마찬가지고요.

저를 포함한 남들의 의견을 무겁게 생각하지 마셔요. 가장 중요한 건 후작님의 의지와 선택이여요. 후작님은 새장 안의 새가 아니셔요. 무엇이든 택하실 수 있어요."

토리가 직접 새장을 부수고 나오기 전부터 폴리아나 윈터는 자유로운 새였다.

새장 안에 낳아 둔 알 때문에 스스로 새장에 들어간다면, 그것이 그녀의 선택이라면 토리는 지지한다. 하지만 만약 그것이 폴리아나 스스로 생각한 것이 아니고 마땅히 알을 돌봐야 하기 때문이라는 상식 때문이라면 너무 슬픈 일이었다.

폴리아나가 없어도 그 알을 돌봐 주고 대신 키워 줄 이가 많았다. 사람들은 반드시 그녀가 필요하다고 하지만 사실은 그게 아닌 걸 모두 알았다.

새장 안의 새. 온실 속의 화초. 어항 속 물고기.

벽 안의 사람.

"내가 스스로 벽 안에 들어가려고 한 건가……."

레베카가 그렇게 나가고 싶어 한 벽을 폴리아나는 다시 들어오려

한 것일까.

알 수 없었다. 토리는 고개를 저었다.

아이가 생겼으니 결혼해야 한다는 것 자체가 벽이었던 것일까?

사실 제러드가 룩소스 1세를 닮지 않았다면 공문서 위조로 끝낼 일이었다. 낳은 아이가 아버지를 닮았고, 아버지에게 들켰기 때문에 폴리아나는 결혼을 고민했다.

"들어오셔도 되어요. 후작님. 후작님은 어디든 자유롭게 가실 수 있어요. 모두 후작님의 자유이고 선택이어요."

"벽을 선택하면 지는 것 같아서. 죄 지은 것도 없는데 죄 짓는 기분이 들어서 말이야."

"후작님의 선택인데 그런 생각 마셔요. 만약 누가 뭐라고 하거든 제가 혼쭐을 내겠어요."

토리가 두 주먹을 불끈 쥐었다. 퍽이나 믿음직스러워 실소가 나왔다.

토리의 방을 나온 폴리아나는 둘이 나눈 대화를 되새김질했다. 폴리아나가 불행한 길을 선택해도 지지하겠다는 토리의 말이 인상적이었다. 또한 불행한 길이여도 긍지가 함께한다는 말은 더욱 마음에 들었다.

'아마 토리는 긍지가 뭔지 아는 사람이기 때문이겠지.'

폴리아나에게도 긍지가 있었다. 기사이자 신하의 긍지였다. 주군을 모시고 대륙의 끝을 밟았다는 전사의 긍지였다.

폴리아나의 됨됨이가 부족해서일까. 그 긍지는 사람의 긍지로 발전하지 못했다. 그래서 지금의 폴리아나에겐 긍지가 없었다. 룩소스 1세의 고백과 함께 부서진 탓이다.

폴리아나는 오늘의 마지막 목적지에 도착했다. 레베카의 시신이 안치된 묘비 앞이다.

성 안에 시체를 묻을 수 있는 사람은 황족(성주)으로 한정된다. 비크파 왕가의 무덤은 도굴이 끝났기 때문에 황실 묘지가 새로 조성되었다.

새로 조성된 황실 묘지의 첫 입주자가 젊은 부인이라는 건 애석한 일이다. 어린 아이가 죽은 것보단 나았지만 애석함이 줄진 않았다.

폴리아나는 가져온 꽃과 술을 묘비 앞 제단에 올렸다.

레베카가 살아 있으면 어떤 반응을 보였을까.

"푸흣."

폴리아나는 웃었다. 그야 웃을 수밖에 없었다.

그녀가 아는 룩소스 1세는 묘한 부분에서 순수하고 결백했다. 부인이 있었다면 죽는 한이 있어도 폴리아나에게 고백하지 않았을 것이다. 토리와 스트라가 떠나고 레베카 혼자 남았다면 레베카를 황후로 두었을 터.

정치적 숙청을 목적으로 부인을 내치는 게 가능하지만 스스로의 연심을 이유로 내치는 건 불가능한 남자. 룩소스 1세는 그런 분이셨다. 다정이 깊어 지랄병이라 욕을 하든 말든. 폴리아나는 주군의 다정함이 좋았다.

'조금 기분 나쁘긴 하네. 좋아하는 여자 있으면서 다른 여자들에게 그렇게 잘해 주시다니. 바람둥이 기질이 있으셨어.'

영웅은 호색. 인류사 최초로 대륙을 통일한 황제는 영웅 백과 비견해도 우월하다. 황제가 호색하는 것이 뭐 문제냐 싶겠지만 기분이 어째 묘했다.

폴리아나는 한참을 고민한 끝에 결론 내렸다. 다함께 좋아하는 게 아니라 좋아하는 여자는 내버려 두고 다른 여자를 부인으로 들인 게 마음에 걸렸던 거라고.

보통은 망설이지 않는다. 참지 않는다. 인내하지 않는다.

망설이고 참고 인내할 때는 오직 하나. 그 여성이 너무 연소하거나 기혼자일 때뿐.

'폐하는 왜 내게…….'

에휴. 한숨을 쉬는 폴리아나의 눈에 레베카의 묘비가 들어왔다. 폴리아나는 즉각 고인에게 사과했다. 오랜만에 성묘 와 놓고 남 생각만 하고 있었다.

"살아 있었다면……."

레베카가 살아 있었다면 어땠을까. 루미네 황녀의 침대가 조금은 깨끗했을까? 분명 레베카라면 욕심 많은 건 좋지만 티 내지 말라고 가르쳤을 것이다.

'리프 남작의 등장에 엄청 기뻐했겠지.'

폴리아나에 이은 두 번째 여자 귀족의 등장이었다. 비록 직위에 딸린 단승작에 불과하지만 기념비적인 일이었다.

폴리아나 이후 절대 등장하지 못할 것이라는 확신이 깨졌다. 이후에 몇 명이든 더 등장할 가능성이 열렸다.

그러나 다시 생각했다. 레베카가 살아 있었다면 룩소스 1세는 토리에게 그런 자리를 권하지 않았으리라. 황제의 착안은 부인의 부재에서 기인했다. 부인이 있는데 그런 생각을 떠올리는 건 어려운 일이었다.

늘 그렇듯이 죽은 자는 말이 없었다. 침묵은 죽은 자의 권리이며, 침묵을 해석하는 것은 산 자의 독단이었다.

친구의 묘 앞에 선 여기사의 모습은 쓸쓸함을 자아냈다. 속내를 털어놓을 벗이 없는 고독. 인생에 오지 않으리라 여겼던 일들의 등장.

연소한 시절부터 지금까지 폴리아나는 늘 어리석고 부족했다. 한 해 한 해 더 나아진다는 막연한 믿음으로 어른이 되었다. 어른이 되었는데 생각하는 건 여전히 어렸다.

남들 앞에서 그럴듯하게 행동한다고 생각하지만 혼자 남으면 있었던 일을 되새김질한다. 그리고 후회한다.

남들도 다 이럴까. 그녀 혼자 뒤떨어진 것일까.

그놈의 선택은 뭐고 행복은 뭘까. 폐하께서 그녀에게 알려 주겠다고 말한 행복은 어떤 것일까.

여기사의 근심과 고뇌가 끝없이 이어지던 그때.

문제의 원흉인 황제는.

"으하하, 잘생기게 태어나서 행복하도다."

아무 생각이 없었다.

여자의 행복이란, 그리고 선택이란. 그런 고차원적인 고뇌는(혹자는 쓸데없다 말할) 룩소스 1세가 의도한 바가 아니었다.

황제는 단순하게 생각했다. 폴리아나와 데이트하고 싶다. 폴리아나에게 사랑을 쏟아 주고 싶다. 폴리아나에게 좋은 건 다 해 주고 싶다.

황제는 여기사와 연애를 해 보고 싶었다. 여기사의 의지를 0으로 만든 꽃단장은 연애의 기본이었다.

"사람의 장점은 써먹으라고 있는 것이지. 후후."

룩소스 1세가 흡족하여 거울을 들여다보았다. 아이노 경이 평소보다 두 배 정도 썩은 표정으로 그걸 지켜봤다. 잘생긴 건 인정했다. 다만 지켜보기 괴로웠다.

"얼굴 보고 넘어올 거면 옛날에 넘어왔습니다."

"이노, 뭘 모르는구나."

연애 고자가 다른 연애 고자에게 잘난 척 말했다.

"미인이 그냥 서 있는 것과 눈을 마주치며 웃어 주는 건 느낌이 다르단다."

아, 그러십니까. 아이노 경의 얼굴에 가소롭다는 비웃음이 스치고 지나갔다.

연애 고자(룩소스 1세)는 뭔가 착각하고 있었다. 다른 연애 고자(아이노 경)는 과정이야 어쨌든 결혼에 성공했다. 법이란 울타리로 사랑하는 여성을 붙잡는 데 성공했다 이 말이다. 비록 이혼이라는 역수가 존재하지만 아이노 경은 이혼당하지 않기 위해서 혼신의 힘을 다하고 있었다.

그에 비해 룩소스 1세는 거울이나 보고 있었다.

황제는 거울에서 눈을 떼지 않았다. 완벽한 미남이 거울 속에서 웃고 있었다. 다들 한숨을 쉴 만큼 아름다웠지만 룩소스 1세가 보기엔 좀 부족했다.

어디 보자. 일단 피부 광채가 전만 못했다. 부인을 맞이한 뒤 폴리아나를 잊으려고 일부러 국정에 몰두한 기간에 피부가 확 상했다. 유비무환. 인생은 언제 어떻게 될지 모르니 늘 대비하고 준비해야 했다. 후회막심이었다.

판은 깔렸다. 작정하고 폴리아나를 꼬시기 위해서 미모를 가꾸는 건 필수적이었다.

절대 외모 관리를 소홀히 해선 안 돼.

그의 미모는 폴리아나를 유혹할 가장 강력한 무기였다. 폴리아나는 룩소스 1세의 미모에 자부심을 갖는 대표적인 기사였다. 그러니까 써먹어야지. 미인이 웃는 얼굴엔 침도 못 뱉는 법이다.

"폐하의 의견에 감히 반박하자면, 안 넘어올 것 같습니다."

아냐. 그거 아니야.

아이노 경이 떨떠름해서 고개를 저었다. 얼굴로 낚일 것이면 옛날에 낚았다. 처음 본 순간 낚여서 어망 속에서 펄떡펄떡 뛰어올랐을 터.

"짐에게 넘어오지 않아도 좋다. 중요한 건 그녀의 기분을 좋게 만드는 것이다."

폴리아나가 몰랐던, 겪어 보지 못한 신세계의 행복을 알려 주는 것. 그게 황제의 노림수였다.

누려 보니 좋더라. 어? 이거 괜찮은데? 이런 생각이 들어서 잔류할 수도 있지 않은가.

폴리아나는 귀족이었고 가족의 사랑을 받아 본 적 없다. 누린 적 없기에 베풀 줄 몰랐다.

폴리아나가 루미네 황녀에게 갖는 애정의 절반도 받지 못하는 제러드를 생각하면 가엾기 그지없었다.

폴리아나는 세속의 권력과 재화를 누렸다. 그녀를 붙잡기 위해선 사랑한다는 고백보다 황제와 결혼했을 때 그녀가 누릴 수 있는 권력의 맛을 보여 주는 게 중요했다.

폴리아나는 모르는 귀부인들의 권력. 그게 요점이었다.

아크레아의 여권은 대륙에서 최악이다. 황후는 황족이자 황제의 부인, 나라의 으뜸가는 귀부인으로서 존중받는 선에서 그친다.

황제는 필요하다면 황후에게 힘을 실어 줄 의향이 있었다. 토리가 근위대에게 명령했을 때는 아무도 움직이지 않았다. 그러나 룩소스 1세는 황후가 된 폴리아나가 그들에게 명령할 때 황제의 명과 똑같이 받아들이게 할 작정이었다. 그게 가능한 힘이 있었다.

폴리아나는 그녀에게 쥐여 준 힘을 정말 알차게 써먹을 것이다. 고기도 먹어 본 자가 씹고 뜯고 맛보고 즐긴다고 했다. 권력은 휘둘러 본 자가 잘 휘둘렀다.

"잘해 보십시오."

아이노 경은 여전히 미심쩍었다. 아무렴 후작의 권세와 황후의 권세가 동일할까. 여자는 평생 종속되는 존재였다. 태어나면 아버지에게, 자라면 남편에게.

폴리아나는 그녀가 이룩한 권력을 신나게 휘두르던 여자였다. 황제의 부인이 되면서 얻은 권력이 강해 보아야 그녀 마음에 차기는 할까.

어지간해선 룩소스 1세의 언행을 긍정적으로 받아들이는 그다. 하지만 연애 문제에 관해선, 특히 폴리아나에 관해선 회의적이었다.

그럴 수밖에 없었다. 룩소스 1세의 삽질이 길었다. 삽질을 하려면 제대로 파서 함정이라도 만들어 놓든지. 자기 발밑에 파서 거기

들어가 빠져나오려고 펄쩍펄쩍 뛰고 있었다.

'폴 경이라면 구하러 달려올 수 있겠지만.'

구하러 온 폴 경의 손을 붙잡고 함정 안으로 빠트리면 나름 성공이었다. 은혜를 원수로 갚는 짓이라 양심이 켕겨서 그렇지. 물론 아이노 경은 양심에 털 난 인간이기에 전혀 켕기지 않았다.

"그리고 짐의 폴은 남자에 면역이 없어. 사지를 찢어 죽일 뱀 새끼에 크게 데여 접근을 불허하지만 짐은 이미 그녀의 울타리 안 사람이다. 짐을 남자로 보기 시작했으니 활용할 생각이다."

룩소스 1세는 생생하게 기억했다. 친위대 놈들이 매너 있게 대하면 볼을 붉히던 폴리아나의 모습을. 얼마나 질투 나고 부러웠는지 모른다. 이제는 그가 해 보일 계획이었다. 태어날 때부터 지배 가문이었던 혈통의 기품으로 폴리아나를 사로잡을 것이다.

혼자서 북 치고 장구 치는 제국의 황제. 보기 힘든 진풍경이었다. 혼자 보기 아까웠다. 아이노 경은 첫사랑 하는 소년처럼 들뜬 황제를 보다가 외면했다. 평소와 달랐다. 아이노 경이 제멋대로 행동하고 룩소스 1세가 외면해야 하는데 정반대였다.

어쩜. 폴리아나가 그렇게 좋을까.

이전의 아이노 경이라면 이해하지 못했을 터다. 지금의 아이노 경은 그 마음이 반절 정도 이해됐다.

사랑의 열병이란 참으로 무서웠다. 어리석은 짓인 걸 알면서 바보처럼 행동하게 되어 버린다. 머리는 그 사람 생각으로 꽉 차 잊을 수 없었다.

'짜식…….'

친구 된 우정으로 아이노 경이 생각했다.

'확 차여라.'

차여도 결혼은 하게 될 것이다. 황자가 태어났으니 호적엔 올려야 했다. 황제의 장남을 사생아로 둘 순 없었다. 이후에 이혼을 하든 폴리아나가 도망가는 건 나중 일이었다.

종이 울렸다. 누군가 방문했다는 뜻이다. 황제의 허락에 시종장 체일이 들어와 방문자의 인적사항을 알렸다.

"큰 세키 부인입니다."

"들여라."

야파엔 두 명의 세키 부인이 있었다. 아이노 경의 부인과 자이노 경의 부인이다. 세키 공작 부인은 나나바에 거주하고 있었다.

사람들은 두 세키 부인을 구분할 때 '큰'과 '작은'을 붙였다. 어감이 묘했기 때문에 부인들 앞에서 그렇게 부르는 사람은 없었다.

시켈이 들어와 공손하게 인사했다. 내내 조각처럼 움직이지 않던 아이노 경이 움직였다. 세상이 너무 재미없어서 큰일이라는 얼굴에 빛이 들었다. 아이노 경은 부인에게 다가가 정중하게 요청했다.

"부디 아름다운 손등에 입 맞출 영광을 허락해 주십시오, 부인."

"폐하 앞에서 이러지 좀 마세요."

"뭐 어떻습니까, 부인. 친구 앞인데."

시켈로선 그저 황당하고 민망했다.

'니 친구지 내 친구니.'

시켈이 뭐라 하든 아이노 경은 당당했다. 아이노 경은 시켈의 손등에 입을 맞추고 이어 굽혔던 상체를 폈다. 부인의 두 볼, 이마에 입을 맞춘 뒤 흘러내린 시켈의 머리카락을 귀에 걸었다.

"오늘도 변함없이 사랑스럽습니다."

꿀이 뚝뚝 떨어지는 모습. 이것이 바로 신혼이라고 과시하는 듯했다. 룩소스 1세가 탁자 위로 엎어졌다. 황제는 아랫입술을 잘근잘근 씹었다.

'부러워 죽겠네!'

나도! 나도 할 거야! 폴이랑 할 거야!

룩소스 1세가 부러움을 이기지 못하고 몸부림쳤다. 입술을 깨물면 터서 거칠어진다는 걸 떠올리고 그만뒀다.

그러는 사이 아이노 경이 시켈에게 한 대 맞았다. 손등을 찰싹 때려 간신히 남편에게서 벗어난 시켈이 룩소스 1세에게 보고했다.

시켈은 현재 투 잡을 뛰고 있었다. 룩소스 1세가 시켈에게 권유한 건 시녀장 자리 말고 하나 더 있었다.

시켈은 정보부에 정식으로 취직했다. 룩소스 1세는 덜렁거리는 디크 경보다 시켈의 촉이 더 낫지 않았나 생각했다. 이미 토리와 스트라를 취직시켰다. 비밀리에 시켈을 등용한다고 해서 문제될 건 없었다.

시켈의 일처리에 황제는 크게 만족했다. 시켈은 연애소설과 로망스를 멀리한 바람직한 신하였다. 그녀는 쓸데없이 찻잔 아래에 보고서를 붙이지 않았다. 시종장과 쑥덕여 아까운 시간을 낭비하지도 않았다. 돌아다니며 정보를 수집하는 건 디크 경에게 맡기고 중간 보고자로 시켈을 두니 황제 마음이 편안했다.

"윈터 후작은 레베카 황비의 무덤으로 향했습니다."

"음…… 그래."

룩소스 1세의 얼굴에 씁쓸한 미소가 맴돌았다.

나나바의 구 아크레아 왕실 묘지엔 그의 조상들이 즐비하나 야파의 황실 묘지엔 한 명밖에 없었다. 한 명이라 더욱 쓸쓸하게 느껴졌다.

딸만 남겨 놓고 죽은 부인에게 미안한 마음을 감출 길이 없었다. 심지어 부인과 절친했던 친구에게 구애중이 아닌가.

그나마 변명할 거리가 있었다. 폴리아나와 레베카 둘의 우정보다 그의 마음이 오래되었다.

"귀족들 반응은 어떻지?"

"대부분 호의적입니다. 진심파는 윈터 후작의 불임을 걱정하지만 혼사 자체를 반대하지 않습니다. 의심파는 황권 강화를 위한 정치적인 보여 주기로 확신하는 듯합니다만, 역시 반대하는 사람은 적습니다."

반대파 중 가장 큰 세력인 루조 대공은 제러드의 존재를 듣고 입을 다물었다. 그는 황자의 존재를 들은 즉시 찬성파로 전향했다.

제러드에 대해 들은 벤티에 경은 한숨과 함께 결혼의 규모를 질문했다. 룩소스 1세의 대답은 말할 것도 없다. 가장 크게, 가장 화려하게, 대륙사에 길이 남을 역대급 규모로. 가장 좋은 결혼식으로 부탁한다.

원로원을 치우니 황제의 의견에 반대하는 자가 없었다. 룩소스 1세는 그게 너무 신기했다.

본래는 이것이 옳다. 최초로 대륙을 일통한 황제에게 걸맞는 대우였다.

룩소스 1세는 귀족들의 반응으로 경각심을 가졌다. 제국의 황후를 들이는 중대사인데 의견을 내놓는 자가 없었다. 룩소스 1세가 무슨 일을 하든 앞으로도 그럴 가능성이 높다는 뜻이다.

반대하는 자나 의견을 내놓는 자가 없으니 룩소스 1세는 더욱 신중하게 처신함이 옳았다.

“짐이 그렇게 신하들 입을 막은 적이 없는데…….”

“다들 폐하께 깊은 생각이 있다고 여기고 있습니다.”

“깊은 생각은 무슨. 지랄염병이 깊었지.”

마누라 앞에서 못하는 말이 없었다!

룩소스 1세가 냅다 문진을 집어던졌다. 문진은 아이노 경의 머리를 향해 날아갔다.

문진은 묵직하고 모서리가 뾰족해 사람에게 던지면 위험한 물건이다. 룩소스 1세가 아이노 경을 상처 입히려고 그런 것은 아니었다. 어차피 가볍게 받아서 되돌려 주는 게 둘의 습관이자 유희였다.

남들은 개에게 물건을 던져 주워오게 하지만 황제는 대륙 최고의 기사에게 물건을 던졌다. 이 정도는 되어야 대륙을 지배하는 황제 폐하의 기상 아닌가.

퍽! 묵직하고 모서리가 뾰족한 문진이 아이노 경의 이마에 명중했다!

아이노 경이 신음소리를 냈다.

“으윽.”

“이노!”

황제가 놀랐다.

“여보!”

시켈도 놀랐다.

“맙소사, 여보, 괜찮으세요?”

놀란 시켈이 아이노 경에게 다가갔다. 아이노 경은 뛰어난 신체

조건을 바탕으로 교묘하게 몸의 중심축을 흔들었다. 중력이 그를 시켈의 품으로 이끌었다. 지나치게 자연스러워 룩소스 1세마저 속을 뻔했다.

'저 새끼가 고작 저걸로 비틀거릴 리가 없잖아!'

그 사실을 모르는 시켈이 아이노 경을 보듬었다.

"폐하, 비록 소녀의 부군이 입 밖에 내선 안 될 발언을 했사오나 물건을 던지는 건 정당치 못한 처벌이시옵니다."

황제와 절친의 되로 주고 말로 받기 묘기는 언제나 단둘이 있을 때에만 벌어졌다. 룩소스 1세는 너무 억울해서 변명조차 떠올리지 못했다. 총명한 머리가 꽉 막혔다.

"아니, 짐은."

"근신을 명하시거나 괘씸함을 탓하시려면 태형을 선고하셔도 되셨지 않나요. 어찌 문진을 사람에게 던지시나요."

"아니, 재가."

결혼했으니 남편이라고 시켈은 아이노 경 편을 들었다. 보이는 것만으론 룩소스 1세가 잘못한 게 맞았다. 아무리 화가 나도 사람에게 물건을 던지는 건 나쁜 버릇이다.

시켈에게 얌전히 안겨 있던 아이노 경이 손을 이마로 가져갔다. 아픈 척하는 거 다 보였다. 다시 말하지만 아이노 경은 이혼을 막기 위해 혼신의 노력을 다하고 있었다.

룩소스 1세가 아는 아이노 경은 아픈 걸 숨기고 참았다. 아픈 걸 티 내는 건 사내대장부 할 짓이 아니라고 주장하는 새끼였다.

"부인, 그만해요. 내가 잘못했습니다."

"하필 이마를 맞으셔서…… 괜찮으세요?"

"머리가 약간 어지러운 것 같소."

"어머나."

아이노 경의 시선이 황제에게 향했다. 오랜 우정이 말하지 않아도 의중을 전달했다. 빨리 원하는 걸 내놓으라는 눈빛이었다.

룩소스 1세는 속으로 이를 갈았다. 가끔 농담 삼아 사랑 때문에 친구 배신할 놈이라고 말하고 다니긴 했다. 설마 이렇게 엿을 먹일 줄이야.

부르르. 밀려오는 배신감과 외로움, 부러움에 황제는 정신을 차리지 못했다. 룩소스 1세가 간신히 말했다.

"둘 다 오늘은 퇴근하고 쉬어라. 내일 몸이 안 좋으면 휴가를 써도 좋다. 시녀장도 마찬가지다. 일이 중하나 부인 된 본분으로 남편 간호를 해야지."

신혼부부는 딱 달라붙어 한 몸처럼 엉켜 사라졌다.

황제는 밀려오는 설움에 탁자를 긁었다. 그에겐 폴리아나가 필요했다. 외로워서가 아니라 아이노 경을 비난할 동료로서.

폴리아나가 있었다면 이런 일은 없었다. 폴리아나는 아이노 경의 교활한 술수를 비난하고 시켈에게 진실을 알려 주었을 터다. 시켈은 폴리아나를 신뢰하니 분명 믿어 줬겠지.

언제나 어디서나 묻지도 따지지도 않고 황제의 편인 충직한 기사. 그 이름 폴리아나 윈터.

룩소스 1세가 결연히 일어났다.

이렇게 서러워할 때가 아니었다. 그의 벗을 보라. 부인의 동정과 관심을 얻기 위해 못하는 게 없었다. 친구를 팔아먹고 주군을 팔아먹었다. 룩소스 1세가 벗이자 충실한 기사에게 물건을 던지는 극악무도한 황제가 되어도 상관없다는 태도였다.
때려 주고 싶은 마음이 간절하다.
그 전에, 배울 건 배워야 했다.
룩소스 1세는 수단 방법을 가릴 처지가 아니다. 온갖 술수를 동원해 폴리아나를 붙잡아 둬야 하는 것이다!
'폴리아나!'
인내가 너무 길었다. 황제는 즉각 행동에 나섰다.

룩소스 1세는 폴리아나를 찾아 나섰다. 그녀의 궤적을 뒤쫓는 일은 토끼 쫓는 것보다 쉬웠다. 현재 야파 성에서 폴리아나 윈터는 최고의 유명인사였다. 사람들은 폴리아나를 보고, 기억하고, 그녀에 대해 말했다.
룩소스 1세는 수월하게 폴리아나의 동선을 따라 움직였다. 친히 폴리아나의 행적을 묻는 황제를 보고 수군거리는 궁인은 덤이었다.
"대장님, 비법이 뭡니까."
"알려 주십시오!"
"은퇴식은 언제가 좋으십니까?"
폴리아나는 부하들과 정다이 이야기꽃을 피웠다.
그녀는 개인적 사정으로 부하들을 방치했다. 미안하고 면목 없는 일이다. 그래서 제2근위대 휴게실을 찾는 순간 그대로 붙잡혔다.

제2근위대원들은 대장님 왕림에 두 팔 벌려 환영하고 휴게실 문을 닫았다. 그들은 대장님에게 궁금한 게 너무 많았다.

폴리아나는 부하들을 소중히 하지 않았다. 그 대가로 궁금증을 풀어 주기 전까진 휴게실을 나갈 수 없게 되었다.

질문을 시작하지! 제대로 대답해 주지 않으면 집에 갈 수 없게 될 거야!

폴리아나는 당황했다. 부하들의 대부분이 진실파였다. 제2근위대는 모두 룩소스 1세가 그녀에게 홀딱 빠진 걸 전제로 질문했다.

"폐하가 내게 반했다는 소문을 믿어? 황제 폐하를 수호하는 제국의 기사가 그깟 소문에 흔들려서 쓰나!"

"대장님. 저희가 바로 폐하의 호위기사입니다. 직접 보고 들었는데 모르겠습니까."

처음 소문이 떠돌 당시 제2근위대원들은 대부분 의심암귀파였다. 소문의 주인공이 그들의 대장이어서가 아니었다. 귀족들이 고위 귀족의 위엄을 두른 폴리아나를 안다면 근위대는 여기사 폴리아나, 대장 폴리아나, 지휘관 폴리아나를 알았다.

귀족들이 아는 폴리아나보다 근위대가 아는 폴리아나가 그녀의 본질에 근접했다.

그들은 정치적 목적으로 일부러 낸 소문이라고 생각했다. 폴리아나가 은퇴하는 건 아쉬운 일이나 폐하의 뜻이라면 따라야 했다.

그랬던 기사들이나, 그들은 곧 알았다.

제1근위대가 황제의 근접호위에서 물러났기에 제2근위대가 황녀와 황제를 호위했다. 기사들은 가까이에서 룩소스 1세를 보고 듣고 느꼈다.

황제는 마음을 숨기지 않았다. 그래서 기사들은 알 수 있었다.

룩소스 1세는 진심이었다!

제2근위대의 대다수는 진심파였다. 의심암귀파는 소수로 남아 황제의 진심을 의심했다.

폐하 취향이 박색이 아니고서야 대장에게 진심일 리 없어!

어쨌든 황제와 매일 얼굴을 마주하는 그들이 황제의 진심을 모를 리 없다는 주장. 언뜻 들어선 타당했다. 하지만 거기엔 반박할 거리가 있었다.

'몰랐잖아.'

기사들이 모르고 폴리아나가 몰랐다. 폴리아나는 당사자에 가장 가까이 붙어 있었음에도 불구하고 몰랐다.

룩소스 1세의 고백에 따르면 대륙의 끝을 밟은 이후 연심이 시작되었다. 황제가 직접 밝히기 전까지 아무도 몰랐다. 스트라만 빼고.

"날은 언제 잡으십니까?"

진심파든 의심파든 반대파는 없었다. 폴리아나는 솔직히 배신감이 들었다.

'은퇴하지 말랄 땐 언제고?'

제국의 황후(혹은 황비)가 근위대장을 할 수 없으니 결혼 = 은퇴였다. 폴리아나가 농담 삼아 은퇴한다고 말하면 "대장님 30년은 해 드세요! 우리 아들까지 잘 부탁드립니다!"라고 떠들던 옛날이 그리웠다.

부대장이란 놈은 이제 자기가 대장이냐며 히죽거렸다. 그건 괜찮았다. 폴리아나도 마호갈 경이 아이노 경에게 끌려갈 때 찢어지는 입꼬리를 주체하기 힘들었으니까.

위에 얹힌 돌이 빠져야 아랫돌이 올라가는 법. 폴리아나는 30년 버티겠다고 장담한 짱돌이었으니까 빠지면 속이 시원할 것이다.

"언젠 은퇴하지 말라더니?"

폴리아나가 속상한 마음을 내비쳤다. 부하들은 그녀의 속상함을 눈치채지 못했다.

"대장님도 이제 행복해지셔야죠."

또 그 애기였다. 그놈의 행복. 빌어먹을 행복. 폴리아나를 위해 그녀를 모욕하는 자들을 붙잡아 멍석 말던 부하들이 폴리아나의 불행을 논했다.

그들은 말했다. 이제 행복해져야 한다고. 그 말은 폴리아나가 이제껏 불행했다는 말처럼 들렸다.

"폐하와 결혼하면 행복해지나?"

"잘생기고 젊으신 황제가 대장님을 사랑하시는데 행복하지 않습니까?"

폴리아나는 그들에게 묻고 싶어졌다. 어리고 아름다운 레이디가 그들을 사모하면 마냥 행복할 것 같아? 질문하지 못한 이유는 뻔했다. 행복하다고 고개를 끄덕일 것 같아서다.

"대장님 연세(!)를 생각하십시오! 이게 마지막 기회입니다."

"대장님을 우습게 보지 마! 처음일 수도 있어!"

"의사 양반이 있잖소."

"그건 재산이 목적이고. 폐하는 순수한 진심 아닌가!"

"폐하 취향 진짜 알 수가 없네. 대장님의 어딜 보고 반하신 거지."

"남녀가 오래 함께 있으면 정이 드는 법일세."

"우리들은 대장에게 정 안 들었잖아."

"사랑에 이유가 어딨겠소. 좋아하니까 사랑이지. 폐하는 대장님의 얼굴이 보이지 않을 정도로 대장을 사랑하시는 것이오."

'개새끼들 진짜.'

곧 있으면 대장 아니라고 막말이 쩔었다. 적들의 비방보다 아군의 말이 충격이 큰 건 여전했다.

'휴가 중이고 미안해서 봐주려고 했더니 한계가 없네.'

내 밑으로 다 집합. 폴리아나가 금단의 발언을 할 찰나, 똑똑, 누군가 휴게실 문을 두드렸다. 들어오라는 허락이 없었는데 멋대로 문이 열렸지만 기사들은 화내지 못했다.

열린 문틈으로 요정의 날개처럼 반짝이고 눈부신 것이 들어왔다.

"폴 경, 여기 있는가."

"황제 폐하를 뵙습니다!"

휴게실에 있던 기사 전원이 황제에게 무릎 꿇었다. 몸은 군기가 꽉 잡혀 있었는데 정신은 해이했다.

대박. 지금 폐하가 대장 찾으러 온 거야?

대애애애애박. 퇴근하면 부인에게 말해 줘야겠어.

근위대원들이 대박 사건을 목격해 좋아하는 동안 폴리아나는 눈이 부셔 황제를 바로 보지 못했다.

어제 꽃단장한 모습을 봐서 적응이 됐다고 생각했다. 오산이었다. 철저한 오산이었다. 룩소스 1세는 오늘도 눈부시도록 아름다웠다. 내일도 눈이 부실 것이다.

룩소스 1세의 미모는 폴리아나의 자랑이었다. 그가 그녀를 꼬시기 위해 써먹기 전까진.

"짐의 성에 와 놓고 짐을 보지 않고 갈 생각이었나?"

"아닙니다."

"그럼 짐에게 경의 시간을 다오."

"드리겠습니다."

필요 없다는 말은 나오지 않았다. 당연한 것이지만 어쩐지 나올 것 같아서 기대하던 폴리아나는 실망했다.

룩소스 1세가 손을 들었다. 우아한 손길에 시선을 빼앗겨 행동의 의미를 파악하는 데 시간이 걸렸다.

폴리아나에게 에스코트를 청하는 모습에 기사들이 술렁였다. 폴리아나는 얼떨결에 뒷걸음질 쳤다.

"짐에게 무안을 줄 생각이냐?"

"제가 알아서 걷겠습니다!"

폴리아나는 그에게 기회와 시간을 준다고 말했다. 접촉은 아니다, 접촉은!

폴리아나가 도망치듯 황제를 지나쳐 휴게실 밖으로 나갔다. 당황해서 허둥지둥 나가 버리는 모습에 룩소스 1세가 크게 웃었다.

"경들의 대장이 참으로 귀엽지 않으냐."

황제가 자랑스럽다는 듯이 말했다. 실제로 자랑스러웠다. 방금 모습은 객관적으로 생각해도(결국엔 주관적) 꽤 귀여웠다.

동조를 구하는 황제에겐 침묵만 돌아왔다.

"……."

동조해 주는 이가 없었다. 룩소스 1세는 무안해졌다.

쩝. 귀여운데.

아무래도 좋았다. 폴리아나의 귀여움은 그만 알고 그만 누리면 되었다.

황제가 나가고 문이 닫혔다. 누가 먼저랄 것도 없이 말했다.

"이런 미친."

"이건 보통 사랑이 아니야."

"트루-럽을 뛰어넘은 더 럽일세. 사랑 그 자체야."

저것이 사랑이 아니면 무엇을 사랑이라 부를까. 룩소스 1세가 보인 눈 뜬 장님&콩깍지 효과는 굉장했다.

"폐하! 진심을 오인해 죄송합니다!"

기사 몇이 울며 바닥에 무릎 꿇어 자리에 없는 주군에게 사죄했다.

제2근위대 중 최후의 의심암귀파가 진심파로 전향함으로써 제2근위대엔 진심파만 남았다.

폴리아나는 휴게실 밖에서 대기 중이었다. 룩소스 1세가 싱긋 웃으며 재차 손을 내밀었다. 폴리아나가 거부했다.

"폐하의 뒤를 따르겠습니다!"

"그래. 씩씩해서 좋다."

룩소스 1세가 더는 강권하지 않았다. 폴리아나는 내심 안도의 한숨을 쉬었다.

그녀가 황제의 뒤를 따라 걸었다. 그것만으로도 모두의 시선이 날아와 꽂혔다. 룩소스 1세의 목적지는 식당이었다. 성의 많고 많은 식당 중에서 황제가 가장 친밀한 자에게만 허락하는 작은 식당으로 향했다.

가면서 룩소스 1세가 폴리아나에게 말을 붙였다.

"경의 식사가 아직이라고 들었다."

"네, 그렇습니다."

"그렇게 긴장할 건 없다. 같이 밥만 먹자꾸나."

"제가 언제 긴장했다고 그러십니까."

"지금."

폴리아나가 마음에 안 든다는 듯 미간을 좁혔다. 룩소스 1세가 노인처럼 허허 웃었다.

"나는 경이 긴장하는 것도 좋다. 그만큼 짐을 의식하고 있다는 증거지."

끄응. 긴장한 게 맞으니 할 말이 없었다.

폴리아나는 일부러 더 당당하게 허리를 폈다. 평생을 군인으로 살아 온 그녀의 허리는 누구보다 곧았다.

식당 앞에 서 있던 시종이 문을 열었다. 폴리아나는 깜짝 놀랐다. 진수성찬이 차려져 있었다.

구운 고기, 삶은 고기, 튀긴 고기, 날로 먹는 고기. 폴리아나가 좋아하는 사슴 고기가 대륙 전역의 비법으로 조리되어 식탁 위에서 존재감을 뽐냈다.

그 외에도 눈이 휘둥그레지는 음식이 많았다. 대륙을 지배하는 제국 황제의 식탁답게 전역을 아우르는 과일과 특산품이 즐비했다.

힘들여 가져온 보람 없게도 폴리아나의 시선을 사로잡는 건 단연코 고기였다.

"너무 과한 것 같은데요."

룩소스 1세의 평소 식단은 간소했다. 몸매 관리에 힘쓰는 삼십대 중후반 남성은 중부지방을 원하지 않기에 식단을 조절했다.

잘 먹고 많이 움직이면 중부지방은 붙지 않는다. 허나 그는 만인이 인정하는 성실한 황제였다. 국정에 오랜 시간을 보내다 보니 상대적으로 운동량이 부족했다. 이전에 만든 근육이 물렁살이 되지 않도록 움직이는 게 한계였다. 그러니 몸매를 위해선 간소하게 먹어야지.

그러니까 이 화려한 식단은 모두 폴리아나를 위한 것이었다. 폴리아나는 좋으면서 약간 기가 질렸다.

"과하지 않다."

비록 사랑하는 여인이지만 할 말은 해야 했다. 룩소스 1세가 폴리아나를 훈계했다.

"황제의 장남을 임신한 몸이면서 입덧으로 짬을 찾다니."

"먹고 싶었는데 어떡합니까."

입덧이란 그동안 먹어 온 음식에 의해 결정되는 경우가 대부분이다. 사람에 따라 싫어하는 음식이나 한 번도 먹어 보지 못한 음식을 찾는 경우가 있다지만 보통은 먹어 본 음식을 찾았다.

그런 의미에서 제국의 후작이자 황제의 아이를 임신한 여인이 짬, 그것도 개가 거부하는 개죽을 찾은 건 자존심 문제였다.

이에 대해선 폴리아나에게 변명의 여지가 없었다. 솔직히 폴리아나가 생각해도 자존심 상했다.

'왜 하필 그게 땡겨선.'

제일 죄송한 건 아이의 태명을 '개죽이'로 썼던 것이다. 차라리 똘똘이나 튼튼이, 이런 뻔한 걸로 지어야 했다.

악명 높은 제1근위대의 훈련을 버텼으니 튼튼이로 지을 것을.

지나고 나면 더 좋은 방법이 생각나는 게 사람 인생.

식당 안엔 시종이나 근위대 없이 둘뿐이었다. 룩소스 1세가 의자를 꺼내 온화하게 웃었다.

"자."

"그런 것은 신이 할 일입니다!"

"아니. 짐의 몫이다. 경은 누려라."

룩소스 1세의 태도가 단호했다. 폴리아나가 쉽게 의자에 앉지 못하자 룩소스 1세가 말했다.

"짐에게 다시 무안을 줄."

"폐하도 얼른 앉으십시오!"

폴리아나가 의자를 뺀 다음 후다닥 앉았다. 주군을 무안하게 하지 않으려고 의자를 빼고 룩소스 1세가 빼준 의자에 앉는 모습이 부산했다. 그녀의 고집에 룩소스 1세가 웃으면서 따랐다.

'음…….'

황제가 맞은편에 앉은 모습이 익숙했다. 둘이 함께하는 식사는 익숙했기에 폴리아나는 조금 안심했다. 비록 식사에 임하는 둘의 속내가 바뀐 메뉴보다 더 변화무쌍하다 해도 황제와의 독대, 식사는 누대에 걸친 영광이었다.

"잘 먹겠습니다."

"경이 좋아하는 음식들로 엄선했다. 마음껏 즐기거라."

음식들은 엄청 맛있었다. 음식은 언제나 죄가 없었다. 폴리아나는 묵묵히 식사를 즐겼다. 사슴 갈빗대를 씹고 뜯고 있으니 황제가 그걸 흐뭇한 미소로 감상했다.

"안 드십니까?"

"경이 먹는 것만 봐도 흐뭇하다."

"그건 부모님 대사 같은데요."

"짐이 좋다는데 뭐 어떠냐. 부모님 하니, 제러드는 어떻게 했느냐?"

룩소스 1세가 소중한 장남 얘길 꺼냈다. 아이는 잠깐만 눈을 떼도 하루가 다르게 자란다. 하루하루가 남다른데 그렇게 어린 아이를 떼 놓고 야파로 온 폴리아나가 걱정되었다.

폴리아나는 제러드를 전혀 걱정하지 않았기 때문에 황제의 기우였다.

"유모에게 맡기고 왔습니다. 건강합니다."

"아무리 건강해도 그렇지. 너무 이르게 떼어 둔 건 아닐까…… 걱정이 된다."

"괜찮습니다."

의자를 뺀 룩소스 1세가 단호했다면 이번엔 폴리아나가 단호해질 차례였다. 폴리아나가 합당한 근거를 대고 주장했다.

"유산이 쉽다는 임신 초기에 기사단 훈련을 버텼습니다. 흔한 설사, 감기 없었습니다. 아주 우량한 건강 체질입니다."

"하기야. 경이나 나나 건강하니."

룩소스 1세가 제러드의 단단한 살집과 옹골찬 뼈대를 떠올렸다. 왕세자로 태어나 왕이 되어 황제가 된 그가 갓난아이를 몇이나 접해 봤겠는가. 두 살이 되어 가는 루조 대공자, 미숙아로 태어난 루미네 황녀, 제러드가 전부였다. 대조군이 적지만 그냥 봐도 제러드는 튼튼했다. 아주 장군감이었다.

둘은 식사하면서 이런저런 얘기를 나눴다. 주종 간에 숨 쉬듯 익숙한 일이었다. 폴리아나는 루미네 황녀의 욕심과 '싫어' 공격에 대해 말했다. 룩소스 1세는 그 '싫어' 공격이 정신적으로 아주 좋지 않다고 말했다. 폴리아나가 동감했다.

대화 주제는 토리와 스트라로 옮겨갔다.

"스트라가 알고 있다고 말했을 땐 깜짝 놀랐다."

"그녀를 볼 면목이 없습니다."

스트라가 룩소스 1세와 이혼하면서 황비 자리에서 물러났지만 이혼하지 않았다면 계속 폴리아나의 호위 대상이었을 것이다. 만약 그랬다면 어떻게 얼굴을 봤을지. 폴리아나는 걱정이 들었다. 룩소스 1세가 고개 저었다.

"그것은 나의 허물이다. 경이 고민할 문제가 아니야."

잘못이 있다면 모두 룩소스 1세가 원인이었다. 폴리아나에게 바로 고백하지 못한 죄. 마음을 묻어 두고 부인하려 했던 죄. 이렇게 절절히 사랑할 거면서 부인을 맞이한 죄. 모두 황제의 죄였다.

폴리아나는 결백했다. 만일 저 결백한 여기사에게 돌을 던지는 자가 있다면 황제는 결코 용서하지 않을 것이다.

"약조한다. 경은 내 유일한 부인이 될 것이다."

"폐하…… 그런 무거운 말씀은 거둬 주십시오."

"진심이다. 경이 제러드를 위해 나와 이혼한다 해도 나는 새 부인을 들이지 않을 것이다. 내 부인은 영원히 경밖에 없어."

"하아……."

맛있게 잘 먹었는데 체할 것 같았다. 폴리아나가 땅이 꺼져라 한숨을 쉬었다. 협박인지 절절한 고백인지 구분이 가지 않는 말이었다.

"폐하, 어이해 소신입니까?"

세상에 절반이 여자였다. 물론 황제 폐하시니 귀족으로 제한하면 수가 확 줄어들긴 한다. 그래도 여전히 여자가 많았다.

어째서 그녀였을까. 그녀여야 했을까. 폴리아나는 진짜 이해가 되지 않았다.

"사랑에 이유가 있는가. 돌아보니 경이 있었고 그 순간 나는 경의 포로가 되었다. 나조차 그 순간을 설명할 수 없는데 어떻게 이유를 물어."

말하는 룩소스 1세는 아무렇지 않았는데 폴리아나의 얼굴이 붉어졌다. 폴리아나가 급하게 냉수를 마셨다.

꽃단장한 황제에게 저런 말을 들으니 심장이 두근거렸다. 어리석은 질문이었는데 룩소스 1세는 정성껏 답해 주려 애썼다.

"사모하는 레이디가 질문하니 궁리해서라도 답을 찾아야지. 부러 설명하자면 그때 우린 이미 서로에게 반한 상태였다. 나는 경에게 반했고 경도 내게 반했어.

우린 서로를 세상에서 가장 사랑하지 않았더냐. 그것이 군신의 애정이고 주종의 신뢰였는데 한순간 남녀의 연정으로 돌변했으니 소중함이 무엇과도 비할 수 없더라."

룩소스 1세가 문제의 그 날을 회상했다. 이어서 기사를 배신한 날 또한 떠올렸다.

"내가 경을 배신한 날 경이 내게 물었지. 그때 뒤돌아서서 본 것이 다른 기사였다면 사랑했겠냐고. 나는 틀린 답을 말했다. 그렇게 말해선 안 됐어. 그때 경에게 반하지 않았어도 언젠가 반드시 경에게 반했을 것이다. 그런 느낌이 들어.

나는 경을 받아들이면서 줄곧 예감했다. 경이 내게 누구보다 소중한 사람이 될 것이라고. 경도 그렇지 않았는가? 그런 예감에 사로잡혀 흥분해 기뻐한 적 있을 것이다."

룩소스 1세의 말대로였다. 폴리아나 또한 그런 예감에 사로잡힌 적이 있었다. 서로가 서로에게 소중한 무언가가 되리라는 확신이 있었다. 그래서 더 애틋하고 끈끈한 주종이었다.

룩소스 1세와의 만남은 폴리아나 일생 최대의 행운이고 인생의 전환점이었다. 룩소스 1세는 때로 폴리아나야말로 원정에서 얻은 최고의 보물이라고 말했다. 마음이 통하는 것 같아 얼마나 기뻤는지 모른다.

"솔직히 고백하자면 경을 사랑하지 않기 위해 노력한 적 있다. 내가 제일 좋아하는 노력을 그런 데에 소모했다. 결과적으로 실패했단다. 아무리 노력해도 사랑하는 마음은 붙잡을 수 없었노라. 억눌러도 치솟는 연심을 숨기기 위해 다시 노력했지. 그래서 숨기지 않아도 되는 지금이 그저 기쁘고 행복하다."

대륙의 지배자가 막중한 지위에 어울리지 않게 소탈하게 웃었다. 혼자 보기 아까울 정도로 멋진 미소였다. 폴리아나의 심장 박동수가 빨라졌다.

"경이 어떤 결정을 내리든 강요는 없을 것이다. 나는 경이 나를 보도록, 사랑하도록 노력할 수 있는 지금이 기뻐. 더는 이 감정을 숨기지 않아도 되는 것이 행복해. 경이 할 일은 누리고 만끽하는 것이야. 경에게 구애하는 이 어리석고 죄 많은 남자가 구애를 성공하기 위해 어떤 노력을 하는지 지켜보고 평가하면 된다네."

만약 잘생긴 게 죄라면 룩소스 1세는 화형감이었다. 달콤해서 죽을 것 같은 말의 향연에 폴리아나가 항복했다.

그녀는 목과 귀까지 달아올라 고개 숙였다. 감히 황제의 얼굴을 바로 볼 수 없었다.

부끄러운 말을 하는 건 룩소스 1세다. 그걸 듣는 건 폴리아나다. 폴리아나는 아무 일도 안 했다. 그냥 열심히 식사했다. 그런데 폴리아나가 부끄러웠다.

'좀 다른데?'

부끄러운 것과는 좀 달랐다. 낯설어서 어떤 감정인지 인지가 안 됐다. 수줍음이 가장 정확했으나 폴리아나는 깨닫지 못했다.

그녀의 식사 속도가 빨라졌다. 폴리아나는 전투적으로 음식을 입에 집어넣었다. 진수성찬이 차려져 있었는데 맛을 기억하는 건 많지 않았다.

다 먹어야 벗어날 수 있다!

오로지 그 생각으로 먹었다. 식탁 위에 음식이 즐비했기에 당연히 과식했다. 음식은 여전히 많이 남았고 폴리아나의 배는 꽉 찼다. 룩소스 1세가 손수 빈 잔에 물을 채웠다.

"무리하지 마라. 다음이 있으니."

"잘 먹었습니다."

"그래. 여독이 풀리지 않았을 테니 돌아가 쉬어라."

"명 받들겠습니다."

"명령이 아니라 권유다. 앞으로 내가 하는 모든 말은 명령이 아니라 부탁일 것인데 오해하지 말아 주었으면 한다."

"폐하. 왜 하필 저입니까?"

"하필이라……."

스스로를 깎아 내리는 발언에 룩소스 1세가 혀를 찼다. 폴리아나는 꿋꿋이 말했다.

"전 못생겼습니다. 차라리 논다니를 안겠다는 발언."

"그건 잊자. 제발 잊어 다오."

룩소스 1세 인생의 흑역사가 튀어나왔다. 황제가 애절한 표정을 짓고 간청했다. 제발 잊어 줘.

폴리아나는 주군을 배려해 이 얘기를 꺼내지 말 것을 다짐했다. 룩소스 1세의 아름다운 미모와 어우러져 평생 잊을 수 없는 발언 베스트 3위에 들었던 발언이다. 그래도 잊으시라면 잊어야지. 그것이 신하 된 도리.

"알겠습니다. 크흠. 어쨌든 신은 박색이고 나이가 많습니다. 폐하께서 모두가 바라는 남성상이라면 저는 아무도 바라지 않는 여성상입니다. 하온데 어째서 소신인지 모르겠습니다. 사랑에 이유가 없다 한들 정도가 있는 법입니다. 그간 폐하를 거쳐 간 레이디가 적지 않은데 어째서 저입니까?"

"귀경은 잔인하다. 모두가 바라는 완벽한 남성상이 경을 사모함에 자부심을 갖지 않고 도리어 깎아 내리는구나. 경을 사랑하는 내 앞에서. 출세가 노력의 합당한 대가라며 의기양양해하던 폴리아나 윈터는 어디 간 게냐."

"그것과 이건 다릅니다."

"다르지 않다. 달라도 문제될 건 없다. 못생겼다니 말도 안 된다. 내 눈에 귀엽기만 한 것을."

룩소스 1세가 귀엽다는 말 한 마디로 폴리아나를 침묵시켰다.

폴리아나는 도대체 몇 번째 달아오른 것인지 알 수 없는 볼을 감쌌다. 뜨끈뜨끈했다. 식사를 끝냈겠다, 그녀는 탈출을 결심했다.

"이만 가 보겠습니다."

"그래, 배웅해 주마."

룩소스 1세가 자리에서 일어났다. 그가 의자를 또 빼 줄까 두려워 폴리아나는 벌떡 일어났다. 그러는 바람에 황제가 문 열도록 방치했다.

"크윽."

황제 폐하가 손수 열어 주신 문으로 나가는 것이 이번으로 두 번째다. 견디기 힘든 영광에 폴리아나의 눈가에 눈물이 고였다. 너무 황송해서 그냥 죽고 싶었다.

시종이 마구간에서 폴리아나의 말을 성문까지 가져올 수 있도록 앞서 뛰어갔다. 폴리아나는 느긋하게 걷는 황제의 뒤를 따랐다.

미리 황제의 명이 있었는지 말은 쪽문에 준비되었다. 근처에 사람이 없었다. 쪽문을 지키고 있어야 할 근위대도 보이지 않았다. 먼저 뛰어간 시종 없이 말 혼자 얌전히 주인을 기다렸다.

"그럼 좋은 밤 되십시오."

폴리아나가 룩소스 1세에게 인사했다. 평범한 인사인데 너무 어색했다. 룩소스 1세는 어색함에 불을 지폈다. 그가 정중하게 허리를 숙이고 폴리아나에게 요청했다.

"부디, 아름다운 경의 손등에 입 맞출 수 있는 영광을 허락해 주오."

염장 지르는 세키 부부 덕분에 룩소스 1세는 내내 염원했다.

더없이 정중한 요청이었건만 폴리아나는 서리 맞은 홍시처럼 얼어붙었다. 펑 터지지 않은 게 다행이었다.

"아름답지 않습니다! 못생겼습니다!"

굳은살이 박이고 손톱은 깨졌다. 피부가 군데군데 변색한 손은 평상시 폴리아나의 자랑이었다. 정말 이상한 일이었다. 그녀의 자랑거리를 그녀 스스로 폄하했다.

룩소스 1세가 엄중히 꾸짖었다.

"곱고 부드러운 손만이 아름다운가. 바느질로 지문이 닳은 여인의 손은 못났는가. 레이디들이 곱고 부드러움을 위해 노력하고 평민들이 가족을 위해 바느질에 힘썼으니 둘 다 노력의 결과다. 모두 아름답다. 경의 손 또한 그러하니 참으로 아름답다."

룩소스 1세가 폴리아나의 손을 가져가 잡았다. 단단한 남자의 손이 닿았다. 둘 다 검을 쥐는 자라 굳은살 박인 위치가 비슷했다. 피부 표면은 폴리아나가 더 거칠었다.

룩소스 1세의 엄지가 폴리아나의 손등을 문질렀다. 다만 그뿐. 황제는 고개 숙여 입 맞추지 않았다. 그는 폴리아나의 허락을 구했고, 허락이 떨어지길 기다렸다.

"놔주십시오."

"거절한다면 확실히 말해라. 그렇지 않는다면 인내하겠다."

폴리아나가 뿌리치고 도망가도 그 자리에서 기다릴 기세였다. 밤새도록, 새벽 동이 트도록. 필요하다면 10년 동안. 혹은 그 이상.

거절해도 된다. 그러기 힘든 건 폴리아나가 룩소스 1세에게 수없이 입을 맞췄기 때문이었다.

연심과 존경이 같을 순 없다. 하지만 그녀는 처음으로 황제의 손등에 입 맞출 수 있었던 영광을 기억한다.

가슴 깊은 곳에서 뿜어져 나오는 벅찬 감동에 숨쉬기 힘들 정도였다. 황제의 앞에 무릎 꿇고 손등에 입을 맞댄 순간이 영원하길 빌었다.

안 그래도 남자 면역이 부족한 폴리아나다. 이토록 절절하게 구애하는 룩소스 1세의 부탁을 거절하기 힘들었다.

그녀는 황제의 손등에 입 도장 쾅쾅 찍어 놓은 주제에 거절하는 게 이상했다.

"뜻대로 하십시오."

결국 폴리아나는 입맞춤을 허락했다. 룩소스 1세는 기다렸다는 듯 입술을 꾸욱 눌렀다. 솔직히 폴리아나의 손등은 까칠했고 룩소스 1세의 입술은 부드러웠다.

닿은 곳은 손등인데 폴리아나의 손바닥이 간질거렸다. 손바닥에서 그치지 않았다. 목과 등, 가슴, 발바닥, 귀, 어금니에 이르기까지. 폴리아나가 늘 신경 쓰는 부위부터 그녀가 가끔 몸의 일부인 걸 잊는 부분까지. 그 모든 것이 간지러웠다. 마치 룩소스 1세가 그 모든 걸 사랑하여 그렇다는 듯이.

고작 손등에 입맞춤 한 번이었을 뿐인데 폴리아나의 속이 요동쳤다. 간질거림은 집에 가는 내내 이어졌고 잠자리에 누울 때까지 사라지지 않았다.

"싫어!"

폴리아나는 약속대로 루미네 황녀를 찾았다. 황녀가 폴리아나를 보자마자 손가락질하고 외친 것이 '싫어'였다. 말로는 싫다면서 루미네 황녀의 두 손은 폴리아나를 향해 있었다. 어서 나를 안고 둥개둥개 해 달라는 의미였다.

폴리아나가 얼른 황녀마마를 안아 올렸다. 루미네 황녀는 보모나 유모처럼 포근하지 않은 후작의 품이 마음에 들지 않아 입술을 삐죽였다.

폴리아나는 마른 것에 비해 가슴이 있는 편이다. 제러드를 낳으면서 조금 더 커졌는데 젖을 말리는 약을 먹고 이전의 크기로 돌아갔다.

포근함과 안락함은 가슴에서만 나오는 것이 아니다. 황녀를 안아 받친 팔과 갈비뼈가 안락함의 주요 소재였다.

루미네 황녀가 한참을 고민한 끝에 보모에게 옮겨갔다. 폴리아나를 포기한 것은 아니었다. 황녀의 손에 폴리아나의 손가락이 잡혔다. 잡는 힘이 강했다.

폴리아나는 제러드를 떠올렸다. 이상한 일이었다. 제러드를 품에 안고 있을 때보다 품에 없는 지금 아이를 생각하는 일이 많아졌다.

폴리아나가 멍 때렸다. 자기에게 집중해 주지 않는 나쁜 어른을 알아챈 루미네 황녀가 폴리아나의 손가락을 잡아당겼다. 장갑이 끌리는 감각에 폴리아나가 황녀에게 웃어 보였다.

"오늘은 장갑을 끼셨네요, 후작님."

"그럴 만한 일이 있었지."

전신의 간질거림은 아침이 되니 사라졌다. 손등의 미열은 여전했다.

약지에 심장과 연결되는 핏줄이 있어 결혼반지는 약지에 낀다고 했던가. 그 핏줄이 지나가는 손등 위로 룩소스 1세가 입을 맞췄나 보다. 그러지 않고서야 작은 미열이 손등에 남고 심장에 남을 리 없었다.

어제는 토리를 만났다. 오늘은 스트라의 차례였다. 스트라는 눈물을 글썽이며 축하 인사를 건넸다.

"결혼 축하드려요!"

남몰래 남편과 외간 여자의 로맨스를 응원한 사람다웠다. 폴리아나의 사과보다 스트라의 축하가 빨랐다. 덕분에 폴리아나는 사과하지 못하고 할 말을 찾아 헤맸다.

"아직 결정된 건 아닙니다."

"그래도 하실 거잖아요. 저와 시녀들이 모두 응원하고 있어요!"

제국의 황비마마셨다가 이혼했는데 스트라는 변함이 없었다. 그녀는 상냥하게 폴리아나와 룩소스 1세의 미래를 축복하고 축하했다.

시녀들이 모두 둘의 사랑을 응원하고 있다는데 폴리아나는 기쁘지 않았다. 타인에게 응원받아 떨떠름한 건 처음이었다.

"불쾌하지 않으십니까?"

"불쾌하다니요. 후작님이 유혹하신 게 아닌 걸요. 그리고 전 이제 폐하의 부인이 아니니까 말씀 편히 하세요. 전 이제 시녀장 스트라니까요."

"이혼했다 한들 전 남편인데……."

"이런 걸로 질투하고 불편하면 시녀장 자리도 거절했을 거예요. 후작님껜 아무런 유감이 없어요. 있다면 폐하……겠죠."

룩소스 1세는 이혼한 지 얼마 안 된 부인에게 막말을 한 전적이 있었다. 스트라는 그 일로 황제에게 아주 약간 감정 상했다. 아~주 약간.

대륙을 통일한 황제와 정복지의 왕녀. 정략결혼의 대표라 할 수 있는 결혼이었다.

스트라는 룩소스 1세에게 반했었지만 1년이 지나지 않아 감정은 사라졌다. 이후 스트라는 룩소스 1세와 폴리아나의 관계 진전을 지켜봤다. 황제의 연심은 깊고 깊어 지켜보는 맛이 넘쳤다.

스트라가 시녀장으로 취직한 것은 루미네 황녀 때문이다. 엄마 없는 하늘 아래 어떤 레이디가 새 황비(혹은 황후)가 될지 미지수였다. 토리는 그 일을 겪었음에도 불구하고 야파 성에 잔류를 선택했다. 스트라는 토리처럼 용기 있지 못하지만 토리와 한 약속을 잊지 않았다.

우리 같이 루미네 황녀를 훌륭한 레이디로 키워요.

이젠 어머니가 아니라 키울 수 없다. 대신 옆에서 보필하는 게 가능했다.

그렇게 돌아온 야파엔 폴리아나가 없었다. 스트라는 실망했다. 룩소스 1세는 폴리아나에게 고백할 것처럼 굴더니 아무 얘기 없이 조용했다.

그랬는데 소문이 퍼졌다. 스트라는 아무도 모르게 기쁨의 비명을 질렀다.

"어쨌든 후작님이 불편하게 여기시고 그러실 필요 없어요. 전 예전부터 두 분을 응원하고 있었어요."

스트라가 배시시 웃었다.

"제가 아는 이야기 중에서 최고인 것 같아요."

여기 해피엔딩을 바라는 또 한 사람이 있었다. 폴리아나는 해피가 뭔지 몰라서 헤매고 있었는데 지켜보는 이들의 기준은 명확했다.

두 남녀의 결합.

남자는 사랑하는 여자와 결혼해서 행복하고 여자는 사랑해 주는 남자와 결혼해 행복하다.

폴리아나도 여기사가 나오는 로망스를 읽고 들었다. 여기사가 죽으면 비극. 살면 희극.

폴리아나는 생존했고 그렇게 끝내려 했다. 그런데 사람들이 해피엔딩을 요구한다.

심란한 마음이 수런거렸다.

더욱 심란한 것은 따로 있었다.

그렇게 수런수런하는 와중에도 폴리아나의 손등과 심장은 여전히 강아지가 핥는 것 마냥 간지러웠다.

어제 황제는 일찍 잠들었다. 일찍 자서 일찍 일어났다. 국정을 보진 않았다. 룩소스 1세는 피부 관리와 모발 관리에 심혈을 기울였다.

제국의 주인이 외모 관리에 힘쓰는 동안 국정을 돌보는 이는 따로 있었다. 황제의 사촌동생으로 태어난 죄로 머리가 벗겨지는 이와, 부인을 믿지 않은 죄로 집보다 성이 편해진 이.

루조 대공과 제이시 후작은 몰려오는 일감에 진저리쳤다.

"폐하는 오늘도 쉬시나?"

"네, 그렇게 들었습니다."

"……재상. 나는 집에 돼지 같은 아들과 다람쥐 같은 부인이 있네."

"전 여우 같은 부인과 비둘기 같은 아들이 있습니다."

제이시 후작 부인은 남편을 잘 둬 원로원 숙청을 피해 갔다. 그러나 후작 부인은 그렇게 중요한 일을 남편이 일언반구도 하지 않았다는 사실에 충격받았다.

본래 부부는 정략혼치고 정이 깊었다. 원앙과 같은 금슬을 자랑하진 않았으나 남들이 보지 않는 곳에서 나누는 애틋한 정이 있었다. 숙청 사건 이후 부부 사이가 데면데면해졌다. 부부는 공적인 일이면 대화하지 않았다. 폴리아나가 부러워했던 가정이 그렇게 끝났다.

벤티에 경은 후회했으나 돌이킬 수 없는 일이다. 그는 좀 더 부인을 믿고 좀 더 여자를 믿어야 했다. 불신엔 불신으로. 인과응보이니 누구의 탓을 할까. 전부 본인이 원인이었다.

덩달아 아들과의 사이도 예전만 못해졌다. 재상은 황제 못지않은 일벌레가 되었다.

재상이야 본인이 원해서 일벌레가 되었다고 치자. 루조 대공은 아니다. 어디까진 혈연으로 인한 착취였다.

제국의 행정부는 여전히 인력이 부족하다. 실력을 겸비한 신뢰할 수 있는 사람을 고용하려다 보니 어쩔 수 없었다. 아마 10년이나 20년은 지나야 인력 부족이 해소될 것이다. 그나마 문관들을 버티게 하는 건 성실히 일하는 황제 폐하였다.

그랬던 황제가 폴리아나를 꼬시겠다고 휴업을 선언했다. 결혼은 인륜지대사니 뭐라 할 수도 없고. 결혼 그만두라고 말하고 싶은데 이미 애가 있다니 그럴 수도 없고.

"내 봄은 언제 오는가!"

루조 대공의 봄날은 멀었지만 황제의 봄날은 지금이었다.

사촌아우가 애통해하는 그때, 황제는 연애에 힘썼다. 그는 루미네 황녀를 알현하고 나온 폴리아나를 문 앞에서 채 갔다. 그는 일단 폴리아나를 먹였다. 폴리아나는 밥 먹자는 제안을 거절하지 못하고 황제를 따라갔다.

식사를 하고 난 뒤, 황제가 산책을 제안했다.

말은 참 번지르르했다. 요즘 국정에 몰두하다 보니 활동량이 줄어든 것 같다. 같이 정원이나 걷자.

룩소스 1세는 평소 과하다 싶을 정도로 국정에 몰두하는 성실한 황제였다. 사람은 평소 됨됨이가 중요하다는 걸 보여 주듯 폴리아나는 황제를 의심하지 않았다. 가끔 건강이 염려되고 일중독이 아닐까 걱정스러운 주군이셨다.

'진짜 힘드신가 보다.'

한숨 돌리고 싶으시다니 같이 가 드리는 게 신하된 도리. 야유 얘기를 꺼냈다면 근위대장으로서 반대했을 것이다(휴가 중이지만).

오늘도 룩소스 1세는 꽃단장을 했다. 사랑하는 여자를 만나니 만개한 꽃처럼 화려하고 아름다웠다.

오늘의 황제 폐하는 이슬이 내린 물망초를 닮았다고 폴리아나는 생각했다.

둘은 조용히 정원을 거닐었다. 황성에 있는 정원 중에서 가장 꽃이 만발한 곳이라 평소에 사람이 많은 곳이었다. 오늘은 개미 한 마리 눈에 띄지 않았다.

룩소스 1세는 앞서 걷고 폴리아나는 어색하게 뒤를 따랐다. 그가 종종 몸을 돌려 뒷걸음질 칠 때마다 폴리아나의 가슴이 조마조마했다.

"폐하, 그러다 넘어지십니다."

"그럼 경이 잡아 주겠지."

"바로 걸으십시오. 바닥에 포석이 깔려 있어 위험합니다."

"꽃을 보니 경이 생각나고, 새를 보니 경이 생각나고, 하늘을 보니 경이 생각나는 걸 어찌하란 말이냐."

폴리아나는 룩소스 1세를 보고 한 떨기 물망초를 떠올렸고, 예쁜 새순을 보고 룩소스 1세를 떠올렸고, 장인의 조각상을 보고 룩소스 1세를 떠올렸다. 세상 모든 아름답고 좋은 것들에 황제를 떠올렸다. 입장이 반대가 되자 부끄러웠다.

"제가 앞에 서겠습니다."

폴리아나의 걷는 속도가 빨라졌다. 황제를 제친 그녀에게 룩소스 1세가 말했다.

"이러면 경의 뒷모습밖에 안 보인다."

폴리아나가 룩소스 1세가 그런 것처럼 몸을 돌렸다. 한 발 한 발 뒷걸음질 쳤다. 둘은 원정길로 단련되어 보폭이 크고 걷는 속도가 빨랐다. 그래서 폴리아나는 한 번 뒷걸음질 칠 때마다 긴장됐다.

가능한 크게 다리를 벌려 뒤로 걷는다. 폴리아나의 앞에서 룩소스 1세가 그녀를 따라왔다. 그녀 딴에는 빨리 걷는 것인데 룩소스 1세는 성큼성큼 거리를 좁혔다.

황제가 다가왔다. 코앞까지 머지않았다. 폴리아나가 뒤로 걸었다. 다시 멀어졌다. 그러나 다시 좁혀 온다.

쫓기는 기분이 들었다. 폴리아나는 아차 싶었다. 단순한 산책인데 긴장감이 들었다. 룩소스 1세의 뒤를 따를 땐 보지 못했던 것들이 보였다.

비가 내린 초여름의 숲을 닮은 황제의 눈이 그녀를 직시했다. 황성에서 가장 아름다운 정원인데 꽃이나 조각상에 눈길 한 번 주는 법이 없었다.

폴리아나를 보는 것이 마냥 기쁘다는 듯 룩소스 1세가 웃었다.

폴리아나의 심장이 다시 간지러워졌다. 간지러움은 어제 밤보다 심했다.

폴리아나는 고개 숙여 바닥을 봤다. 넘어지지 않기 위해서라고 스스로를 속였다.

“경의 검 솜씨를 구경한 지도 오래되었군. 언제 어울려 다오.”

“언제든 원하시면 준비해 두겠습니다.”

폴리아나의 상태를 알아차린 것일까. 룩소스 1세가 그녀의 긴장을 완화할 만한 대화 주제를 꺼냈다.

시트린 영지에선 내내 몸을 사렸다. 그녀 혼자 몸을 풀긴 했지만 의사와 유모의 감시가 있었고 폴리아나 스스로도 이건 아닌가 싶어서 대련은 하지 않았다.

의동생이 결투를 신청했을 때 몸이 굳지 않은 것이 다행이었다. 솔직히 대련은 반가웠다. 폴리아나가 반색하자 룩소스 1세가 피식 웃었다.

“이제야 걸음걸이가 박자를 맞추는구나.”

“무슨 말씀이신지?”

“경이 도망가듯 발을 놀리더니 이제 나와 박자를 맞췄다.”

룩소스 1세가 한 발 걸을 때 폴리아나는 두 발을 걷는다. 그랬던 것이 지금은 황제 한 발, 폴리아나 한 발이었다.

그녀가 두 발씩 걸어 무리해 넓인 거리가 좁혀졌다. 룩소스 1세가 피식 웃었다.

“쫓아가는 게 아닌데 왜 도망가느냐.”

“도망가지 않습니다.”

폴리아나가 은근히 불만을 내비쳤다. 그녀가 잠시 방심했을 때.

룩소스 1세가 보폭을 갑자기 넓혔다.

"도망가지 마라. 붙잡고 싶어진다."

말은 그렇게 하지만 룩소스 1세는 그녀를 붙잡을 의도가 아니었다. 그저 거리만 좁혔다.

폴리아나 혼자 놀라 발을 헛디뎠다. 그녀는 몸으로 먹고 사는 직종이라 금방 몸의 균형을 잡았다. 잡은 균형을 다시 놓친 건 놀란 룩소스 1세 탓이 컸다.

"경! 위험하다!"

황제가 놀라서 폴리아나가 더 놀랐다. 그러는 바람에 포석에 발뒤꿈치가 부딪쳤다.

재수 없는 놈은 뒤로 넘어져도 코가 깨진다지만, 폴리아나로선 머리통 깨지는 것보다 코 깨지는 게 좋았다. 뒤로 넘어가는 폴리아나를 룩소스 1세가 붙잡아 끌어당겼다.

천만다행으로 룩소스 1세의 품에 안기는 일은 없었다. 누군가에겐 호재요, 누군가에겐 악재였다.

"뒷걸음은 위험하구나. 하지 말자."

룩소스 1세가 폴리아나의 손을 꽈악 잡았다. 폴리아나는 전해지는 악력을 신경 쓸 겨를이 아니었다.

넘어지면서 고개가 위를 향했다. 그녀는 보았다. 정원이 내려다보이는 창문에 덕지덕지 달라붙은 관람객을!

"폐하, 저길 보십시오!"

폴리아나가 삿대질했음에도 그들은 도망가지 않았다. 창문에 달라붙어 둘을 훔쳐보기 바빴다. 어떤 자는 몸을 지나치게 밖으로 빼내 떨어지기 일보직전이었다. 내내 룩소스 1세를 보느라 정신 팔리는 바람에 이제 알게 된 것이다.

"구경꾼이 많았구나."

"저것들을 그냥!"

"두어라."

"하오나 폐하."

"뭐 어떠냐. 경이나 나나 사람들 시선에 연연할 인생이 아니거늘."

남자는 제국의 황제이고 여자는 제국의 후작이다. 사람들 시선에 몸 사릴 인생과 거리가 멀었다. 괜한 부끄러움은 모두 이것이 한 남자의 구애요, 일종의 연애 놀음이기 때문이었다.

"발목은 괜찮으냐?"

"네. 괜찮습니다."

"그래, 그럼 됐다."

룩소스 1세가 빙그레 웃었다. 그는 폴리아나의 한쪽 손을 놔주고 그대로 걸었다. 폴리아나는 얼떨결에 그의 옆을 따라 걸었다.

"폐하, 이, 이건!"

"뒷걸음질은 위험하니까 금지다. 나란히 걷는 건 좋은데 귀경의 얼굴을 볼 수 없으니 손이라도 잡아 다오."

"그러니까!"

"귀여운 귀경의 얼굴을 보지 못하니 슬프구나. 어떠냐, 양 손을 맞잡고 옆으로 걷는 건."

그냥 싫다고 말하면 될걸. 폴리아나의 마비된 이성은 그 쉬운 생각을 막았다.

한 손을 잡고 멀쩡히 걷는 것과 양손을 잡고 게 흉내 내는 것. 객관식이 아니고 반드시 선택해야 할 것이 아닌데 폴리아나는 저도 모르게 황제가 내민 선택지 안에서만 고민했다.

"……."

침묵을 자기 좋을 대로 해석한 황제가 걸었다. 그가 택한 선택지는 한 손이었다. 폴리아나는 얌전히 박자를 맞췄다. 룩소스 1세는 폴리아나를 배려하려는 듯 정면을 응시했다.

그를 보는 건 오히려 폴리아나였다. 폴리아나는 황제의 옆모습에서 시선을 떼지 못했다. 잡힌 손이 간지러웠다.

이게 모두 입맞춤 때문이다. 입술이 닿은 손등의 핏줄이 심장과 바로 이어진 탓이다.

그렇게 변명해 보아도 사실은 알았다. 지금 잡은 손은 어제 입술이 닿은 손과 다른 손이다. 장갑을 꼈는데도 손바닥이 간지러웠다. 간지러움은 손목과 팔을 타고 심장까지 전염되었다.

간질. 간질.

폴리아나는 부아가 치밀었다. 고백한 사람은 룩소스 1세다. 폴리아나는 룩소스 1세를 단순히 주군으로 좋아하지만 룩소스 1세는 폴리아나를 여성으로 좋아했다. 그러니 더 애가 타고 긴장해야 할 쪽은 룩소스 1세였다.

그런데 어째서 폴리아나의 심장이 간지럽게 뛰는가. 흐르는 피가 추운 곳에 있다 따뜻한 집에 들어간 것처럼 짜르르 울리는 걸까.

폴리아나는 잡힌 손을 응시했다. 그냥 잡혀서 따라 걷는 건 그녀 성미에 차지 않았다. 폴리아나는 무례를 감수하고 손에 힘을 줬다. 룩소스 1세보다 더 강하게 손을 잡자 상황이 바뀌었다.

폴리아나는 잡힌 손이 아닌 잡은 손을 응시했다. 이쪽이 정답이었다. 간지러움이 사라졌다.

기묘한 뿌듯함이 그녀의 속을 꽉 채웠다.

대화할 여유가 생겼다. 폴리아나는 손에서 시선을 떼고 룩소스 1세의 얼굴을 보았다. 황제는 은은하게 얼굴을 붉히고 있었나. 어썸서른 중반 남자가 얼굴을 붉히고 부끄러워하는데 위화감이 없었다. 무서울 정도로 어울렸다.

'뭘 믿고 저리 잘생기셨담.'

룩소스 1세는 뭘 믿고 저렇게 잘생겼는가. 진정 인류의 난제였다. 처음 산책할 때엔 촉촉한 물망초 같더니 지금은 노을 아래 코스모스를 닮았다.

'뭘 믿고 저리 귀엽담.'

손을 꽉 잡고서 뿌듯해하는 폴리아나가 귀여워 룩소스 1세는 미칠 지경이었다.

무엇을 믿느냐. 중요한 질문이다. 주종은 서로를 믿고 스스로를 믿었다. 서로가 예뻐 죽을 지경이니 괜히 사이좋은 주종이 아니었다.

어찌 보면 동상이몽이나 달리 보면 이심전심이었다.

폴리아나는 룩소스 1세와 점심 약속을 잡았다. 거절하려고 했지만 여의치 않았다.

그녀는 황제가 휴업 중인 걸 몰랐다. 일중독이 의심될 정도로 국정에 몰두하는 황제를 뒀는데도 나랏일은 끝이 없다. 그렇게 바쁜 와중 시간을 쥐어짜 폴리아나에게 할애하는 것이다. 룩소스 1세가 시간을 냈다면 그녀는 마땅히 응해야 했다.

충직한 기사는 거절을 몰랐다. 폴리아나는 룩소스 1세와 헤어진 뒤 정원목을 후려쳤다. 장갑을 꼈기에 손속이 무자비했다.

퍼억! 퍼억!

창문에 달라붙어 황제와 여기사를 구경하던 사람들은 저게 뭐냐고 떠들었다. 그들은 제멋대로 떠들었다.

사실 저건 마녀의 주술로, 저렇게 초목을 학대해 남자의 마음을 사로잡는 것이다. 사실 저기에 벌레가 있어서 윈터 후작이 잡는 것이다. 사실 저 나무는 적당한 외부 자극이 있어야 잘 자라서 후작이 일부러 패는 것이다.

계속 나무만 패고 있으니 구경하는 맛이 떨어졌다. 몰려 있던 사람들이 조금씩 흩어졌다.

그때 새 등장인물이 등장했다. 나타난 사람은 체격이 작은 남자였다. 폴리아나는 남자를 보자마자 깜짝 놀라서 고개를 숙였다.

"저 사람은 누군데 윈터 후작이 저자세야?"

"어? 저 사람."

"아는 분이세요?"

"감사부 모모 씨인 것 같은데."

"아, 그라면 윈터 후작과 교류가 있지."

"그런데 후작이 왜 굽실거리지?"

모모는 준귀족으로 직책에 딸린 단승작이라 봐야 자작에 불과했다. 그런데 천하의 윈터 후작이 일개 자작에게 굽실거리고 있었다.

사람들이 의아해하건 말건 정원의 모모가 분통을 터트렸다.

"어떻게 이러실 수 있습니까!"

"하하하, 모모. 정말 미안하오."

폴리아나는 필사적으로 웃었다.

모모는 소심한 구석이 있어 대놓고 화내지 못한다. 속으로 꽁해서 오래오래 묵혀 둘망정. 이번 건은 웃어넘기기엔 그녀가 친 사기가 좀 컸다.

"제 신뢰와 믿음을 이용하시고! 폐하께서 절 거짓말쟁이로 생각하실 것 아닙니까!"

감사원 모모는 억울했다. 그는 폴리아나의 명예를 지켜 주기 위해 황제를 속였다. 그런데 애 아빠가 황제였다.

룩소스 1세는 모모에게 제러드의 존재를 알리지 않았다. 모모 혼자 소문을 듣고 애 아빠를 추리했다. 과연 세심한 일처리와 깐깐함, 훌륭한 기억력과 소심한 성정으로 감사부의 에이스라 불리는 남자다웠다.

애 아빠를 알려 줬어도 모모는 폴리아나를 위해 거짓말을 했을 것이다. 친구니까!

"하하, 미안하오!"

웃기만 하던 폴리아나가 줄행랑 쳤다. 도망가는 자는 기사이고 쫓는 자는 문관이었다. 성별은 여자와 남자였으나 기초체력부터 남자가 많이 모자랐다. 결국 모모는 폴리아나를 놓쳤다.

무이자 무담보 대출로 회복되었던 둘의 우정은 이것으로 깨졌다. 폴리아나가 모모를 특등 기록관이 될 수 있도록 힘쓰면서 회복되나 그것은 나중 일이었다.

'미안한 일을 했어.'

모모를 따돌린 걸 확인한 폴리아나가 한숨을 쉬었다. 그녀 일로 바빠서 모모에 대한 걸 까맣게 잊고 있었다. 친분이 없는 게 아닌데 은근히 존재감이 작은 친구였다.

존재감이 작니 크니 타령을 해도 그녀 잘못이 맞았다. 기록관은 진실이 중요시되는 직종이다. 모모가 이번 일로 황제의 불신을 샀다면 다 그녀 탓이었다.

'폐하께 꼭 말씀드려야지.'

내일 황제를 만나면 할 말이 생겼다. 명확한 대화 주제가 생기자 폴리아나는 안심했다.

도대체가. 전쟁 중도 아닌데 그녀는 전시 못지않게 긴장했다. 룩소스 1세를 만나는 것은 그녀의 큰 기쁨이었건만.

황제를 만나는 건 여전히 기쁘다. 그러나 긴장되고 불안했다. 계속 마음이 들떠 경고를 울렸다.

'아 씨, 폐하 너무 잘생기셨어.'

친위대장, 근위대장을 하며 황제의 미모에 적응 완료했다고 믿었다. 착각이고 오산이었다.

룩소스 1세는 그녀의 주군이셨기에 폴리아나는 그 미모에 빠져 허우적거리지 않았다. 하지만 주군이 남자로서 그녀에게 접근하자 폴리아나의 이성은 바람 앞의 촛불처럼 사정없이 흔들렸다.

만약 마녀라는 것이 사람을 홀리는 이를 일컫는다면 룩소스 1세야말로 진정 마녀였다. 어찌 그렇게 사람 혼을 쏙 빼놓나그래.

하지만 더 큰 문제는 따로 있었다.

'나 진짜 미쳤나 봐.'

폴리아나는 흔들리는 이성과 쏙 빠지는 정신이 그리 싫지 않았다. 좋다고 단언하기 어려운데 싫다고 말하기도 어려웠다. 간지러운 심장과 손등에 이어 그녀의 속을 살금살금 간지럽히는 무언가가 있었다.

그 무언가는 프라우가 접근할 때 느꼈고 동료들이 가끔 레이디 취급해 줄 때 느꼈다.

조금 더 강했다. 조금 더 기분 좋았다.

폴리아나도 사람이었다. 평소 존경하던 아름다운 사람이 진심으로 반했다면서 고백했다. 끔찍할 정도로 싫다는 말은 거짓말이다.

룩소스 1세가 주군만 아니었어도! 만약 룩소스 1세가 아니었다면 이게 웬 떡인가 홀랑 집어먹었을 것이다.

다음날 점심. 변함없이 폴리아나를 위한 진수성찬이 차려졌다. 식탁을 가득 메운 요리의 향연에서 가장 놀라운 건 어제, 엊그제와 겹치는 요리가 없다는 부분이다.

폴리아나는 연회도 없는데 고생하는 황실 주방장에게 경의를 표했다. 그들의 노고는 폴리아나를 기름지게 하고 살찌울 것이다.

'운동량을 늘려야겠어.'

폴리아나는 시간을 빼서 운동을 해야겠다고 다짐했다. 보아하니 황제 폐하는 그녀를 계속 불러 식사에 초대하실 것 같다. 먹을 땐 즐거우나 이후의 결과는 달갑지 않았다.

임신 막달과 산후조리 기간에 살이 찌고 근육이 줄어든 걸 아직 되돌리지 못했다. 모유를 먹이면서 살이 조금 줄었지만 그뿐. 오히려 몸에 좋은 영양분은 다 빠져나갔다고 할 수 있다. 폴리아나가 젖을 일찍 말린 건 그런 이유도 있었다.

황제 폐하께 하사받은 전신갑주는 그녀의 자랑이다. 폴리아나는 복부 파츠만 교체하고 싶지 않았다. 볼품없고 꼴사나웠다.

"폐하께 긴히 드릴 청이 있습니다."

"말해 보아라."

무엇이든 말하면 다 들어주겠다는 태도였다.

본래 황제는 측근들에게 관대하고 폴리아나에게 관대하고 아이노 경에게 관대했다. 마음의 고삐가 풀린 지금, 황제는 누구보다 폴리아나에게 관대했다. 이전에 관대했던 건 어린 아이에게 베푸는 자비였다는 것처럼 세상의 모든 것을 그녀에게 안겨 줄 기세였다.

실제로 안겨 준다는 건 아니다. 그냥 표정과 눈빛이 그러했다.

폴리아나는 평소대로 빠르게 음식을 해치우고 룩소스 1세는 그것을 지켜봤다. 흐뭇한 미소는 사라질 줄 몰랐다. 사랑스러워 차마 건드릴 수도 없다는 듯 황제는 그저 웃었다.

룩소스 1세의 흐뭇함엔 자부심이 섞여 있었다. 폴리아나는 알 수 없었다. 지금 그녀의 모습 어디에서 자부심을 찾으신 것일까? 내가 좋아하는 사람이 이렇게 잘 먹는다?

'잘 먹는 사람 보고 있으면 흐뭇하긴 하지.'

말에게 꼴을 줄 때에도 잘 먹는 놈에게 한 대접 더 퍼 준다. 잘 먹고 잘 싸는 건 복이었다.

"모모 말입니다만, 기록관으로 복직시켜 주십시오."

"갑자기 그 사람 얘기는 왜?"

"제가 실수한 게 있어서 기록관 복직시켜 준다고 약속했습니다."

다행히 룩소스 1세는 모모의 거짓말을 노여워하지 않았다. 룩소스 1세와 관련된 일인 줄 알았다면 모모가 황제를 속이지 않았을 것이기 때문이다.

일 얘기가 나오니 황제가 꿀 떨어지는 미소를 버리고 엄숙한 태도로 바뀌었다.

"그이가 여간 일을 잘해야지. 경도 알다시피 기록관이란 것이 손 빠르고 귀 좋고 기억력 좋으면 되는 일 아니냐. 감사 쪽이 출세에 더 이로운데."

"본인이 기록관 쪽이 좋다니 어쩌겠습니까. 제 생각엔 머리 쓰기 싫어서 기록관 운운하는 것 같긴 합니다."

"경도 그렇지? 나도 그렇게 생각한다."

모두 바쁘게 일하고 있는데 혼자 도망갈 생각을 하다니. 괘씸하다!

룩소스 1세는 이런저런 말을 했지만 결국엔 모모의 부서 변경을 허락했다. 이로써 폴리아나와 모모의 우정이 지켜졌다.

어제에 이어 오늘도 룩소스 1세가 식후 산책을 권유했다. 폴리아나는 승낙했다. 하지만 구경거리가 되는 건 꺼림칙했다. 만약 룩소스 1세가 사방이 뻥 뚫려서 구경거리 되기 딱 좋은 곳을 걷자고 하면 다른 곳으로 바꾸자고 건의할 생각이었다.

"어제와 같이 걸을까요?"

"아니야, 어제는 사람을 막았어도 구경거리가 되었으니. 오늘은 닫힌 데서 꽃구경이나 하자꾸나."

그럼 가실까요.

룩소스 1세가 자연스럽게 폴리아나에게 손을 내밀었다. 물 흐르듯 자연스러운 황제의 기품에 폴리아나는 순간 그걸 잡을 뻔했다.

'무시무시한 분!'

룩소스 1세는 범인이 아니셨다. 보통 사람은 그의 옆에 있으면 자연스럽게 황제의 의도대로 말려든다.

'정신 바짝 차려야지.'

폴리아나가 굳은 시선으로 룩소스 1세의 손을 응시했다. 팔짱을 끼는 건 무리다. 어제는 잡아 놓고 오늘은 안 잡기도 좀 그랬다.

꿀꺽. 폴리아나가 침을 꿀꺽 삼키고 각오를 다졌다.

폴리아나의 손이 룩소스 1세의 손 위로 포개졌다. 폴리아나는 귀하신 주군의 손을 꽉 잡고 힘차게 흔들었다.

"가시죠, 폐하!"

"그래, 가자."

룩소스 1세는 폴리아나가 손을 잡아 준 것이 기뻤다. 뿌듯해하는 룩소스 1세를 보고 폴리아나는 다시 의문에 휩싸였다.

이번엔 어떤 게 흐뭇하신 걸까? 그녀의 악력? 치악력과 함께 폴리아나가 자신 있어 하는 부분이었다. 치악력의 경우 빠진 어금니가 아쉬울 때가 가끔 있었다.

"그러고 보니 아이노 경이 보이지 않습니다."

"병가 냈다."

폴리아나가 깜짝 놀랐다.

'그 새끼가 아프다고?'

아이노 경은 룩소스 1세 모시기를 취미로 둔 비범한 인물이다. 아파도 아픈 척하지 않는 걸 기사다움, 남자다움으로 주장하고 황제의 옆에 딱 붙어 있을 인간이었다.

'전에 시켈에게 사타구니 차인 급으로 아픈가?'

그때는 통증보다 자존심이 상해서 휴가를 낸 것이다. 폴리아나가 깜짝 놀라자 룩소스 1세는 기회다 싶었다. 언제나 그의 편인 폴리아나에게 아이노 경의 만행을 고발하고 하소연할 기회였다.

'아니, 아니다. 이걸 이렇게 써먹을 수 없지.'

총명한 황제의 머리로 비상한 생각이 스치고 지나갔다. 룩소스 1세는 구차한 설명을 하지 않고 입을 다물었다. 좋은 생각이 떠올랐기 때문이다.

아이노 경이 써먹었는데 그라고 못 써먹을 게 없었다. 룩소스 1세는 이번에 아이노 경이 범한 죄를 이 일로 넘어가 주겠다고 생각했다.

"시켈 부인에게 맞고 삽니까?"

트루 러브일 때부터 알아봤지만, 설마 하니 맞고 사는 남자가 된 것일까? 폴리아나가 미약한 희망을 품었다. 룩소스 1세는 가당찮다는 듯 웃었다.

"머리를 다쳐서 쉬라고 했다. 시녀장도 같이 쉬면서 보살펴 주라고 했고. 그보다 경. 보통은 병부터 떠올리는데 어이해 가정불화부터 떠올리는 것이야."

룩소스 1세가 헛웃음을 내보냈다. 보통은 가정불화를 떠올릴 때에 남편이 부인을 폭행하는 걸 떠올린다. 폴리아나는 정반대였다. 시켈이 아이노 경을 팬다니. 꼭 한 번 보고 싶은 광경이었다. 그걸 보면 속이 후련해질 것이다.

"전적이 있다 보니."

절대 폴리아나가 아이노 경이 맞고 살았으면 하는 마음에 그런 것이 아니다. 절대로.

"하긴 이노가 예전에 부인에게 맞고 병가를 낸 적이 있긴 해."

이런저런 얘기를(주로 아이노 경 험담)하며 도착한 곳은 온실이었다. 폴리아나에게도 익숙한 공간이었다. 황비들의 경호를 설 때 자주 왔다.

오랜만이라 그럴까. 폴리아나는 온실이 낯설었다.

'오랜만이라 그런가? 아, 꽃이 늘었네.'

정원사들이 각별한 공을 들여 가꾸는 만큼 정원과 온실은 계속 모습이 바뀐다. 지금의 황제는 정원에 큰 관심을 두지 않기 때문에 황성의 정원엔 시종장의 입김이 닿았었다.

체일의 취향은 고상했기에 정원은 정적인 매력을 품었다. 온실도 비슷했는데 오랜만에 본 온실은 굉장히 화려해져 있었다.

'이건 폐하 취향이다.'

온실에 룩소스 1세의 입김이 들어간 것이 틀림없었다.

폴리아나가 룩소스 1세의 호위기사를 허투루 한 것이 아니다. 룩소스 1세의 취향은 잘 알고 있었다.

값비싼 자재로 외벽을 쌓고 안에선 장작을 땐다. 돈을 불에 태워 계절을 잊은 꽃들이 흐드러지게 피어났다. 빨간 꽃, 노란 꽃, 파란 꽃, 폴리아나가 이름을 아는 꽃이 절반, 모르는 꽃이 절반이었다.

이름을 아는 꽃이 절반이나 되는 건 그녀가 지리학, 지질학에 취미를 뒀기 때문이다. 토질에 따라 자생하는 초목의 종류가 다르다.

지도와 비교해 보면서 지역의 토질을 관찰하는 건 전술에 있어 상당히 이로웠다.

'요즘 소홀히 했네.'

폴리아나는 은퇴 후 전술과 관련된 독도법 책을 편찬하리란 야망을 갖고 있었다. 조금씩 준비했는데 제러드 입신 이후 그만뒀다. 생각해 보면 취미에 안 맞는 아기 양말 뜨고 있을 시간에 독도법 자료나 정리할걸 그랬지.

그런 후회가 들었다.

온실은 아름다웠다. 다양한 토양에서 자라는 꽃을 한 번에 피우기 위해 노력한 정원사의 노고가 돋보였다. 룩소스 1세는 꽃들을 보고 뿌리부터 확인하는 폴리아나를 온화한 미소로 지켜봤다.

언제라도 꽃을 모아 청혼할 수 있도록 준비했다. 준비 기간이 길어지면서 꽃의 종류가 늘고 더욱 화려해졌다. 이만하면 언제든 안심이었다.

'두 번째 청혼은 실패하지 않을 것이다.'

룩소스 1세가 각오를 다졌다.

제러드가 있으니 폴리아나도 결혼 자체를 거부하진 않았다. 이러니 저러니해도 아이의 탄생은 사람의 인생에 큰 영향을 미쳤다. 룩소스 1세가 할 일은 그 청혼을 유지하는 것이다. 가능하면 오래, 폴리아나 입에서 이혼 얘기가 나오지 않게 해야 했다.

"잠깐 귀 좀 대 보거라."

"네?"

룩소스 1세가 근처에 핀 푸른 백합을 꺾어 폴리아나의 귀에 꽂았다. 폴리아나는 거대한 백합을 보고 식겁했다. 귀에 꽂기엔 너무 컸다. 룩소스 1세는 균형을 잘 잡아 올려놓고 만족하여 웃었다.

주군께서 좋아하시면 그녀도 따라서 좋아하고 싶다. 하지만 머리에 꽃 꽂으면 미친년이고 이 꽃은 너무 컸다. 꽃의 크기로 미친 정도를 구분하다면 특급 미친년이 될 정도였다.

"경의 머리색과 잘 어울린다."

폴리아나의 머리색은 잘 봐 줘도 밀짚색이다. 정말 입술에 침을 바르면 금발로 퉁 치는 게 가능했다. 색도가 수수한 폴리아나의 밀짚색 머리칼보단 룩소스 1세의 머리에 더 어울릴 것 같았다.

폴리아나가 어색하게 웃었다.

"아하하."

웃으면서 생긴 작은 진동으로 푸른 백합이 흔들렸다. 폴리아나의 머리는 직모에 가늘어서 꽃을 지탱하지 못했다. 푸른 백합이 바닥으로 떨어졌다. 폴리아나가 허리를 굽혔다.

"송구합니다."

꽃을 집으려던 그녀의 손이 황제의 손과 마주쳤다. 폴리아나는 인상 썼다.

"이런 건 소신의 일입니다."

"봐 다오. 나의 몫이다."

룩소스 1세가 폴리아나의 손에 들린 푸른 백합을 가져갔다. 그가 폴리아나보다 먼저 몸을 일으켰다.

"경에게 꽃을 주는 것도, 경 앞에 떨어진 물건을 줍는 것도 이젠 전부 나의 몫이다. 내 일을 가져가지 말아 다오."

"그것들이 어째서 폐하의 몫입니까."

"경을 사모하기 때문일세."

룩소스 1세가 주워 든 푸른 백합을 조심스럽게 털었다. 바닥에 떨어지면서 묻은 흙과 먼지가 털려 나갔다.

“푸른 꽃을 꽂으니 밀밭에 앉은 파랑새처럼 보기 좋았다.”

보통 이럴 때 칭찬의 주체는 파랑새다. 폴리아나는 밀밭이었다. 룩소스 1세가 새로운 견해를 밝혔다.

“밀밭이 있기에 파랑새가 돋보인 법이다.”

룩소스 1세가 푸른 백합을 자신의 귀에 꽂았다.

“이것 보아라. 내겐 안 어울리잖아.”

거짓말. 파란 백합과 대조되는 새빨간 거짓말이었다. 황제는 세상 모든 꽃이 본인과 어울린다고 자신했다. 그는 회심의 수를 썼고 이번에도 폴리아나는 미인계에 농락당했다.

“아름다우십니다!”

폴리아나가 두 주먹을 불끈 쥐고 외쳤다. 황제의 외모 칭찬이 습관화되어 감동받으면 일단 질렀다.

폴리아나는 남자에게 꽃은 어울리지 않는다고 생각했다. 하지만 황제 폐하껜 꽃이든 보석이든 다 어울렸다. 아마 레이스도 어울릴 것이다.

폴리아나가 감동의 여운에 젖어 있는 동안 룩소스 1세는 손닿는 대로 꽃을 꺾었다. 뚝뚝 꺾는 손길은 무심한 듯하면서 조심스러웠다. 무심하든 조심스럽든 정원사 눈에서 육즙 좀 뽑을 행위였다.

“폐하, 손이 상하십니다.”

“이 또한 나의 일이다.”

룩소스 1세가 무성의한 듯 정성스럽게 꺾은 꽃은 모이고 모여 작은 꽃다발이 되었다. 황제는 꽃줄기를 모아 쥐고 그의 머리를 묶은 리본을 풀어 꽃다발을 완성했다.

“내 손에 들린 꽃은 모두 경의 소유다.”

'와 씨, 소오름.'

어디가 시작이랄 것도 없었다. 폴리아나의 전신에 닭살이 오소소 돋았다.

폴리아나는 부들부들 떨면서 꽃다발을 받았다. 진짜 이상했다. 소름이 돋고 닭살이 돋고 그냥 도망치고 싶을 정도로 괴로운데 발이 떨어지지 않았다.

'좋아!'

룩소스 1세가 회심의 미소를 지었다. 그의 경애하는 기사님은 남자에 면역이 너무 낮았다. 전심전력으로 부딪치니 방어할 생각도 못하고 당하고 있었다.

이렇게 순진한 여자를, 이렇게 만사에 진중한 사람을 농락한 돼지뱀에 대한 분노가 잠시 일었다.

'안 돼.'

사랑하는 사람 앞에선 그 사람 생각만 해야 한다. 폴리아나 생각만 하는 데에 하루가 모자랐다.

룩소스 1세는 폴리아나가 그를 볼 때까지 기다렸다. 부끄러워서 당혹스러워하는 갈색 눈이 그를 보자 그냥 웃었다. 이 정도로 충분했다.

그 자리에서 꺾은 꽃은 향기보다 식물 풋내가 더 진했다. 진득한 액이 폴리아나의 손가락에 들러붙었다.

'숨 막혀.'

폴리아나는 질식의 위기를 느꼈다. 꽃향기와 식물의 진액 때문이 아니다. 룩소스 1세의 미소가 너무 멋져서 기절할 것 같았다.

어제는 왜 멀쩡했는지 생각해 봤는데, 장소의 차이였다. 정원은 탁 트인 공간에 구경꾼이 함께했다. 온실은 상대적으로 닫힌 공간에 구경꾼이 사라졌다.

사방 어딜 둘러봐도 꽃, 꽃, 꽃, 꽃보다 아름다운 남자뿐이었다.

'진정하자.'

폴리아나는 스스로를 독려했다. 크게 심호흡을 해 질식사의 위기에서 벗어났다.

"솔직히 말씀드리자면 폐하께서 제게 보이는 이러한 모습, 나쁘지 않습니다. 좀 좋습니다. 결국 저는 사람이고 폐하처럼 아름다운 분이 먼저 접근하시는데 안 끌린다면 거짓말입니다."

폴리아나는 손에 들린 꽃다발을 만지작거렸다.

그녀는 모른다. 룩소스 1세가 정원사에게 물어 온실에 핀 꽃의 모든 꽃말을 외운 것을. 그녀는 모른다. 룩소스 1세가 아무렇지 않게 손닿는 대로 꽃을 꺾은 것 같으나 사실은 전하고 싶은 말을 꺾어 전한 것을.

그녀는 몰라도 괜찮았다. 세상 꽃의 대부분은 꽃말이 사랑이기 때문이다.

룩소스 1세가 폴리아나에게 하고 싶은 말은 사랑이 전부였다. 전하고 싶은 말도 마찬가지였다. 그러니까 폴리아나는 그녀의 솔직한 심경을 밝힘으로써 꽃의 값을 치렀다.

"솔직히 폐하는 제게 주군이지 이성이 아니었습니다. 그건 어느 시점까지 폐하도 같으셨을 겁니다. 불의의 사고로."

빠드득. 폴리아나가 이를 갈았다. 그놈의 사고만 아니었어도 이런 막장 소설 같은 벌어지지 않았을 것이다.

"불의의 사고를 계기로 제가 폐하를 이성으로 의식하기 시작했습니다. 넵. 의식했습니다. 죄송합니다."

룩소스 1세를 피해 다닌 건 단순히 죄송하고 송구해서가 아니었다. 보면 그 밤의 일이 떠올랐다. 기억이 완벽한 것도 아니고 기껏해야 떠오르는 단편들만으로도 폴리아나는 기겁했다. 자살충동이 일었다. 임신하지 않았더라면 그녀 혼자 짝사랑을 시작할 뻔했다.

하룻밤을 같이 보냈다고 상대를 좋아하게 되는 건 너무 단순하지 않냐는 생각이 든다. 폴리아나는 단순했다. 프라우를 본격적으로 좋아하게 된 것도 그와 결혼하기로 결심한 이후부터였다.

폴리아나는 애정을 모른다. 애정을 몰라 애정을 굶주린 게 뭔지 모른 채 성인이 되었다. 그녀가 처음으로 받은 정은 스승과 제자의 정이었다. 다음으로 받은 건 상사와 부하의 정이었다.

세상에 존재하는 온갖 애정 중에서 최후에 알게 되는 것이 남녀간의 연정인 게 어떻단 말인가. 영영 알지 못할지도 모르는 정이 부모 자식 간의 정이면 어떻단 말인가.

폴리아나가 룩소스 1세와 결혼하려는 건 제러드 때문이지만 그녀는 제러드를 좋아하지 않는다. 제러드는 그녀가 낳았지만 그녀의 아이라기보단 존경하옵는 주군의 아들이었다.

아빠에겐 복덩어리이고 엄마에겐 인생에 떨어진 날벼락인 제러드 얘기는 치워 두자. 어쨌든 연정은 폴리아나가 서른 넘어 배운 애정이었다.

그녀는 남녀의 애정을 믿지 못했다. 그럴 수밖에 없었다.

전우의 우정과 주종의 애정은 수십 년의 경험이 뒷받침해 준다. 연정은 달랐다. 게다가 계기가 하룻밤 사고였다. 그런 대형사고를 계기로 주군을 남성으로 의식했다는 것 자체가 불경으로 느껴졌다.

"솔직히 폐하가 제게 이러시는 거 좋습니다. 좋은데, 폐하께 끌리는 게 그냥 이 상황이 좋은 겁니다. 잘생기고 매력적인 남자가 제게 목매다는 거. 그게 좋은 겁니다. 시트린에서 폐하께 해선 안 될 말을 해 놓고 며칠 만에 이러는 게 제가 가벼워서 그런 것 같기도 하고."

"경은 가볍지 않다. 경은 내게 가장 무거운 사람이야. 너무 무거워 바닥에 가라앉아 내 근본에 닿은 사람이야."

룩소스 1세가 덧붙였다. 제발 자책하지 말거라.

"좋으면 좋은 대로, 즐기고 싶으면 즐기고 싶은 대로 즐겨라. 그게 나의 의도다. 좋은 것에 맛들여 계속 누리고 싶다면 계속 누려라. 그게 나의 행복이다. 솔직히 말이다."

룩소스 1세가 귓가에 꽂은 백합이 빠지지 않도록 조정했다.

"경은 충분히 노력했다. 나 정도 되는 남자를 누릴 자격이 있다."

전설과 로망스 속 기사들은 모험의 끝에서 보상받았다. 비극이 아니면 대부분 결말은 같았다.

용이 모은 보물, 왕이 하사한 성, 고귀하고 아름다운 여성의 키스. 전장에서 용맹을 증명한 기사들은 그들이 바라는 보상을 얻었다. 가문과 본인의 명예, 출세, 손에 쥔 재화와 권력, 아름다운 부인까지.

룩소스 1세가 주장했다. 폴리아나는 그것들을 누릴 자격이 충분하다고. 폴리아나는 동의했다. 그녀는 그것들을 누릴 자격이 있었다.

"귀경이 날 욕망하고 욕심낸다면 그건 더없는 영광이 되리라."

룩소스 1세가 부지불식간에 거리를 좁혔다. 그는 폴리아나의 손에 들린 꽃다발에 키스했다.

꽃에 얼굴을 파묻었다 떨어지는 미모가 가히 사람을 홀려 마녀라 부르고 싶어졌다.

오색의 꽃잎이 화려함을 뽐내도 드러나는 황제의 녹빛 눈동자만 못했다. 자연계에서 녹색은 가장 흔하고 꽃들을 뒷받침하는 색조에 불과함에도 그랬다.

그 눈을 보니 겹치는 환영이 있었다. 잊고 있던 사랑스러움이 불쑥 폴리아나의 안에서 치고 올라왔다. 술에 기억과 함께 매몰되었으나 사실은 숨죽여 때를 기다리던 감정이었다.

이 얼마나 사랑스러운 분인가. 그 때 느꼈던 애정은 술기운으로 인해 충동적으로 싹튼 감정이 아니었던 것일까. 아니면 그것이 계속 남아 폴리아나 속에 숨어 있었던 것일까.

어느 쪽이든 구분하려 애쓸 필요가 없었다. 싹은 움텄다. 폴리아나의 안에 뿌리 내렸다. 그 색이 룩소스 1세의 눈과 똑같았다.

폴리아나가 충동적으로 요청했다.

"폐하, 입을 맞춰도 되겠습니까?"

"기꺼이."

폴리아나는 황제의 손등과 반지에 입 맞출 권리가 있다. 예의바른 그녀는 언제나 입을 맞추기 전 허락을 구했다. 룩소스 1세가 선뜻 손을 내밀었다. 폴리아나는 손을 잡아 당겨 룩소스 1세의 품에 파고들었다.

둘의 입술이 부딪쳤다. 룩소스 1세의 눈이 커졌으나 폴리아나는 눈을 감아 보지 못했다.

둘은 입술을 비볐다. 룩소스 1세가 입술을 열려 하자 폴리아나가 그 전에 멀어졌다. 그는 아쉬움을 담아 멀어지는 그녀를 보냈다.

강요하지 않는다. 강제하지 않는다. 룩소스 1세가 폴리아나에게 보일 수 있는 최대의 배려였다.

혹자는 지켜보기 힘들어 지랄염병이라 했고 룩소스 1세 스스로 생각하기에도 미련했다. 돼지뱀이 사기 치게 되는 계기가 되었으니 오죽할까.

그럼에도 불구하고 룩소스 1세는 배려를 멈출 수 없었다. 그가 내키는 대로 행동하는 순간 벌어질 참극을 예상하기 때문이다.

그는 대륙을 지배하는 권력자로서, 사랑하는 사람을 손에 넣기 위해 무엇이든 할 수 있었다. 따지고 보면 룩소스 1세가 지닌 권력이 그의 사랑을 힘들게 하는 요소였다.

"손등일 줄 알았다."

놀라서 펄쩍 뛸 심정이지만 룩소스 1세는 태연한 척 굴었다. 그의 심장이 터질 것처럼 뛰었다.

가슴 위로 튀어나올 것처럼 뛰는 고동이 폴리아나에게 전해질까 염려되어 룩소스 1세가 물러났다. 그가 태연을 연기하듯 폴리아나도 태연을 가장했다.

"뭔가 알게 될 줄 알았습니다."

"무엇을?"

"저는 폐하를 사랑합니다. 단언하는데 진실입니다."

룩소스 1세는 폴리아나의 갑작스러운 고백에 놀라지 않았다. 그도 알고 있는 사실이었다.

폴리아나는 그를 사랑하고 경애했다. 둘은 서로에게 반했고 푹 빠져 있었다. 감정의 크기는 남부럽지 않게 거대하다. 다만 방향과 색이 다를 뿐이다.

"기사의 사랑이고 신하의 사랑입니다. 거기에 제가 폐하를 남자로 의식하게 되었고 그에 따른 여러 충동과 변화를 느꼈습니다.

폐하께선 절 향한 호감이 단번에 연정이 되었다고 하셨죠. 어쩌면 저 또한 그럴지도 모릅니다. 입을 맞추고 싶다고 생각했으니까요. 그래서 충동이 이끄는 대로 입을 맞추면 뭔가 알게 될 거라고 생각했는데…… 아니었습니다."

"그런 확인 작업이라면 언제든 환영이다."

환영에서 끝날까. 아주 감사한 일이었다.

폴리아나는 고개를 저었다.

"육체적으로 끌리는 건 인정하겠습니다. 예전엔 폐하를 뵈어도 아무 생각이 없었는데 지금은……."

폴리아나가 말하다 말고 입을 앙다물었다. 더 말하면 성희롱이고 주군을 우롱하는 것이라고 여겼기 때문이다.

룩소스 1세로선 뒷말을 듣고 싶었지만 참았다. 기실 폴리아나는 혼란스러웠다. 그녀의 안에서 일어나는 충동이 육욕인지 연심인지 분간이 가지 않았다.

입을 맞추고 싶었다. 그것은 확실하다. 맞추면 확실해질 것 같아서 했으나 오히려 더 혼란스러워졌다.

성욕과 사랑은 함께 움직이지만 가끔 따로 움직일 때가 있다. 사랑하는 사람하고만 잘 수 있다면 인류는 멸종할 것이다. 폴리아나가 아는 대부분의 부부는 사랑 없이 결혼했다. 그래 놓고 자식 낳아 잘살았다.

"모르겠습니다. 전혀 모르겠습니다, 폐하. 만약 폐하께서 제게 느끼는 감정이 저와 비슷하다면 혹시."

스스로의 감정을 모르는 폴리아나가 질문했다. 황제 또한 성욕과 사랑을 구분하지 못하는 것이 아니냐고. 아주 괘씸한 질문이었다. 룩소스 1세가 어려서 모친을 잃어 연상 취향이라는 소문보다 괘씸했다.

룩소스 1세의 눈초리가 매서워졌다. 그는 분노를 다독였다.

그가 사랑하는 여인은 폴리아나 윈터다. 서른이 넘도록 약혼자 한 명 없이 남자가 가득한 전장을 돌아다녔다. 남들 다 하는 첫사랑 없이 어른이 되었다. 처음으로 좋아한 남자는 사기꾼이었고 술김에 경애하는 주군과 사고 쳐서 임신했다.

모든 것이 풍요로웠던 룩소스 1세와 정반대였다. 그는 비록 부모를 일찍 여의었으나 많은 사랑을 받았다.

"경이 혼란스러워 한 질문이니 봐주마. 두 번은 경이라도 용서하지 않겠다."

"죄송합니다."

이렇게만 말해선 모른다. 룩소스 1세가 부연설명 했다.

"사랑엔 성욕과 집착, 소유욕이 병행한다. 그러니 알아다오. 나는 경에게 욕정하는 남자이고 경을 갖고 싶어 안달이 났다. 언제든 그렇게 할 수 있음에도 하지 않은 이유를 경은 잘 알리라 본다."

룩소스 1세가 폴리아나에게 단순히 욕정했다면 해소법은 간단했다. 명령하면 끝이었다.

폴리아나와 결혼해서 오래도록 함께하고 싶으면 방법은 간단했다. 명령하면 끝이었다.

한 번 신뢰를 저버리고 그녀를 배신했어도 룩소스 1세는 폴리아나의 주인이다. 폴리아나는 룩소스 1세를 떠나거나 버릴 수 없으니 황제의 이름으로 명령하면 끝이었다.

그는 그렇게 하지 않았다. 폴리아나도 황제가 그렇게 하지 않을 걸 믿었다.

"나는 경에게 알려 주고 싶다. 귀경을 진심으로 연모하고 욕망하지만 그걸 강요하는 대신 존중하고 배려하는 남자. 경을 진심으로 사랑하는 사람이 존재한다는 것이 사람을 어떻게 바꾸는지. 경은 이미 일부 느꼈을 게다. 나쁘지 않다고 했지? 기분 좋다고 했지? 이건 시작에 불과하다. 더 남아 있어. 이런 내 정성을 성욕으로 치부한다면 경은 실로 잔인하다."

말하고 나니 더욱 괴로웠다. 룩소스 1세가 끝내 고통스러운 마음을 표정으로 드러냈다.

폴리아나는 이를 악물었다. 혼란스러운 마음을 그녀에게 유리하게 해석하려다 황제를 모욕했다.

"……죽을죄를 지었습니다."

"잔인할 정도로 사랑스러운 자야. 산책은 여기서 마치도록 하자."

폴리아나의 잘못이었다. 룩소스 1세의 진심을 의심하지 않겠다 해 놓고 모욕했다. 비난이 담긴 시선은 익숙했으나 거기에 애정이 담긴 것은 낯설었다.

폴리아나는 무릎 꿇으려 했다. 룩소스 1세가 허락하지 않았다.

그 날, 폴리아나가 후작저로 돌아가자 황성에서 선물이 왔다. 수백 송이의 꽃을 실은 수레가 후작저를 찾아왔다. 온실의 꽃을 모조리 꺾은 듯 막대한 양이었다.

집사와 고용인들은 감격하여 주인님을 향한 황제의 총애를 저택으로 날랐다. 후작저의 1층 홀이 꽃으로 가득 찼다.

정원사들이 꾸미고 만든 꽃다발과 화환은 장인의 솜씨가 깃들어 꽃을 더욱 아름답게 만들었다. 봄꽃, 여름꽃, 가을꽃, 겨울꽃에 이르기까지.

사계절의 꽃이 모두 피어난 홀을 폴리아나는 뱅뱅 돌았다. 진한 꽃향기에 빠져 있지만 질식할 것 같지 않았다.

"주인님, 꽃을 모두 어찌할까요?"

"음, 폐하의 선물이니까 알아서 잘."

"그럼 향이 좋은 꽃들은 골라 주인님의 목욕물로 쓰고 향유를 만들 수 있는 건 향유로 만들겠습니다. 말려서 색이 고운 것은 포푸리를 만들고 나머지는 나눠서 화병에 꽂아 오래오래 생기가 유지되도록 하지요."

집사는 유능했다. 집사는 폴리아나가 쥐고 있는 꽃다발을 보고 질문했다.

"그것은 무엇입니까, 주인님?"

"이것도 폐하께서 주신 것이다."

"아하, 손으로 꺾었는지 줄기 끝이 엉망이군요. 주시면 저희가 끝을 정리하겠습니다."

정원사의 손을 탄 꽃들은 모두 정원가위로 잘라 끝이 깨끗했다. 폴리아나가 손에 쥔 꽃다발의 끝은 찢기거나 뜯어져 엉망이었다. 이래선 화병에 꽂아도 꽃이 오래 못 가고 시들었다.

"아니다. 이건 내가…… 내가 알아서 하마."

룩소스 1세는 폴리아나에게 여러 번 꽃을 선물했다. 챔피언의 화관 건을 포함해 황제는 늘 폴리아나에게 직접 꽃을 건넸다. 황제에게 직접 꽃을 받은 영광은 이루 말할 수 없다. 거기에 담긴 마음이 사랑이라면 더욱이.

하지만 폴리아나는 그 꽃들의 마지막을 몰랐다. 하나는 옷에 꽂았다가 난리통에 잃어버리고 다른 꽃은 손에 쥐고 다니다 어느 결에 흘려 잃어버렸다. 언젠가 다시 받은 꽃은 개만도 못한 새끼랑 흥흥거리느라 어떻게 되었는지 모른다.

이 꽃다발은 룩소스 1세가 고백한 이후 처음으로 받은 꽃이었다. 감정의 무게가 대륙만큼 무거웠다.

폴리아나는 이 꽃의 끝을 지난날처럼 허술하게 보내지 말자고 다짐했다. 그녀가 직접 말려 머리맡에 걸어 둘 것이다. 그러기 위해선 줄기 끝을 정리해야 했다.

꽃다발을 묶은 리본을 풀기 전, 폴리아나는 꽃다발에 얼굴을 묻었다. 여전히 꽃향기보단 식물의 진액 냄새가 더 진했다. 거기에 더해 떠오르는 것은 선명한 녹색 눈동자였다.

'목말라.'

폴리아나는 갑자기 목이 탔다. 해갈하기 위해 물을 마셨다. 물을 마셨는데도 갈증은 사라지지 않았다.

물을 마셨는데도 여전히 목이 타니 평범한 갈증은 아니었다. 금주 선언을 끊고 술을 찾을까 하다가 그만뒀다. 술을 마셔도 해갈되지 않을 걸 알았다.

폴리아나는 인정하고 침대에 드러누웠다. 그녀는 룩소스 1세가 보고 싶었다.

여전히 이 마음은 성욕인지 사랑인지 아리송하다. 손등과 심장, 전신의 간지러움은 갈증으로 진화했다.

누군가에게 사랑받는 건 너무 낯설었다. 낯간지럽고, 부끄럽고,

뿌듯하면서 동시에 오만한 생각이 들었다.

오만한 생각이란 별다른 게 아니다. 세상에서 제일 잘난 남자에게 구애받다 보니 내심 혹했다. 다른 이들보다 특별하다는 생각이 들었다.

그걸 오만하다고 생각하는 것 자체가 스스로에게 자신감이 없어서일지도 모르겠다.

룩소스 1세는 폴리아나가 그에게 잔인한 사람이라고 말했지만 반대도 마찬가지였다.

폴리아나에게 룩소스 1세는 참으로 자비롭고 잔인한 주군이셨다. 언제 어디서나 허리를 곧게 펴고 턱을 치켜들던 그녀를 이렇게 위태롭게 만드셨다. 그녀에게 자신감을 심어 주시고 사랑으로 뒤흔드셨다.

"아이고."

폴리아나가 작게 한탄했다. 도무지 잠이 오지 않았다.

여기사가 잠 못 이룬 밤. 황제 또한 잠을 이루지 못했다. 룩소스 1세는 시종장 체일과 은밀한 대화를 나눴다.

"미인계를 상시 쓰니 효력이 약해지는 것 같다."

"폐하, 아뢰옵기 황공하오나 화무십일홍입니다. 폐하의 미모도 계속 보면 질립니다."

룩소스 1세의 하루 중 가장 오랜 시간 함께하는 인물이 시종장 체일이었다. 룩소스 1세는 상처받아 비틀거렸다. 내심 자신의 외모에 질릴 리 없다고 자신하던 차였다.

"짐의 외모가 질린다고? 설마 네가 그렇게 생각하는 건."

"소인이 그럴 리 있겠사옵니까. 윈터 후작께서 그러실지도 모른다는 얘기옵니다."

체일의 말이 석연치 않았지만 황제는 관대하게 넘겼다. 이런 중요하고 심각한 이야기를 아무에게나 나눌 수 없다. 귀중한 의논 상대를 잃을 순 없는 것이다.

주로 룩소스 1세가 말하고 체일은 얌전히 듣기만 했지만 그 정도로 충분했다.

"이노를 보고 떠올렸다. 동정을 자극하는 것이다. 사람은 약하고 가엾은 것에게 측은지심을 느끼고 연민의 정을 갖기 마련이지."

체일이 아는 폴리아나는 약해서 비리비리한 부하가 있으면 성벽에서 밀었다. 동료도 마찬가지다. 체일이 그 점을 지적하자 룩소스 1세가 부정했다.

"다른 부분 말이다! 짐의 강함을 보전하면서 갑자기 보이는 약한 모습이 반전 매력인 것이다!"

'그렇게 잘 아시는 분이 왜 아직도 못 꼬시셨습니까.'

난이도가 높은 것은 인정한다. 폴리아나 윈터는 황궁의 시종장인 체일이 본 레이디 중에서 가장 난이도가 높았다. 그렇지만 룩소스 1세는 제국의 황제였다. 공략에 나선 남성이 황제라면 어느 정도 난이도에 균형이 맞았다.

인생을 이지모드로 살 스펙으로 굳이 하드모드에 도전하는 도전

정신.

청춘은 도전이고 도전하는 청춘은 아름답다. 룩소스 1세는 삼십대 중반이지만 그의 청춘은 아직 끝나지 않았다.

폴리아나는 미간을 찌푸렸다. 깊게 패인 주름은 그녀의 연륜과 위엄을 돋보이게 했다.

어제 그녀는 잠을 이루지 못해 새벽에 잠들었다. 그러나 평소 새벽같이 일어나던 습관이 들어 잠들자마자 깨 버렸다. 안 자니만 못했다.

'피곤해.'

피로가 정신을 넘어 육체에 영향을 준다. 나이가 들면서 점점 심해졌다. 전투적인 식사를 마치고 폴리아나는 멍 때렸다. 정신이 멀리 외출했다.

"오늘은 황성에 안 가십니까?"

"으음. 왜 그러나."

"꽃을 받으셨으니 답례를 하셔야 합니다."

"아, 꽃."

내 집을 화사하고 향기롭게 꾸민 꽃 말이지. 폴리아나가 고개를 끄덕였다.

룩소스 1세는 그녀에게 보란 듯이 꽃을 선물했다. 이전에 받은 것처럼 간단한 한 송이, 꽃다발 정도면 받고 끝낼 수 있다. 하지만 수레로 받은 꽃은 받고 입 씻기가 곤란했다.

"답례라. 꽃 선물에 대한 답례는 해 본 적 없는데. 보통 뭘 주지?"

"손수건이 가장 대중적입니다."

끄응. 폴리아나가 곤란해서 팔짱을 꼈다.

시트린 영지에 머물 때 태교에 힘쓰라는 의사와 산파의 성화에 자수를 놓은 손수건이 많았다. 그런데 안 가져왔다. 개똥도 약에 쓰라면 없다더니. 폴리아나가 혀를 찼다. 다시 수를 놓아 선물한다는 생각은 그녀 사전에 등재되지 않았다.

"바느질하는 건 보류. 옛날엔 내가 직접 만든 장갑을 드린 적 있는데 드린 이후 본 적이 없다."

폴리아나는 거짓말을 했다. 룩소스 1세가 그 장갑을 사용하지 않는 건 그녀의 바느질이 허술해서가 아니다. 재료가 악어가죽이라 그렇다. 사실을 모르는 집사는 주인님의 바느질 솜씨가 처참한가 보다, 그렇게 지레 짐작했다.

폴리아나는 답례할 선물을 고른다는 핑계로 황성에 가지 않으려 했다. 집사가 그녀를 방해했다.

"선물은 후에 고민하시고 감사 인사를 하셔야 합니다."

집사는 단호했다. 아무래도 주인인 폴리아나보다 황제 편인 게 분명했다. 집사가 누구 편을 드느냐는 둘째 치고 그의 말이 옳았다.

사람들이 함지박만 하게 입을 벌리고 감탄할 선물을 받았다. 모두에게 보란 듯이 받은 선물이니 직접 만나서 감사 인사를 드려야 했다.

"선물을 같이 드리는 게 좋지 않을까."

"폐하껜 주인님이 얼굴을 비치시는 게 가장 좋은 선물이 될 겁니다."

"히익."

어쩜 남의 일이라고 저렇게 닭살 돋는 말을!

폴리아나가 기겁해서 물러났다. 초로의 나이에 접어든 집사는 뭐 이런 말로 그러시냐는 듯 덤덤한 표정을 유지했다. 폴리아나는 그보다 젊어서 그런지 표정을 바꾸지 않기가 불가능했다.

견디기 힘든 수모를 당할 때엔 표정 관리가 잘 됐는데 외려 이런 일에선 얼굴 근육이 말을 듣지 않았다. 멋대로 움직였다. 혈관도 마찬가지다.

폴리아나는 어색하게 굳은 얼굴로 룩소스 1세를 대면했다.

사실 그녀에겐 꽃을 받은 감사 인사에 앞서 할 말이 있었다.

"어제 소신이 실언했습니다. 죄송합니다."

주군의 순정과 순수를 의심했으니 지은 죄가 컸다. 상대가 누구든 쉽게 용서하기 어려운 일이었다. 그런데 주군은 용서하는 마음에서 꽃을 내렸다. 황성 온실과 정원의 꽃을 거덜 낸 통 큰 선물엔 용서와 사랑이 담겼다.

폴리아나는 고개를 숙이고 처분을 기다렸다.

"이런 말은 안 하려고 했는데."

룩소스 1세가 폴리아나의 정수리를 내려다보며 가볍게 한숨 쉬었다.

"경은 이노만큼 무릎을 잘 꿇어."

"제가 언제 그랬습니까!"

"은근히 잘 꿇어. 가벼운 여자야."

"안 가볍습니다!"

폴리아나는 결코 가벼운 여자가 아니다! 폴리아나가 발끈하여 항의했다. 그녀의 무릎이 가볍다면 상대가 룩소스 1세이기 때문이다. 오로지 황제에게만 폴리아나는 무릎 가벼운 여자였다.

폴리아나가 벌떡 일어났다. 룩소스 1세가 빙그레 웃었다. 그녀의 기운을 북돋는 데엔 라이벌을 끌어들이는 게 특효였다.

“둘이 닮았단 말이다.”

“제 어디가 그 재수 없는 새끼를 닮았습니까!”

“닮았지. 예전엔 둘이서 짐의 애정을 갖고 다투더니 이제는 둘 다 짐의 애정이 필요 없다고 헌신짝처럼…….”

말해 놓고 보니 진짜라서 서러웠다. 룩소스 1세는 애잔한 미소를 짓고 고개를 옆으로 돌렸다. 우수에 찬 시선이 행복했던 과거를 그렸다.

“옛날엔 경이나 이노나 짐의 관심과 사랑을 받겠다고 그렇게 다투더니…… 이노는 결혼해서 짐을 버리고, 경은 짐의 마음을 오해하질 않나…….”

말하고 있으니 더욱 서러웠다. 룩소스 1세의 눈가에 습기가 고였다. 폴리아나가 아차 싶어 다시 무릎 꿇었다. 무릎이 너무 잘 꿇려서 문제였다.

“죽을죄를 지었습니다.”

“농이다.”

“……재미없습니다, 폐하.”

“오랜만이라 나는 즐거웠다.”

세상이 두 쪽 나도 황제의 농담 실력은 늘지 않을 것이다.

룩소스 1세가 폴리아나의 어깨에 손을 올리고 그녀를 일으켜 세웠다.

“일어나라, 경. 나는 경에게 사과할 일만 저질렀는데 경은 이제 처음이란다. 너무 고개 숙이고 그러지 말아라.”

“폐하는 제국의 주인이시며 저는 폐하의 신하입니다. 폐하가 제게 구애하신다 해도 이것은 변하지 않습니다.”

“단호하긴. 그럼 꽃의 답례 겸 사죄의 선물을 다오.”

룩소스 1세는 주는 사람이었고 폴리아나는 받는 사람이었다. 가진 재화나 권력이나 군신인 둘의 관계를 봐도 그랬다.

폴리아나는 룩소스 1세에게 많은 것을 받아 왔지만 그에 대해 감사하단 말로 끝낸 게 대다수였다. 이번에도 그럴 줄 알았던 터라 폴리아나는 당황했다.

‘사람 보내서 손수건 가져오게 할까?’

돈으로 해결할 수 있는 거면 그걸로 퉁 쳐야지.

폴리아나는 룩소스 1세에게 어떤 답례를 바라는지 물었다. 룩소스 1세가 말하길,

“경의 하루를 내게 다오.”

하시기에 그녀는 힘차게 고개를 끄덕이며,

“바라시면 제 일생이 폐하의 것이옵니다.”

하였더라. 이에 룩소스 1세가 고개를 저으며 그런 뜻이 아니라고 말하기를,

“경의 밤을 다오.”

하시기에 폴리아나가 얼결에 고개를 끄덕이니 그 결과는…….

"후작님, 편하게 숨 쉬세요."

그 결과가 이것이었다.

폴리아나는 오랜만에 본 시밍 부인의 요청에도 복부에 넣은 힘을 빼지 않았다. 흡. 숨을 참고 최대한 버티는 그녀 때문에 시밍 부인이 한숨을 쉬었다.

"그렇게 안 하셔도 날씬하셔요."

"전보다 배가 나왔다."

"후작님은 너무 마르셨어요. 조금 더 찌우셔도."

"안 돼."

폴리아나에겐 몸매가 변해선 안 되는 사정이 있었다. 황제가 하사한 그녀의 갑옷. 대륙 통일이 끝나고 하사받은 금제 갑옷은 그녀의 자랑이었다. 기사가 주군에게 검과 갑옷 한 벌을 하사받았다. 이보다 더한 영광이 어딨을까?

보통 갑옷은 여유를 둬서 안에 옷을 껴입을 수 있게 한다. 그러나 여성용 갑옷은 제작할 수 있는 장인이 몇 없고, 장인이 기교를 부려 만들어서 폴리아나의 갑옷엔 여유 공간이 부족했다. 파츠를 바꾸면 되지만 그러고 싶지 않았다.

마스터피스가 완성되기 위해선 세 가지 재료가 필요하다. 돈, 권력, 갈아 넣을 사람.

그렇게 완성된 여성용 갑옷은 폴리아나의 몸에 부족한 여성적인 곡선을 살려 주는 화려한 디자인이었다. 그걸 입으면 진짜 로망스 속 여기사 부럽지 않았다.

그녀가 투구를 벗지 않는 한 보는 사람에겐 안에 있을 미녀 여기사를 상상하게 만드는 힘이 있었다.

갑옷을 만든 장인은 이것이 마지막이라며 은퇴했다. 제자들이 뒤를 이었으나 새로 파츠를 만들어도 철이 다르고 불이 다르고 사람이 다르니 위화감이 생길 것이다. 폴리아나는 그걸 원치 않았다.

폴리아나와 시밍 부인 주위로 옷감이 산더미처럼 쌓였다. 옷감을 날라오는 시녀들은 적극적이었다. 반복되는 심부름에도 그녀들은 지치지 않았다.

"부인! 초록색 천은 다 가져왔어요!"

"저는 파란색이요!"

"하인들을 시켜 모피도 모조리 가져오게 했어요!"

폴리아나는 떨떠름한 표정으로 쌓이는 옷감을 보았다. 저것들이 모두 그녀의 옷을 만들겠다고 지원된 천이다.

밤이니 하루니 의미심장한 말을 해서 폴리아나를 긴장시킨 황제는 그녀가 고개를 끄덕이자마자 시밍 부인을 불렀다.

룩소스 1세는 하루를 달라 해 놓고서 자취를 감췄다. 홀로 남은 폴리아나는 시밍 부인에게 붙잡혔다.

시밍 부인이 가져온 옷은 폴리아나의 발달된 어깨와 팔, 가슴에 딱 맞았다. 폴리아나는 처음 보는 옷이었기에 기가 막혔다.

"왜 내 맞춤옷이 있는 거야?"

"예전에 소인이 후작님 옷을 지어드렸지요."

"그렇지."

"그때 완성했던 옷이 있었어요."

"그걸 왜 자네가 갖고 있나?"

"뜯어서 다시 만들자니 아깝고 후작님께 드리자니 파혼했는데 드리기 그렇고 계속 갖고 있었어요."

시밍 부인은 황가의 재봉사이나 황제의 호의로 폴리아나의 옷을 지었다. 웨딩드레스와 이후의 피로연용 옷 등등, 산더미같이 많은 옷이 지어질 예정이었다.

폴리아나의 결혼이 파토 나면서 부인의 작업은 중단되었다. 중단되어야 했다.

아크레아 황실에는 심각할 정도로 부족한 게 하나있다. 황족의 수다. 황제와 황녀가 황실 인원의 전부였다. 시밍 부인을 비롯한 재봉사들은 할 일이 없었다.

다행히 그들의 황제 폐하께선 패션에 민감하신 진정한 패션피플, 빠숑리더셨다. 덕분에 그럭저럭 일거리가 있었지만, 그것도 한계가 있었다.

황녀마마는 아직 어려 비단과 보석을 쓰는 데 제약이 생긴다. 룩소스 1세는 남자라 예복을 지어도 로브나 드레스만 못했다.

시밍 부인은 끓어오르는 화려한 여성용 의상에 대한 욕구를 폴리아나의 드레스를 만들면서 풀었다. 폴리아나는 야파에 없었지만 그녀의 치수를 잰 자료는 남아 있었다.

로브와 드레스에 대한 폴리아나의 인식을 바꿔 주기 위해 만들었던 회심의 역작은 개시한 당일 걸레가 되었다. 그게 너무 아쉬웠던 시밍 부인은 새 로브를 제작했다.

폴리아나가 원하던 파란 색조의 예쁜 로브를 만들면서 그녀의 귀환을 기다렸다. 폴리아나가 야파로 돌아오면 예전에 완성했다는 거짓말과 함께 넘길 작정이었다.

그런데 이게 웬걸? 꽃잎 흩날리는 소문이 야파를 떠돌았다.

시밍 부인은 완성한 로브를 보고 감상에 젖었다. 혹시 이걸 웨딩드레스로 쓰라는 신의 계시?

폴리아나의 인식을 바꿔 주기 위해 제작한 푸른색 로브는 황후의 웨딩드레스가 되기엔 부적합했다. 시밍 부인은 누가 시키지도 않았는데 로브에 기조를 두고 웨딩드레스 제작에 나섰다. 지금 새로 재고 있는 치수는 작업에 보탬이 될 예정이다.

황제가 명령하지 않았지만 신하들은 알아서 잘했다. 알아서 척척척, 스스로 어른이었다. 룩소스 1세의 재능 등용이 빛을 발한 결과다.

재상 제이시 후작은 결혼식에 필요한 물품을 비축하기 시작했다. 루조 대공은 황제의 사촌 동생답게 미신을 좋아했기에 달력을 펼쳐들고 길일을 골랐다.

마호갈 경은 황제의 결혼이라는 경사스러운 날 기사단이 전면에 나설 수 있단 생각에 예법 가르치기에 돌입했고, 우크 경과 자이노경도 며칠 동안 이어질 축제로 치안 유지가 어려워질 일을 예상하여 미리미리 일정 조율을 시작했다.

아이노 경은 아무것도 하지 않았다. 그가 아무것도 하지 않는 게 도와주는 것이기에 황제는 불만이 없을 것이다.

"보세요, 후작님. 좋아하시는 파란색에, 장식이 단순하지만 우아하죠?"

"응, 예쁜데 내가 언제 파란색을 좋아한다고 했었나?"

시밍 부인의 동공이 커졌다. 언제는 파란색만 고집하더니?

"싫……어하세요?"

"좋아하는 색은 없는데."

결국 자주 입어서 익숙한 색이라 고집했다는 이야기다. 시밍 부인과 시녀들이 가슴을 쓸어내렸다.

똑똑. 밖에서 문 두드리는 소리가 들렸다. 시녀가 나가 문을 열었다.

폴리아나는 천을 몸에 대 보느라 가장 기본적인 복장만 갖춘 채였기에 가림막 뒤로 이동했다. 두꺼운 가림막 뒤로 사람들이 왔다 갔다 하는 소리가 들렸다. 뭘 가져왔는지 함이 한가득이었다. 시밍 부인이 가림막 밖으로 나가더니 고개를 저었다.

"이런 걸론 부족해요. 보관고에 직접 가 볼게요. 열어 주세요."

"보관고에 들어간다니, 그런 말도 안 되는……."

폴리아나의 귀가 움찔거렸다. 시밍 부인과 실랑이하는 사람의 목소리가 그녀의 귀에 낯익었다.

폴리아나는 근위대장답게 황성에서 근무하는 사람들을 떠올리다가 곧 일치하는 사람을 알아냈다. 야파 성의 집사 중 귀중품 창고를 관리하는 자였다.

"황족이 아니면 안 돼."

"곧 되실 거잖아요."

"아무리 그래도."

"폐하께서 허락하실 거예요. 저 천들과 모피는 다 어디서 가져왔겠어요."

눈치를 보던 시종이 잽싸게 달려가 황제의 허락을 받아 왔다. 다들 알아서 척척척이었다.

온 세상이 룩소스 1세를 돕고 있었다. 황제의 허락이 떨어졌겠다, 폴리아나는 입고 왔던 옷을 입고 중년 부인과 함께 집사의 뒤를 따랐다. 뭔지 모르지만 중년 부인이 가자니까 같이 갔다.

도착한 곳은 황성의 보석 보관소였다.

"……."

폴리아나는 집사가 왜 난색을 표했는지 이해했다. 이곳엔 아크레아를 비롯한 대륙에 존재했던 모든 왕실과 귀족가의 보석이 모여 있었다.

룩소스 1세가 수집한 보물의 양은 어마어마했다. 소중히 관리해 온 목록을 창고째 전달받았기에 망정이지, 무작정 수집했다면 목록과 보석을 대조해 보는데 한세월 걸렸을 양이었다.

제국의 황비였던 토리, 스트라, 레베카도 이 보관소에 출입한 적이 없었다. 그녀들이 패용할 보석이 필요할 땐 집사가 허락한 시종이 보관소에 들어가 보석을 가지고 나왔다.

보석을 고를 때에도 집사가 허가한 보석만 몇 개 나와 황비의 손에 선택되는 것이다. 걸칠 사람이 직접 들어가는 경우는 없었다.

집사가 열쇠꾸러미를 꺼냈다. 안에 보관된 물건이 물건이다. 무생물 중에선 가장 귀하게 모셔지고 있었다. 열쇠로 하나하나 잠금장치를 푼 뒤 문을 여는데, 근위대원 둘이 달라붙어 끙끙댈 정도로 무거웠다.

폴리아나와 눈이 마주친 근위대원이 씨익 웃었다.

'대장님 대박 나셨네요. 응원합니다.'

'하지 마, 새끼야.'

폴리아나가 부하와 눈싸움을 하든 말든 집사와 시밍 부인이 보관소 안으로 들어갔다. 폴리아나도 따라 들어갔다. 솔직히 내부가 궁금했다.

보석 보관소 안은 눈이 부실 정도로 번쩍번쩍하지 않았다. 오히려 어두웠다. 보석들은 모두 상자 안에 있으니 보관소 내부엔 상자가 가득했다. 상자만 겹겹이 쌓인 삭막한 장소였다. 세트로 제작된 패물은 한곳에 모여 있고 그 외의 보석들은 종류별, 재료별로 분류되었다.

시밍 부인과 집사가 열심히 의논했다.

“금발이시니 원색 계열로…….”

“너무 화려한 건 안 어울리니까 우아한 걸…….”

폴리아나의 의견도 중요했다. 집사가 폴리아나에게 질문했다.

“원하시는 보석류가 있으신지?”

“금으로 세공한 단검이 갖고 싶은데.”

“그건 후작님 돈으로 주문하시죠.”

폴리아나는 울컥했다. 누굴 거지로 보나.

“그럴 걸세. 주문할 때 참고할 수 있도록 견본을 보려고 했어.”

따라 들어온 시종이 폴리아나가 원하는 대로 단검류를 꺼내 늘어놓았다. 폴리아나는 집중했다. 보석이 반짝일 때마다 그녀의 눈에 황홀함이 떠올랐다.

“보석 좋아하시는 거 보면 여성스러우시네요.”

시밍 부인이 만족한 기색으로 말하자 집사가 반박했다.

“반짝이는 걸 좋아하는 건 인간의 본능이요.”

여자만 보석을 좋아한다면 보석을 박은 단검류가 존재할 리 없다. 남자도 보석을 좋아했다. 보석은 외부에 부와 권력을 과시하기 위한 수단이지만, 왜 하필 보석이겠는가. 모두가 좋아하니까 보석이 된 것이다.

보관소에서 무수히 반짝이는 유혹에 시날리던 집사이기에 말에 진정성이 있었다.

보석을 고른 다음 본격적인 분장에 돌입했다. 허리선을 조금 고친 파란 로브를 입고(여기서 폴리아나는 굴욕을 맛봤다) 보관소에서 가져온 보석을 걸쳤다.

와중에 집어 온 단검은 서비스. 폴리아나는 갖고 나오지 않으려고 했는데 집사가 괜찮다고 말했다. 나중에 다 폴리아나 물건이 될 거라나 뭐라나.

'아니, 왜 아무도 반대를 안 하는 거야.'

이래서야 반대 입장은 폴리아나 혼자였다. 폴리아나는 외로웠다.

꽃단장(혹은 분장)이 끝났다. 시밍 부인과 시녀들이 만족하여 전신거울을 가져왔다. 폴리아나는 거울 속 귀부인을 응시했다.

솔직히 들인 시간과 노력, 거친 사람의 손을 생각하면 많이 예뻐져야 하는데…….

"뭐가 문제지."

폴리아나가 의구심을 불태웠다. 시녀 한 명이 말했다.

"아무래도 코가 얼굴의 중심인데…… 그것이……."

그녀의 지적은 타당했다. 휘어서 붙은 코가 악독한 사람처럼 보이게 했다.

평생 직업으로 삼은 일이 사람 죽이고 피를 보는 일이라 폴리아나는 인상파다. 원래 인상이 강한데 코가 휜 것이 결정적이었다. 못생겨서 묘하게 박력 있는 귀부인이 완성되었다.

빈말이라도 가련한 미인이라고 하기에는 박력과 위엄이 넘쳤다. 전신에서 뿜어져 나오는 금력과 권력에 숨이 막힐 지경이었다. 보는 순간 바로 압도당할 것이다.

"후작님은 미혼이시지만 이제 나이가 있으시니까요. 원숙미를 살려서……."

폴리아나와 동갑인 귀부인들은 아직도 청순가련 타령을 하고 있다. 애 셋 딸린 유부녀가 레이스 베일을 쓰고 다니는 판에 원숙미를 강조하자니 조금 서글펐다. 그러나 시녀들의 판단이 옳기에 불만을 품지 못했다.

폴리아나는 나이가 들면서 외모가 나아지는 부류였다. 물 오른 봉오리나 만개한 꽃 같은 아름다움을 자랑할 수 없는 대신 오래된 고목 같은 엄숙하고 안정적인 매력이 있었다. 시녀들은 그걸 살렸다.

황제와 황후는 아름다울수록 좋다. 어차피 아름다움은 룩소스 1세로 충분했다. 폴리아나는 다른 부분을 맡으면 된다!

그렇게 완성된 귀부인은 비장미가 넘쳤다. 어째서일까. 부당한 억압에 절대 굽히지 않을 허리와 목엔 절도가 있었다. 황제를 가까이에서 모시면서 습득한 기품과 예법은 고상했다.

시녀들은 만족했다. 아름다운 황후마마는 물 건너갔지만 대신 위엄이 넘치시는 황후마마가 생겼다.

꽃단장을 마친 폴리아나가 룩소스 1세에게 인계되었다.

꾸미는 사이 날이 저물어 저녁이었다. 룩소스 1세는 폴리아나를 보더니 말을 잇지 못했다.

"난 경이 황제의 옆자리엔 어울리지 않는다고 판단했었다. 오산이었구나."

당장 일국의 왕비라 주장해도 믿을 만한 모습이었다. 룩소스 1세는 약간의 아쉬움을 밝혔다.

"경의 귀여움이 부각되지 않아 조금 아쉽다."

픕.

폴리아나는 부끄러움을 참지 못하고 공기를 뿜었다. 와중에 침이 조금 튀었다.

"폐하."

"내 눈은 정상이다. 내 시력은 정상이며 이 손가락은 두 개로 보인다."

시달린 경험이 룩소스 1세의 말을 빠르게 했다. 룩소스 1세가 손가락 두 개를 들고 휘휘 저었다.

룩소스 1세는 그녀의 하루를 요구하고선 치장에 반나절을 소비했다. 자아, 이제 어쩔 것인가. 폴리아나는 황제의 명령을 기다렸다.

시간이 시간이기에 둘은 저녁 식사를 함께했다. 폴리아나는 허리의 살을 근심해 평소보다 덜 먹었다.

룩소스 1세가 걱정스러워하며 말했다.

"밤새 운동할 것인데 많이 먹어라."

뜨아. 폴리아나의 목이 자라 건드린 것 마냥 움츠러들었다.

'이거 그거 맞지?'

음란마귀가 아니다. 폴리아나는 어째서 고개를 끄덕였는지 후회했다. 구애하고 있는 여성을 치장시켜서 식사를 하고 밤새 운동한다니. 아무리 생각해도 그거였다.

'나 왜 허락한 거지. 아니, 진짜 그냥 자는 거야? 정말? 맨 정신에 가능할까?'

룩소스 1세의 말을 들은 뒤에 더 식사가 목으로 넘어가지 않았다. 결국 폴리아나는 먹는 둥 마는 둥 식사를 마쳤다.

룩소스 1세의 손을 잡고 폴리아나는 갈등했다. 내적갈등이 심각했다.

'바로 침대로 가나? 산책하다 가나? 그보다 진짜 하나? 맨 정신에? 되나? 가능한가? 결혼 안 했는데 괜찮나? 제러드 때문에 결혼하긴 할 거라 상관없나? 나는 이대로 폐하와 자도 괜찮은 걸까? 폐하께서 원하시면 몸을 바쳐도 상관없다고 생각했었지만 이건 뭔가 아닌 것 같은데? 난 도대체 뭘 원하는 거지. 뭘 하고 싶은 거지.'

폴리아나의 몸은 룩소스 1세가 반갑다. 그런데 마음은 풍랑을 만난 조각배처럼 거침없이 흔들렸다.

룩소스 1세가 건물을 나가자 폴리아나는 바짝 긴장했다.

'야외에서!'

이제 두 번째인데 이렇게 대범할 수가!

폴리아나의 전신에서 땀이 삐져나왔다. 공들인 화장과 머리가 무너지겠지만 이건 그녀의 노력으로 막을 수 있는 게 아니었다.

폴리아나는 가능한 긍정적으로 생각했다.

'어차피 한 번 잤었잖아. 애도 있는데 또 잔다고 문제 생기겠어? 그래! 그거야! 자면 더 확실해질 거야!'

가벼운 여자 취급하지 말라더니, 폴리아나의 생각은 가볍다 못해 하늘로 날아올랐다.

날아오르라 후작이여, 환장할 날개 날아오르라. 그렇게 도달한 곳은 고즈넉한 분위기의 석조 정자였다.

폴리아나는 주먹을 꽉 쥐었다. 진짜 야외 플레이였다니! 룩소스

1세가 알았다면 환장하다 못해 뒷목 잡고 쓰러질 과감한 생각들이 그녀의 머릿속을 떠돌았다.

"오늘은 재우지 않겠다."

룩소스 1세가 의미심장한 말과 함께 잡은 손을 풀었다. 그가 정자에 먼저 올랐다. 폴리아나는 두 손을 모아 싹싹 비볐다. 주인 먼저 음식 위에 앉은 파리 같았다. 싹싹, 식은땀이 흥건한 손을 비빈 끝에 폴리아나가 버럭 외쳤다.

"이제 벗을까요?"

"뭐?"

폴리아나에게 춤을 청하려던 룩소스 1세의 몸이 굳었다.

'아뿔싸.'

룩소스 1세의 자세는 이리 보고 저리 봐도 숙녀에게 춤을 청하려는 신사의 것이었다. 그제야 폴리아나는 깨달았다. 그녀에게 음란마귀가 씌어 있었다. 그녀의 착각이 너무 심해 옛날에 강을 건넜다.

황제는 그럴 생각이 전혀 없었는데 그녀 혼자 강을 건너 진도를 빼고 있었다.

설마하니 좋아하는 여자에게 이런 말을 들을 줄 몰랐던 룩소스 1세는 당황했다.

"도대체 무슨 생각을 하고 따라온 것인가."

"벗고 하는 운동인 줄……."

"그런 파렴치한! 싫은 건 아니지만 아직 짐과 경은 법적으로 아무 관계도 아니다!"

황제 폐하 까탈스럽기가 첫날밤에 소박맞은 새색시 부럽지 않았다. 평소 폴리아나와 이러쿵저러쿵 야릇한 일을 함께하는 상상을 하기를 즐긴 그였으나 구애하는 중엔 자제하고 있었다.

그런데 폴리아나가 먼저 저런 말을 꺼냈으니 황당했다. 또 그녀가 아직까지 그의 마음을 오해하고 있나 싶어 화도 났다.

"폐하가 자꾸 이상한 말씀을 하셨잖습니까!"

폴리아나는 지나치게 당황하거나 부끄러울 땐 적반하장으로 굴었다. 그녀가 성질냈다. 이런 음란한 오해를 하게 된 데엔 룩소스 1세가 일조했다.

"나는 억울하다."

"하루를 달라느니, 재우지 않을 거라느니, 계속 움직일 거라는."

"난 경과 춤을 출 생각이었다."

"그럼 그렇게 말하셨어야죠. 솔직히 남자가 여자를 먹이고 입히고 안 재운다고 하면 다들 저 같은 생각을 할 겁니다. 맞지?"

폴리아나는 정자 주위에 숨어 있던 악단에게 동의를 구했다. 황제 폐하와 후작의 로맨틱한 하룻밤을 위해 벌레에 물어뜯겨 가며 대기하고 있던 그들은 얼결에 고개를 끄덕였다.

동지를 얻은 폴리아나가 힘을 얻었다.

"보셨죠? 오해할 만했습니다."

"나는 억울하다. 설마 내가 경에게 그런 망측한 일을 강요하겠느냐."

룩소스 1세가 충격으로 비틀거렸다. 다들 물러가라. 황제의 명령에 악단이 철수했다.

룩소스 1세는 침통하여 돌 의자에 몸을 기댔다. 부끄러움을 면하고자 성질내서 승리를 쟁취한 폴리아나는 뒤늦게 후회했다.

'삐졌다.'

근속 10년 넘는 근위대장이 전하는 리빙포인트. 황제가 삐졌을 때 즉시 달래 주지 않으면 후환이 오래간다. 토라진 황제의 기운을 풀어 주는 덴 칭찬이 최고였다.

"폐, 폐하. 악단을 준비하시다니 어쩜 그렇게 로맨틱한 일을 생각하셨습니까."

"……."

그 악단 활질 한 번 못하고 물러났다. 폴리아나는 다른 의미에서 식은땀을 흘렸다. 그녀가 대놓고 주위를 두리번거렸다.

"어쩜 고즈넉하니 분위기가 멋진 장소입니다. 풀벌레 소리도 운치 있고 정자 바닥이 평평해 둘이서 춤추기에 딱 좋습니다."

"……."

"태양이 지고 달과 별이 드리우니 우아한 운치가 있습니다. 어떠십니까, 황제 폐하. 소신과 한 곡 추시겠습니까."

폴리아나가 손끝으로 치마를 잡고 공손히 무릎을 굽혔다. 처음으로 룩소스 1세의 고개가 돌아갔다. 룩소스 1세는 한숨과 함께 폴리아나의 손을 잡았다. 남녀는 정자 중앙으로 가 바로 섰다.

악단은 없었다. 노래가 없어도 어색하지 않았다. 룩소스 1세의 손이 폴리아나의 허리로, 손으로 이동했다. 안길 듯, 안은 듯 가까워진 거리를 아랑곳 않고 둘은 다리를 움직였다.

해가 지평선을 넘어가면서 붉은 기운이 맴돌다 어둠이 내려앉았다. 밤에 우는 벌레들이 자손 번식을 위해 필사적으로 구애하기 시작했다. 포식자에게 위치를 들킬 위험을 무릅쓴 노래는 작은 몸을 울리고 바닥을 울리고 두 남녀의 심금을 울렸다.

"경이나 나나 알 것 다 아는 성인이고 이미 사고를 친 바 있지만."

"네."

"그래도 난 경에게 구애하는 입장이니 경이 허락하지 않는 한 그런 접촉은 삼갈 것이다. 경이 허락해도 정당하지 않다면 하지 않아."

과연. 그 말이 사실이었다.

폴리아나가 야파에 온 이후 룩소스 1세가 필요 이상의 접촉을 한 적이 있던가. 없었다.

룩소스 1세는 폴리아나에게 애정 어린 시선을 보내고 정중하게 손등에 입을 맞추었고, 그녀가 손을 잡아 줄 때까지 기다렸다.

"흔히들 말하길 남자는 욕심내는 것이 미덕이고 여자는 참을성을 기르는 것이 미덕이라 한다. 그렇다면 경이 욕심내도록 내가 참는 것이 사랑의 증거가 아니겠느냐."

그렇게 말하는 사이 한 곡이 끝났다. 룩소스 1세는 폴리아나의 손을 놓지 못했다. 폴리아나와 춤을 추면 멈출 수 없을 거라던 황제의 말 대로였다.

이번엔 룩소스 1세가 정중하게 허리를 굽혔다. 폴리아나는 마주 인사하고 그의 손을 잡았다.

룩소스 1세의 장소 선택은 탁월했다. 주변을 살펴본 폴리아나의 말대로 달이 뜨자 달빛이 정자를 비췄다. 뚫린 벽면 사이로 은은한 빛이 둘을 비췄다.

폴리아나의 각이 잡힌 동작을 룩소스 1세는 부드럽고 유연하게 이끌었다. 춤을 추는 동안 둘의 호흡과 심장의 박자가 맞아떨어졌다. 폴리아나는 룩소스 1세에게서 시선을 떼지 못했다. 룩소스 1세도 마찬가지였다.

춤을 추는 내내 그는 필요 이상의 접촉을 하지 않았다. 감질 날 정도로 안타까운 접촉이었다.

몇 곡이나 추었을까. 먼저 지친 건 폴리아나였다. 수면이 부족하고 식사를 깨작거린 결과였다. 룩소스 1세가 폴리아나를 독려했다.

“경! 더 출 수 있다!”

“속이 메슥거려서 안 되겠습니다, 폐하.”

소화가 다 되어 빈속으로 빙글빙글 돌았더니 눈앞이 핑핑 돌았다. 폴리아나가 항복을 선언했다. 룩소스 1세는 의자에 기댄 폴리아나에게 준비한 담요를 걸쳐 줬다.

“괜찮습니다.”

“밤공기가 차다. 경은 아이를 낳았으니 몸은 항시 따뜻하게 해 주는 편이 좋아.”

룩소스 1세의 시선이 먼 밤하늘을 향했다. 몹시 아련했다.

“내 어머니는 나를 낳고 몸이 차가워지는 병을 얻어 일찍 돌아가셨지. 부탁이니 몸을 아껴 주어.”

룩소스 1세가 어머니 얘길 꺼낸 건 고의였다. 밤하늘을 올려다보는 아련한 시선도 의도된 연출이었다.

그는 제국의 지배자이나 내면에 어머니를 잃은 슬픔을 간직했다. 완벽한 주군이지만 동시에 사랑하는 여자의 온정을 필요로 하는 가엾은 남자지.

이상, 룩소스 1세가 시켈에게 동정표를 산 아이노 경을 보고 연구한 결과다. 동정이라도 좋았다. 룩소스 1세는 폴리아나의 관심과 사랑이 필요했다.

“폐하…….”

룩소스 1세는 고독해 보였다. 폴리아나는 순간 그 옆자리를 채워

주고 싶단 욕망에 시달렸다. 쓸쓸해하는 황제 폐하께 혼자가 아님을 알려드리고 체온을 데워 드리고 싶었다.

말을 바로 하자. 춤을 추기 전부터 폴리아나의 심장은 룩소스 1세를 보고 뛰었다. 그것은 아마 사랑이라는 감정일 것이다.

말해도 좋은가. 황제는 기뻐할 것이다. 하지만 정말 말해도 좋은가.

폴리아나는 황제 옆에 서기 위해 의자에서 일어났다. 그녀의 발가락이 담요자락을 밟았다.

그녀야 뭐, 평생을 몸 쓰며 살아온 인생이라 잠깐 비틀거리고 끝났는데 룩소스 1세가 놀란 게 문제였다.

'나 멋있어 보였을까? 불쌍해 보였을까?'

정신을 딴 데 팔고 있던 룩소스 1세는 폴리아나가 비틀거리자 과민하게 반응했다. 룩소스 1세가 폴리아나의 손목을 강하게 잡아 그쪽으로 당겼다. 그러는 바람에 폴리아나는 진짜로 몸의 중심을 잃었다.

룩소스 1세가 몸을 회전했다. 폴리아나는 거기에 딸려 들어가 기둥에 등을 부딪쳤다. 정신을 차리고 보니 그녀는 룩소스 1세와 기둥 사이에 갇혀 있었다.

"괜찮으냐?"

룩소스 1세 때문에 더 놀랐다. 그냥 두셨으면 앞구르기를 하든 뒤구르기를 하든 알아서 잘했을걸!

폴리아나는 그렇게 따지려다 입을 다물었다.

밤하늘엔 별이 가득했다. 그 아래에 있는 룩소스 1세의 얼굴이 가까웠다. 손목은 여전히 붙잡혀 있었고 남자의 다른 팔이 폴리아나의 얼굴 옆에서 버티고 있었다.

'갇혔다.'

그렇게 생각한 순간 룩소스 1세가 팔을 내렸다. 풀려났지만 폴리아나의 마음은 여전히 갇힌 채다. 둥둥. 폴리아나의 심장이 울었다.

"큰일 날 뻔했구나. 발밑을 조심해야지."

룩소스 1세가 의도하지 않았던 신체 접촉을 사죄했다. 정중하고 신사적인 태도였는데 돌아오는 답이 없으니 뻘쭘했다.

'화가 났나?'

룩소스 1세는 폴리아나의 눈치를 봤다.

폴리아나의 표정을 읽기 어려웠다. 웃는 것이 아니고 우는 것이 아니고, 그렇다고 화내는 것이 아니다. 놀란 것 같긴 한데 그게 갑자기 끌어안는다 싶어서 놀란 것인지 넘어질 뻔해서 그런 것인지 불분명했다.

"그러고 보니 예전에 경도 내게 이런 적이 있었지. 그때 심장이 멎는 줄 알았다. 하마터면 명을 달리할 뻔했어. 암살자를 경계한답시고 나를 암살할 뻔하였다."

분위기 반전을 꾀한 룩소스 1세가 과거의 일을 꺼냈다. 날카로운 벽치기의 추억은 지금도 황제에게 잊지 못할 기억으로 남아 있었다.

룩소스 1세는 당시 그가 느낀 고통을 폴리아나가 느끼고 있다는 생각을 하지 못했다. 방금 전의 자신의 모습이 멋졌고 그녀가 심장이 두근거렸을 거란 생각도 하지 못했다.

어차피 룩소스 1세는 늘 멋졌다. 앞으로도 계속 멋질 예정이다. 이번 한 번이 폴리아나에게 특별하리란 생각을 하는 건 어려웠다.

폴리아나로 말하자면, 당시의 룩소스 1세보다 심각했다. 과거 황제는 호흡 곤란과 심장의 통증을 호소했다. 폴리아나에겐 그럴 여유가 없었다.

잡힌 손목이 수갑을 찬 듯 무거웠다. 폴리아나의 마음이 갇혔다. 달빛이 내려오는 한밤의 정자에서 여름의 녹음을 닮은 간수가 그녀를 가뒀다.

폴리아나의 영혼이 박제되었다. 그녀는 평생 오늘은 잊지 못할 것이다. 죽는 그 순간까지 이 날을 돌아볼 것이다. 그녀는 몇 번이든 이 날로 회귀하고 몇 번이든 곱씹을 것이다.

"폐하……."

폴리아나는 두려웠다. 기뻤다. 흥분했다. 도망치고 싶었다. 붙잡고 싶었다. 이 순간이 영원하길 빌면서 한여름 밤의 꿈으로 남길 바랐다.

"폐하, 나의 주군."

폴리아나의 입술이 작게 달싹였다. 룩소스 1세의 모든 감각이 그녀를 향했기에 그는 풀벌레 소리보다 작은 그녀의 부름을 들을 수 있었다.

달빛은 여자를 아름답게 만든다고 했다. 애석하게도 룩소스 1세는 시력이 좋은 편이었다. 춤을 추느라 화장이 반쯤 지워진 폴리아나의 얼굴은 평소와 비슷했다.

볕에 그슬리거나 화상을 입은 피부, 금속에 부딪쳐 변색되어 생긴 얼룩, 여자에게 치명적인 곳곳의 흉과 비뚤어진 코.

거기에서 끝나지 않는다. 이를 보이며 활짝 웃으면 빠진 어금니 자리가 섭섭해했다.

빈말로도 아름답다고 할 수 없는 모습이나 그에겐 세상 누구보다 아름다운 여인이었다.

'아마 그대 몫을 내가 가진 것이니.'

애정은 날로 커진다. 처음으로 사랑을 안 순간부터 하루하루 줄어든 날이 없었다.

사람이 나이를 먹으면 추해진다는데, 계속 보면 지겹다는데 룩소스 1세는 권태를 몰랐다.

그는 매일매일 폴리아나에게 반했다. 사랑의 유효기간이 3년이라면 룩소스 1세의 마음엔 기한이 없었다. 반한 시점이 매일 갱신되었다. 매주, 매일, 매순간 순간 룩소스 1세는 폴리아나에게 반했다.

어떻게 보면 일방적인 싸움이었다. 룩소스 1세는 사랑의 전쟁에서 패자이나 동시에 우월하게 승기를 점쳤다.

상대가 폴리아나 윈터였기에 어려웠고, 동시에 쉬웠다. 그녀는 애정에 굶주렸다. 쏟아지는 애정을 거부하기 힘들었다.

그래서.

"폐하…… 제가 정말 폐하를 사랑해도 되는 겁니까?"

"만일 그렇다면 잊을 수 없는 영광이 되겠지."

"제가 정말 사랑해도 되는 겁니까?"

"허락을 구하지 않아도 돼."

폴리아나의 질문은 그를 향한 게 아니었다. 그녀 자신과 누군지 모를 사람, 사회에게 던지는 질문이었다.

내가 정말 폐하를 사랑해도 될까? 영문을 알 수 없는 죄책감이 들었다.

경애하는 주군을 탐하기에? 죽은 친구의 남편을 탐해서? 루미네 황녀를 볼 면목이 없어서?

모두 아니었다.

제국의 윈터 후작은 벽 밖의 사람이었다. 강제로 쥔 칼자루를 제 것으로 만들어 종횡무진 벽 바깥의 세계를 누볐다.

룩소스 1세를 사랑하면 그녀는 벽 밖에 남을 수 없다. 다시 벽 안으로 들어가야 한다. 벽 안에 위치한 가장 호화스럽고 높은 성의 첨탑에 서게 될 것이다.

정말 그걸로 괜찮은 것일까? 왜 그녀는 이 일로 죄책감을 느껴야 하는가? 그녀가 이룩한 모든 것을 사랑에 맡겨 무너트려도 괜찮은 것일까?

토리는 말했다. 그녀의 것이니 그녀 마음대로 하라고.

스트라는 말했다. 룩소스 1세와 폴리아나는 좋은 부부가 될 거라고.

도나우 경은 말했다. 누님이 원하신다면 뜻대로.

도대체가. 반대하는 사람이 없었다.

그래서 더 무서웠다.

폴리아나는 끓어오르는 격정을 참지 못하고 룩소스 1세를 끌어안았다. 그녀의 등에 두 팔이 감겨 왔다.

폴리아나는 눈을 감고 품 안의 남자에게 집중했다. 달빛이 사라지면 후회할지 몰라도 지금 당장은 이 남자를 갖고 싶었다.

날이 밝았다. 이번엔 룩소스 1세가 폴리아나보다 먼저 일어났다.

사실, 그는 한숨도 자지 못했다. 폴리아나의 옆에 누워 잠든 그녀를 지켜보는 것만으로도 행복하고 좋았다.

룩소스 1세는 침대 천개를 쳐서 창에서 들어오는 아침 햇살이 잠든 여인을 방해하지 않도록 했다.

룩소스 1세의 노력은 수포로 돌아갔다. 잠귀 밝은 폴리아나가 인기척을 느끼고 잠에서 깼다.

"에구구구구."

룩소스 1세는 분위기를 살펴 모닝 버드 키스를 날리려고 했다. 하지만 폴리아나가 움직이는 게 빨랐다.

폴리아나는 늘어지게 기지개를 켰다. 그녀가 주먹을 말아 쥐고 등을 두드렸다. 대형사고 쳤을 땐 술에 쩐 몸이라 근육통에 둔통이 섞였다. 이번엔 맨 정신이라 그런가 신체가 호소하는 감각이 생생했다.

맨 정신으로 밤을 함께한 남녀의 눈빛이 교차했다. 폴리아나는 뻔히 쳐다보는데 룩소스 1세가 부끄러워하며 고개를 돌렸다.

"몸은 괜찮소?"

"네, 폐하는 괜찮으십니까."

"나야 좋소."

"……."

"……."

침묵만 남았다. 침묵을 어색해하지 않는 사이라도 밤을 보낸 다음날 아침엔 어색했다.

분위기를 견디지 못한 룩소스 1세가 크흠, 헛기침했다. 그는 주전자를 손수 들어 화로 위에 올렸다. 차를 고르면서 바쁜 척했다.

폴리아나는 물수건으로 몸을 닦으면서 생각했다. 이번엔 진짜 돌이킬 수 없는 사고를 쳐 버렸구나.

폴리아나와 룩소스 1세가 밤을 보낸 걸 황제의 시종과 시녀들이 다 알았다.

사고를 치고 난 감상이 어떠냐 하면.

'좋았어.'

쫌 좋았다. 여기서 쫌은 조금이 아니라 상당히 좋았다는 의미로 사용된다.

맨정신으로 좋아하는 사람과 잤다. 초반엔 약간의 주저와 망설임이 깃들었지만 이미 불은 지펴진 상태였다. 그 뒤는 뭐, 일사천리. 본능에 맡겨서 알아서 잘.

15금이 뭐냐, 18금 23금을 넘어선 28금의 영역이었다. 둘이 서른을 넘겼으니 문제될 건 없었다.

룩소스 1세가 찻잔에 찻물을 부어 폴리아나에게 건넸다. 그는 들떠 있고 기분이 좋아 보였다. 신혼 첫날을 보낸 새신랑처럼 굴었다.

"감사합니다."

차는 물이 너무 뜨거울 때 찻잎을 넣어서 맛없었다. 아주 맛없는 음식부터 아주 맛있는 음식까지 다 잘 먹는 폴리아나는 불평하지 않았다.

그녀의 옆에 앉은 룩소스 1세가 차를 한 모금 마시고 눈살을 찌푸렸다.

"만약 오늘 일로 둘째가 생기면."

"그거 엄청난데요."

"둘째는 딸이 좋겠소."

제러드의 경우야 일 안 하던 자궁이 발악해서 이뤄 낸 쾌거로 치부한다 치자. 폴리아나는 마시던 차를 뿜을 뻔했다.

신혼 기분을 맛보는 룩소스 1세의 둘째 발언이야 잤으니까 나올 수 있는 말이다. 그녀가 어색해하는 건 그의 말투였다.

룩소스 1세는 서로를 존중하고 아끼는 부부 뽕에 취해 있었다.

"폐하, 말투가 왜 그러십니까."

"곧 부인될 이에게 하대를 할 수는 없지 않소, 폴."

'아하.'

폴리아나는 곧 깨달았다.

룩소스 1세는 친근한 자들을 애칭으로 불렀다. 폴리아나는 원정의 막바지에 '폴'이 되었지만 룩소스 1세가 그녀를 사랑하게 되면서 다시 '폴 경'이 되었다.

프라우와 헤어지면서 다시 '폴'이 되었고 폴리아나가 황제의 고백에 엉엉 울면서 '폴 경'으로 돌아갔다.

폴리아나가 야파로 돌아온 동안 룩소스 1세는 그녀를 계속 '폴 경'으로 불렀다. 기사를 그만두기 싫어서 엉엉 울었던 그녀의 의견을 반영한 호칭이었다.

"폐하, 저흰 아직 아무 사이도 아닙니다."

폴리아나가 손가락을 꼽았다.

"하룻밤을 같이 보냈다고 결혼한다치면 제가 아는 황비마마만, 어디 보자…… 한 명, 두 명, 세……."

"아침! 아침식사를 해야지! 어제 저녁을 소식해 배가 고프지 않소!"

폴리아나의 공격에 룩소스 1세의 눈이 휘둥그레졌다. 그는 변명할 거리를 찾지 못하고 벌떡 일어나 말을 돌렸다.

폴리아나는 손가락을 풀었다.

"농담입니다."

"허허."

룩소스 1세가 가슴 위에 손을 얹고 비틀거렸다.

"너무 재밌어서 심장이 철렁했다. 그래, 경이 원한다면 이대로 말하마."

"제가 폐하께 반하긴 했지만 황후가 되겠다는 건 아닙니다."

"그건 기사를 그만둬야 하기 때문이겠지?"

룩소스 1세의 손가락이 침대 위를 두드렸다.

"경은 억울할 게야. 하필 경에게 구애하는 이가 황제여서 구애를 쉽게 받아들이기 어렵겠지."

"말씀하신 그대로입니다."

"경에게 구애한 남자가 내가 아니었다면, 하다못해 나를 위해 불철주야 일하는 가엾은 시이였더라도 경은 검을 놓지 않았을 거야. 부부가 함께 나를 위해 봉사하는 아름다운 가풍을 만들었을지도 몰라."

"실로 그러합니다."

"하면 반대는 안 되겠는가."

룩소스 1세가 폴리아나의 발치에 무릎 꿇었다. 폴리아나가 기겁해서 일어나려고 하자 황제가 막았다.

룩소스 1세는 허락을 받아 폴리아나의 손 위에 그의 손을 겹쳤다.

"경의 억울함은 나의 억울함이다. 나는 대륙을 일통한 죄로 사랑하는 여인과 백년해로할 수 없는 것이다."

룩소스 1세가 그간 생각했던 것들을 차근차근 말했다.

"검을 들어도 좋다. 바지를 입어도 좋다. 예전에 하던 대로 사람들을 대하고 권력을 휘둘러도 좋다. 그걸 막을 법이 없으며, 누가 뭐라 하면……."

여기서 나올 말은 "내가 대신 패 줄게."지만 룩소스 1세는 폴리아나를 잘 알아서 이렇게 말했다.

"경이 직접 단죄하라. 경이 사고 치면 내가 수습해 주마."

폴리아나는 가만히 룩소스 1세가 말하는 걸 들었다.

병사와 기사들이 죽는 걸 후방에서 지켜보는 군주라는 지위. 외아들로 태어났기에 평생 다른 직업을 꿈꿀 수 없는 숙명.

룩소스 1세도 억울했다. 그라고 삶이 늘 아름답진 않았다. 모든 걸 가졌음에도 그러했다.

"견딜 수 없을 정도로 억울하면 나를 봐 다오. 그러면 덜 억울하단다."

"하오나, 폐하."

폴리아나는 억울했다. 그녀의 억울함이 황제보다 컸다. 그녀가 뚱해서 말했다.

"폐하는 잃는 게 없으십니다."

모든 사람들이 폴리아나의 포기를 당연시했다. 심지어는 폴리아나 본인조차 그랬다.

룩소스 1세는 잃는 게 없었다. 그는 모두 가졌다. 폴리아나는 사랑을 얻기 위해 그녀가 이룩한 모든 걸 버려야 하는데 룩소스 1세는 둘 다 가질 수 있었다.

일과 사랑, 사랑과 일. 작위와 사랑, 사랑과 작위. 성과 사랑, 사랑과 성.

폴리아나를 제일 억울하게 하는 건 그녀만 포기한다는 점이 아니다. 그녀가 칼자루를 버리고 사랑을 선택하면 만인이 행복한 해피 엔딩이 된다는 것이 싫었다.

어째서 그녀의 포기와 상실이 모두의 행복으로 교환되는가.

"폐하는 비겁하십니다. 이기적이십니다. 욕심이 하늘을 찌르십니다."

"그래서. 그래서 내가 싫은가?"

"아니요."

폴리아나의 고개가 거칠게 돌아갔다. 설레설레 고개 저은 그녀가 울컥해서 올라온 걸 꾹 억눌렀다.

대형사고 때도 그랬지만 어제 먼저 꼬신 건 그녀였다. 책임을 져야지.

폴리아나는 이 생에 얻게 된 가장 값진 것에게 고백했다.

"폐하를 사랑합니다."

"이름으로 불러 주겠나?"

"……룩시."

아이노 경이 황제와 단둘만 있을 때 황제를 그렇게 부른다는 걸 폴리아는 알고 있었다. 내심 부러웠기에 입에 올렸다.

룩소스 1세의 눈이 휘둥그레지더니 미소 지었다. 세상을 다 가져놓고 사랑까지 쟁취한, 세상 누구보다 행복한 남자의 얼굴이었다.

"폴."

어쩔 수 없다. 룩소스 1세는 폴리아나의 세계이자 완성이었다. 그녀의 모든 것인데 어찌 그를 밀어낼까.

폴리아나 윈터라는 인간은 그를 만나 완성되었다. 비록 그가 준 것을 거두고 새 것을 준다 한들…….

'폴리아나 클레어. 진짜 안 어울리네.'

룩소스 1세는 아명이나 성이나 모두 여자아이 이름 같았다. 여권 낮은 북방의 나라에서 어쩌다 왕가의 성이 '클레어'가 되었는지 미스터리다.

'제러드 클레어도 그다지…… 루미네 클레어는 예쁘네.'

여자아이 이름을 두 개 붙여 놓은 느낌이라 아버지와 이름이 비슷한 루미네 황녀가 후에 성이 바뀔 예정인 것이 아쉬웠다.

아무래도 좋다. 폴리아나는 사랑하는 사람을 향해 활짝 웃었다.

룩소스 1세의 행복이 그녀의 행복이었다.

폴리아나는 계속 야파 성에 머물렀다. 황제의 손님으로서 머물렀지만 다들 그녀를 예비 황후처럼 대했다.

루조 대공은 달력을 들고 달려와 길일 중에 이거다 싶은 날짜가 있냐고 물었다. 제이시 후작은 결혼식에 원하는 게 있냐고 질문했다. 황제의 결혼은 국혼이라 신부의 취향이 끼어들 부분이 적지만 가능한 폴리아나의 의사에 맞춰 주겠다고 말했다.

폴리아나는 평범하게 해 달라고 요구했다.

제이시 후작이 물었다.

"평범한 국혼이 어떤 것입니까?"

제이시 후작은 폴리아나를 보자마자 존대했다.

"그걸 알면 내가 이러겠습니까?"

"도움이 안 되십니다……. 뭐 원하시는 건……."

"내가 건틀렛 위에 낄 반지를 만들고 싶은데."

"기각."

인생에 하나뿐인 결혼반지를 건틀렛 용으로 제작할 꿈은 꾸지도 말라는 냉정한 대답이 돌아왔다.

제이시 후작은 바쁘다고 연신 중얼거리며 어딘가로 사라졌다. 둘의 나이가 있으니 결혼을 서두르자는 게 모두의 의견이었다.

제러드의 존재를 아는 사람들은 당사자들보다 더 조바심을 냈다. 황자가 조금이라도 어릴 때 빨리 호적에 올려야 한다는 것이 이유였다.

폴리아나는 피부 관리를 시작했다. 시간이 나면 황제와 검을 부딪치는 까닭에 생채기라도 느는 날엔 시녀들이 졸도했다.

폴리아나를 불쾌하게 만드는 일이 있다면 아이노 경도 피부 관리를 시작했다는 것이다. 그는 신랑 들러리는 자기 것이라며 신부보다 앞서 피부 관리를 받았다.

'누가 시켜 준대? 그치만 폐하는 시켜 주시겠지.'

아이노 경이 폴리아나에게 존댓말을 쓸 때마다 그녀의 몸에 소름이 돋고 오한이 들었다.

세상에 저 재수 없는 새끼가 나한테 존대를 해!

놀라운 일은 거기에서 그치지 않는다. 폴리아나는 세키 부부의 사이가 생각보다 괜찮다는 사실에 깜짝 놀랐다. 트루 러브의 힘은 위대했다.

폴리아나의 들러리는 시켈이 서게 되었다. 박시 바니사 자매는 오는 길이 너무 멀고 험한 데다 아이가 있으니 기각. 친해진 토리와 스트라는 룩소스 1세의 전 부인이었으니 기각.

폴리아나와 친분이 있으면서 적당한 신분인 여성을 찾다 보니 부인과 남편이 동시에 들러리를 서게 되었다. 시켈은 당황하면서도 겸손하게 받아들였다.

결혼을 앞둔 신부로서 해야 할 일이 태산인데 폴리아나의 지인들은 다른 일로 그녀를 괴롭혔다. 자이노 경은 둘째 아들을 들이밀지 않나, 다른 동료들이나 귀족들도 윈터 후작으로 애 어떠냐고 사내아이를 들이밀었다. 그 아이들의 됨됨이를 살펴보는 것도 큰일이었다.

덕분에 폴리아나는 정신이 하나도 없었다. 그렇다고 딱 잘라 거절하기엔 마음이 내키지 않았다. 폴리아나가 이대로 황제와 결혼하면 윈터 후작위와 영지는 그대로 황실에 흡수된다. 폴리아나는 그런 걸 원치 않았다.

폴리아나는 그녀가 황제에게 받은 성이 사라지지 않고 독자적으로 번성하길 바랐다. 룩소스 1세의 허락을 받았다. 적절한 인물을 찾아내 윈터의 성과 후작위를 넘기는 것이 윈터 후작으로서의 의무이자 권리였다.

모두가 황제와 폴리아나의 결합을 환영했다. 진심파는 진심파대로, 의심파는 의심파대로. 반대파는 없었다. 모두가 찬성파였고 황후 폴리아나 클레어를 받아들였다.

폴리아나는 씁쓸해졌다. 사람들은 그녀의 노력이 빛을 발했다고 말한다. 그녀가 인정받게 되었다고 말한다.

그녀가 바라는 인정은 이런 것이 아니었다.

'이제 와 무슨 소용이겠냐만.'

황제를 꼬신 마녀.

전장에서, 나나바와 야파에서 숱하게 들었던 비난들이 뚝 그쳤다. 아무도 그녀를 비난하지 않았다.

원로원이나 룩소스 1세에 반목하는 귀족이 아님에도 폴리아나를 못마땅해하던 이들이 황후 폴리아나를 인정했다.

폴리아나는 가끔 그들의 비난이 그리웠다. 그녀는 고소했다.

의동생이 한 말을 떠올렸다. 비난과 모욕에 익숙해져서 어쩔 거냐던 도나우 경의 말이 옳았다.

폴리아나는 그들이 평소 욕하던 일을 범했다. 그런데 아무 말이 없으니 기분이 이상했다. 세상에 지나치게 그녀에게 친절했다. 온 세상이 둘의 사랑을 응원했다.

결혼을 준비하고 있으니 기분이 들떴다. 폴리아나는 이와 비슷한 기분을 전에 맛본 적이 있었다.

흥흥, 사라졌던 그녀의 콧소리가 돌아왔다. 이번엔 그때와 달랐다. 룩소스 1세는 그녀를 사랑했으며 진심을 담아 고백했다.

그의 재산과 권력이 폴리아나보다 많으니 물질적 이득을 이유로 사기당할 염려가 없었다. 아이는 이미 있다. 후사를 위한 압박이 덜할 것이다.

폴리아나의 인생에 이토록 상냥한 나날이 있던가. 행복과 흥분으로 폴리아나는 하루하루가 생경했다. 어쩐지 꿈을 꾸는 듯한 기분이 들었다. 현실과 유리된 부유감에 폴리아나는 두둥실 떠다녔다.

남부에서 편지가 오기 전까지 폴리아나는 꿈같은 하루하루를 보내고 있었다.

"흠."

폴리아나는 편지를 앞에 두고 날짜를 추산했다. 날짜를 보건데 아직 야파의 일은 남부에 도착하지 못했다.

그러니까 이 편지 속 정보는 폴리아나가 대형사고를 쳐서 도망치고 아이를 낳았다는 부분에서 멈춰 있었다. 정보 동기화가 시급했다.

"끄응."

"어머, 왜 그러셔요?"

시녀가 호기심을 가졌다. 폴리아나가 평소 남부에서 오는 편지를 희희낙락 뜯었던 탓이다. 봉투를 뜯기는커녕 물 만난 고양이처럼 노려보고 끙끙대니 보기 드문 광경이었다.

"끄응."

폴리아나는 신음하며 밀봉된 편지봉투를 뜯었다. 나이가 서른이 넘었지만 혼나는 건 싫었다.

'도나우가 잘 말해 줬길 바라는 수밖에.'

믿을 건 의동생뿐이다.

'제발! 제발 도나우!'

폴리아나가 신을 찾듯 의동생을 애타게 불렀다.

남부에서 온 편지는 여러 통. 폴리아나는 맛없는 걸 마지막까지 남겨 두는 심보로 먼저 쌍둥이 자매의 편지를 개봉했다.

역시나, 쌍둥이 자매의 편지는 호의적이었다. 프라우 때와 마찬가지로 어느 선택을 하든 지지할 것이란 말과 혼자서 아이를 낳았다는 말에 울었다는 얘기가 적혀 있었다.

하우 경은 편지를 보내지 않았다. 부인인 박시가 그녀의 편지에서 하우 경의 반응을 넣었다. 말 타고 올라온단다.

오긴 뭘 와. 다행히 사람들이 말려서 그러지 않는다는 뒷부분이 있었다.

남은 편지는 세 통이었다.

'세 통?'

폴리아나는 의아해서 봉투 겉면을 확인했다. 하나는 비카 총독이 보낸 것이다. 하나는 리보 백작이 보냈다. 남은 하나는 개인적인 편지가 아니라 공적인 문서였다. 남부 총독부에서 폴리아나 윈터 후작에게 보낸 편지였다.

"뭐지?"

봉투를 뜯은 폴리아나는 깜짝 놀랐다. 안에는 봉투가 또 있었다. 봉투 겉면엔 그립고 그리운 필체로 그녀의 이름이 적혀 있었다. 폴리아나가 착각하지 않았다면 글을 쓴 사람은 레베카였다.

레베카의 유언장이었다.

"저도 받았어요."

"저도요."

세 여자가 모였다. 폴리아나는 예비 신부라 바빴고 스트라는 시녀장이라 바빴고 토리는 스트라와 비슷했다. 바쁜 세 여자가 모인 이유는 분명했다. 몇 년 전 그녀들은 네 여자였기 때문이다.

폴리아나와 마찬가지로 스트라와 토리도 총독부를 통해 레베카의 유언장을 받았다. 레베카가 황제에게만 유언을 남기고 고인이 되었다고 믿었기에 셋의 충격은 컸다.

황비의 유언장이 수취인에게 전해지지 않고 남부로 간 건 모두 나니 대공비 탓이었다. 레베카가 혹시 몰라 작성한 유언장을 귀중품 함에 보관해 뒀는데, 대공비가 그걸 홀랑 가져간 것이다. 총독부에서 보낸 봉투에 작은 쪽지가 그렇게 알렸다.

"유품 정리는 장례 직후 끝냈을 텐데 이걸 이제 보내 주다니!"

토리의 주먹이 부들부들 떨렸다. 스트라는 고인이 된 레베카를 떠올리고 눈물을 훌쩍였다. 둘은 유언장을 개봉해서 읽은 뒤였다. 아직 미개봉으로 남겨 둔 폴리아나와 달랐다.

폴리아나는 실례가 안 된다면 무슨 내용인지 물었다.

둘이 받은 유언장의 내용은 비슷했다. 만나서 반가웠다는 인사, 아이를 잘 부탁한다는 당부, 행복하라는 축언. 유언장 내용을 말하던 스트라가 손수건에 눈물을 쏟았다.

"레베카, 루미네 황녀는 우리가 지켜 줄게요. 편히 쉬어요."

"이걸 지금 보내는 의도는 분명해요. 폐하와 후작님의 결혼 소문이 들려오니까 남부를 잊지 말라는 의도겠죠."

토리는 너무 멀리 나갔다. 폴리아나가 고개를 저었다.

"아직 소문이 거기까지 안 갔어. 잊고 있다가 생각나서 보낸 거겠지. 나니 대공비는 딸을 잃었으니까."

소문은 사람보다 빠르지만 결국 제약이 있다. 이 유언장이 수취인을 찾아 움직인 뒤에야 남부에 결혼 소문이 퍼졌을 것이다.

폴리아나는 가능한 좋은 쪽으로 해석했다. 모녀간에 애정이 깊어 보이진 않았지만 편지는 몇 년이 지난 것치고 아주 깨끗했다. 남부는 습하고 더워 종이가 상하기 쉬운데 어둡고 건조한 곳에 보관된 것처럼 멀쩡했다.

나니 대공비는 레베카의 귀중품 함을 가져가 몇 년 동안 열어 보지 않은 것이다. 타국이나 마찬가지인 먼 지방으로 시집가 아이를 낳다 죽은 딸의 귀중품 함. 쉽게 열 물건이 아니었다.

폴리아나는 조심스럽게 유언장을 개봉했다. 그녀가 받은 유언장은 토리와 스트라가 받은 것과 내용이 약간 달랐다.

아이를 부탁한다고 말하고 싶지만 그러지 않을래요. 누굴 책임질 생각 말고 본인 걱정이나 해요. 좀 더 욕심내고 좀 더 행복해지세요. 부탁할 건 그거밖에 없어요.

고인에게까지 행복을 강요받을 줄 몰랐다.

폴리아나는 말없이 유언장을 응시했다. 유언장의 내용을 레베카가 귀에 대고 읽어 주는 착각이 일었다. 폴리아나는 눈물이 핑 돌아서 소매로 눈가를 훔쳤다. 토리가 손수건을 건넸다.

룩소스 1세와의 결혼을 앞둔 시점에서 레베카의 유언장을 읽으니 기분이 이상했다. 폴리아나는 내내 켕겼던 주제를 꺼냈다.

"내가 정말 폐하와 결혼해도 되는 걸까."

"그럼요! 아마 레베카가 살아 있었어도 응원했을 거예요!"

스트라가 눈물에 젖은 손수건을 꾹 짜면서 대답했다. 응원 받으면 그건 그것대로 기분이 묘해질 일이다.

"후작님, 유언장에도 적혀 있답니다. 누굴 책임지거나 누구의 눈치를 보지 마셔요. 후작님만 생각하세요. 루미네 황녀마마도, 꼭 어머니가 되어 주거나 훌륭한 어머니가 될 다짐 안 하셔도 괜찮아요."

토리가 폴리아나의 눈을 보고 또박또박 말했다.

"아무도 후작님을 비난하지 않아요. 누구도 후작님을 평가할 자격이 없어요."

그녀가 생긋 웃었다.

"그러니 폐하와의 일로 저희나 레베카 마마 눈치를 보지 마셔요."

어떻게 안 봐! 자기 얘기 아니라고 쉽지!

에휴. 폴리아나는 한숨을 쉬었다. 느는 건 한숨이었다.

"고마워."

폴리아나는 다시 혼자 남았다. 이번엔 진짜 옛 상관들의 편지를 개봉할 차례였다. 폴리아나는 바른 자세로 앉아 편지를 개봉했다. 먼저 비카 총독 래비 경.

래비 경의 편지는 온건했다. 폴리아나가 이 일로 황제와 결혼한다면 축복하겠다는 말이 적혀 있었다. 결혼을 하지 않는 건 추천하지 않는다는 말도 함께. 전체적으로 느낌이 이랬다.

언제라도 행복해질 수 있는데 사서 고생하며 방랑하던 탕아가 집으로 돌아온 걸 환영하는 느낌이었다. 그게 무슨 느낌이냐면 설명하기 어려운데, 여튼 그랬다.

의외의 책략가인 그답게 절대 폴리아나가 사고 쳐서 임신한 사실을 밝혀선 안 된다는 조언이 첨부되어 있었다. 말이 많은 게 싫다면 황제의 결혼에 정치적 이유를 껴 넣으라는 적절한 조언도 함께였다.

"흐음."

폴리아나는 비카 총독의 편지를 접어 다시 봉투에 넣었다. 그녀가 새 봉투를 개봉했다. 리보 백작, 바우팔로 경의 차례였다.

"끄응."

바우팔로 경의 편지는 첫마디부터 아팠다. 어떻게 사고를 쳐도 그런 사고를 치냐는 호통이 첫 장에 있었다. 내내 호통을 치다가 "아이가 생겼으니 어쩔 수 없지, 축하한다."가 딱 한 줄 마지막을 장식했다.

폴리아나는 편지의 내용으로 추리했다. 도나우 경은 룩소스 1세가 폴리아나를 사랑한다는 진실을 두 어르신에겐 밝히지 않았다. 무작정 축하한다는 소릴 들을 폴리아나를 염려해서 그렇게 한 듯했다. 고마운 일이었다.

'소문이 돌아도 한동안 안 믿으시겠군.'

다 혼났다. 폴리아나는 맨손체조를 해 긴장해 굳어 있던 근육을 풀었다.

레베카의 유언장에 상관들 꾸짖음까지. 짧은 시간에 스트레스를 엄청 받았다. 이럴 땐 몸을 움직여 푸는 게 최고였다.

폴리아나는 룩소스 1세를 찾았다. 대련을 부탁할 작정이다.

폴리아나 꼬시기 미션을 성공적으로 완수한 황제는 문관들에게 붙잡혀 괴로운 나날을 보내고 있었다. 결혼이 확정되었으니 더는 농땡이를 봐줄 수 없다는 아우성이 빗발쳤다.

그래서 룩소스 1세는 낮에는 일하고 밤에는 폴리아나와 꽁냥거렸다. 그러는 와중 짬이 나면 폴리아나와 검을 부딪쳐 주니 고마운 일이었다.

다른 기사들은 앞으로 황후마마가 되실 폴리아나와 검을 맞댈 수 없고, 맞대는 게 가능해도 작은 상처를 내면 시녀들에게 시달릴 것이기에 도망 다녔다.

폴리아나가 황후마마가 되든 말든 신경 쓰지 않고 검을 맞대 줄 인간이 하나 있긴 했다. 아이노 경이다. 하지만 폴리아나 쪽에서 사양이었다.

그 인간은 황제를 봐주지 않더니 황후에게도 가차 없었다. 지 얼굴은 피부 관리를 받아 삶은 달걀 깐 것처럼 맨들맨들 광이 나는 주제에 폴리아나의 전신에 바람구멍을 내려고 했다. 대련에서!

'대련을 실전처럼'은 폴리아나만의 좌우명이 아니었다. 아이노 경에게도 해당되었던 것이다.

'재수 없는 새끼.'

하여간 주는 것도 없이 얄미웠다.

'아.'

아니다. 폴리아나가 받은 게 많았다.

폴리아나는 혀로 이 사이의 빈공간을 문질렀다. 빠진 어금니 때문에 장인이 상아를 갈아 틀니를 제작하는 중이다. 결혼식 날 신부 치아가 빠져 있으면 보기 흉하다나.

생각해 보면 도나우 경은 황제가 하사한 틀니를 아주 곱게 모셔두고 있었다. 폴리아나도 한 번 끼고 그렇게 될 확률이 높았다.

'제국의 황후가 이 빠져서 돌아다니면 어쩌냐고 징징거려도 말이지. 이 이를 없앤 건 제국의 차기 공작이니.'

공작이 황후 패서 코 부러트리고 어금니 빠지고. 참 놀라운 일이었다. 그땐 일이 이렇게 될지 몰랐다. 아무도 몰랐을 것이다. 간살당하기 싫어 악으로 버티던 적국의 여기사가 제국의 황후로.

추웠던 겨울을 떠올리자 폴리아나의 몸이 부르르 떨렸다. 그 날을 잊지 말자는 의미에서 그녀의 새 이름은 윈터였다.

"……."

폴리아나는 새삼스레 이가 빠진 공간을 혀로 문댔다. 매끈한 잇몸과 비틀어진 치열의 모난 부분이 말캉한 혀를 자극했다.

룩소스 1세는 폴리아나를 반겼다. 그야 언제든 폴리아나를 환영했다. 폴리아나가 방문한 걸로 황제의 얼굴이 환해졌다. 그걸 본 행정관 몇이 얼굴을 가리고 웃었다.

그녀의 의도대로 검을 맞대진 못했다. 예비신랑 신부 둘이서 긴히 나눌 얘기가 있었다.

"……해서, 결혼반지는 어머니의 반지를 늘리려고 한다."

"좋습니다."

"반지가 많이 빈약한데 괜찮겠느냐."

새 반지를 만들려면 보석부터 수소문해야 했다. 룩소스 1세는 무엇이든 대륙 최고, 세계 최고를 외쳤으나 보석이란 것이 원하는 모양새, 광택, 질감, 크기를 갖고 뚝 떨어지는 물건이 아니었다.

정복지에서 가져온 보석을 사용하느니 아크레아 왕가의 물건을 쓰는 게 의미 있다는 의견이 있었다. 마침 룩소스 1세에겐 적절한 반지가 있었다. 선왕비가 쓰던 반지였다.

반지는 예쁘나 폴리아나의 손가락에 들어가지 않았다. 그래서 장인을 불러 반지 둘레를 늘렸다.

아크레아는 북부의 소국이었다. 왕비의 반지는 제국의 황후가 끼기에 격이 맞지 않았다. 폴리아나는 괜찮다고 말했다. 추억 없는 보석보단 누군가에게 의미가 남는 보석이 예물로 적합했다.

그녀는 어머니에 대한 기억이 전무했으나 룩소스 1세는 간간이 먼저 세상을 떠난 모친에 대한 그리움을 표했다. 그런 어머니의 반지를 폴리아나에게 주는 건 황제에게 남다른 의미가 될 것이다.

언제는 결혼반지에 쓸 보석이 중요하지 않다고 하더니 반지를 포함한 예물 얘기를 하는 데에만 몇 시간이 소요되었다. 예물 얘기를 마친 뒤엔 오늘 하루에 대한 보고가 이어졌다.

룩소스 1세는 오늘 처리한 국정 업무에 대해 얘기했다. 폴리아나는 오늘 그녀의 전신을 뒤덮었던 식물의 종류를 줄줄 읊다가 레베카의 유언장 얘길 꺼냈다.

"……그게 언제 일인데 이제 유언장이 왔단 게야."

"토리와 같은 말을 하시네요."

"화가 나지. 내가 유언장을 받은 게 용하군."

"아마 유언장 작성 시기가 다를 겁니다. 저희 건 친필인데 폐하가 받으신 건 시녀가 받아 적었죠?"

"……."

죽은 부인이 다른 부인들에겐 자필 유언장을 남겼는데 남편에겐 아닐 때 남편의 심정을 서술하라.

룩소스 1세는 형언할 수 없는 감정을 느꼈다. 차라리 서로 사이가 안 좋았으면 좋았을 것 같았다. 그의 전 부인들과 사랑하는 여인은 참 사이가 좋았다.

폴리아나는 유언장의 내용을 말했다. 룩소스 1세가 웃었다.

"레베카의 뜻대로다. 경은 좀 더 이기적으로 굴어야 해."

"폐하는 유언장이 어땠는지 기억하십니까?"

"공적인 이야기였지. 데리고 온 시녀들의 처우와 새로 고용한 이들의 처우, 아이와 그녀 중에 아이를 선택하라는 이야기, 또……."

레베카의 사망은 룩소스 1세에게 아픈 이야기였다. 상처를 헤집었나 싶어 폴리아나는 그만 말하라는 눈빛을 보냈다. 룩소스 1세는 계속 말했다.

"태어나는 아이가 딸이어도 사과하지 않겠다고 적혀 있었다. 여자가 태어나도 사과하지 않는 나라를 만들어 달라는 부탁을 받았단다."

공적인 문장이 줄줄이 늘어진 가운데 유일한 사심이 담긴 문장이었다. 아들이든 딸이든 산모와 아이 둘 다 건강하면 그만이었던 룩소스 1세에겐 너무 슬픈 유언장이었다.

레베카는 욕심이 많았다. 여자아이가 태어나도 사과하지 않는 나라라는 건 황제의 힘으로도 불가능했다.

욕심 많은 그녀가 지금을 보면 무슨 말을 할까. 토리는 작위를 얻었다. 시켈은 정보부에서 암약 중. 폴리아나는 작위를 잃는다.

이것은 약진인가 후퇴인가.

어느 쪽이든 고인은 말이 없고 결정자는 지금을 사는 그들이 아니었다. 후대의 몫이다. 룩소스 1세가 아는 단 하나의 사실이 있다면, 노력은 그를 배신하지 않으리라는 것이다.

그는 노력에 배신당하지 않는 삶을 살았다. 노력해도 불가능한 것이 있다는 사실을 전제로 하는 폴리아나와의 결정적 차이였다.

주종은 노력을 사랑했다. 그들은 노오오력과 그으은성으로 대륙을 통일했다. 그들은 기득권을 쥐고 요즘 것들은 근성과 노력이 부족하다는 말을 숨 쉬듯 뱉을 수 있는 위치가 되었다.

룩소스 1세와 폴리아나는 팔짱을 끼고 정원을 걸었다. 하늘을 올려다보며 저 별은 나의 별, 저 별은 너의 별 놀이도 했다. 밤하늘을 수놓은 반짝이는 별들이 둘을 축복하듯 감싸 안았다.

폴리아나는 룩소스 1세와 익숙하게 입술을 비볐다. 행복을 알려주겠다던 그의 호언장담대로 폴리아나는 행복했다. 살면서 느껴보지 못한 충만감이 그녀의 내부를 채웠다.

진정 사랑받고 사랑하는 건 이렇게 사람을 행복하게 만드는구나. 알게 된 것들이 많았다.

"별을 담은 경의 눈이 호수처럼 아름답구나."

"히익."

"너무 부끄러워하지 말거라."

"폐하는 어릴 때부터 자주 들으셔서 괜찮으실지 몰라도 전 아닙니다."

폴리아나는 룩소스 1세의 팔을 찰싹찰싹 때렸다. 룩소스 1세가 좋다고 허허 웃었다.

룩소스 1세의 미모만 못한 별을 231개 쯤 찾은 뒤 둘은 헤어졌다. 폴리아나는 침대에 눕지 않고 의자에 앉았다.

그녀는 행복하지만 불안했다. 스트라에게 말했더니 스트라는 예비 신부에겐 흔한 증상이라고 말했다. 결혼을 앞두면 누구나 불안하단다.

결혼하고 나면 싹 낫거나 더 심해지니까 염려 말라고 덧붙였다.

'더 심해지면 걱정이 느는 거 아냐?'

침실로 돌아오는 길에 근위대원 한 명이 폴리아나에게 인사했다. 대장님, 행복해 보이십니다.

그 말이 오래도록 폴리아나의 귀에서 맴돌았다. 부하가 지나가는 말로 그렇게 말할 정도면 그녀는 정말 행복한 것이 맞았다.

행복은 기본이고 이기적으로 살라. 선택의 주도권이 내게 있는 걸 잊지 말라.

폴리아나를 각별히 아끼는, 그녀에게 각별한 사람들이 요구한 것들이었다. 그들의 바람대로 폴리아나는 행복해졌다.

최초로 대륙을 통일한 대제국 아크레아의 후작 폴리아나 윈터는 세계 최초의 황후가 될 것이다. 최초의 황제의 배우자로서, 제러드가 차기 황제가 된다면 최초의 황태후 자리도 그녀의 것이었다.

여자가 이룰 수 있는 최고의 행복과 명예가 그녀를 위해 준비되었다. 다른 누구도 아닌 바로 그녀. 폴리아나 클레어를 위해.

"아."

폴리아나는 잊고 있던 걸 깨달았다. 그녀는 인생 초년엔 가진 게 별로 없었지만 살면서 많은 걸 소유하고 누렸다. 그렇게 얻은 것들 중 버릴 수 있는 게 있고 절대 놓을 수 없는 게 있었다. 룩소스 1세가 그러하고 권력이 그러했다. 검은 당연히 그녀의 손에 머물러야 했다.

그리고 폴리아나는 상기했다. 무슨 일이 있어도, 설령 지옥의 밑바닥을 굴러도 잃을 수 없는 게 존재했다.

기사의 긍지, 사람의 긍지를 버리고서라도 사수해야 하는 게 있었다. 어쩌면 주군의 미소보다 소중한 것이 있었다.

"선택은 나의 것……."

토리는 제러드의 존재에 얽매이지 말라고 했다. 제러드의 외모가 그의 혈통을 증명한다. 어머니는 고위 귀족이고 아버지는 황제이니 억지를 부리자면 결혼하지 않아도 입적이 가능했다. 폴리아나의 호적에 넣는 건 황족이 되는 것보다 쉬웠다.

"사랑……."

폴리아나는 분명 룩소스 1세를 사랑했다. 그러나 그걸 포기할 정도는 아니었다.

룩소스 1세도 그렇다. 그는 폴리아나와 제국 중에 제국을 선택했다. 룩소스 1세가 무슨 일이 있어도 제국을 포기할 수 없는 것처럼, 폴리아나에게도 절대 포기할 수 없는 것이 있었다.

'그 길엔 긍지가 함께하겠죠.'

주군의 행복과 미소를 지키는 일이 기사의 긍지라면 폴리아나는 긍지를 버렸다.

몸매관리에 심혈을 기울여 체중은 전보다 줄었음에도 불구하고 발이 바닥을 디디자 어제와 다른 안정감을 느꼈다. 꿈꾸듯 부유하던 어제와 다르다. 폴리아나의 발이 대지를 디뎠다.

새벽, 내성문이 열리자마자 폴리아나는 성을 나왔다.

이기적이라 질타받아도 좋았다. 진짜 중요한 게 무엇인지 모르는 어리석은 이라는 소리를 들어도 좋다. 그녀는 결정했다. 후회할지언정 선택을 번복할 생각이 없었다.

여기사여, 야망을 가져라.

그러니 그녀의 욕심은 정당했다.

"윽."

내성문 앞에서 통행인을 지켜보던 근위대원이 신음을 뱉었다. 누가 먼저랄 것 없이 동시다발적으로 신음이 터졌다.

전신에 갑옷을 걸친 완전무장한 기사가 성문 앞에 등장했다. 투구를 뒤집어쓰고 가문의 깃발을 든 기수를 대동하지 않아 겉으로 봐선 신분이 불분명하나 세상에 이만큼 신원이 명확한 이가 없었다.

세상천지를 뒤져 보아도 제국의 수도 야파에서 전신갑옷을 입고 성에 올 여기사는 한 명 외에 더 존재할 수 없기 때문이다.

근위대원들이 절도 있게 경례했다. 어제 그들은 제2근위대장에게 황후마마 오셨습니까, 하고 인사했다. 오늘의 폴리아나에겐 그렇게 인사하기 어려웠다.

"대장님, 오셨습니까!"

"수고해라."

완전무장한 기사의 등장에 사람들이 깜짝 놀랐다.

성 내부에서 무장을 하고 걷는 사람은 근위대에 한정된다. 황제에게 무장을 허락받은 자들도 예우를 갖춰 간소한 무장만 했다.

저렇게 전신 갑주를 완벽하게 갖추고 성을 활보하는 건 무례하고 황제의 권위에 대항하는 행위였다. 존재 자체가 반역이었다. 뿐만 아니라 완전무장한 기사는 황제를 찾아 움직이고 있었다.

상식적으로 막아야 한다. 용건을 묻고 무장해제를 권해야 한다. 하지만 나서는 이가 아무도 없었다.

무례한 기사가 그들의 대장이서가 아니다. 신뢰하고 있기 때문이다. 기사는 용건을 말하지 않았지만 근위대원들은 모두 기사의 용건을 알 것 같았다. 그런 기분이 들었다.

놀라는 이는 없었다. 어쩌면 이렇게 될지도 모른다는 걸 무의식중에 알고 있었는지도 모른다.

철걱철걱, 기사는 금속이 부딪치는 소리를 내며 황제가 있는 곳을 향해 걸었다.

인파가 갈라졌다. 7년 걸릴 제작기간을 황제의 반 협박으로 1년 만에 완성한 갑옷은 진정 거장의 역작이었다. 혼을 불태워 쇠를 녹였고 수명을 갈아 넣어 세공했다. 여성스러운 곡선이 두드러짐에도 불구하고 갑옷을 걸친 이는 기사이고 전사였다.

폴리아나를 목격한 시종장의 눈이 솥방울처럼 커졌다. 그는 황제에게 알릴 새도 없이 문을 열었다. 정확하겐 폴리아나가 시종장보다 먼저 손을 뻗어 문을 열었다.

내부에 있던 사람들이 놀라서 벌떡 일어났다. 운이 좋은 건지 나쁜 건지 제국의 요인은 모두 모여 있었다.

"이, 이게 무슨 일이오!"

"반역인가? 근위대는 뭘 하고 있…… 아, 윈터 후작이셨소."

제국의 제2근위대장 윈터 후작이 룩소스 1세에게 반기를 드는 건 아이노 경이 갑자기 개과천선할 것보다 가능성이 희박했다.

기사, 폴리아나 윈터는 투구를 벗고 황제 앞에 부복했다.

룩소스 1세는 생각보다 덤덤한 눈으로 그녀를 응시했다. 제이시 후작이 이마를 짚었다. 루조 대공이 한숨을 쉬었다. 아이노 경이 눈을 부라리다가 곧 시선을 돌렸다.

근위대원과 마찬가지로 그들 또한 무의식중에 알았다.

어쩌면 이렇게 될지도 몰라. 어쩌면 이렇게 될 거야.

그들이 아는 폴리아나는 능히 그럴 사람이었다. 빛나는 황후의 보관 대신 깡통으로도 못 쓸 투구를 뒤집어 쓸, 그런 기사였다.

"신 폴리아나 윈터. 대륙의 유일무이한 통치자, 황제 폐하를 뵙습니다."

"일어나라, 후작."

"오늘은 신이 폐하께 여쭐 게 있어 이렇게 찾아왔습니다."

"그것이 무엇이냐."

"폐하께서는 절 사랑하십니까?"

"사랑한다."

"제국을 버릴 수 있으십니까?"

룩소스 1세가 웃었다. 그건 불가능했다.

"아니, 그렇지 않다."

"신도 그러합니다. 폐하를 사랑합니다. 진심입니다. 그리고 신에게도 제국처럼 버릴 수 없는 게 있습니다."

"그게 무엇이냐."

모두가 답을 알았다. 폴리아나는 답을 말했다.

"폐하, 신이 폐하의 앞에 부복했던 겨울을 기억하십니까?"

"어찌 잊겠나. 경이 나의 기사가 된 날인데."

"그 겨울, 소신은 기사의 맹세를 하기 위해 검을 달라 외쳤습니다. 아무도 신에게 검을 내주지 않았습니다. 겨울바람보다도 매서운 현실이 소신을 덮치기 전, 폐하께서 친히 검을 주셨습니다."

룩소스 1세에겐 제국이 있다면 폴리아나에겐 겨울이 있었다. 그녀의 겨울. 존경하는 황제의 겨울. 둘이 공유한 그 겨울.

폴리아나는 '윈터'를 선택했다. 혹독한 겨울은 영원히 그녀를 따라다닐 것이다. 눈이 쌓이고 우박이 떨어지고 발이 얼어붙고 길이 미끄럽고 눈보라가 쳐 시야를 가리는 겨울길이 그녀의 길이었다.

"영민하신 폐하의 말씀이 옳습니다. 폐하는 신에게 행복과 사랑을 알려 주셨습니다. 미련하고 경험 부족한 신이 상상하지 못한 행복이 거기 있었습니다."

"나는 아직 다 알려 주지 못했다."

"분명 굴러오는 행복을 걷어차는 짓인 걸 압니다. 여자로서, 신하로서 폐하를 슬프게 하는 일인 걸 압니다. 하지만 폐하. 소신은 그 겨울을 평생 잊을 수 없습니다.

소신이 죽기 전 반추할 가장 행복한 순간이었습니다. 폐하께 아크레아가 그러하듯, 소신은 겨울을 버릴 수 없습니다."

폴리아나가 깊이 고개 숙였다. 그녀의 이마가 거의 바닥에 닿았다.

"폐하의 명이라면 무엇이든 못하겠습니까. 독배를 마시고 불구덩이에 뛰어들고 맨손으로 곰과 싸우겠습니다. 하지만 폐하. 폐하의 명 아닌 부탁이어도 이름을 버릴 수 없습니다."

모여든 사람들이 고개를 저었다. 설마 하니 작위나 권력, 검이 아니라 성 때문에 황제를 거절할 줄은 몰랐다.

"작위를 거둬 가셔도 좋습니다. 영지를 몰수하셔도 좋습니다. 그러나 단 하나! 폐하께서 직접 주신 이 성만은 폐하가 거둬 가실 수 없습니다."

룩소스 1세의 시선은 폴리아나에게서 떨어지지 않았다.

황제는 표정 변화가 없었다. 그래서 더 무서웠다. 루조 대공이 애간장을 태웠다.

"윈터 후작! 이제 와 이러면 어떡하오! 그리고 제러드는 어쩌고!"

"허락하신다면! 소신의 아이로 키우겠습니다."

"제국의 황자를!"

"불허하시면 야파로 보내겠습니다."

"어머니가 아이를 버리겠다는 것이오?"

"버리는 게 아닙니다. 아버지에게 보내는 겁니다."

안 버리고 키우는 게 안 되면 아버지에게 보내겠다는데 그게 왜 아이를 버리는 것인지?

이러면 저래라 하고 저러면 이래라 하니 아, 어쩌란 말이냐. 니가 키울래?

폴리아나가 루조 대공을 째려봤다. 오늘의 폴리아나는 박력이 넘쳤다. 심약한 루조 대공은 눈을 마주치기도 어려웠다.

루조 대공이 도망가지 않은 건 혈육의 일이라서다. 조카 일이니까. 루조 대공이 더 말하려는데 룩소스 1세가 나섰다.

"모두 귀경의 뜻대로 하라. 원하는 것은 마음대로 해. 작위를 거두라니, 어찌 그러겠느냐."

"폐하……."

"폴리아나 윈터로 말하자면 제국의 충신이요, 짐이 직접 거둔 기사다. 짐과 함께 대륙의 끝을 밟고 돌아온 공신이니 공이 과히 커 후작위를 내리고 대영지를 하사했다. 폴리아나 윈터. 짐의 기사이고 싶은가?"

폴리아나는 고개 숙였다.

"폐하께서 허락하시지 않아도 죽는 순간까지 폐하의 기사입니다."

"좋다. 귀경은 영원히 짐의 기사다. 이 사실은 누구도 번복할 수 없다."

"비록 폐하께 허락받았다 하나 특권을 남용한 건 사실. 오늘의 무례를 사죄하고자 근위대장직을 반납하겠습니다."

"불허한다."

룩소스 1세가 처음으로 반대했다. 폴리아나가 고개를 들어 항의했다.

"폐하!"

"경은 짐의 기사를 자처하며 영영 짐을 보지 않을 것처럼 굴고 있다. 정신차려라, 폴리아나 윈터. 유예 기간을 1년 주마. 1년 뒤에 돌아와 황성을 수호하라. 개인적 감정으로 일을 못 하겠다는 말은 버려라. 폴리아나, 짐은 경을 믿는다."

어찌 보면 냉정한 발언이 폴리아나에겐 믿음을 주었다.

폴리아나가 검으로 바닥을 짚고 일어났다. 룩소스 1세가 그녀 앞에 섰다.

"짐은 언제나 경을 믿는다. 그러니 경 또한 짐을 믿어라. 경이 짐에게 그대의 의지를 보였으니 짐은 그에 답할 것이다. 짐은 계속 경을 사랑하겠다. 경도 그래 주면 좋겠다."

"이 생이 다하는 날까지. 사랑합니다, 황제 폐하. 영원히."

룩소스 1세의 말 한 마디 한 마디를 폴리아나는 신중히 가슴에 담았다. 룩소스 1세는 폴리아나의 고백을 가슴에 품었다.

사랑을 고백한 기사는 신하의 예를 표하고 돌아섰다. 폴리아나가 나갔다. 문이 닫히자 그녀를 배웅한 룩소스 1세가 몸을 돌렸다.

제국의 황제가 선언했다.

"짐은 이제부터 폭군이 될 예정이다. 불만을 품은 자, 도망갈 자, 짐을 베려는 자는 지금 나오거라."

나오는 이가 없었다. 폴리아나가 태풍을 몰고 오더니 이번엔 황제가? 다들 꿀 먹은 벙어리가 되었다.

룩소스 1세가 사람들을 둘러보았다.

"아무도 없느냐? 농이 아니다. 진짜 폭군이 되려 한다. 짐의 결정에 불만이 생길 것이고 제국이 짐의 대에서 끝날지도 모르겠다. 후세의 사람들은 짐더러 사랑에 미친 놈이라 손가락질하고 윈터 후작더러 제국을 말아먹은 악녀로 기록할지 모르겠구나."

아무도 말을 하지 않았다.

제이시 후작이 황제의 심중을 추리하고 루조 대공이 딸꾹질을 시작했다. 루조 대공은 남아서 버티던 모근이 소리 없는 비명을 지르며 두피와 작별하는 느낌이 생생했다.

룩소스 1세는 제국의 수뇌부들을 채근하다 몸을 돌렸다. 황제의 뒤엔 아이노 경이 서 있었다.

"어떠한가, 아이노 경. 짐의 등을 벨 수 있는 기사여. 짐은 농을 하지 않는다. 진정 미친 짓을 하려 한다. 경들과 함께 만들었던 나라와 질서를 어지럽히려 한다. 후세에 사람들은 짐을 광제라 하고 폭군이라 칭할 것이다. 짐이 폭군이 되면 뒤에서 베겠다는 것이 경의 말버릇 아니었나."

태연한 척하지만 룩소스 1세의 등에 식은땀이 흘렀다. 아이노 경이 먹이를 노리는 늑대의 눈으로 그를 보고 있었다. 오른손은 이미 검대로 향했다.

아이노 경의 표정은 언제나처럼 심드렁했다. 그는 검을 뽑을까 망설이며 손을 쥐었다 펴길 반복했다. 이미 완성되어 안정을 찾아가는 나라를 두고 그릇된 길로 가려 하는 황제를 어떻게 할 것인가? 여차하면 베겠다는 말은 결코 죽마고우 사이의 농담이 아니었다. 아이노 경은 진짜 벨 것이고 룩소스 1세는 그것을 알아 더 벗을 신임했다.

아이노 경은 황제의 얼굴을 확인했다. 굳센 의지가 담긴 눈빛은 대륙을 일통하겠다고 호언장담하던 소년왕의 모습을 닮아 있었다.

첨예한 갈등 끝에 아이노 경이 짧은 한숨을 내쉬었다.

"신은 윈터 후작에게 빚이 있사옵니다. 이걸로 대신하겠사옵니다."

아이노 경이 검대에서 손을 거뒀다. 룩소스 1세는 아무도 모르게 안심했다. 황제는 사랑을 위해 진정 목숨을 걸었다. 룩소스 1세의 등에 식은땀이 흐르는 말든, 기사는 황제 앞에 무릎 꿇었다. 이 기사 양반은 어릴 때나 다 커서나, 기쁠 때나 슬플 때나 항상 무릎을 잘 꿇었다.

"폐하의 이노! 그 길이 패도霸道라도 폐하를 따르겠사옵니다."

아이노 경이 룩소스 1세를 지지했다. 적어도 뒤에서 칼침 맞고 죽을 가능성은 사라졌다.

룩소스 1세는 다시 말했다.

"도망갈 사람은 지금 도망가라. 일찍 모여 힘을 기르면 후에 짐을 전복할 수 있을 게야."

황제의 입에서 반역이 나오니 신하들의 등골이 서늘해졌다. 결국 루조 대공이 참지 못하고 항복했다. 대공은 남은 모근들에게 작별 인사 했다.

"진짜! 일 끝나면 놔주신다는 약속 지키셔야 합니다!"

제이시 후작이 고심 끝에 한숨을 쉬었다.

"폐하. 반발이 엄청날 것이옵니다. 진짜 제국이 흔들릴 수 있습니다."

"그러니 말했다. 떠날 자들은 떠나라. 반발할 자들은 반발하라. 짐은 폭군이 되겠다."

"고작 여인 한 명을 위해."

제이시 후작이 안타까워 말하자 룩소스 1세가 고개 저었다.

"고작 여자 하나가 아니다. 짐의 제국을 구성하는 백성의 절반을 위해서다."

라고 말하지만 여자 하나를 위해서가 맞았다. 정치는 언제나 포장이 중요했다.

남은 중신들이 웅성거렸다. 황제와 친분 있는 자들은 심중을 눈치 채고 사안의 심각함을 알았다. 모르는 자들은 모르는 자들대로 심각했다.

룩소스 1세는 그들이 결론 내리길 기다렸다. 인내를 갖고 몇 시간 동안 자리를 비우지 않았다.

12시간의 논의 끝에 남을 자들이 고개 숙였다.

폭군이 되겠다 선언한 황제는 아이를 어르듯 상냥하게 말했다.

“그럼 지금부터 제국을 뒤집어 보자꾸나.”

룩소스 1세가 그린 위대한 청사진의 마지막, ‘노세 노세 늙어서 노세’ 계획이 파기되는 순간이었다.

# 23. 황제와 여기사

# 23. 황제와 여기사

폴리아나는 야파의 사람들과 작별인사를 나눴다.

토리와 스트라, 시켈이 그녀를 걱정했다. 동료들은 과연 죽어도 귀신이 되어 야파를 수호할 여장부라고 농담했다. 부하들이 그녀의 선택에 대장님은 못 말린다는 듯 고개를 저었다.

부하들이 농담 삼아 말했다.

"저희 아들 대까지 잘 부탁드립니다, 대장님!"

폴리아나가 농담 삼아 말하던 30년 근위대장 근속에 대응한 농담이었다.

시간을 끌 것 없다는 판단 아래, 폴리아나는 바로 시트린으로 이동했다. 그녀와 대면한 사람 중에서 가장 안타까워한 인물이 저택의 집사였다.

어째서일까. 생각보다 반응이 심심했다. 반대하는 사람이 없더니 결혼이 취소되었음에도 그녀에게 괘씸하다고 욕하는 이가 없었다. 귀족들은 시큰둥했고 오히려 평민들의 반응이 거셌다.

현실에서 벌어지는 해피엔딩을 기대한 자들이 실망했다. 현실은 어쩔 수 없냐는 이야기가 나왔다. 평민들의 반응조차 귀족들과 비교해 상대적으로 거센 정도였다. 다들 덤덤하게, 미리 알고 있던 것처럼 결과에 수긍했다.

심지어 파혼한 그녀 자신이 덤덤했다.

'어쩌면 이렇게 될 걸 알았는지도.'

다들 그녀와 같았는지도 모르겠다.

어쨌든 폴리아나는 황제를 걷어찼다는 놀라운 업적을 달성했다. 아무나 할 수 없는 위대한 업적을 달성하여 보상으로 그녀의 유명세가 100 올랐다.

시트린으로 가는 내내 폴리아나는 이불을 걷어찼다. 솔직히 좀 아까웠다. 괜한 짓을 벌였나 싶었다. 그러다 곧 그녀가 얻은 걸 떠올렸다. 폴리아나 클레어의 행복이 아닌 폴리아나 윈터의 행복. 거기에서 행복이 빠져도 남는 게 있었다.

폴리아나 윈터.

폴리아나 크렌벨로 태어나 폴리아나 윈터가 되었다가, 폴리아나 클레어가 될 뻔했으나 결국 폴리나아 윈터로 남다.

지독히 이기적인 선택이었다. 제러드에 대해선 더 미안했다. 황제가 될 수 있는 아이를 후작으로 만들어 버렸다. 폴리아나는 애써 스스로를 설득했다.

'미안하다, 개죽…… 제러드. 엄마는 네게 승진의 기쁨을 주려는 거야. 후작에서 공작으로 승급하면 신날 거란다.'

제러드가 뱃속에 있고 그녀 몸에 따개비처럼 붙어 있을 때보다 떨어져 있는 지금 더 아이 생각이 잦아졌다. '윈터'를 선택하면서 제러드에게 느끼던 부채감과 중압감이 사라진 기분이 들었다.

폴리아나는 그제야 아이에게 심했다는 걸 깨달았다. 사랑이 없더라도 정은 주어야 하는데. 그걸 하지 못했다. 어렵고 힘든 시절 '저런 사람은 되지 말아야지' 다짐했던 그런 사람이 되어 버린 것 같아서 폴리아나는 반성했다.

시트린 영지에서 그녀를 가장 반긴 이는 단연 제러드였다. 옹알이를 시작한 제러드는 몇 달 만에 본 어머니가 낯설 만도 한데 두 팔을 벌려 버둥거렸다.

"어마!"

천사처럼 아름다운 아이가 활짝 웃었다. 폴리아나는 제러드를 유모에게서 받아 안았다.

"그래, 제러드 윈터. 내가 너의 엄마다."

그녀가 못 본 새 제러드는 많이 자랐다. 이제 무언가를 잡고 일어났다. 마음껏 기어 다녔다. 폴리아나는 소중한 기간을 놓쳤다는 생각에 입맛이 썼다. 품에 안긴 아들의 묵직한 무게가 처음으로 그녀에게 의미 있게 느껴졌다.

제러드가 강해진 악력으로 폴리아나의 코와 입술을 잡고 비틀며 킁킁 냄새 맡았다. 폴리아나는 그녀의 것이 아닌 타인의 젖 냄새가 나는 아이를 안고 등을 두드렸다.

"그래, 제러드."

"어마아!"

"그래그래. 엄마란다. 엄마가 네 곁에 없었지. 엄마가 정말 미……."

거기까지 말하던 폴리아나가 눈을 반만 떴다. 갑자기 의구심이든 탓이다.

"내가 미안할 게 없네?"

남들이 아기를 안고 자주 말하길래 폴리아나도 그럴 뻔했다. 그녀는 당당했다. 귀족은 원래 아이를 직접 키우지 않는다. 폴리아나는 그녀 인생에 중요한 일을 처리하기 위해 야파로 갔다. 이유 없이 아이 곁을 떠나 있었다면 당연히 미안할 일이지만, 그녀의 경우는 아니었다.

폴리아나는 제러드의 겨드랑이 사이에 팔을 끼워 넣고 번쩍 들어 올렸다. 또래보다 성장 속도가 빨라 거대한 아이는 팔 근육이 부실한 아가씨에겐 번쩍 안기 버거웠지만 폴리아나에겐 가뿐했다.

"그래, 제러드. 엄마가 너와 헤어져 있었던 건 할 일이 있어서 그랬단다."

어른이 무슨 말을 하든 말귀 안 트인 아기는 아무것도 몰랐다. 꺄아, 제러드가 웃었다. 태양처럼 찬란한 모습에 폴리아나가 미소 지었다.

"우리 아들. 묵직하고 담대한 것이 정말 장군감이구나!"

폴리아나는 큰 꿈을 품었다. 윈터 후작가에서 2대째 근위대장을 배출하거나 장군을 배출하겠다는 야망 가득한 꿈이었다. 제러드 윈터는 아무것도 모르기에 꺄륵 꺄르륵 근심 없이 웃었다.

시트린 영지로 돌아온 폴리아나는 계속 별장에 머물렀다. 아직 제러드의 존재를 정식으로 공표하지 않았기 때문이다.

룩소스 1세는 1년의 시간을 주었다. 1년 뒤 야파로 돌아가면서 제러드를 데리고 갈 생각이었다. 그때쯤이면 제러드도 자라 마차 여행을 버틸 수 있게 될 것이다.

폴리아나는 가장 먼저 남부에 부칠 편지를 썼다. 그녀가 황제를 걷어찼다는 소문이 남부에 퍼질 걸 생각하니 정말 등골이 오싹했다. 대형사고 쳐서 제러드를 낳은 게 호통 한 시간짜리였다면 이번 건 등짝 스매싱 감이었다.

전령이 돌아오는 것만 전전긍긍 기다리길 며칠. 남부에서 손님이 찾아왔다. 하우 경, 도나우 경에 형제의 부인도 함께였다. 폴리아나는 쌍둥이 자매를 와락 끌어안았다. 몇 년 만의 재회에 쌍둥이 자매와 셋이서 얼싸안고 빙글빙글 제자리를 돌았다.

반가운 손님은 더 있었다. 편지로만 소식을 접한 조카들이 부모님을 따라 고모의 영지로 놀러온 것이다.

“힘들 텐데 어떻게 데려왔어.”

“웬걸요. 다들 얼마나 튼튼한지…….”

“제러드도 엄청 튼튼해.”

“기사 집안 아니랄까 봐. 다들 튼튼하니 건강 염려는 없어서 좋네.”

도나우 경과 바니사의 장녀인 마린이 제러드를 번쩍번쩍 안았다. 아이가 아기를 안으니 도련님 떨어트릴까 근심하던 유모는 아가씨의 힘에 기겁했다.

하우 경과 박시의 장남 마틴은 옆에서 열심히 아이용 장난감 검을 휘둘렀다. 유모는 이 또한 제러드가 맞을까 봐 기겁했다. 마틴은 유모에게 검을 놓치거나 검로를 이탈하는 건 하수나 하는 짓이라고 응수했다.

마틴이 용맹하게 외쳤다.

"대장 될 거야!"

"저도요!"

애들이라 말이 짧았다. 폴리아나가 부모에게 해석을 부탁했다. 쌍둥이 자매가 웃었다.

"둘 다 장래희망이 근위대장이랍니다."

"그래서 매일 싸웠어요."

"다행히 근위대장은 여러 명이라는 걸 알고 싸움을 그쳤죠."

"아니었으면 계속 싸웠을걸요."

귀여운 이야기다. 하지만 폴리아나는 웃을 수 없었다. 마틴은 몰라도 마린까지? 그녀의 얼굴에 근심이 드리워졌다. 그걸 본 도나우 경이 아차 했다.

"누님, 우리가 꼭 마린을 기사로 키우겠다는 게 아니고 재가 자라면서 그걸 원하면 막지는 않겠다는……."

"큰일인데."

"뭐가요?"

"난 제러드를 근위대장으로 키울 거거든. 라이벌이 이렇게 막강해서야……."

에휴. 폴리아나가 한숨을 쉬었다. 외가의 피가 진한 마틴과 마린은 너무 막강했다. 어린 것들이 힘이 장사에 장난감 검 휘두르는 자세도 애들 장난 수준을 넘어섰다.

그에 비해 제러드를 보자. 제러드는 아직 많은 게 미지수였다. 얼굴은 아버지를 닮았지만 검 실력까지 아버지를 닮았을지는 모르는 일이다. 만에 하나라도 그녀를 닮았다면…… 너무 슬펐다. 대를 이은 재능 없음은 제발 그만!

아이들은 실컷 놀다 지쳐 잠들었고 박시와 바니사는 온천욕을 하러 갔다. 폴리아나는 형제 앞에 얌전히 앉아 옛 상관들의 반응을 기다렸다. 일단 하우 경이 먼저.

“장인어른은 뭐…… 한숨 팍팍 쉬셨고.”

하우 경이 볼을 긁었다.

“그리고?”

“장모님이 폴 경이 원하는 행복이 어떤 건지 조금 알겠다고 하시던데.”

의외였다.

“비카 부인이?”

“남자도 분가하거나 주군에게 성을 받는 경우가 있지만 결혼해서 성이 바뀌는 건 여자밖에 이해 못 할 거라고…….”

“에하스는 데릴사위 제도가 있으니까 남자도 바뀌었는데.”

“그러니까 더욱 네게 성이 중요할 거라고 하시더라.”

‘그런가. 그런 거였을까.’

아크레아가 제국을 정복했으나 살아오면서 익힌 문화는 에하스 왕국의 것이었다. 폴리아나는 고개를 끄덕였다. 크렌벨 가문엔 딸만 둘이었고 그녀는 장녀였다. 결혼과 함께 성이 바뀌는 건 폴리아나가 아니라 그녀의 남편이 될 예정이었다.

그녀의 성, 그녀의 가문, 그녀의 것. 룩소스 1세의 제국과 비견되는 폴리아나의 겨울은 그런 의미를 담고 있었다.

생각처럼 혼나지 않았다. 폴리아나는 작게 쾌재를 질렀다. 다음은 도나우 경 차례였다.

"크흠, 아버지는……."

도나우 경은 쉽게 말을 잇지 못했다. 하우 경이 참견했다.

"아버지 우셨다."

"뭐? 왜!"

"너 때문에 우셨다. 너 진짜 아버지한테 달려가서 사죄해야 해."

폴리아나는 좌불안석이 되어 안절부절못했다. 바우팔로 경이 울었다니. 그것도 그녀 때문에?

"누님, 진정하세요. 그, 옛날에 아버지가 한 말 때문에 누님이 그런 선택을 한 게 아니냐고 괜한 말을 했다고 슬퍼하신 거예요."

"옛날? 언제?"

"오리 뜯은 날."

폴리아나는 금방 기억해 냈다. 사람은 다섯인데 오리 다리는 네 개였던 그 날!

"그때? 그때 나한테 무슨 말을 하셨더라…… 아, 그래. 기사로 죽고 싶으면 아무도 사랑하지 말라던…… 그때랑 지금은 다르잖아!"

"알지. 아는데 노인네들 마음은 그런 게 아니잖아. 하여간 나이 들고 손주 보시더니 눈물이 느셔서."

하우 경이 눈 밑으로 물 흐르는 손짓을 했다.

"아버지 눈이 소처럼 크잖아? 그렁그렁하셨지."

"끄응."

차라리 말 타고 올라와서 등짝을 때리는 게 나을 뻔했다. 상관을 울렸다는 얘기에 폴리아나는 의기소침했다. 너무 기가 죽어서 말 꺼낸 하우 경이 그녀를 격려할 정도였다.

"너무 그러지 마. 다 노파심이라 그런 거지."

"그 말 때문에 그런 선택을 한 게 아닌 걸 다 압니다, 누님. 기죽지 마세요."

"내가 정말 잘못된 선택을 한 걸까?"

도나우 경이 말했다.

"누님, 제가 말씀드렸죠? 누님이 행복하시다면 그걸로 됐어요."

하우 경이 말했다.

"내가 너였다면 옳다꾸나 하고 황후가 되었겠지만 그건 나고 네가 아니지. 네가 좋으면 그만이야."

그들의 방문은 폴리아나에게 힘을 불어넣었다.

부부 두 쌍에 아이가 둘. 그들이 떠난 자리는 적막했다. 북적북적했던 별장이 다시 고요해졌다. 제러드는 잘 울지 않는 순한 아이였기에 더욱 그랬다.

적막함을 깨고 야파에서 편지가 날아왔다. 편지를 배달한 이는 디크 경에, 편지엔 황제의 인장이 찍혀 있었다. 폴리아나는 긴장하며 편지를 개봉했다. 걱정한 게 어이없을 정도로 간단한 내용이었다.

룩소스 1세의 근황이었다. 제러드의 안부를 묻고 폴리아나의 안부를 물었다. 편지가 없으면 심심하니 답장을 부탁한다는 말이 편지 말미에 적혀 있었다. 청혼을 거절한 자에게 보내는 거절당한 이의 편지치곤 담백했다.

"야파는 어떤가?"

"조금 시끄러운 거 빼곤 평화롭습니다."

"폐하는 잘 계시고?"

"기록관 몇이 폐하한테 폭군이라고 했는데."

"그걸 그냥 뒀어!"

폴리아나가 용맹하게 주먹을 치켜 들었다.

"패야지!"

그 말을 한 기록관을 패기 위해 야파로 올라갈 기세였다. 디크 경이 염려 말라는 듯 고개를 저었다.

"이미 폐하가 직접 패셨습니다."

"아, 그래."

폴리아나는 얌전히 의자에 앉았다. 기록관들이 폭군이라 말하다니. 지나친 폭언이었다.

폴리아나가 의아해했다.

"진짜 폭군이라고 비난한 건가 아니면 일을 너무 많이 시킨다고 항의한 건가?"

"후자에 가깝습니다."

"폐하는 도대체 무얼 하시는 건가?"

폴리아나의 눈이 디크 경을 쏘아봤다. 정보부 수장인 거 알고 있으니 아는 대로 다 털어놓으란 의미였다. 디크 경이 눈으로 거절 의사를 밝혔다. 제국의 근위대장이든 후작이든 정보부 수장의 입을 열 수 없었다.

'여기서 더 실망시키면 진짜 잘린다.'

디크 경으로선 이 자리를 놓치고 싶지 않았다. 그는 절박했다. 폴리아나가 어르고 달래고 협박했지만 디크 경은 누구라도 알 수 있는 정보만 풀었다.

황제는 과로 중이었다. 일중독이 의심될 정도로 국정에 몰두했다. 세간에선 윈터 후작에게 차인 충격으로 일에 몰두한다고 말했다. 기록관에게 폭군 소리 들은 건 별게 아니었다.

혼자 과로하면 좋은데 신하들을 잡아서 물고 늘어졌다. 전국에서 학자와 한가한 귀족들을 끌어 모으고 책을 수집했다. 힘들어서 쉬겠다는 사람의 사직을 윤허하지 않았다.

여기 자식에게 작위를 물려주고 한가롭게 쉬려는 노인이 있습니다. 연륜과 학식이 풍부한 좋은 연료죠. 아하하하, 가긴 어딜 가. 못 가.

디크 경의 말만 듣자면 야파 성은 인세에 강림한 지옥이었다. 심지어 머리 잘 돌아가는 기사들까지 붙잡혔다는 얘기에 폴리아나는 소름이 돋았다.

"폐하는 도대체 무얼 하시려는 것인가."

"아무리 생각해도 후작님이 폐하를 찬 충격입니다."

"하하, 그럴 리가."

인세에 강림한 지옥 얘길 듣고 있자니 조금 무서웠다.

폴리아나는 긴장했다. 이러다 1년 뒤 야파로 돌아가서 함께 갈리는 건 아닌지 걱정되었다.

그녀는 룩소스 1세의 인품을 믿었다. 하지만 다시 생각해 보니, 대륙을 통일할 때 기사들은 공평하게 갈렸다. 바쁘면 그녀도 일해야 했다. 근위대장은 꿀보직이라 한가하니까 더 붙잡힐 것이다.

디크 경은 폴리아나의 답장을 갖고 시트린을 떠났다. 폴리아나는 제러드를 보면서 한숨을 쉬었다. 제러드는 엄마를 보고 방긋 웃었다. 룩소스 1세와 미소가 똑같았다. 단지 조금 작을 뿐이다.

'어쩜 이렇게 아빠를 닮았는지.'

이후 폴리아나와 룩소스 1세는 주기적으로 편지를 교류했다. 룩소스 1세의 편지가 담백하니 덩달아 폴리아나의 편지는 보고서 형식이 되었다. 제러드의 근황과 그녀의 근황, 룩소스 1세에게 너무 과로하진 말라는 당부.

가끔 달과 별이 밝은 밤, 폴리아나는 룩소스 1세만 못한 별들의 수를 헤아렸다. 그 수가 세자니 끝이 없었다.

그녀는 그제야 어리석은 머리를 탓했다. 대부분의 별들이 황제 폐하만 못하니 폐하보다 아름다운 별의 수를 셀걸.

이대로 1년을 채워 야파로 돌아가면 모든 것이 전과 같아질까.

폴리아나는 알 수 없었다. 그녀가 제러드를 윈터로 키우겠다고 선언했으니 황제는 새 후계자를 찾아야 한다. 그런데 룩소스 1세는 새 부인을 찾아 나서지 않았다.

혹시 폴리아나와 황제 사이의 일로 그녀에게 들어오는 정보가 차단되었을 수 있다. 그래서 다른 소식통을 통해서 야파의 근황을 알아볼 때도 마찬가지였다.

그녀의 근심은 커져 가고 아이는 자란다. 계절은 변화하고 별자리는 위치를 바꾼다. 룩소스 1세를 생각하는 그녀의 마음은 그대로였다.

곧 황제와 약속한 1년이었다.

시트린 영지에 다시 반가운 손님이 방문했다. 제러드의 존재 때문에 손님을 가려 받는 영지에 올 손님이야 뻔했다. 폴리아나의 의동생인 도나우 경이다. 폴리아나는 의동생을 반갑게 맞이했다.

"웬일이야?"

"누님 야파로 올라가실 때 호위하려고요."

"바니사랑 마린이나 지켜."

"알아요. 이게 진짜 마지막."

도나우 경이 웃었다. 실없는 미소에 폴리아나도 피식 웃었다.

별장에 주로 머무르는 폴리아나에게 도나우 경이 잠깐의 외유를 제의했다. 말을 타고 영지 경계까지 나가 보자는 얘기였다.

그렇지 않아도 별장에 틀어박혀 있는 게 지겹던 차다. 폴리아나는 흔쾌히 승낙했다. 그녀는 영주인 게 들키지 않도록 신경 썼다. 도나우 경이 귀찮게 참견했다.

"야, 시끄러워. 귀부인의 의복을 트집 잡는 거 아니다."

"누님 제발! 손수건 그렇게 쓰면 밭 매는 아줌마라니까!"

"누가 아줌마야!"

"애 있으면 다 아줌마야!"

"뭐, 이 아저씨가!"

도나우 경은 나이를 먹어도 폴리아나의 고집을 못 꺾는다. 의남매라도 보이는 행태는 친남매와 비슷했다. 결국 도나우 경이 패배했다. 영지 경계를 도는 와중, 그는 쉬지 않고 꿍얼거렸다.

"더 좋은 옷 없어요? 아니, 그렇게 달리면 머리가 다 흐트러지잖아요!"

"시끄러!"

"돈 많은 귀부인이나 좋은 거 많잖아요. 왜 꼭 밭 매는 아줌마냐구요!"

"너, 그 아줌마 소리 한 번만 더 하면 저 나무에 거꾸로 매달 테다."

사람 마음은 참 간사했다. 애 있고 나이가 서른을 넘겼으니 아줌마가 맞다. 그런데 아줌마 소리 듣기 싫었다. 도나우 경은 합죽이가 되어 묵묵히 말을 몰았다. 그가 다시 입을 연 건 작은 동산을 가리킬 때였다.

"누님, 저기 꽤 멋있네요."

"그러게."

야트막한 동산에 꽃들이 만개했다. 멀리서 보니 색이 다양해서 알록달록한 것이 보기에 좋았다. 도나우 경이 저기서 가져온 도시락을 먹자고 제안했다. 폴리아나는 고개를 저었다.

"저기 내 땅이 아니야."

근처에 있는 개울을 경계로 이웃한 영지였다.

"에이, 뭐 어때요. 우리가 죄 짓는 게 아닌데."

"만약에 저 영지 영주가 우리처럼 놀러 왔는데 마주치면 쪽팔리잖니."

"누님은 지금 변장해서 누님인지 모를 거예요."

"그런가?"

폴리아나의 귀가 솔깃했다. 기왕 야유를 나왔으면 식사는 멋진 장소에서 하는 게 기분이 좋고 맛도 좋았다.

개울을 건너기 전, 폴리아나는 무장을 해제해 개울 근처에 숨겼다. 검을 찬 여자는 아무래도 수상하기 때문이다. 어차피 몰래 들를 거라면 이 정도는 해 줘야지.

'검은 도나우도 있으니까.'

폴리아나는 가볍게 개울을 건넜다. 영지의 경계를 건넌다는 미약한 죄책감이 일었다. 동산에 오른 폴리아나는 도시락을 풀었다. 도나우 경은 수통의 물이 비었다며 개울로 물을 뜨러 갔다.

'개울물 함부로 먹으면 기생충 생기는데.'

과연 저 물은 얼마나 수질이 고급질 것인가. 폴리아나의 머릿속에 지도가 펼쳐졌다. 그녀는 개울의 상류를 거슬러 올라가는 데 집중했다. 그러느라 누가 부르는 걸 놓쳤다.

"거기 가는 레이디, 시간 있어요?"

'없어 병신아.'

놓쳤다기보다 무시했다. 얼마나 할 짓이 없는 놈팡이면 밭 매러 갈 차림새인 그녀를 부르겠는가.

남자는 끈질겼다.

"거기 가는 아줌마, 잠시만."

'이 등신 새끼가……!'

내 비록 애도 있고 나이도 30대지만 결혼을 안 했으니 아줌마는 아니다!

하필 검이 없고 도나우 경도 없다. 폴리아나는 주먹을 꽉 쥐었다. 이가 없으면 잇몸으로! 검이 없으면 두 주먹과 두 발로! 대낮부터 아녀자를 희롱하려는 불한당을 응징하기 위해 제국의 후작이 결연히 뒤를 돌았다.

폴리아나의 뒤에 룩소스 1세가 서 있었다. 폴리아나는 너무 놀라서 주먹 내리는 걸 잊었다.

"폐하?"

"지금 짐을 패려 한 것인가."

"이건 그게 아니옵고."

폴리아나는 주먹 쥔 손을 풀었다. 룩소스 1세가 심각한 척 미간을 좁혔다.

"모든 여성은 아줌마 소리를 싫어한다더니 진짜였구나."

"이건 그게 아니옵고, 아니, 폐하. 왜 여기 계십니까?"

야파에서 폭군, 암군 소리 들으며 일하고 있을 황제가 언제 여기로 왔단 말인가.

그녀의 영지를 넘지 않아 폴리아나에겐 정보가 닿지 않았다. 여기에 온 건 황제만이 아니었다. 동산 위로 익숙한 얼굴들이 속속 모여들었다.

아이노 경은 당연하고, 자이노 경에 우크 경, 마호갈 경, 제2근위대원 전원에 도나우 경, 하우 경(얘는 언제 왔지?), 그 외에 대륙 전역에서 고생하고 있을 동료들까지. 폴리아나가 아는 거의 대부분의 사람들이 집합했다.

'경들이 다 여기 있으면 나라는 누가 지키오?'

폴리아나가 그런 눈빛을 쏴 주자 그들이 눈빛으로 대답했다.

'부하들이!'

'에라, 인간들아.'

따지고 보니 다들 그럴 연배(?)였다. 폴리아나는 혼란스러운 정신을 다잡았다. 갑자기 등장한 룩소스 1세와 둘을 포위한 기사 무리. 도대체 무얼 하자는 것일까.

혼란스러워하는 폴리아나 앞에 룩소스 1세가 섰다. 근 1년 만에 마주한 황제는 여전히 눈부셨고, 그를 보는 폴리아나의 심장은 헤어진 날처럼 뛰었다.

"폴리아나 윈터. 경에게 묻는다. 나와 함께 싸우지 않겠나."

"어디 반역이라도 난 겁니까? 그렇다면 마땅히."

쿵. 룩소스 1세가 들고 있던 거대한 책을 내려놓았다. 책의 두께가 가히 사람 열을 때려잡을 두께였다. 공부 싫어하는 사람은 보는 순간 기절한 것 같았다.

룩소스 1세가 말했다.

"이것은 제국의 기틀이자 대륙의 기틀. 이 땅에 존재하는 유일한 법."

거기에서 끝나지 않았다. 룩소스 1세가 이어 말했다.

"의 초안이다."

기록관과 행정관, 서기관을 위시한 문관들과 기사에 이르기까지. 폭군과 암군 소리를 밥 먹듯 들은 황제가 결과물인 초안을 내놓았다.

"아크레아엔 여자가 기사를 해선 안 된다는 법이 없다. 그래서 경은 기사가 될 수 있었다. 아크레아엔 여자가 작위와 영지를 받아선 안 된다는 법이 없다. 그래서 경은 후작위를 받고 영지를 받았다. 하지만 아크레아엔 여자가 가문과 재물을 상속받을 수 없다는 법이 존재한다. 여자는 결혼하면 반드시 남편의 성을 따라야 한다. 가문을 잇는 건 남자에 국한된다."

모두가 아는 이야기. 룩소스 1세가 부러 그런 얘기를 꺼낸 까닭이 있을 터다.

"경은 짐에게 제국을 버릴 수 있느냐 물었다. 짐은 불가능하다고 답했다. 경은 제국처럼 성을 버릴 수 없다고 말했다. 경은 내게 의지를 보였어. 경이 답을 내었으니 이젠 짐이 짐의 답을 보여줄 차례다."

룩소스 1세가 스킬 레벨 정점을 찍은 미소를 날렸다.

"이것이 짐의 답이다."

단지 폴리아나와 결혼하겠다는 이유로 룩소스 1세는 대륙법을 뜯어 고쳤다. 그것은 단순한 법의 정비가 아니라 대륙 전체의 근간을 뜯어고치는 일이었다.

처음엔 상속법과 작위 세습법을 건드리다 한계에 봉착했다. 일부만 고치는 건 불가능했다. 원하는 하나를 위해선 전체를 바꿔야 한다. 결국 모두 뒤엎을 수밖에 없었다.

그런 이유로 법전은 초안이었다. 이게 제대로 된 법전으로 완성되려면 앞으로 10년이, 실정법으로 작용하기 위해선 평생의 노력이 필요할 것이다.

룩소스 1세는 노세 노세 늙어서 노세를 포기했다. 이것이 제국을 포기할 수 없는 그가 사랑하는 여인에게 보내는 최대한의 성의였다.

그런 얘기를 듣는 폴리아나의 머릿속이 새하얗게 탈색했다. 황제의 발음이 또박또박하여 귀에 쏙쏙 들어오는데 여전히 이해하기가 힘들었다.

"말도, 말도 안 됩니다, 폐하. 귀족들이 이걸 허락할 리가, 그러니까 이거 평민들에게도 해당되는……."

"그래. 힘들겠지. 계속 싸우고 투쟁해야 한다. 평생을 노력해도 성과를 보지 못할 수 있다. 이렇게 기대감을 부풀려 놓고 결과는 미흡할지 몰라. 하지만 폴리아나 윈터. 짐에겐 꿈이 있다."

폴리아나는 멍해졌다. 갑자기 현실에서 유리된 기분이었다. 황제를 포함한 모두가 싱글벙글 웃고 있는데 그녀 혼자 멍했다.

"짐은 꿈이 있다. 폴리아나 윈터 귀경을 부인으로 맞이할 것이다. 그리고 함께 이 법을 완성하는 꿈이다. 그걸 위해 최선을 다해 노력했고 앞으로도 그럴 것이다. 솔직히 말하자면 대륙을 일통하는 것보다 힘들 것이다. 제국이 사라질지도 모른다. 그러나 폴리아나, 감히 청하건대 나는 귀경을 부인으로 맞이하길 바라."

아크레아의 황제는 웃었다. 진정 다정하고 멋진 미소였다. 모든 것을 포용하다 못해 대륙을 품은 황제의 미소였다.

그의 말대로 대륙일통보다 허황된 꿈이었다. 소름 돋을 정도로 거대한 야망이었다. 범인은 감히 꿈꾸지 못할 원대한 청사진이었다.

황제는 다시 한 번 폴리아나에게 꿈을 내밀고 제안했다.

“같이 꿈을 꾸지 않겠소?”

둘을 포위한 기사 중 한 명이 휘파람을 불었다. 그러다 동료에게 맞았다. 시끄러운 휘파람 소리나 사람을 때리는 소리가 시끄러웠다. 그런 소리들이 폴리아나의 귀엔 닿지 않았다. 폴리아나의 내부에서 폭풍이 몰아쳤다.

폴리아나는 깨달았다. 그녀는 어쩔 수 없다며 체제에 순응하고 포기했을 때, 그녀의 주군께선 새로운 세계를 만들 꿈을 품었다.

“도대체…….”

소름이 돋았다. 도대체 얼마나 대단한 분인가, 얼마나 위대한 분인가. 그렇게 경애하는 주군께서 폴리아나에게 함께 싸우자 청했다. 싸우기 전에 포기한 폴리아나에게 실망하지 않았다. 그녀를 믿어 주셨다. 인정해 주셨다.

룩소스 1세는 폴리아나 윈터가 사는 세계의 시작이자 완성이었다. 폴리아나는 언제까지고 그를 위해서, 아니. 그와 함께 싸우고 싶었다.

폴리아나의 손이 허리로 이동했다. 아차, 그녀에겐 검이 없었다. 개울을 건너면 그녀의 검이 있지만 검을 가져올 때까지 그녀는 인내할 수 없었다.

“내게…….”

폴리아나는 작게, 이어서 크게 외쳤다.

"내게 검을 주시오!"

누구든 좋았다. 어느 검이라도 좋았다. 폴리아나에겐 검이 필요했다.

폴리아나를 포위한 기사의 무리가 일시에 움직였다. 쇳소리가 동산을 감쌌다. 폴리아나는 놀라 주위를 둘러봤다. 언덕에 모인 사람들이 전원 검집에서 검을 뽑았다. 긴 검의 끝이 동산에 핀 꽃을 스쳤다. 뜯기고 베인 꽃잎이 검풍에 맞춰 하늘하늘 날아올랐다.

그들은 정중하게 예우를 갖춰 검의 날을 자신들 쪽으로 향한 뒤 폴리아나에게 검 손잡이를 내밀었다. 세상의 어느 기사도 받지 못한 최고의 예우였다.

폴리아나는 이를 악물었다. 이것이 꿈이라면 차라리 깨지 마라.

"폴 경! 내 검은 오늘 아침에 벼렸소!"

"내 건 가문의 보검이요! 오늘을 위해 가져왔지!"

"누님! 이 아우의 검을 선택해 주십시오!"

"폴! 내 게 더 좋은 거 알지?"

"대장님! 저희들을 잊지 마세요!"

"1근위대랑 내기했습니다! 재네 것만 안 고르시면 돼요!"

"와아, 이 치사한 놈들!"

"상도덕 없는 새끼들 보게!"

모인 기사들이 전원 검을 뽑았다. 그녀를 위해, 그녀에게 검을 건네기 위해, 그녀가 검이 필요하기 때문에, 그녀가 검을 달라 말해서. 제각각 자신의 검을 골라 달라고 외쳤다. 그들의 요청을 듣는 와중에도 폴리아나는 스스로를, 이 순간을 의심했다.

그야 그럴 수밖에 없다. 과거, 아무도 폴리아나에게 검을 주려

하지 않았으니까. 이 상황이 믿기지 않고 놀라울 수밖에.

검이 너무 많아 고르기 어려웠다. 수십의 기사가 그녀를 향해 검을 뽑았다. 폴리아나는 하나도 두렵지 않았다. 이런 포위라면 언제든 환영이었다.

그러다 곧 폴리아나는 깨달았다. 기사만 모인 것이 아니었다. 박시, 바니사, 시켈, 토리, 스트라에 친분 있는 기록관까지.

오늘 황제를 차면 이 대단한 기록이 길이길이 후세에 전해질 것이다. 물론 폴리아나는 그럴 생각이 없었다.

"……."

제각기 자기선전을 하는 와중 아이노 경만 혼자 조용했다. 그러는 아이노 경도 검집에서 검을 뽑아 폴리아나에게 손잡이를 보여주고 있었다. 폴리아나와 눈이 마주치자 그가 피식 웃었다.

"가문의 보검이든 전설의 검이든 모두 무용하오. 최강의 기사가 든 검이 가장 좋은 검이지."

'아, 그러세요.'

당연히 자신의 검이 선택당할 것이란 저 근거 없는 자신감. 이런 상황에서까지 재수 없다고 생각하면서 폴리아나는 의동생, 도나우 경의 검을 선택했다. 그녀를 속인 건 괘씸하지만 그건 후에 추궁할 것이다.

도나우 경은 폴리아나의 선택이 기쁜 듯 정중하게 고개를 숙이며 그녀가 검을 잡기 쉽도록 도왔다.

도나우 경의 검이 바닥에 꽂혔다. 폴리아나는 검과 함께 무릎 꿇었다.

"절대 배신하지 않겠습니다. 절대 패배하지 않아 명예를 수호하겠습니다. 이 생명 다 바쳐, 설사 지옥의 불구덩이라도 주군을 위해 뛰어들겠습니다. 주군을 위해 싸우겠습니다. 저 폴리아나 윈터는 황제 폐하께 충성을 맹세하고 함께 싸울 것을 다짐합니다."

"짐은 대제국 아크레아의 황제 룩소스 1세. 여자아이가 태어나도 사과하지 않는 세계를 만들 남자다."

폴리아나는 고개를 들어 올려 황제를 응시했다. 의지가 충만한 눈으로 다짐했다.

"폐하의 옆에서! 절대 떠나지 않고 함께 싸우겠습니다. 허락하시는 한 신은 언제까지나 폐하의 기사입니다!"

"그렇지 않다, 윈터. 내가 허락하지 않아도 경은 언제나 짐의 기사다."

룩소스 1세가 손짓했다. 그는 자상하게, 조금은 긴장한 기색으로 웃었다.

"그러니 일어나라, 폴. 이젠 내가 무릎 꿇을 차례다."

폴리아나가 바닥에서 무릎을 뗐다. 이번엔 룩소스 1세의 무릎이 바닥에 닿았다. 바지가 젖고, 풀물이 드는 것에 아랑곳하지 않고 황제가 폴리아나의 손을 청했다.

"언젠가 말했지. 경은 그냥 그대로 존재하는 걸로 충분해. 그러니 경의 성도 바뀌지 않아야 하지. 경은 내게 그런 사람이다. 존재함으로서 나를 숨 쉬게 하고 웃게 만들지."

아무것도 하지 않아도 된다는 말이 죽은 친구가 했던 말과 겹쳤다. 폴리아나가 사랑하는 사람들은 그녀에게 아무것도 바라지 않았다.

그저 바랐다. 폴리아나가 폴리아나 윈터 그 자체로 살아 숨쉬기를.

그건 폴리아나가 살아서 누리는 최고의 복이었다.

한쪽 무릎을 꿇은 남자는 세상 무엇보다 소중한 이를 보듯 폴리아나를 보았다. 그에게 가장 소중한 이가 그녀였다.

"그럼에도 불구하고 욕심을 부려 부디 청컨대, 폴리아나 윈터. 나와 결혼해 주시겠소?"

룩소스 1세가 정중하게 폴리아나의 손등에 키스했다.

그는 작은 상자를 내밀었다. 뾜칵. 상자가 열렸다. 한눈에 봐도 큼직한 반지가 들어 있었다.

"부왕의 반지라오. 건틀렛 위에 낄 수 있지."

이토록 완벽한 결혼 선물은 없을 것이다. 과거에도 앞으로도 절대 없을 것이다.

폴리아나는 울지 않기 위해 이를 악물었다. 이렇게 기쁘고 행복한 날 울 수 없었다.

끄덕. 폴리아나가 고개를 끄덕였다. 그녀는 거기에서 그치지 않았다. 폴리아나는 상자를 든 황제의 손 위에 그녀의 손을 포개어 겹쳤다.

"폐하. 사랑하는 황제 폐하. 감히 청하오니 저와 결혼해 주시겠습니까?"

"가장 바라던 말이었소."

룩소스 1세가 반지를 빼내 폴리아나의 손가락에 끼웠다. 헐렁했다. 건틀렛을 끼면 맞을 것이다. 그러니까 괜찮았다.

사람들이 둘에게 꽃을 뿌렸다. 동산에 핀 꽃을 아작 낼 기세였다.

형제자매 부부는 감동을 못 이기고 서로를 끌어안아 입을 맞췄다. 지켜보는 기사들이 부인을 데려올 걸 하고 후회했다.

아이노 경은 시켈에게 시도했다가 정강이를 채였다. 그가 시무룩해져서 물러나자 시켈이 눈을 감았다. 아이노 경의 얼굴이 활짝 폈다.

황제의 특등 기록관 모모는 흐르는 눈물이 눈을 가림에도 불구하고 모조리 받아 적는 투혼을 발휘했다. 오늘 일을 하나라도 놓치면 평생의 한이 될 테니까.

스트라는 정말 좋은 날이라며 활짝 웃었다. 토리는 손수건으로 눈가를 콕콕 찍었다.

황제는 여기사에게 입을 맞췄다.

사이좋은 군신은 부부가 되었다. 그럼에도 불구하고 그들은 여전히 황제와 기사였다.

# 에필로그

# 에필로그

제국의 수도 야파, 황성으로 사용되는 야파 내성에서도 황제가 국정을 보는 본관엔 큰 그림들이 벽면을 채우고 있다. 그중 가장 정면에서 보이는 것이 황제의 결혼식을 묘사한 그림이었다.

성의 벽면을 채운 그림의 위용은 어마어마했다. 크기는 물론이고 몰려든 구경꾼의 얼굴까지 모두 묘사해 낸 세밀화였다. 쓰인 물감과 들인 공, 시간, 화가의 수가 역대 최고였다.

당시 결혼식도 역대 최고로 호화스러웠다. 황제는 지겨울 정도로 아름다운데 여전히 보면 또 아름다워서 사람들을 놀래켰다.

결혼식의 주인공인 신부는 갑옷을 입고 등장했다. 신부는 로브나 드레스를 입어야 한다는 말에 이렇게 답했다.

"가장 비싼 옷을 입는 게 전통이잖아?"

신부의 말 대로였다. 신부가 가진 의복 중 가장 값진 것이 그 금속 갑옷 한 벌이었다.

본래 명장의 걸작인 것을, 결혼식에 쓰기 위해 겉면에 백금과 보석을 박아 세공했다. 가히 제국의 귀물이었다. 황제가 입었다면 다들 찬사를 끊지 못했을 것이다.

황제는 신부의 건틀렛 위에 반지를 끼웠다. 후대에 호사스러움보다 기이함으로 언급될 결혼이었다.

결혼의 기이함이야 후대의 이야기. 현재를 사는 사람들이 결혼과 그림에 대해 가장 많이 하는 말은 화가들의 양심이었다.

"황실 화가들 양심 없네."

"진짜 너무했다."

"난 알 것 같아…… 제국 최초의 황후인데 사실대로 그리면 슬프잖아……."

"그럼 투구를 씌우든가."

"그럼 사실과 다르잖소."

"저 얼굴은 사실과 같다고 생각하시는가?"

전쟁 포로로 잡혔다가 조국을 배신하고 황제의 기사가 되어 외국인 출신으로 후작위에 오른 출세의 화신. 황제와 여기사라는 로망스적인 요소에 더불어 제국의 첫 황후라는 기념비적인 위치까지. 폴리아나 윈터는 뭘 어떻게 해도 역사에 이름을 남길 존재였다.

황실 화가에겐 무엇이든 사실 그대로 그려야 할 의무가 있으나 그들은 차마 룩소스 1세 옆의 폴리아나를 사실 그대로 그리지 못했다.

그들은 조금 손을 봤다. 아주 조금.

휘어서 안타까운 콧대를 세우고, 눈을 키우고, 광대를 낮추고, 각진 턱을 깎고, 볼은 화사하게, 피부는 희고 밝고 투명하게.

완성된 그림을 보고 룩소스 1세는 노발대발했다.

“짐을 다른 여자와 결혼시켰다!”

폴리아나는 화가들의 고충을 이해했다. 다만 그들이 직업정신을 잃었음을 상기시키기 위해 초상화를 그리기로 했다.

일반적으로 귀족과 왕족들이 그리는 개인 초상화는 화가의 개인적 감상이 반영된다. 권력이 강할수록 감상 반영이 심해졌다. 미화한단 뜻이다.

제국의 황후라면 미화 보정이 들어가는 것이 당연하건만 폴리아나는 요구했다.

“있는 그대로.”

세밀화는 가능한 사실 그대로 그리기에 학술적 가치가 높다. 개인 초상화는 미화가 들어가 눈색과 머리색, 당대의 유행을 파악하는 선에서 그쳤다.

하지만 개인 초상화가 세밀화보다 못생겼다면?

그럼 후손들은 이렇게 말하겠지. 화가가 황후랑 사이가 안 좋았나 봐 vs 진짜 못생겼었나 보네.

폴리아나를 있는 그대로 그려서 얻은 신뢰는 룩소스 1세의 미모를 후대에 전파하는데 한몫할 것이다. 폴리아나는 그렇게 믿었다.

“끄응.”

폴리아나가 기지개를 켰다.

그녀는 결국 제2근위대장에서 사직했다. 호위받아야 할 당사자가 호위를 할 순 없는 노릇이기 때문이다. 대신 제3근위대장으로 보직이 변경되어 야파성과 인근의 치안을 담당하게 되었다.

본래 야파가 제국의 수도가 되면서 제3근위대의 규모가 계속 커졌기에 대장이 늘어나자 자이노 경과 우크 경은 환영의사를 밝혔다.

빈 제2근위대장 자리는 마호갈 경이 차지했다. 마호갈 경은 아이노 경을 벗어나는 기쁨에 사흘 밤낮을 가리지 않고 울었다는 전설이 전해진다.

제1기사단의 부대장은 비크 경이 꿰찼다. 실력으론 부대장을 할 수 없지만 막나가는 새끼들을 관리하기 위해서 상식을 지닌 인물이 필요했다.

막나가는 새끼들이 허접(?)한 부대장 말을 들을 리 없건만, 비크 경에겐 막강한 뒷배가 있었다. 제1근위대장 아이노 경이다. 무려 아이노 경이 매제가 되었다. 제1근위대 내에선 그보다 센 빽이 없었다.

아이노 경은 득녀한 뒤 세키 공작에게서 작위를 승계받았다. 시켈이 딸을 낳았을 때 아이노 경의 표정이 볼 만했다고 전해진다. 아쉽게도 폴리아나는 못 봤다. 다만 전해 듣기로 평소의 똥 씹은 표정을 집어치우고 입술을 우물거렸다고 한다.

얘기를 전해 준 자이노 경이 벽을 치고 웃느라 정신이 없었기 때문에 폴리아나는 바로 이해하지 못했다. 자이노 경이 형의 표정을 따라해 준 뒤에야 이해했다.

아이노 경이 과자 떨어트린 아이처럼 울먹였던 것이다. 천하의 아이노 경이 아이가 태어난 게 기뻐서 아이처럼 울먹이다니!

폴리아나는 자이노 경이 한 고대로 벽을 치고 폭소했다.

'그런 일이 있었지.'

다시 생각해도 웃겼다. 폴리아나의 입가에 미소가 맴돌았다.

보람찬 하루 일을 끝마치고서 퇴근한 폴리아나를 두 아이가 반겼다.

"폴리~!"

"어머니!"

폴리아나는 한쪽엔 루미네 황태자를, 다른 쪽엔 제러드를 붙잡고 들었다. 힘에 한계가 있어서 잠깐 들었다 마는 게 전부였다. 아이들은 그게 좋다고 꺄르륵 깔깔 웃었다.

루미네 황태자는 제러드보다 무거웠다. 전대를 차고 거기에 자잘한 물건을 잔뜩 넣고 다녀서 그렇다. 제러드는 악어가죽을 뒤집어쓰고 있었다.

"제러드 윈터. 아버지를 놀래킬 생각이니? 얼른 벗어라."

"어머니, 저는 황태자 전하의 악어개가 될 거예요! 멍멍!"

제러드가 개처럼 멍멍 짖더니 제자리에서 빙글빙글 돌았다. 폴리아나와 시녀가 그만두라고 말해도 그치지 않았다.

루미네 황태자가 어지럽다는 듯 이마를 짚었다.

"오늘 하루 종일 이래요. 얘, 제리. 그만해."

"네, 전하! 멍멍!"

"보셨죠?"

루미네 황태자가 폴리아나에게 일러바쳤다. 폴리아나는 파충류라면 질색하는 남편이 오기 전 빨리 가죽을 치워야겠다고 생각했다.

루미네 황태자는 한숨을 쉬었다.

"오늘 세키 공작이 와서 검술 연습하는 걸 봐 줬거든요. 그때부터 저래요."

"세키 공작이?"

"네. 마호갈 경이 잠깐 불렀어요."

"멍멍! 멍멍멍!"

"아휴, 시끄러워. 제리, 물어 와!"

루미네 황태자는 폴리아나와의 대화를 방해하는 제러드를 보더니 전대에서 작은 공을 꺼내 던졌다. 제러드는 신이 나서 공을 쫓아 달려갔다.

루미네 황태자가 어린아이답지 않은 근심스런 표정을 지었다.

"진짜 물어 오진 않겠죠?"

"손으로 들고 올 거야. 네 동생은 그렇게 바보가 아니란다."

세키 공작의 방문에 대해 마호갈 경과 할 얘기가 있었다. 폴리아나는 루미네 황태자에게 양해를 구하고 마호갈 경과 대화했다.

마호갈 경은 단도직입적으로 말했다.

"황자 저하는 재능이 있으십니다."

"제러드가? 내 아들인데?"

"네. 마마의 아들인데도."

흐음. 폴리아나가 미심쩍어하자 마호갈 경이 이어 말했다.

"세키 공작이 재능 있다고 말했습니다."

아이노 세키가 누구인가. 세상에서 자기가 제일 세고 다른 사람들은 다 약해빠지고 근성 없고 노력하지 않는 무능한 새끼라 말하고 다니는 재수 없는 새끼였다.

그런 새끼가 재능이 있다고 말했다니. 폴리아나는 소리 없이 감탄했다. 하늘은 그녀에게 검술의 기억도 하사하지 않으셨으나 자식의 대에 몰아 주셨노라.

“이런 대박…… 크흠.”

제국의 황후이자 제3근위대장으로서 폴리아나는 체통을 지켰다.

“그럼 악어개가 되겠다는 건…….”

“세키 공작이 본인 뒤를 이어 제1근위대장이 되라고 말한 모양입니다. 기사단의 상징은 악어개잖습니까.”

“덤으로 악어가죽도 주고 가고 말이지.”

마호갈 경이 고개를 끄덕였다.

보나마나 뻔했다. 룩소스 1세를 골리려고 악어가죽을 가져왔다가 제러드의 재능을 보고 넘겼겠지. 이젠 둘 다 애아버지가 되었는데 둘의 관계는 여전했다. 나이 먹어도 변치 않는 친구를 둔 건 황제의 복이었다.

마호갈 경과 대화를 마친 폴리아나가 돌아왔을 때 남매는 머리를 맞대고 무언가 보고 있었다. 폴리아나는 위에서 대충 살펴봤다. 아이들이 보는 물건은 그녀가 루미네 황태자에게 7세 생일선물로 준 대륙전도였다.

폴리아나가 그간 모은 자료를 토대로 믿을 만한 사람에게 맡겨 군사용 지도를 만들기 전에 제작한 샘플이었다. 샘플이래도 도로와 고도, 수원, 마을의 위치가 모두 표시되어 있어 아무나 볼 물건은 아니었다. 그걸 루미네 황태자는 전대에 넣어 갖고 다녔나 보다.

‘그러지 말라고 해야지.’

지금 당장 하지 말라고 하면 동생이자 신하인 제러드 앞에서 주군의 위신이 안 섰다. 둘은 폴리아나가 근처에 온 것도 모르고 대화에 열중했다.

“이 부동不動 바다에서 부동不凍의 바다까지 내 땅이야.”

“전하, 여기 이 섬들은요?”

“거긴 남의 땅.”

“전하, 신 제러드 윈터! 전하를 위해 이 섬들을 정복해 오겠습니다.”

풉. 폴리아나는 웃음을 간신히 참았다. 맨날 보고 듣는 게 궁중 어휘다 보니 아이들은 겉늙은 대화에 익숙했다.

“그러지 마, 제리. 내가 황제가 되면 여자는 못 모신다고 반역하는 사람들이나 잡아 줘.”

중부의 제러드가 남하할 것까지 없다. 남부의 군도는 괴력의 사촌 남매가 앞서서 정리해 줄 것이다. 앞으로 20년 쯤 뒤에.

“그건 파크 형이 해 줄 거예요.”

파크는 루조 대공자의 이름이다. 루미네 황태자가 처음으로 화냈다.

“왜 파크는 형이면서 나는 전하인 거야!”

“전하는 전하면서 누님이지만 둘 다 하기 힘드니까 전하만 해요!”

“싫어! 난 둘 다 할 거야! 그러니까 너도 둘 다 해!”

“둘 다 하기 힘들어요!”

제러드는 장차 루미네를 주군으로 모실 테니 어릴 때부터 주군으로 모시겠다 고집 부리고, 루미네는 루미네대로 누나라고 안 부른다고 성화였다. 늘 있는 남매의 다툼이었다.

폴리아나는 다투다가 다시 웃으며 장난치는 남매를 각자의 침실에 바래다줬다.

“제러드, 정 힘들면 하루하루 번갈아 가면서 해. 오늘은 신하 제러드의 날이었으니까 내일은 동생 제리 하자.”

"내일 또 신하 하면요?"

"그럼 모레랑 글피에 동생 하면 되지."

"네……."

제러드는 수긍하여 곧 잠들었다. 폴리아나는 잠든 제러드의 이마를 쓰다듬었다.

룩소스 1세가 상속법을 개정하면서 여자의 상속이 인정되었다. 본래 귀족들은 장남에게 모든 걸 몰아줬다. 이젠 장녀든 장남이든 성별에 관계없이 가장 먼저 태어나는 아이가 모든 걸 상속받았다.

사람들이 그녀에게 물었다. 친아들이 있는데 다른 여자가 낳은 아이에게 황위가 가는 것이 아깝지 않냐고.

폴리아나는 대답한다. 아깝지 않다. 전혀.

거기에 제러드의 의견은 없었다. 그 점은 미안했다. 다행히 제러드는 황제 자리에 욕심을 갖지 않았다.

커서 어떻게 될지 몰라도 일단 지금의 장래희망은 황태자의 악어개니까.

후에 커서 억울하다고 말하거든 후작의 아들로 태어난 걸 원망하라고 답하리라.

다음으로 폴리아나가 찾아간 곳은 루미네 황태자의 침실이었다. 잘 준비를 마친 루미네 황태자가 폴리아나에게 인사했다.

"안녕히 주무세요, 폴리."

"루미, 내가 선물로 준 지도는 아무한테나 보여 주면 안 돼."

어린아이가 갖기엔 지나치게 중요하고 귀한 물건이었다. 폴리아나는 장차 루미네가 다스릴 땅을 보여 주고 싶었는데 마음이 과했나 후회되었다.

루미네 황태자는 곰곰이 생각하더니 고개를 끄덕였다.

"제 행동이 그릇되었네요. 그렇지만 사과하지 않을래요, 군주는."

"무죄무치니까."

폴리아나가 황태자의 말을 받았다. 루미네 황태자는 이불에 파묻혀 꼼지락거렸다.

"폴리, 제리는 왜 절 누나라고 부르지 않을까요?"

"어릴 땐 남들과 다른 게 멋있어 보이거든. 누나와 남동생은 대부분의 가정에 있지만 주군과 친한 신하는 별로 없으니까."

"전 누나라고 불러 주는 게 더 좋은데…… 성이 다른 남매도 남들과 다르잖아요."

"점점 늘어날 거야."

폴리아나는 루미네의 이마에 뽀뽀해 준 다음 침실을 나갔다.

루미네 클레어. 제러드 윈터. 여자가 가문을 잇는 게 가능해지면서 아이 또한 어머니의 성을 잇는 것이 가능해졌다. 독남독녀가 결혼해 독자를 가질 경우 아이는 두 성을 모두 선택하거나 한쪽 성을 선택할 수 있다.

상속법은 복잡해서 아직도 개정이 끝나지 않았다. 모든 법안은 개정이 현재 진행 중이다. 갈려 나가는 학자들만 불쌍했다.

"휴우."

폴리아나는 누가 들을까 무서워 숨어서 한숨을 쉬었다. 제러드에겐 보위를 뺏은 것 같아서 미안하다면 루미네에겐 보위를 강요한 것 같아서 미안했다.

행인지 불행인지 루미네 황태자는 욕심꾸러기였다. 부모가 둘 다 한 욕심 하더니 루미네 황태자는 둘의 욕심을 더했다는 말이 나올 정도로 욕심이 많았다.

다행인 것은 원체 가진 게 많아서인지 남의 것을 뺏지 않는다는 것. 대신 누군가 그녀의 것을 뺏으려 한다면 합당한 이유 없인 절대 내주지 않았다.

그러니 황태자위도 내놓지 않을 것이다. 루미네 황태자는 룩소스 1세의 장녀로 적합한 후계자이기 때문이다.

부동不動 바다에서 부동不凍의 바다까지. 룩소스 1세가 말하는 걸 들었을까. 아직 어린 아이가 말하기엔 이해하기 어려운 말이었을 텐데.

대륙 최초의 여군주이니 책 잡히면 안 된다는 이유로 각 분야 최고의 인재를 불러 황태자를 가르친다. 어린아이에게 가혹하다는 이야기가 있었지만 룩소스 1세는 자녀교육 문제에 있어선 단호했다. 다행히 루미네 황녀는 배우는 걸 즐겼다. 지식욕도 욕심이라나.

동생을 바라는 루미네에겐 모순적이게도 루미네 황태자의 미래를 생각한다면 동생 제리보단 충신 제러드가 나았다. 어른의 사정과 아이의 사정은 다른 법. 남매는 아직 아이의 사정이 통하는 나이다.

폴리아나는 근심을 떨치기 위해 고개를 저었다.

퇴근했지만 폴리아나의 하루는 아직 끝나지 않았다. 제3근위대장의 일이 끝났으니 이젠 황후의 일이 남아 있다. 리프 남작이 내궁관리관으로서 황후의 일을 대신하고 있지만 보고는 받아야 했다.

토리는 몇 가지 일들을 보고한 뒤 처연하게 웃었다.

"피곤해 보이세요."

"일이 끝나질 않아."

폴리아나가 한탄했다. 일이 끝나지 않는 건 토리도 마찬가지. 토리는 어깨를 추욱 늘어트리고 싶은 걸 참았다.

"저도 그래요."

"미안하다, 남작. 가능한 신속히 인원을 보충해 주도록 하지."

따지고 보면 토리가 하는 일은 원래 폴리아나가 해야 하는 일이었다. 폴리아나는 두 번째 기지개를 켰다. 하루 일과가 슬슬 끝나가는 시간엔 습관처럼 지난날을 돌이켜보게 되었다.

폴리아나는 고만고만한 삶을 살았다. 혹자는 그것이 고만고만이냐 되묻고 혹자는 지켜보기에 파란만장한 삶도 당사자에겐 아닐 수 있다는 말을 할 것이다.

진정 고만고만했냐 물으면 대답하기 어렵다. 다만 폴리아나가 확신에 차 말할 수 있는 것이 있다. 그녀는 실로 노력했고 이기적으로 살았다는 것.

남들을 다 끌어들이고 본인까지 고생하고 있는 현재를 만들었고, 행복했다.

로망스 속 여기사는 언제나 하나의 선택을 강요당했다. 다 가질 순 없었다. 다 가지려 들면 욕심쟁이가 되어 버린다.

현실의 여기사에게 야망은 과욕이었다. 과욕은 나쁜 것. 폴리아나도 그걸 따라야 하는 줄 알고 하나만 택했다. 그랬더니 남편이 두 개 다 가질 수 있다고 짜안, 내밀지 뭔가.

폴리아나는 함께 싸우기로 했다. 그 결과 이렇게 싸우고 있다. 일에 치여서. 진짜 앞날이 보이지 않는 과로의 연속이었다. 결혼한 후로 제대로 쉬어 본 기억이 없었다.

폴리아나는 한숨처럼 말했다.

"앞으로 10년은 더 이래야 하겠지?"

"어쩌면 평생이요."

"세상에 이렇게 일 많이 하는 황제와 황후는 없을 거야."

일단 고금을 통틀어 황제와 황후가 하나씩밖에 없다.

토리의 보고가 끝났다. 폴리아나는 다시 움직였다. 돌아다니는 그녀와 다르게 갇혀서 일하는 가엾은 남편을 위하여!

"오셨습니까, 부인."

"왔습니다, 폐하."

다크 써클이 입가까지 내려와도 잘생긴 남자, 룩소스 1세가 폴리아나를 보자 반색했다. 매일 보면서 오랜만에 만난 것처럼 웃었다. 그야 당연했다. 룩소스 1세는 결혼한 지금도 매일매일 폴리아나에게 반하고 있었으니까.

룩소스 1세는 폴리아나보다 먼저 침대에 누웠다. 퀭하게 내려앉은 눈가가 안쓰러워서 폴리아나가 손가락으로 남편의 얼굴을 주물렀다.

어흐, 어흐. 룩소스 1세가 아저씨같은 소리를 냈다.

'아저씨 맞구나. 잘생겨서 자꾸 까먹어.'

아저씨가 맞으나 아저씨로 부르진 않을 것이다. 아저씨든 아줌마든 듣기 안 좋았다.

"시원하십니까, 폐하?"

"시원합니다, 여보."

국정에 법 개정이 겹쳐 룩소스 1세는 몸이 열 개라도 모자랐다. 자업자득이니 불평을 할 수는 없다. 사랑하는 여자를 위해서니 후회하지 않는다.

룩소스 1세는 부인이 해 주는 마사지의 시원함에 짜릿함이 추가되길 원했다. 부부간의 은밀한 육체적 대화를 나누기엔 체력이 영.

최근 들어서 부쩍 체력 고갈을 실감하는 황제였다. 꺾이는 나이라고 했던가. 체력 관리에 신경을 썼지만 강행군엔 답이 없었다.

결국 룩소스 1세는 최후의 수단에 손을 대고 말았다. 비카 총독에게 은밀히 물건을 요청한 것이다.

조만간 올 테니 그때까지 운동이나 열심히 해서 효과가 배가될 수 있도록 하자!

사랑을 위해선 제국을 파는 것 빼고 못 할 게 없는 남자 룩소스 1세. 그는 아름다운 육체적 대화를 위해서 흰 꼬리 도마뱀을 주문했다.

도마뱀이 대수랴. 폴리아나를 위해서라면 괴물 도마뱀도 산 채로 씹어 주마.

결심이 무색하게도, 황제는 악어가죽을 뒤집어쓰고서 아침 인사하러 온 제러드를 보고 비명을 지르나 그건 다음 날의 이야기. 오늘은 아니다.

룩소스 1세의 손이 폴리아나의 손을 잡았다. 그는 입가로 손을 가져가 쪼옥 쪽쪽 입 맞췄다.

"흥흥."

폴리아나가 간지러운 감촉에 웃었다. 부딪쳐 깨진 손톱이 룩소스 1세의 입술을 긁어 피가 나자 그녀는 고개를 숙여 피를 핥았다.

참다못한 룩소스 1세가 고개를 쳐들었다.

"부인, 저는 지금 위험한 짐승입니다."

"저도 그렇습니다. 흐흥."

부부는 빠르게 옷을 벗었다. 피곤하다고 노래 부르던 게 무색할